Mary Ellen Taylor

Der Frühling an der Bucht

TINTE & FEDER

Das Buch

Für die Historikerin Megan Buchanan beginnt ein Traumprojekt: die Restaurierung eines alten Herrenhauses an der Ostküste Virginias. Tatkräftige Hilfe bekommt sie von Rick, dem besten Freund ihres verstorbenen Verlobten Scott. Rührend kümmert er sich um sie und ihr ungeborenes Kind.

Als sie auf dem Anwesen mehr als hundert Jahre alte Briefe zweier Schwestern entdeckt, begibt Megan sich auf Spurensuche. Fasziniert von der Vergangenheit, lernt sie mit jedem Brief auch mehr über sich selbst – und über die Bedeutung von Familie. Doch es gibt etwas, das Megan nicht einmal Rick anvertrauen kann.

Die Autorin

Mary Ellen Taylor wurde in den Südstaaten der USA geboren und schreibt zeitgenössische Unterhaltungsromane, in denen starke Frauen die Hauptrolle spielen. Ihre Geschichten sind ebenso fest in der geheimnisvollen Vergangenheit verankert wie in der heutigen Zeit. In deutscher Sprache ist bisher der Titel »Das Haus an der Bucht« erschienen, der es bis an die Spitze der Kindle Charts geschafft hat.

Wenn Mary Ellen Taylor nicht gerade schreibt, ist sie beim Kochen und Backen kreativ tätig. Die Autorin lebt mit ihrem Mann und drei Zwergdackeln in Virginia. Unter dem Namen Mary Burton schreibt sie auch romantische Krimis.

MARY ELLEN
TAYLOR

Der Frühling an der Bucht

Roman

Aus dem Amerikanischen
von Astrid Becker

TINTE & FEDER

Die amerikanische Ausgabe erschien 2019 unter dem Titel »Spring House«
bei Montlake Romance, Seattle.

Deutsche Erstveröffentlichung bei
Tinte & Feder, Amazon Media EU S.à r.l.
38, avenue John F. Kennedy, L-1855 Luxembourg
Februar 2020

Die Übersetzung dieses Buches wurde durch Amazon Crossing ermöglicht.

Umschlaggestaltung: zero-media.net, München
Umschlagmotiv: © Tetra Images / Alamy Stock Photo;
© Hero Images / Getty; © Abstractor / Shutterstock;
© Sk_Advance studio / Shutterstock
Lektorat: Cathérine Fischer
Korrektorat: Manuela Tiller/DRSVS
Gedruckt durch:
Amazon Distribution GmbH, Amazonstraße 1, 04347 Leipzig /
Canon Deutschland Business Services GmbH, Ferdinand-Jühlke-Straße 7,
99095 Erfurt /
CPI books GmbH, Birkstraße 10, 25917 Leck

ISBN: 978-2-49670-239-2

www.tinte-feder.de

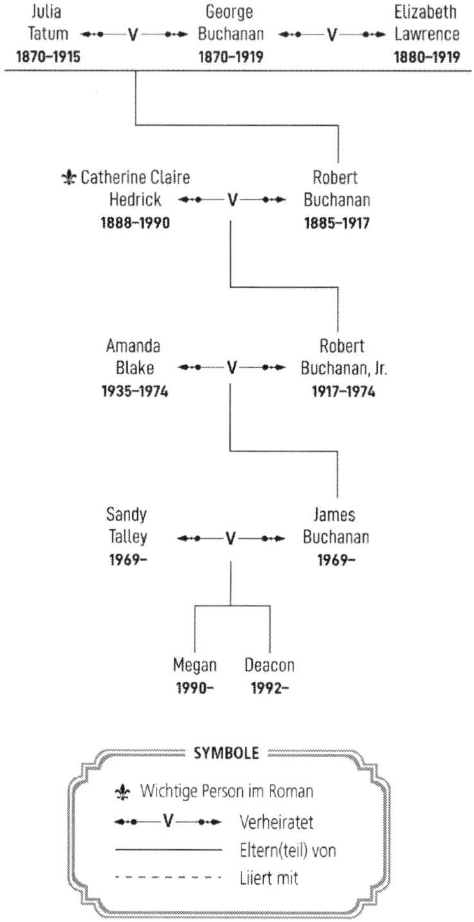

Julia Tatum 1870–1915
George Buchanan 1870–1919
Elizabeth Lawrence 1880–1919
Catherine Claire Hedrick 1888–1990
Robert Buchanan 1885–1917
Amanda Blake 1935–1974
Robert Buchanan, Jr. 1917–1974
Sandy Talley 1969–
James Buchanan 1969–
Megan 1990–
Deacon 1992–
SYMBOLE
Wichtige Person im Roman
Verheiratet
Eltern(teil) von
Liiert mit

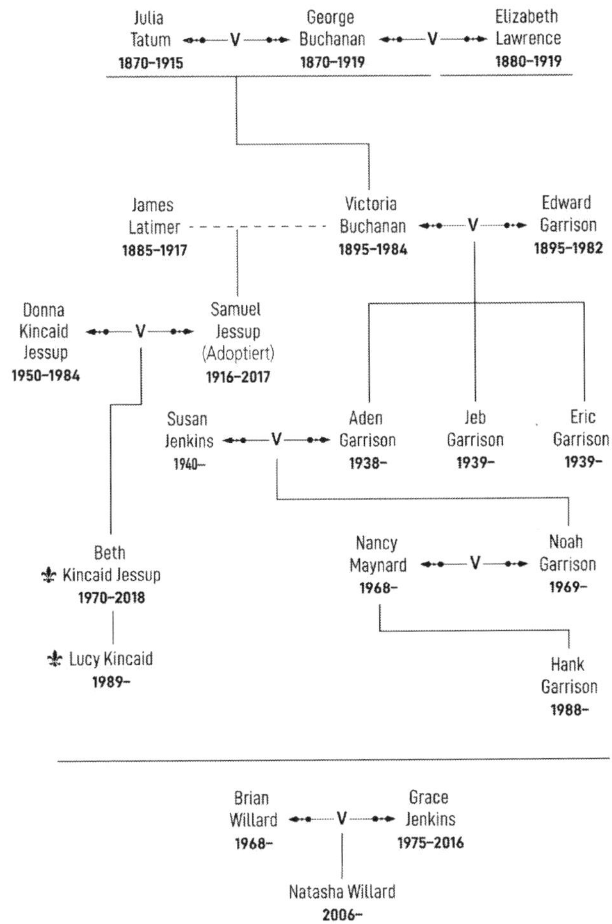
Julia Tatum 1870–1915
V
George Buchanan 1870–1919
V
Elizabeth Lawrence 1880–1919
James Latimer 1885–1917
Victoria Buchanan 1895–1984
V
Edward Garrison 1895–1982
Donna Kincaid Jessup 1950–1984
V
Samuel Jessup (Adoptiert) 1916–2017
Susan Jenkins 1940–
V
Aden Garrison 1938–
Jeb Garrison 1939–
Eric Garrison 1939–
Beth Kincaid Jessup 1970–2018
Nancy Maynard 1968–
V
Noah Garrison 1969–
Lucy Kincaid 1989–
Hank Garrison 1988–
Brian Willard 1968–
V
Grace Jenkins 1975–2016
Natasha Willard 2006–

Prolog

ADELE

Dienstag, 19. September 2017
Cape Hudson, Virginia an der Chesapeake Bay

In ihren fast hundert Lebensjahren hatte Adele Jessup gelernt, dass Fluch und Segen Hand in Hand gingen. Liebe und Geburt hielten sich die Waage mit Schmerz und Tod.

Von ihrem Rollstuhl aus sah sie die große Trauergemeinde an den Sarg treten, über den eine amerikanische Flagge gelegt war. Graue Gewitterwolken verdunkelten den Himmel, während ein starker, regenverheißender Wind den Saum ihres schwarzen Rocks zum Flattern brachte.

Sie ließ den Blick zu den Steinen neben dem frisch ausgehobenen Grab schweifen, wo ihr Mann und seine Brüder begraben lagen. Die Jessups waren hier an der Ostküste Virginias geboren und aufgewachsen. Gute, stolze Männer, die einander ihr Leben lang eng verbunden gewesen waren.

An ihrer Seite saß ihr Schwager Samuel Jessup, der letzte der fünf Brüder. Er war frisch rasiert und hatte sich am Vortag die Haare schneiden lassen. Seine schwarze Kapitänsuniform war makellos sauber, die Messingknöpfe waren auf Hochglanz poliert. Allerdings trug er keine der vielen Medaillen, die ihm in den über fünf Dienstjahrzehnten bei der Handelsmarine verliehen worden waren. Er war schlank und hochgewachsen, doch obwohl er gebrechlich geworden war und seine rechte Hand zitterte, hatte er sich geweigert, einen Rollstuhl zu benutzen. Er war immer schon stolzer und dickköpfiger gewesen, als ihm guttat.

Wie oft hatten die beiden in all den Jahren hier gesessen und um einen der ihren getrauert? Inzwischen musste sich Samuel – genau wie sie selbst – den Toten näher fühlen als den Lebenden.

Heute waren sie zusammengekommen, um das Leben ihres Urenkels, des Marinesoldaten Scott Jessup, zu würdigen, der fünf Tage zuvor bei einem Rettungseinsatz in einem Unwetter über dem Atlantik abgestürzt war. Er hatte nach schiffbrüchigen Seemännern gesucht und einen Mann gerettet. Von seinem nächsten Flug war er nicht mehr zurückgekehrt.

Das Meer hatte Scott – wie alle Männer der Familie – magisch angezogen. Er war mit Geschichten über tapfere Seemänner aufgewachsen, und er wusste von früh an, dass das Meer viel gab und viel nahm. Scott war ein guter Mensch gewesen. Natürlich hatte er manchmal über die Stränge geschlagen, aber er war auch nur siebenundzwanzig Jahre alt geworden.

Eine plötzliche Bewegung bei den Trauergästen gegenüber erregte Adeles Aufmerksamkeit. Sie blickte zu dem schmiedeeisernen Zaun hinüber, der den kleinen Familienfriedhof umgrenzte.

Dort stand ein junger Mann ganz für sich. Mit ihren vom Alter getrübten Augen hatte sie Mühe, sein Gesicht auszumachen. Zunächst nahm sie an, dass es sich um einen verspäteten Trauergast handelte, doch als er näher kam, erkannte sie ihn. Es war Scott.

Adele war nicht überrascht. Der Schleier zwischen ihr und dem Tod war so hauchdünn geworden, dass sie die Verstorbenen ebenso gut sehen konnte wie die Lebenden.

Scotts Geist ging zu seiner Mutter Helen Jessup hinüber, die an seinem Sarg saß. Sie umklammerte schluchzend eine zerlesene Bibel. Helen hatte ihr einziges Kind auf Händen getragen. Sein Tod hatte ihr das Herz zerrissen. Weder Worte noch Taten würden es je wieder heilen.

Scott legte seiner Mutter die Hand auf die Schulter, aber sie schien es nicht zu bemerken. Doch Samuel sah ihn, und als die beiden sich in die Augen blickten, spielte ein leises Lächeln um Scotts Lippen. Samuel nahm Adeles Hand und drückte sie sanft.

Neben Helen saß ein grimmig dreinblickender Mann in Marineuniform. Rick Markham hatte nicht nur mit Scott und den Sargträgern gedient, sie waren auch gute Freunde gewesen. Sein dunkles Haar war kurz geschnitten und unterstrich seine ernsten Gesichtszüge. Obwohl er nicht viel älter als Scott sein konnte, schien er wie Atlas aus der griechischen Mythologie das Gewicht der Welt auf seinen Schultern zu tragen.

Scott lächelte Rick tröstend zu, doch Rick nahm ihn nicht wahr. Adele hingegen hatte alles im Blick.

Schließlich löste sich Scott aus der Menge und trat zu einer Frau, die allein jenseits des Zauns stand und verloren wirkte. Adele kannte das Gefühl nur zu gut.

Obwohl sie der jungen Frau nie vorgestellt worden war, kannte Adele ihren Namen: Megan Buchanan, Scotts Verlobte, die sich vor zwei Wochen von ihm getrennt hatte. Adele wusste nur, dass die junge Frau die geplante Hochzeit plötzlich abgeblasen hatte.

Falls Scott zu Lebzeiten wütend auf Megan gewesen war, jetzt, als Toter, sah er sie liebevoll an. In seinem Blick lag nicht der leiseste Vorwurf. Als er sie zärtlich auf die Wange küsste, weiteten sich ihre Augen. Sie sah verwundert um sich, als spürte sie seine Anwesenheit.

Adele musterte die junge Frau. An ihrem runden Gesicht, den vollen Lippen und grünen Augen war eigentlich nichts Außergewöhnliches. Und doch war ihre Gesamterscheinung bemerkenswert. Megan Buchanan war eine sehr gut aussehende Frau.

Ein weiterer Sohn der Stadt, Hank Garrison, war ebenfalls in seiner Marineuniform erschienen. Auf sein Kommando hoben fünf Soldaten ihre Gewehre zum Himmel und feuerten drei Salven ab. Samuel stützte sich auf seine Gehhilfe und stemmte sich hoch. Rick versuchte, ihm zu helfen, doch der sture alte Mann wehrte ihn ab.

Feierliche Stille legte sich über die Menge. Niemand rührte sich.

Dann trat Rick mit fünf anderen US-Marines an den Sarg heran. Nachdem sie die Flagge mit Bedacht gefaltet hatten, übergab Rick Helen die Fahne mit dem Dank der Nation.

Scotts Geist stand an der Seite seiner Mutter, als sie sich die Flagge weinend an die Brust drückte. Die Zeremonie war zu Ende. Viele Menschen drängten sich um Helen, und einige grüßten Adele und Samuel, bevor sie nach und nach den Friedhof durch die alte Eisentür verließen.

»Ich bin gleich wieder da«, sagte Helen.

Als Adele den Blick hob, grinste Scott sie an. Er machte dasselbe Lausbubengesicht wie als Junge, wenn er ihre frisch gebackenen Kekse stibitzt hatte.

Einen Moment lang ließen die Lebenden Adele und Samuel mit Scott allein. Schweigend saß sie da, dankbar für diesen Augenblick, der sicherlich der letzte mit jedem der beiden Männer war.

»Du siehst mich, oder?«, fragte Scott.

Ihr Blick wanderte von der Baumgruppe am Rande des kleinen Friedhofs zu seinem sonnengebräunten Gesicht. »Ja«, antwortete sie.

»Ich folge dir bald, mein Junge«, sagte Samuel.

»Jawohl, Sir.«

»Aber ich brauche deine Hilfe nicht«, brummte Samuel. »Ich finde den Weg schon allein.«

»Er ist nicht hier, um dir zu helfen«, erwiderte Adele.

»Wem sonst?«, fragte Samuel.

Sie beobachteten, wie Helen auf Megan zuging und sie ansprach. Ihre Unterhaltung wirkte alles andere als liebenswürdig und harmonisch. »Den beiden. Er ist hier, um den beiden zu helfen.«

Samuel nickte seufzend. Wenn Samuel und sie in ihrem langen Leben etwas verstanden hatten, dann war es, dass unerledigte Dinge und streng gehütete Geheimnisse eine solche Macht über die Lebenden wie die Toten ausübten, dass sie nicht zur Ruhe kommen konnten.

Kapitel 1

MEGAN

Montag, 5. März 2018
Norfolk, Virginia

Kurz vor *Ragland's Nautische Antiquitäten* kam eine Windböe auf, die Megan Buchanan unter den Mantel fuhr und ihre frisch geschnittenen Haare mit dem viel zu kurz geratenen Pony zerzauste. Beim Betreten des Ladens läutete eine Schiffsglocke über der Tür. Wohlige Wärme umfing sie.

Während sie langsam auftaute, sog sie die Atmosphäre des Raumes auf, der mit alten Schiffslaternen, Bojen und Tauen vollgestellt war. An der hinteren Wand hing eine große Sammlung hölzerner Galionsfiguren – vom Einhorn bis zu vollbusigen Meerjungfrauen. Sie alle hatten den Bug eines Schiffs geziert und seinen Geist verkörpert.

Megan strich über das Eisen eines uralten Ankers und quetschte sich mit ihrem Schwangerschaftsbauch durch den engen Gang zum Tresen. Beim Warten betrachtete sie das bunte Durcheinander von Brettspielen, Murmeln und Dominosteinen. Mit Seefahrt hatte das zwar nichts zu tun, aber der Inhaber Duncan Travis ließ keine Gelegenheit aus, Dinge für ein paar Pennys zu erstehen, die er für ein paar Dollars verkaufen konnte.

Megan schlug auf eine kleine Tischklingel. »Duncan, ich bin's, Megan.«

Sie hörte schlurfende Schritte hinter dem Vorhang, der die Verkaufsfläche vom Büro trennte. Dort stand zwischen Unmengen von Büchern, Dokumenten und Zeitschriften Duncans nagelneuer Computer. Sein eigentlicher Broterwerb bestand darin, Antiquitäten für private Kunden, Sammler und Designer aufzustöbern.

»Megan?« Eine knöcherne Hand erfasste den lilafarbenen Vorhang und verharrte dann reglos. Duncan genoss es, sich theatralisch in Szene zu setzen.

»Ja, ich bin's.«

Der Vorhang öffnete sich und ein winziger alter Mann erschien. Er war dünn, mit gebeugten Schultern und schütterem ergrautem Haar, das in einem Pferdeschwanz zurückgebunden war. Über siebzig Jahre in der Sonne hatten tiefe Falten auf seinem braun gebrannten Gesicht hinterlassen.

Er trug ein gestreiftes Oberhemd, eine ausgeblichene Jeans mit einem abgewetzten Ledergürtel und schwarze Schuhe. An seinem linken Zeigefinger funkelte ein Ring mit einem in Onyx geschliffenen Freimaurersymbol. Megan war sich ziemlich sicher, dass er den Ring eher zur Show als wegen seiner symbolischen Bedeutung trug. An seinem Handgelenk prangte eine elegante goldene Uhr, die schon vor Jahrzehnten den Geist aufgegeben hatte.

»Sie sind früh dran«, sagte er.

»Ich musste nicht lange warten.«

Er musterte ihren Bauch. »Es ist also bald so weit?«

»Ich fühle mich wie ein gestrandeter Wal.« Alle kommentierten ihren Bauch, als wäre er öffentliches Eigentum. Sie freute sich eigentlich über das Interesse, doch es erinnerte sie immer wieder daran, dass sie keine Ahnung hatte, wie sie ein Kind allein großziehen sollte. »Was ist mit den Sammlerstücken, die Sie für mich entdeckt haben?«

Megan war im Januar beauftragt worden, die Renovierung eines historischen Jagdhauses namens Winter Cottage zu leiten. Ihr Ururgroßvater George Buchanan hatte das weitläufige, zweitausend Quadratmeter große Gebäude an der Ostküste Virginias für seine zweite Frau gebaut, die seine Liebe zur Entenjagd teilte. Der Bau wurde 1902 fertiggestellt. 1916 schenkte George das Haus seiner Schwiegertochter Claire Hedrick Buchanan, die dort bis zu ihrem Tod im Jahr 1990 lebte.

Duncan betrachtete sie aufmerksam. »Sie haben eine neue Frisur.«

Sie strich sich die kurzen Haare aus dem Gesicht. Jetzt bedauerte sie, dass sie die Zeit zwischen dem Frauenarzttermin und dem Antiquitätenladen mit einem spontanen Friseurbesuch überbrückt hatte. Sobald die ersten Strähnen ihrer langen glatten Haare zu Boden gefallen waren, hatte Megan gemerkt, dass die Idee mit dem Pony ein schrecklicher Fehler gewesen war. »Ich fühle mich wie ein kleiner Junge mit Topfschnitt.«

Er konnte sich ein Lächeln nicht verkneifen. »Eher wie Bruder Tuck.«

Sie lachte und beruhigte sich damit, dass es bald wieder herausgewachsen wäre. »Norfolk ist nichts für mich. Auf der Halbinsel wäre mir das nicht passiert.«

Duncan kicherte. »Der Schnitt ist doch nett.«

»Lügner.«

Er griff unter den Tresen. »Ich habe etwas für Sie. Können Sie mir sagen, was es ist?«

»Wird Ihnen dieses Spiel denn nie langweilig?«

»Nie.«

Es war jedes Mal das Gleiche: Er zeigte ihr eine rare Antiquität, und sie sollte deren Herkunft und Geschichte erraten.

Sie irrte sich selten, schließlich galt sie unter Restauratoren als Expertin für außergewöhnliche Objekte.

»Nur mir zuliebe. Zeigen Sie, was Sie draufhaben.«

»Dann aber schnell. In einer Stunde muss ich zu Hause sein.«

Er öffnete eine rote Schmuckschatulle und entnahm ihr eine goldene Taschenuhr mit einer wunderbaren Patina. Auf der Rückseite war ein S graviert, um das sich Schnörkel rankten.

»Vielleicht können Sie mir einen Tipp geben, wem sie gehört haben könnte.«

Die Uhr war so groß wie eine Dollarmünze und trug Spuren jahrelangen Gebrauchs. Sie strich mit dem Daumen über das eingravierte S auf dem kühlen goldenen Gehäuse und drückte auf den Verschluss. Der Deckel sprang auf.

Es war ein sehr edles Stück mit römischen Ziffern auf einem champagnerfarbenen Grund aus der Werkstatt des französischen Uhrmachers Cartier um 1850. Die Zeiger waren um zwanzig nach elf stehen geblieben. Auf der Innenseite des Deckels waren die Worte *Meiner geliebten Frau* eingraviert. Zu der Zeit konnten sich nur sehr wenige Leute in der Gegend so einen teuren Chronometer leisten.

»Wo haben Sie sie entdeckt?«

»Bei einer Haushaltsauflösung in Alexandria. Die Familie konnte mir nichts über sie sagen.«

Sie schloss das Gehäuse. »Sagten Sie Alexandria? Hier in Virginia?«

»Ja, genau.«

Von der Kolonialzeit bis in die Mitte des neunzehnten Jahrhunderts war Alexandria dank des Tabakhandels eine florierende Hafenstadt mit rund achttausend Einwohnern gewesen, darunter zweieinhalbtausend Afroamerikaner. Nach einer Finanzkrise 1819 war die Stadt wieder aufgeblüht.

Megan kannte sich recht gut mit der damaligen Elite der Stadt aus.

»Ich tippe auf einen Kapitän namens Robert Stewart.«

Er notierte sich den Namen. »Wie kommen Sie darauf?«

»Na ja, er war ein schwerreicher Schiffskapitän mit einem Faible für teure Uhren. In seinem Testament waren über zweihundert verzeichnet.«

»Unglaublich«, sagte er kopfschüttelnd. »Sie sind wirklich eine Hellseherin.«

Sie war keine Hellseherin, aber eine Art wandelndes Geschichtslexikon. Sie vergaß nie eine Einzelheit. Auf diese eingebaute Datenbank griff sie jetzt zurück – nicht auf das Reich der Geister.

Ihr hervorragendes Gedächtnis hatte ihr oft gute Dienste geleistet, wenn sie in einer neuen Schule Anschluss gesucht hatte. Ihr Vater hatte in der Frachtabteilung der Buchanan Corporation gearbeitet und war während ihrer Schulzeit zehnmal versetzt worden. Für ihren Bruder Deacon und sie bedeutete das zehnmal umziehen, zehn neue Schulen. Schon als kleines Mädchen war sie darin geübt, Spielzeug und Bücher zu packen und sich von ihren Freunden zu verabschieden. Sie fand immer etwas, was sie an ihrem alten Zuhause nicht mochte und an ihrem neuen Zuhause liebte.

Als guter Sportler hatte ihr Bruder keine Schwierigkeiten, sich in einer neuen Schule zurechtzufinden, während die Umzüge für Megan jedes Mal Nervensache waren. Irgendwann hatte sie bemerkt, dass es bei ihren neuen Mitschülern gut ankam, wenn sie ihnen Anekdoten über ihre Lieblingsdinge erzählte. Was sie erriet, verpackte sie in Geschichten, die lustig und meistens zutreffend waren, sodass sie bald im Ruf stand, eine übernatürliche Gabe zu besitzen. Es war eine ungewöhnliche Art, sich in einem neuen Umfeld beliebt zu machen, aber sie erfüllte ihren Zweck.

Sie gab ihm die Uhr zurück. »In Ihrer SMS stand, dass Sie Informationen über Winter Cottage hätten.«

Megan hatte ihre Doktorarbeit über Winter Cottage geschrieben. In ihrer unsteten Kindheit war das Jagdhaus ihr Anker gewesen. Bei den ständigen Ortswechseln hatte sie nie wissen können, wo ihre Familie im nächsten Jahr wohnen würde, aber sie hatte sich darauf verlassen können, dass sie in den Sommerferien wieder an der Chesapeake Bay im Schatten des großen alten Hauses sein würde. So wie ihr Vater, der schon als Kind jeden Sommer bei seiner Großmutter Catherine Claire Buchanan genossen hatte, bis er aufs College ging. Er hatte die besten Erinnerungen an Claire, die immer liebevoll und freundlich zu ihm gewesen war.

Megan war immer davon ausgegangen, dass ihre Urgroßmutter Claire ihrem Vater Winter Cottage hinterlassen würde, aber das Erbe war an Samuel Jessup gegangen, einen Kapitän der Handelsmarine. Obwohl die Jessups Fährmänner, Seeleute oder Marinesoldaten gewesen waren, gab es viele Verbindungen zwischen ihnen und den reichen Buchanans. Samuel war auch der Urgroßonkel ihres verstorbenen Verlobten gewesen.

Auch nach Samuels Tod war Winter Cottage nicht wieder in den Besitz der Buchanans übergegangen. In seinem Testament hatte Samuel verfügt, dass das Anwesen seiner Enkelin vererbt werden sollte. Und das war Lucy Kincaid, eine Barkeeperin aus Nashville.

Dank einer großzügigen Stiftung, die Claires Schwiegervater George Buchanan eingerichtet hatte, verfügte Lucy über die finanziellen Mittel, Winter Cottage und die umliegenden Gebäude zu renovieren. Obwohl Lucy anfangs gezögert hatte, sich auf der Halbinsel an der Chesapeake Bay niederzulassen, hatte sie das Erbe dann doch angetreten und sich enthusiastisch in das Renovierungsprojekt gestürzt. Und vor sechs Wochen hatte sie Megan mit der Projektleitung beauftragt.

»Ich habe gehört, dass Sie im Winter Cottage eingezogen sind«, sagte Duncan.

»Ja, um bei der Renovierung vor Ort zu sein.«

»Wie läuft es denn bisher?«, erkundigte er sich.

»Eigentlich haben die alten Bäder viel Charme, aber moderne Sanitäranlagen sind auch nicht zu verachten. Und eine Elektrik, die nicht gleich in die Knie geht, wenn man den Fön oder die Mikrowelle anschaltet.«

Er nickte bedauernd. »Ja, die guten alten Zeiten.«

»Ehrlich, ich bin froh, in einer Zeit zu leben, in der es Spinalanästhesie und Antibiotika gibt.«

»Was restaurieren Sie zuerst?«

»Spring House, wo der Verwalter Samuel Jessup gewohnt hat. Sobald wir damit fertig sind, ziehen Lucy, ihre Schwester und ich dort ein. Und dann kommt Winter Cottage dran.«

Er warf einen kurzen Blick auf ihren prallen Bauch. »Da haben Sie sich ja viel vorgenommen.«

»Das kriege ich schon hin.« Sie konnte nur hoffen, dass das stimmte. »Und was haben Sie für mich?«

Er zog ein Kästchen unter dem Tresen hervor, auf das er seine verkrümmte Hand legte. Wie in einer Varieté-Vorstellung hob er den Deckel mit theatralischer Geste und gerade so weit, dass nur er hineinsehen konnte. »Haben Sie schon mal von Thomas Delaney gehört?«

»Natürlich. Ein Plattenfotograf. Hauptsächlich in den 1890er-Jahren tätig«, erwiderte sie gespannt.

»Vor ein paar Wochen ist eine Schatzkiste mit seinen Fotografien bei der Auflösung eines herrschaftlichen Hauses aufgetaucht. Ich habe sie alle aufgekauft und die letzte Woche damit verbracht, sie durchzusehen.«

Sie hätte ihn am liebsten geschüttelt, damit er endlich zum Punkt kam. Aber Duncan liebte das Dramatische nun einmal. »Und?«

»Ich habe Fotos von Spring House vor der Erbauung von Winter Cottage gefunden.«

»Aus den späten 1890er-Jahren?«

»Genau.«

Endlich legte er ein Foto von Spring House auf den Tresen.

Der Mittelteil des Gebäudes bestand aus einem zweigeschossigen Blockhaus, das ein Kaufmann namens Stuart Wentworth um 1700 erbaut hatte, nachdem ihm der englische König das Land zugesprochen hatte. Wentworth baute dort Mais und Bohnen an, die er über den Tiefwasserhafen Onancock zwanzig Kilometer nördlich nach England exportierte.

Das Haus wurde um 1870 an einen Eisenbahn-Ingenieur verkauft, der die Verlängerung der Bahnstrecke in den Süden bis nach Cape Charles beaufsichtigte.

1895 erwarb George Buchanan Spring House und benutzte es als Jagdhaus, bis Winter Cottage fünf Jahre später fertiggestellt werden konnte.

Das Foto zeigte ein kleines Mädchen auf der Veranda vor Spring House. Es war höchstens fünf Jahre alt, hatte dunkle Haare und trug ein Kleid aus Kaliko, das ihr mindestens zwei Nummern zu groß war. Rechts von dem mit Schindeln verkleideten Haus sah man das Backsteinfundament eines Nebengebäudes, wahrscheinlich einer Küche, die damals wegen der Brandgefahr oft vom Hauptgebäude getrennt erbaut wurde.

Im Hintergrund erstreckte sich die Weite der Chesapeake Bay, an deren Horizont man zwei Schiffe erkennen konnte. Eine Formation von Gänsen flog vor wattigen weißen Wolken an der Küste entlang.

Das Land war kahl und karg, und von der riesigen Villa, die bald die Halbinsel und das Städtchen Cape Hudson dominieren würde, war noch nichts zu sehen.

»Interessant. Wissen Sie, wer das Mädchen ist?«, wollte Megan wissen.

»Ich habe keine Ahnung. Ich frage mich, was einen renommierten Fotografen wie Mr Delaney in unsere Gefilde gelockt haben könnte.«

»George Buchanan. Er liebte es, fotografiert zu werden.« Sie riss ihren Blick von dem Mädchen los. »Spannend. Der historische Kontext ist für Restaurierungen immer sehr hilfreich.«

»Glauben Sie wirklich, ich hätte Sie nur wegen dieses einen Fotos hergebeten?«

Sie grinste. »Ich hatte tatsächlich auf mehr gehofft.«

Er nahm ein weiteres Bild aus der Schachtel. Auf der Fotografie sah man vier junge Mädchen etwa im Alter zwischen acht und elf Jahren neben ihrer schwangeren Mutter stehen. »Das älteste Mädchen ist Ihre Urgroßmutter, Claire Buchanan.«

»Wirklich?« Sie beugte sich über das Bild. Die Augen des Mädchens ähnelten denen ihres Vaters. »Sind Sie ganz sicher?«

»Drehen Sie es um.«

Auf der Rückseite stand *Die Hedrick-Frauen*. Hedrick war Claires Mädchenname gewesen.

»Sehen Sie sich das kleinste Kind an, und dann schauen Sie noch mal auf das andere Bild.«

Sie verglich die beiden Fotografien. »Es ist dasselbe Mädchen.«

»Ja. Komisch, nicht?«

»Die jüngste Hedrick-Tochter hieß Diane.« Megan hatte die Geschichte ihrer drei älteren Schwestern herausfinden können, aber Dianes Spur war verschwunden.

»Ein letztes Bild«, sagte Duncan. Er fischte eine gerahmte Fotografie hervor. Es war das Porträt einer umwerfend schönen

Frau mit klaren blauen Augen und blonden, im Stil der frühen Vierzigerjahre gewellten Haaren. Megan erkannte die Frau sofort. Es war Victoria Buchanan Garrison, Claires Schwägerin.

Victoria hatte Edward Garrison im Jahr 1920 geheiratet, und das Paar hatte die ganze Welt bereist, da Edward als Diplomat in verschiedene Länder entsandt worden war. Sie hatten sich in gehobenen Kreisen bewegt, und erst als ihre Söhne geboren wurden, kehrten sie nach Hause zurück. Laut Familienlegende verdankte Victoria ihre späten Schwangerschaften einer nordafrikanischen Fruchtbarkeitsgöttin. Das war kurz vor dem Ausbruch des Zweiten Weltkriegs gewesen.

Megans Urgroßmutter Claire hatte Videokassetten hinterlassen, die Lucy vor Kurzem gefunden hatte. In den Aufzeichnungen erklärte Claire, dass Victoria in Winter Cottage einen Sohn zur Welt gebracht hatte. Claire hatte den kleinen Jungen namens Samuel zu den Jessups gebracht. Da Claire zur Zeit des Videos fast hundert Jahre alt gewesen war, hatte sie keinen Grund zu lügen. Ihre Glaubwürdigkeit wurde von Victorias Verhaltensveränderung unterstrichen. Vor dem Sommer 1916 war Victoria eine prominente Figur des öffentlichen Lebens gewesen, die man oft im Theater und auf Dinnerpartys sah. Nach ihrer Hochzeit zog sie sich weitgehend aus dem gesellschaftlichen Leben zurück. Als sie und ihr Mann endlich Kinder bekamen, verschwanden sie ohne weitere Erklärung fast ganz von der Bildfläche.

»Eine interessante Sammlung, Duncan. Kann ich sie Ihnen abkaufen?« Letztendlich sollte Winter Cottage ein Museum werden. Diese Fotos waren für die zukünftigen Besucher von großem Interesse.

»Ich dachte an zweihundert Dollar pro Bild.«

»Wie wäre es mit zweihundert für alle drei?«, setzte sie ihm entgegen.

»Für die Renovierung von Winter Cottage kommt doch die Stiftung auf? Man spricht von Unsummen.«

»Das heißt noch lange nicht, dass ich einen überzogenen Preis bezahle.«

»Vierhundert für alle drei«, beschwor sie der alte Mann.

»Dreihundertfünfzig. Mein letztes Angebot, Duncan.«

Er sah sie wie ein Pokerspieler an, der zu erkennen versuchte, ob sie bluffte. Aber sie hatte nicht umsonst zehn verschiedene Schulen besucht – sie konnte ihre Gefühle für sich behalten. Sie wartete schweigend.

»Na gut. Aber nur, weil ich nicht mit einer schwangeren Frau handeln will. Das gehört sich nicht.«

»Kann ich die Fotos auf Rechnung mitnehmen?«

»Ja, sie geht noch heute raus.«

»Rufen Sie mich an, wenn Sie noch weitere Fotos finden, die für mich von Interesse sein könnten.«

»Sie stehen ganz oben auf meiner Liste.«

Während er die Bilder in die Schachtel zurücklegte, sagte sie: »Diese Spiele nehme ich auch mit.« Sie zog zwei Zwanziger aus ihrem Portemonnaie. »Die sind für mich.«

»Was wollen Sie denn mit dem alten Zeug?«

»Lucys Schwester Natasha liebt solche Spiele.«

»Heutzutage scheren sich Kinder doch nicht um Brettspiele!«

»Ich versuche ihr zu zeigen, dass man nicht nur online Spaß haben kann.«

Er schnaubte. »Na dann viel Glück!«

»Wenn ihr das *Mystery-Date*-Spiel nicht gefällt, versuche ich's mit dem Ouija-Brett. Mit Geistern zu kommunizieren, findet sie bestimmt schön gruselig.«

»Ich gebe sie Ihnen alle für zehn Dollar.«

»Echt jetzt? So ein Schnäppchen und ganz ohne zu feilschen?«

»Sieht so aus, als würde ich auf meine alten Tage weich.«

»Vielen Dank, und denken Sie daran, dass ich auch nach Möbeln für Winter Cottage suche. Wenn Sie Sammlerstücke aus dem Haus finden, melden Sie sich doch bitte.«

»Keine Sorge. Die Antiquitätenhändler auf der Halbinsel wissen alle Bescheid. Das mit dem großen Geldtopf hat sich längst rumgesprochen.«

»Danke.«

Megan trug ihre neu erworbenen Schätze in einer großen Papiertüte zu ihrem Truck und verstaute sie vorsichtig auf dem Rücksitz. Sie hatte Mühe, ihren Bauch hinter das Lenkrad zu zwängen.

Sie fuhr durch Norfolk zum Chesapeake Bay Bridge-Tunnel, der das Festland von Virginia mit der Halbinsel der Ostküste, die dem Atlantik vorgelagert war, über eine siebenunddreißig Kilometer lange Brücken- und Tunnelkonstruktion verband.

Durch das geöffnete Fenster wehte Seeluft herein und blies ihr die allzu kurzen Haare aus dem rundlichen Gesicht. Die frische Luft tat ihr gut, aber als sie die Sonnenblende herunterklappte, sah sie im Spiegel keine elegante Dame, sondern eher – wie Duncan bemerkt hatte – Bruder Tuck, den Mönch aus Robin Hood. Sie stöhnte. »Es sind nur Haare, verdammt noch mal.«

Der Himmel war wie gemalt, sattblau und mit runden weißen Wolken gesprenkelt. Das Wasser der Bucht war heute ruhig, aber die kleinen Schaumkronen auf den Wellen hier und da ließen Megan darauf schließen, dass schlechteres Wetter bevorstand.

Als die Brücke sich zum Weideland der Halbinsel senkte, klingelte ihr Telefon. Ein Blick auf das Display trieb ihr Stresslevel hoch.

Megan umklammerte das Lenkrad und nahm den Anruf an. »Hallo, Mom.«

»Wie war dein Arzttermin?«

»Alles in Ordnung. Dem Baby geht es gut. Woher wusstest du, dass ich heute in der Stadt war?«

»Handyortung. In der letzten Zeit fährst du doch nur nach Norfolk, um die Vorsorge machen zu lassen.«

Megan schaltete einen Gang zurück. Sie bereute jetzt, dass sie ihrer Mutter erlaubt hatte, ihre Wege per Handy zu verfolgen. Andererseits hätten ihre Eltern die Reise nach Australien sonst wahrscheinlich abgesagt. Ihre geplante Rückkehr war kurz vor Megans Geburtstermin. Weil sie so weit entfernt von ihrer einzigen Tochter waren, die ihr erstes Kind erwartete, glaubten sie das Recht zu haben, sie zu stalken. »Und es bleibt bei dem Geburtstermin Ende April?«

»Sieht ganz danach aus.« Der Arzt hatte gesagt, dass es ihr und dem Baby prima ging. Er hatte sie zwar ermahnt, sie solle es langsam angehen lassen und öfter mal die Füße hochlegen. Doch ihr Blutdruck war normal, und sie hatte so viel Energie wie seit Monaten nicht mehr, also nahm sie seine Worte eher als unverbindliche Vorschläge.

»Dein Vater und ich werden rechtzeitig vor der Geburt wieder zurück sein. Und wie läuft es mit dem Restaurierungsprojekt?«

»Heute beginnt Phase eins. Sie stellen einen Müllcontainer auf, und Lucy und ich fangen an, das Arbeitszimmer ihres Großvaters auszumisten.«

Megan hatte Lucy vor zwei Monaten vorgeschlagen, erst Spring House und dann Winter Cottage zu restaurieren, und Lucy war mehr als einverstanden gewesen. Dank der großzügigen Finanzierung durch die Stiftung hatte Megan die Mittel, nicht nur eine originalgetreue und vollständige Restaurierung von Winter Cottage durchzuführen, sondern auch Spring House zu einem modernen Wohnhaus umzubauen.

»Helen hat mich schon wieder angerufen«, sagte ihre Mutter.

Helen Jessup war Megans Fast-Schwiegermutter und die Großmutter ihres Babys. Helen hatte sich für ihren Sohn eine Ehefrau gewünscht, die ihn in jeder Weise in seiner Karriere bei der Marine unterstützte, und dazu gehörten auch gesellschaftliche Pflichten. Als Scott ihr von seiner Verlobung mit dem lebensfernen Bücherwurm Megan erzählt hatte, war sie dennoch liebenswürdig und freundlich gewesen. Kurz nach Bekanntgabe des Hochzeitstermins hatte sie Megans Generalüberholung in Angriff genommen. Obwohl Megan sich deutlich mehr für alte Bücher als für Small Talk mit einer Admiralsfrau interessierte, war Helen mit ihr Shoppen gegangen und hatte ihr Pediküre und Maniküre verordnet. Und aus Liebe zu Scott hatte Megan das alles über sich ergehen lassen.

Doch als Megan zwei Wochen vor der Hochzeit die Verlobung löste, kam alles zu einem abrupten Ende. Sie hatte gerade erst angefangen, die Trennung zu verarbeiten, als Rick Markham anrief, um ihr die Nachricht von Scotts Helikopter-Absturz auf einer Rettungsmission zu überbringen.

Megan hätte sich von der Trauerfeier fernhalten sollen, aber sie hatte Scott wirklich geliebt. Also fuhr sie an jenem schwülen Septembertag zur Beerdigung in der Nähe von Winter Cottage. Auf dem kleinen Familienfriedhof der Jessups drängten sich die zum Teil von weither angereisten Trauergäste.

Es wäre klüger gewesen, sich nur am Rande des Geschehens aufzuhalten, aber als Helen sich ihr näherte, wollte Megan die Chance ergreifen, ihr ihr Beileid auszudrücken. Doch Helen zischte sie nur an. »Verschwinde. Du hast meinen Sohn umgebracht.«

»Was?«, flüsterte Megan.

»Wärst du erwachsen gewesen, hättest du eure Beziehung nicht beendet. Dann wärst du die Frau geworden, die Scott gebraucht hat. Und er wäre jetzt noch am Leben.«

Megan hatte geschwiegen, aber den ganzen Rückweg nach Norfolk geweint.

»Was wollte Helen?«, fragte Megan.

»Nur ein wenig plaudern, aber ich glaube, sie hat gehofft, dass ich was über dich erzählen würde. Sie hat mich ziemlich bald nach dem Baby gefragt. Mir war nicht klar, dass ihr euch so lange nicht gesehen habt.«

Als Megan später Scotts Grab besucht hatte, hatte Helen dort ruhig auf dem Boden gesessen und frische Blumen in einer Steinvase arrangiert. Sie hatte geweint, und Megan wollte der armen Frau Hoffnung geben. Einen Auftrieb, damit sie in den über sie hereingebrochenen Wellen nicht unterging. Also erzählte sie ihr von dem Baby. Sie hoffte, ihr damit einen Rettungsring zuzuwerfen.

Helen hatte sie einen Augenblick lang angestarrt. »Wenn du glaubst, du kannst mir dein Baby als Scotts unterjubeln, dann hast du dich aber getäuscht.«

Seitdem hatten sie keinen Kontakt mehr gehabt. »Sie wollte mir nicht glauben, dass Scott der Vater des Babys ist, Mom.«

»Du musst nachsichtig mit ihr sein, Mäuschen. Sie ist außer sich vor Trauer. Scott war ihr Ein und Alles.«

Megan verlagerte ihr Gewicht, um die Schmerzen in ihrem Lendenbereich zu lindern. »Was hast du Helen gesagt?«

»Sie weiß, dass du wieder in Cape Hudson bist und Winter Cottage renovieren wirst. Es ist eine Kleinstadt. Neuigkeiten verbreiten sich schnell. Ich habe ihr versichert, dass es dem Baby und dir gut geht.«

»Also hat sie ihr Update schon.«

Eine lange Pause folgte. Dann fuhr ihre Mutter fort: »Helen möchte, dass ein Vaterschaftstest gemacht wird.«

»Was?«

»Sie möchte den Nachweis, dass das Baby von Scott ist.«

Megan dehnte genervt ihre Nackenmuskeln. »Ich habe keine Zeit für solche Spielchen. Ich habe ihr gesagt, dass es Scotts Kind ist.«

»Ich weiß. Das habe ich ihr auch mehrfach erklärt. Ich glaube, sie sucht nur nach einer Ausrede, dich zu sehen.«

»Das würde besser klappen, wenn sie aufhören würde, mich zu beleidigen.« Sie konnte ja verstehen, dass Scotts Mutter mehr trauerte als sie selbst. Aber Helens Ablehnung machte Megan trotzdem wütend. »Ich muss auflegen, Mom. Die Arbeit ruft.«

»Megan, in diesen alten Gebäuden gibt es schlimme Chemikalien. Asbest ist hochgiftig für ungeborene Kinder.«

»In dem Haus gibt es keinen Asbest«, sagte sie.

»Renovieren ist so furchtbar anstrengend«, warnte ihre Mutter. »Es ist einfach zu viel Arbeit und bestimmt nicht gut für das Baby.«

»Dem Baby geht es gut. Und ich schaffe die Arbeit schon.« Dieses Projekt war ihre Chance, allen zu zeigen, dass ihr Abschluss in Geschichte nicht nur ein teures Hobby gewesen war, wie es ihr Vater mal genannt hatte. Sie konnte ihren Backwaren-Lieferservice aufgeben und hatte trotzdem genug Geld zum Leben.

»Es ist eine große Aufgabe, Megan. Und jetzt, wo das Baby kommt, mache ich mir Sorgen. Vielleicht solltest du dir ein kleineres Projekt suchen.«

»Hör auf, Mom.«

Ihre Mutter seufzte. Vielleicht ein Versuch, doch noch Schuldgefühle zu wecken. Als Megan sich nicht erweichen ließ, flötete sie: »Na ja, wenn das mit der Renovierung nichts wird, kannst du ja immer noch zurück zu deinem Catering.«

Sie würde nicht zurückgehen. Sie konnte es nicht. Die Zukunft machte ihr zwar Angst, aber ihre Vergangenheit war zu schmerzhaft und voller Enttäuschungen. »Mom, ich muss jetzt wirklich auflegen. Ich treffe mich gleich mit dem Bauunternehmer beim Spring House.«

»Wie ich sehe, hast du den Bay Bridge-Tunnel fast geschafft«, sagte ihre Mutter. »Da bin ich erleichtert. Ich habe immer ein ungutes Gefühl, wenn du die Strecke fährst.«

An schönen Tagen hatte man von der Brücke eine fantastische Sicht über die ganze Bucht. Wenn es regnete und stürmisch war, konnte es unangenehm werden, aber sie sah sich vorher immer die Wettervorhersage an. »Mom, ich bin die Strecke schon zigmal gefahren.« Und bevor ihre Mutter etwas erwidern konnte, fügte sie hinzu: »Passt auf euch auf. Bis bald.«

Es war mittlerweile so hell, dass sie die Sonnenbrille aus ihrer Handtasche fischte. Je weiter sie sich von der Brücke entfernte, desto mehr löste sich die Anspannung in ihrem Rücken.

Trotzdem tat es ihr leid, dass sie ihre Mutter am Telefon so abgewürgt hatte. Sie schleppte sowieso schon eine Last von Schuldgefühlen mit sich herum. Eigentlich müsste sie auch zu Helen freundlicher und herzlicher sein, aber Megan fühlte sich selbst wie kurz vorm Ertrinken. Sie hatte einfach nicht die Kraft, die Frau zu retten.

Kapitel 2

MEGAN

Montag, 5. März 2018
Cape Hudson, Virginia

Megan fuhr auf der Route 13 an der Ausfahrt nach Cape Hudson vorbei. Das malerische Städtchen lag am Rand der Chesapeake Bay und zählte mit dem Umland außerhalb der Saison knapp zehntausend Einwohner. Im Sommer schwoll die Zahl auf das Zehnfache an.

Cape Hudson bestand im Wesentlichen aus der Hauptstraße, an der fast alle Geschäfte lagen. Im Winter schlossen einige ganz, andere hatten nur kürzere Öffnungszeiten. In den letzten Jahren waren die Immobilienpreise an der Festlandküste Virginias so extrem angestiegen, dass viele Touristen jetzt nach Cape Hudson auswichen. Früher hatte die Sommersaison Ende Mai am Memorial Day begonnen und bis zum Labor Day Anfang September angedauert, doch inzwischen ging sie von Mitte April bis zu Thanksgiving Ende November. In ein paar Wochen würden die ersten Besucher eintreffen.

Nach einigen Kilometern tauchten die Rebstöcke von Beacon Vineyards auf, dem zwanzig Hektar großen Weingut der Garrisons. Die Familie war seit Jahrzehnten Pächter von Winter

Cottage. Vor Kurzem hatte Hank Garrison, Megans Cousin dritten Grades, den Betrieb übernommen. Hank war zusammen mit Scott bei den US-Marines gewesen. Kurz nach dessen Tod hatte er seine vielversprechende Laufbahn beim Militär aufgegeben und war wieder in seine Heimat gezogen. Jetzt war er dabei, die größte Weinkellerei der Halbinsel aufzubauen.

Megan und Hank hatten dieselben Ururgroßeltern, George und Julia Buchanan. Während Megan von deren Sohn abstammte, war Hank ein Nachfahre von ihrer Tochter Victoria. Megan und ihr Bruder Deacon hatten ihre Sommerferien immer mit Hank und seiner Schwester Rebecca an der Chesapeake Bay verbracht, und die zwei Cousins und zwei Cousinen hatten sich nie aus den Augen verloren.

Hank hatte großes Interesse an dem Restaurationsprojekt, und das nicht nur wegen der historischen Bedeutung von Winter Cottage, sondern auch weil er hoffte, dass es als Touristenattraktion auch für sein benachbartes Weingut von Nutzen sein würde. Seine Freundin Lucy, die neue Eigentümerin des Cottage, hatte zwar sentimentale Gründe für die Renovierung, doch auch sie erkannte das Geschäftspotenzial des Jagdhauses als Location für Hochzeiten.

Lucy und Hank hatten große Pläne und stellten sich ein wunderschönes Anwesen vor. Nun hing alles davon ab, ob Megan die Restaurierung erfolgreich und fristgerecht abschloss, ohne das Budget zu überziehen.

Megan bog in eine Schotterstraße ein, an der zwei neu errichtete Steinsäulen die Zufahrt zu den BEACON VINEYARDS markierten. Winter Cottage lag etwas weiter unten an der Küste der Chesapeake Bay. Ihr Truck zog eine Staubwolke hinter sich her, aber vor sich sah sie durch die Baumwipfel das Kupferdach des Jagdhauses. Zu ihrer Rechten ragte der Leuchtturm aus den Vierzigerjahren des letzten Jahrhunderts in den blauen Himmel empor. Der Backsteinturm war seit siebzig Jahren außer Betrieb und musste von Grund auf saniert werden. Wenn sie es irgendwie schaffte, trotz ihres Babys sowohl Spring House als auch Winter Cottage zu restaurieren, dann käme danach der Leuchtturm an die Reihe.

Wenn, ja, wenn.

Ganz oben auf ihrer Liste stand Spring House, wo Lucy und Natasha nach der Restaurierung einziehen wollten. Es musste nicht nur restauriert, sondern von Grund auf modernisiert werden – mit allen Annehmlichkeiten, die das einundzwanzigste Jahrhundert zu bieten hatte.

Megan hatte im Laufe der Jahre selbst große Träume gehabt. Allerdings haperte es bisher mit der Realisierung.

»Eins nach dem anderen«, beruhigte sie sich selbst.

Sie versuchte, ihre ständig wachsende To-do-Liste für Winter Cottage und den Leuchtturm erst mal zu vergessen und sich auf Spring House zu konzentrieren.

Die Schotterstraße machte einen Bogen um den Leuchtturm und das alte Jagdhaus hin zu einer Wiese mit niedrigen, windgebeugten Obstbäumen, die inmitten von hohem Gestrüpp standen. Dort befand sich das weiße Schindelhaus, das Delaney vor so vielen Jahren fotografiert hatte.

Es hatte sich kaum verändert, wenn man davon absah, dass unzählige Stürme das verwitterte rote Blechdach beschädigt hatten. Auch die breite Veranda, die das ganze Haus umgab, war wahrscheinlich so verrottet, dass man sie irgendwann würde entfernen oder austauschen müssen. Die bodentiefen Fenster und die dunklen Fensterläden waren intakt geblieben, ebenso wie die Haustür mit dem bronzenen Türklopfer in Ananasform.

Zu ihrer Freude stand der große blaue Müllcontainer davor, den sie in der Vorwoche bestellt hatte. Er hatte ein Fassungsvermögen von sechsunddreißig Kubikmetern bei einem zulässigen Gesamtgewicht von über sieben Tonnen. Und sie wusste von ihren vielen Rundgängen durch das Haus, dass sie jeden Kubikzentimeter davon brauchen würde. Das Haus war vom Keller bis zum Dach mit irgendwelchem Kram vollgestellt. Ein leichter Schimmelgeruch zeugte von einem alten Wasserschaden, also würde man nicht nur die unzeitgemäße Küche und das Bad herausreißen müssen, sondern wahrscheinlich auch ein paar Wände. Wenn sie mit der Arbeit fertig war, wäre der Müllcontainer randvoll.

Megan drückte sich die Hand ins Kreuz, als sie die Stufen zur Holzveranda hochging. Die rote Farbe der Haustür war ausgeblichen und hatte weiße Streifen. Die Seeluft der Chesapeake Bay roch wunderbar, doch sie griff die Häuser an. Ohne ständige Instandsetzung brachte die salzige Meeresbrise die Farbe zum Blättern, das Holz zum Aufquellen und die Scharniere zum Rosten. Sie konnte nur beten, dass der Schaden nicht bis in die Grundmauern ging.

Aus einem Bund von Eisenschlüsseln, die über ein Jahrhundert alt waren, steckte sie einen F-förmigen in das Schlüsselloch. Nach einigem Ruckeln und Drücken drehte er sich im Schloss, und als der widerspenstige Riegel endlich zurückschnappte, öffnete sich die Tür quietschend.

Der moderige Geruch empfing sie wie ein müdes Gähnen. Sonnenlicht strömte hinein und ließ die Staubpartikel auf seinen Strahlen tanzen. Es war Zeit, das Haus aus seinem langen Schlaf zu wecken.

Es ächzte wie ein schlafender Riese, als wollte es gar nicht geweckt werden. Es stand seit Jahrzehnten leer und hatte wohl nichts dagegen.

Lass mich doch in Ruhe, schien es zu flüstern.

»Keine Chance, mein Freund«, sagte Megan. »Wir werden uns beide neu erfinden.«

Der Eingangsflur stand voller unterschiedlicher Bücherregale, die bis obenhin mit Zeitschriften, Büchern und Papieren vollgestopft waren. Dazwischen hingen Fotografien in billigen Rahmen. Über dem Boden war festes Segeltuch mit schwarz-weißem Schachbrettmuster gespannt, das unter dem jahrzehntealten Schmutz fast verschwand. Wahrscheinlich ließ es sich trotz seines dreckstarrenden Zustands durch eine gründliche Reinigung wiederherstellen.

Wenn sie das Haus ausgeräumt hatte, würden die Hartholzdielen, Zierleisten und Marmorkamine zur Geltung kommen. Megans Vorfreude wuchs, als sie an all die verborgenen Schätze dachte. Wie lange es auch dauern mochte, sie würde dieses Haus zu neuem Leben erwecken.

Das Baby trat ihr schmerzhaft in die Rippen, wie um sie daran zu erinnern, dass man auch bei bester Planung vom Kurs abkommen konnte.

Megan hörte das Geräusch von nahenden Reifen auf Schotter, drehte sich um und sah Lucy Kincaid in ihrem gelben Jeep entgegen, die nicht nur wegen der blauen Strähne in ihren blonden Haaren eine außergewöhnliche Erscheinung war. Im Städtchen hatte sie viel Aufsehen erregt. Wenn Lucy nicht so bodenständig und liebenswürdig gewesen wäre, hätten sich die Leute sicher das Maul über sie zerrissen. Sie wohnte erst seit vier Monaten in dieser ruhigen, abgelegenen Gemeinde, und die Einheimischen sahen sie schon als, nun ja, als Einheimische.

In der Zeit war Lucy schon die großen Restaurierungsprojekte angegangen, die Jahre dauern würden. Und dann hatte sie auch noch ihre Halbschwester Natasha unter ihre Fittiche genommen und war dabei, sie zu adoptieren.

Lucys Schäferhund Dolly sprang aus dem Jeep und verschwand freudig bellend in den Bäumen. Ihre Absätze klapperten auf der Veranda. »Die Party hat nicht ohne mich angefangen, oder?«, sagte sie grinsend.

Wenn Megan den Tennessee-Akzent hörte, musste sie unwillkürlich an die Honky-Tonk-Kneipen in Nashville denken und an den *Aged Bourbon*, von dem Lucy immer noch Flecken auf ihren blauen Cowboystiefeln hatte.

Lucy trug ein rotes Nashville-T-Shirt mit einem buckelnden Wildpferd und eine abgewetzte Jeans, die ihre schlanke, sportliche Figur betonte. Ihre Augen funkelten so, dass Megan vermutete, dass Lucy im Gegensatz zu ihr viel Spaß im Leben gehabt hatte.

Dolly bellte irgendwo im Gebüsch, tauchte kurz auf, nahm dann die Witterung eines Eichhörnchens oder Rehs auf und rannte fröhlich wedelnd ins hohe Gras.

»Seit wann bist du hier?«, fragte Lucy. »Ich dachte, du hättest heute Morgen einen Arzttermin in Norfolk.«

»Das ging zum Glück alles wahnsinnig schnell. Ich bin auch gerade erst angekommen.«

»Wie lief die Voruntersuchung?«, erkundigte sich Lucy.

»Alles in Ordnung.«

»Da bin ich aber froh.«

»War Natasha für ihren Vortrag über Julius Cäsar vorbereitet?«

»Ja. Sie hat sich als römischer Senator verkleidet. Sogar mit Lorbeerkranz.«

Die Toga war ein weißes Bettlaken und der Lorbeerkranz war aus Efeu, der aus dem Wald stammte.

»Sie hatte Angst, albern auszusehen, bis sie drei Mädchen aus ihrer Klasse gesehen hat, die das Gleiche anhatten.«

»Na ja, in dem Alter will doch niemand in der Schule auffallen.«

»Natasha schon gar nicht«, betonte Lucy. »Aber ich hoffe, dass sich das legt, wenn sie merkt, dass ihre große Schwester bei ihr bleibt.«

Natashas Mutter war vor zwei Jahren gestorben und ihr gemeinsamer Vater hatte sie vernachlässigt. Das Mädchen war in den letzten beiden Jahren bei irgendwelchen Nachbarn gewesen – oder sie hatte sich im Winter Cottage versteckt.

Lucy drehte sich um und rief Dolly, die aus dem Unterholz geschossen kam und schwanzwedelnd die Stufen hochsprang, um Megan die Hand zu lecken.

Megan kraulte ihr den Kopf. »Da bist du ja, Dolly.«

»Also? Wie schätzt du die Lage ein?« Lucy strich Megan sanft lächelnd über den Bauch. »Sind wir hier im Herbst fertig? Und dann entkernen wir Winter Cottage?«

»Es wird eng, keine Frage.« Wenn sie nur an den Renovierungsplan und das Baby dachte, schnellte Megans ohnehin hoher Stresspegel noch weiter in die Höhe. Sie hatte schon so viele Menschen in ihrem Leben enttäuscht, und Lucy sollte auf keinen Fall dazugehören.

Als hätte sie ihre Gedanken gelesen, sagte Lucy: »Wir finden einen Weg, Megan. Mach doch nicht so ein sorgenvolles Gesicht.«

Megan befeuchtete sich die Lippen und entspannte die Stirn. »Mach ich doch gar nicht.«

Lucy verzog ihr Gesicht zu einer Grimasse. »Doch, allerdings. Natasha sage ich immer, dass ihr Sorgengesicht festfriert, wenn sie nicht aufpasst.«

Megan schmunzelte. Wenn sie versuchte, Lucys lockere Einstellung zu spiegeln, würde sich vielleicht die Verspannung in ihrem Rücken lösen. Wie lautete Lucys Lebensphilosophie noch mal? Das Gesetz der Anziehung? »*Unsere Gedanken*«, hatte sie Lucy sagen hören, »*manifestieren sich in unserem Leben.*« Megan hatte ganz bestimmt nie an all die Probleme gedacht, die sich mit Scott, seinem Tod oder dem Baby manifestiert hatten, also war sie versucht, die ganze Anziehungstheorie als Unsinn abzutun.

Lucy legte die Hände wie ein Sprachrohr auf Megans Bauch. »Lass dich von den Sorgen deiner Mama nicht anstecken,

Kartöffelchen. Das Leben regelt sich meist irgendwie von selbst.«

»Der Umzugs- und Bauunternehmer kommt morgen früh mit seinen Leuten. Und wir brauchen mindestens einen Tag, um uns ein Bild zu machen.«

»Ich kann es kaum erwarten, das Haus auszumisten und mit der Renovierung zu beginnen. Ich vermisse ein modernes Badezimmer und eine vernünftige Küche.«

Zwei Wochen zuvor hatten sich beide Frauen zusammen mit dem Bauunternehmer Ron Tucker das Haus angesehen. Während Lucy ihm ihre Vorstellungen beschrieb, machte er sich Notizen, legte die Stirn in Falten, tippte auf seinem Taschenrechner herum und versprach dann, einen Kostenvoranschlag zu erstellen.

Die Begehung hatte nicht nur bestätigt, dass alles sehr teuer werden würde, sondern auch, dass Samuel Jessup von Sammelwut besessen gewesen war.

Megan betätigte den Lichtschalter. Die beiden Glühbirnen an der Decke erhellten den Flur kaum.

»Du hast meinen Großvater doch gekannt«, sagte Lucy. »Hat er schon immer so viel Zeug gehortet?«

Megan war mit Geschichten über ihre Familie aufgewachsen. Ihr Vater hatte immer eine Anekdote über Claire oder Samuel auf Lager gehabt.

Im Gegensatz dazu hatte Lucy nichts von ihrer Familie gewusst, bis sie nach Cape Hudson gekommen war. Ihre Mutter Beth, Samuels Tochter, hatte Cape Hudson mit achtzehn verlassen, als sie mit Lucy schwanger gewesen war. Beth hatte nie ein Wort über Winter Cottage oder ihre Wurzeln in der hiesigen Gegend verloren.

»Ich war noch nie in diesem Haus«, sagte Megan. »Er ist immer rüber ins Winter Cottage gekommen, wenn ich mit meinen Eltern und meinem Bruder zu Besuch war.«

»War dein Dad eng mit Samuel befreundet?«, fragte Lucy.

Megan zuckte mit den Schultern. »Claire nannte Samuel und meinen Dad ihre Jungs. Samuel hat meinem Dad das Angeln beigebracht, als er sechs Jahre alt war, und als er acht war, nahm er ihn mit zum Segeln in der Bucht. Samuel war ein ruhiger Typ und ein geduldiger Lehrer.«

»Hatten sie viel miteinander zu tun?«, fragte Lucy.

»Bis Dad etwa zehn war. Dann schickte Claire meinen Dad auf eine Privatschule in Alexandria. Danach verbrachte er nur den Sommer und die anderen Schulferien hier an der Küste. Samuel war dann bei der Handelsmarine, und so sind sie einander nur noch selten über den Weg gelaufen.«

»Aber du hast ihn ja kennengelernt. Was für einen Eindruck hattest du von ihm?«, fragte Lucy.

»Er hat mir viel über die Geschichte von Winter Cottage erzählt. Als ich an meiner Doktorarbeit schrieb, habe ich ihn noch mal interviewt. Er war sehr charmant, aber ich hatte das Gefühl, dass er mir viel verheimlicht.«

»Was denn?«

»Familienangelegenheiten. Ich glaube, Samuel hat viele Geheimnisse mit ins Grab genommen.«

»Meinst du, er wusste das alles über Victoria?«

»Keine Ahnung.«

Lucy trat näher an ein Bild heran, das Samuel auf der Kommandobrücke eines Schiffes zeigte. Sie nahm an, dass die Aufnahme aus den 1930er-Jahren stammte. Samuel Jessup war ein sehr gut aussehender Mann gewesen. Klare Augen, sonnengebräunte Haut und ein Schopf blonder Haare. Man sah auf den ersten Blick, von wem Lucy ihre Schönheit geerbt hatte.

Laut Claires Videoaufnahmen war Samuels biologischer Vater ein Seemann aus dem Ort namens James Latimer gewesen. Im Internet hatte Lucy ein Bild von ihm gefunden, das 1916 aufgenommen worden war, dem Jahr, in dem Samuel geboren wurde. Wenn man die Bilder von Samuel und James miteinander verglich, gab es keinen Zweifel, dass es sich um Vater und Sohn handelte.

»Als hätte James sich geklont«, sagte Lucy.

»Du siehst ihm aber auch wahnsinnig ähnlich.«

»Meine Mutter auch«, sagte Lucy. »Genetik ist schon eine komische Sache.« Sie betrachtete das nächste Bild. »Es ist so schade, dass ich nicht früher vom Leben auf der Halbinsel erfahren habe. Ich habe das Gefühl, so viel verpasst zu haben.«

Megan öffnete die hohen Schiebetüren aus Eiche, hinter denen Samuel Jessups Bibliothek lag, und drehte den alten Lichtschalter an. Ein paar Lampen verbreiteten schummriges Licht, das kaum bis in die Ecken drang. Sie hatte das Arbeitszimmer vor zwei Wochen zum letzten Mal angesehen, aber es war noch schlimmer als in ihrer Erinnerung. Sie hatte sich auf umfassende Renovierungsarbeiten eingestellt, und doch war sie jetzt überwältigt von der Unmenge an Erinnerungsstücken, die der alte Mann in seinem Leben angesammelt hatte.

Das Zimmer war mit Büchern, Zeitschriften und Zeitungen vollgestopft. In der Mitte führte ein schmaler Pfad hindurch. Nach links konnte man zu einem Sessel und einem Kamin mit kunstvoll geschnitztem Sims abbiegen, nach rechts gelangte man zu einem großen Schreibtisch aus Mahagoni, dessen Platte unter Stapeln von vergilbtem Papier, Karten und Bildern verschwand.

Megan hatte sich mit der hohen Kunst des Aufräumens beschäftigt und wusste, dass es bewährte Methoden gab, solch ein Chaos in den Griff zu bekommen. Man begann bei den vertikal herausragenden Gegenständen – in diesem Fall also mit den Tischen und dem Kaminsims.

Das Arbeitszimmer war groß und hoch. Vor vier nach Osten gehenden Fenstern hingen dunkle Vorhänge. Das Zimmer hätte hell und luftig sein können, wenn die schweren Vorhänge, die dunklen Regale und die vielen gerahmten Bilder nicht gewesen wären. So war es ein geradezu klaustrophobisch enger Raum.

Megan manövrierte vorsichtig zu einem Fenster und zog den staubigen Vorhang auf. Gleißendes Sonnenlicht drang herein, in dessen Strahlen die Staubkörnchen tanzten.

Sie zog sich ein Haarband vom Handgelenk und band ihre Haare zu einem kurzen Pferdeschwanz. »Auf jeden Fall hatte er gern seine ganzen Sachen um sich«, sagte sie.

Lucy betrachtete die Fotos von Kriegsschauplätzen an den Wänden, die vom Zweiten Weltkrieg über den Koreakrieg bis nach Vietnam gingen. »Mom war genauso. Sie hing auch sehr an Dingen. Ich habe bestimmt zwei Dutzend Säcke mit Kram verschenkt oder weggeworfen, nachdem sie gestorben ist.«

»Dein Großvater war einer von sehr wenigen Männern in der Handelsmarine, die in Kriegsgebieten eingesetzt werden wollten«, sagte Megan.

Lucy nahm ein Buch in die Hand und blätterte in den vergilbten Seiten. »So viele Erinnerungen. Wenn es jemals ein Zimmer mit Geheimnissen gab, dann dieses hier.«

»Du wolltest doch mehr über deine Familie herausfinden. Jetzt hast du die Gelegenheit.«

Lucy wischte über den Staub auf dem Schreibtisch. »Hm. Mit dem Wünschen ist das so eine Sache. Man kann gar nicht vorsichtig genug damit sein, stimmt's?«

»Na dann mal los. Einsteigen, festhalten und los geht's. In dieser Zeitkapsel werden wir bestimmt ein paar Überraschungen erleben.«

Lucy hielt ein Exemplar vom Time-Magazin aus den Achtzigerjahren in die Höhe. »Und wo fangen wir an?«

»Auf meinem Truck sind große Kisten, die kommen auf die Veranda. Wir beginnen mit *Verschenken* und *Behalten*. Der Müll kommt gleich in den großen Container. Und dann entscheiden wir, was wir mit den Dingen machen, die wir behalten wollen.«

Die Plastikkisten waren riesig, aber wenn sie sich umsah, wirkten sie winzig. Doch schließlich musste man ja irgendwo anfangen.

»Ich gucke mich nach verborgenen Schätzen um, die man verkaufen kann«, sagte Lucy. »Claire hat mir zwar das Haus hinterlassen, aber das Geld aus der Stiftung darf ich nur für das Anwesen ausgeben, nicht für mich persönlich. Ich brauche Geld, auch für meine Schwester.«

»Wir finden bestimmt ein paar Kostbarkeiten.«

Lucy sah auf die Uhr. »Wo wir gerade davon sprechen, Natasha kommt um drei nach Hause. Sie will uns unbedingt helfen.«

»Das scheint dich nervös zu machen.«

Lucy rieb sich die Hände an der Jeans ab. »Ich mochte Samuel Jessup nicht«, sagte sie.

»Du hast ihn nie kennengelernt.«

»Zwischen meiner Mutter und ihm muss irgendwas vorgefallen sein, was sie aus Cape Hudson vertrieben hat. Wenn das nicht gewesen wäre, wüsste ich mehr über meine Herkunft.« Achselzuckend blätterte sie ein Buch über Schifffahrtsrecht durch. »Ich hole die Behälter aus deinem Truck und stelle sie auf der Veranda auf.«

»Danke.«

Als Megan allein in dem Zimmer stand, meinte sie fast, das Summen emotionsgeladener Erinnerungen zu hören.

Sie stellte sich Samuel mit seinen vom Alter und von der Einsamkeit gebeugten Schultern vor, wie er vor einem roten Abendhimmel am Fenster saß. Ihre Augen füllten sich mit Tränen. Sie hatte erst einmal zuvor in ihrem Leben so ein tiefes Gefühl von Verlust gespürt – als Scott gestorben war.

Megan wischte sich die Tränen ab. Sie musste raus. Auf der Veranda vertrieb die frische Luft ihre düsteren Gefühle. Sie hielt das Gesicht in die Sonne, schloss die Augen und schüttelte die Trauer ab.

Als Lucy mit den ersten Kisten auf sie zukam, wandte sich Megan ab, um die letzten Tränen wegzublinzeln.

»Ich glaube nicht, dass die reichen werden«, befürchtete Lucy.

Megan räusperte sich. »Nicht annähernd.«

Wieder hörte sie ein Reifengeräusch auf der Schotterauffahrt und sah einen Truck auf sie zukommen. Lucy winkte und ging lässig auf Sheriff Rick Markham zu. Beim Aussteigen strich sein Blick über das Haus und blieb an Megan hängen. Seine zackige, effiziente Art erinnerte an einen Befehlshaber bei der Inspektion seiner Kompanie.

Lucy nickte ihm zu. »Willkommen bei der Mission Ausmisten.«

Rick war groß, hatte breite Schultern und dunkle Haare mit Armee-Undercut. Er brachte es irgendwie zustande, seine gebügelte Uniform in jeder Lebenslage makellos zu erhalten. Rick war eng mit Scott befreundet gewesen und hatte seine sterblichen Überreste nach Hause überführt. Direkt nach Scotts Beerdigung im September war er nach Cape Hudson gezogen und hatte den Job des alten Sheriffs übernommen, der kurz zuvor aus Gesundheitsgründen in Rente gegangen war.

Lucy hatte den Eindruck, dass Rick Megan nach dem Tod seines besten Freundes beschützen wollte.

»Ich war schon mal im Haus und habe gesehen, was da alles auf euch zukommt«, sagte Rick.

»Hast du vielleicht einen Flammenwerfer in deinem Polizeiwagen? Ich habe große Lust, das alles abzufackeln.«

»Gesetzeshüter sehen Brandstiftung nicht so gern«, sagte Rick mit ernster Miene.

»Werde ich mir merken.«

Megan hörte sich das Geplänkel ein wenig neidisch an. Wenn sie mit Rick sprach, war sie immer so verkrampft, dass sie nicht klar denken konnte und dauernd das Gefühl hatte, etwas Dummes zu sagen.

Als hätte er Megans Anwesenheit gespürt, wandte er ihr den Blick zu.

Megans stieg das Blut in den Kopf und sie schüttelte ihren Pony aus den Augen und zeigte mit dem Daumen rückwärts über die Schulter. »Die Show geht los.«

Ihre flapsige Bemerkung über die Renovierung hüpfte an ihm vorbei wie ein Steinchen auf der Wasseroberfläche. »Megan, wie war's in Norfolk?«

Es überraschte sie nicht, dass er von ihrer Vorsorgeuntersuchung wusste. Er wollte Scotts Vermächtnis beschützen, genau wie Helen.

»Alles in bester Ordnung. Der Herzschlag ist gut zu hören, und sie wächst und gedeiht. Der Arzt meint, dass sie bei der Geburt rund acht Pfund wiegen müsste.«

»Und dein Blutdruck?«

»Normal, wie immer.«

Lucy blickte in den klaren blauen Himmel. »Wir hatten auf warmes, trockenes Wetter gehofft. Zum Glück soll es bis Freitag so bleiben.«

»War die Vorhersage nicht sogar zehn Tage gutes Wetter?«, fragte Rick.

»Arlene vom Schnellrestaurant sieht das anders«, warf Lucy ein. »Sie ist überzeugt, dass es spätestens Samstag regnet.«

»Dann wird es auch regnen«, sagte Rick. »Sie täuscht sich nie.«

»Lasst uns anfangen«, forderte Megan die beiden auf.

Rick sah nachdenklich zum Haus hinüber. Seit seiner Rückkehr nach Cape Hudson hatte er es sich zur Aufgabe gemacht, regelmäßig nach Samuel zu sehen. Er hatte mehrfach versucht, Samuel davon zu überzeugen, in ein Pflegeheim zu gehen, aber der alte Mann hatte sich geweigert. Er habe alles, was er brauche, im Erdgeschoss des Hauses. Rick war bereits Sheriff gewesen, als er Samuel tot in dem Zimmer auffand, das sie jetzt ausmisten wollten. »Im Haus sieht es vielleicht chaotisch aus, aber Samuel wusste genau, wo alles war. Man konnte ihn nach einem Buch fragen und er fand es im Regal. Eine Quittung, und er hatte sie sofort in der Hand. Sein Geist war bis zuletzt messerscharf.«

»Gut zu wissen«, sagte Lucy.

Er nahm die Abfallbehälter und stellte sie nebeneinander auf die Veranda. Als er die ordentlichen Aufkleber entdeckte, runzelte er die Stirn. »Pass auf Megan auf. Sie darf sich nicht übernehmen. Auch wenn sie jetzt für dich arbeitet, solltest du sie schonen.«

»Es ist nicht unbedingt meine Art, schwangere Frauen wie Sklaven zu behandeln«, gab Lucy zurück.

»Ich bin übrigens hier«, sagte Megan. »Und ich kann für mich selbst sprechen.«

Rick fixierte sie. »Ich kann mich nicht darauf verlassen, dass du einen Gang zurückschaltest, wenn du müde wirst. Du hast dich schon immer verausgabt.«

Plötzlich fühlte sie sich noch elender als vorher. »Es geht mir gut«, sagte sie etwas irritiert. »Nett, dass du dir Sorgen um mich machst.«

Unbeeindruckt blickte er wieder auf das Haus. »Samuel hat den ersten Stock nicht benutzt. Er hat sich in dem Haus nie richtig wohlgefühlt und war eigentlich nur in seinem Bau hier im Erdgeschoss oder in der Küche. Wie ihr schon bemerkt habt, hat er gern gelesen und es einfach nicht über sich gebracht, Bücher oder Zeitschriften wegzuwerfen.«

Nachdem Samuel seinen Dienst auf See quittiert hatte, wurde er ziemlich einsiedlerisch und ging selten in die Stadt. Nur wenige Leute unter siebzig wussten etwas über ihn.

»Hat er jemals über meine Mutter gesprochen?«, fragte Lucy.

Rick hielt einen Moment die Luft an, als ob er sich wünschte, etwas anderes sagen zu können. »Er verlor nie ein Wort über seine Familie. Ich habe ihn ein paar Mal vergeblich nach seinen Verwandten gefragt. Einmal hat er gegrummelt, dass er lieber allein war, aber ich glaube nicht, dass er das wirklich so meinte.«

»Hat er überhaupt über etwas gesprochen?«, fragte Lucy.

»Das einzige Thema, über das er gern sprach, war die Handelsmarine.« Rick schob die Stiefelspitze unter den abblätternden Anstrich der Verandatreppe und löste einen Streifen Farbe ab. Das Holz darunter war verrottet. »Manchmal sind Wunden so tief, dass man am besten die Finger von ihnen lässt. Jeder Versuch, an ihnen rumzudoktern, macht alles nur noch schlimmer.«

»Mag sein, aber wir müssen es trotzdem versuchen.« Lucy betrachtete die schadhafte Schindelverkleidung und die zerbrochenen Lamellen der Fensterläden. »Ich glaube ja daran, dass sich alles reparieren lässt.«

Rick warf einen Blick an ihr vorbei auf das Chaos im Haus. »Nicht alles, Lucy.«

Megan nahm an, dass es inzwischen nicht mehr um die Beziehung zwischen Samuel und seiner Tochter Beth ging.

Kapitel 3

DIANE HEDRICK IM ALTER VON NEUN JAHREN

Freitag, 24. August 1900
Cape Hudson, Virginia

An der Haustür des kleinen, an der Küste gelegenen Cottage von Addie und Isaac Hedrick hingen Kränze aus Seegraszweigen, die mit schwarzem Krepp umwickelt waren. Der schwere Duft von Lilien vermischte sich mit der salzigen Luft, die durch die Fenster drang. Darüber lag der Geruch frisch gebackener Kuchen, die die Frauen von Cape Hudson gebracht hatten. Die Standuhr tickte.

Diane saß auf der vierten Stufe der schmalen Treppe. Ihre älteste Schwester Claire öffnete die Schiebetüren und winkte sie heran. »Diane, nun komm her und sieh dir Mama an.«

»Ich will sie aber nicht so sehen«, sagte Diane. »Sie hat mir versprochen, dass wir nächste Woche zusammen in die Stadt gehen.«

Obwohl Claire erst zwölf war, hatte sie den missbilligenden Blick ihrer Mutter übernommen und zur Perfektion gebracht. »Bitte.«

Ihre Mutter hatte ihr siebtes Kind erwartet. Gestern hatten die Wehen eingesetzt und sie hatte stundenlang laut geschrien. Und dann war Stille.

Diane erhob sich langsam von den Stufen und glättete ihr kariertes Sonntagskleid. Der dicke Stoff kratzte auf ihrer Haut, und der Kragen war so eng, dass sie nicht genug Luft bekam.

Die Dielen knarzten unter ihren Füßen, als sie das Wohnzimmer betrat. Sie unterdrückte ihre Tränen, als sie auf den Sarg auf dem Esstisch zuging. Sie wünschte sich so sehr, ihre Mutter wiederzusehen, doch bei ihrem Anblick blieb ihr fast das Herz stehen.

Dianes Mama hatte sich nie um ihr Aussehen gekümmert. Sie schien ständig schwanger gewesen zu sein, und sie war immer damit beschäftigt, sich um die Kinder, den Garten und den Haushalt zu kümmern, während ihr Mann zur See fuhr. Sie hatte kaum Zeit gehabt, sich für eine Mahlzeit hinzusetzen, geschweige denn, sich die Haare zu bürsten oder eine Bluse zu bügeln.

Doch Claire hatte dafür gesorgt, dass ihre Mutter im Tode ihr blaues Lieblingskleid trug. Sie hatte die grau melierten Haare ihrer Mutter zu einem ordentlichen Dutt frisiert und ihre Lieblingsbrosche aus Walrosszahn über ihrem Herzen angesteckt, ein Geschenk ihres Mannes zur Hochzeit.

»Diane, die anderen haben sich schon von Mama verabschiedet«, sagte Claire. »Jetzt bist du an der Reihe.«

Sie sah ihre Geschwister dicht gedrängt an der Wand stehen. Jemma war ein Jahr jünger als Claire. In ihren Armen wiegte sie das schreiende Baby, ihren Bruder Michael. Ihre Schwester Sarah hielt die ein- und zweijährigen Brüder Joseph und Stanley an den Händen. In den Augen der Mädchen schimmerten die Tränen, während die kleinen Jungen ahnten, dass etwas nicht in Ordnung war, sich aber nicht zu fragen trauten.

Diane verharrte neben dem Sarg. Die Standuhr tickte im Rhythmus ihres Herzschlags. Ticktack. Bum. Ticktack. Bum. Sie hielt ihren Blick auf die Hände gesenkt, die sie so fest gefaltet hatte, dass die Knöchel weiß hervortraten. Ihre Mutter war so still. Diane wollte sie packen und schütteln und aufwecken.

Ticktack. Bum.

»Verabschiede dich jetzt«, flüsterte Claire. »Dies ist deine letzte Chance. Sie geht weg, für immer.«

»Weg? Wohin?«, fragte Diane.

»Zu Gott.«

Das kleine Mädchen betrachtete das stille, bleiche Gesicht und die überkreuzten Hände ihrer Mutter. An ihrer linken Hand glänzte ihr einfacher Ehering. Diane erinnerte sich nicht daran, das Gesicht ihrer Mutter je so friedlich und heiter gesehen zu haben. Claire hatte gesagt, dass ihre Mama tot war, aber wie konnte sie denn tot sein, wenn sie vor zwei Tagen noch gelacht und einen Apfel gegessen hatte?

Diane hatte sich immer vor Toten gefürchtet. Aber vor ihrer Mutter hatte sie keine Angst. Sie sah überhaupt nicht Furcht einflößend aus. Im Gegenteil, sie wirkte so friedlich, dass Diane für einen Moment dachte, sie würde nur Spaß machen und gleich aufstehen. Sie griff in den Sarg und strich eine lose Strähne aus dem kühlen Gesicht ihrer Mutter.

»Bitte wach auf, Mama«, flüsterte sie.

Diane griff nach den Fingern ihrer Mutter. Sie waren nicht warm und weich, sondern kalt und steif. Erschrocken zog sie ihre Hand zurück. Ihre Hoffnung, dass ihre Mama doch noch lebte, zerbarst in tausend Scherben.

Sie nahm Claires Hand und drückte sie. Sie war so dankbar, dass ihre Hand warm und vertraut war. »Was passiert jetzt mit uns ohne Mama? Wer kümmert sich um uns?«

»Wir müssen Cape Hudson verlassen«, flüsterte Claire.

»Wohin gehen wir?«

»Jemma und Sarah kommen zu unseren Cousinen. Ich gehe zu den Buchanans und du kommst zu den LeBlancs. Die Jessups nehmen die Jungs.«

»Warum können wir nicht mit Papa hierbleiben?« Als sie aufsah, fiel ihr auf, wie rot Claires Augen waren. Ihr Gesicht war so blass wie letztes Jahr, als sie die Masern gehabt hatte.

Claire atmete tief ein. »Papa kann uns nicht behalten. Er muss in zwei Wochen wieder aufs Schiff.«

»Warum kann er nicht bei uns bleiben?«

»Weil er arbeiten muss«, sagte Claire enttäuscht und traurig. »Und wir müssen jetzt auch arbeiten.«

Diane drehte sich wieder um und schüttelte ihre Mutter an der Schulter. Wenn ihre Mutter doch nur aufwachen würde, dann könnten sie alle zusammenbleiben. »Mama, steh auf. Ich brauche dich. Wach auf!«

Tränen strömten ihr über die Wangen. »Mama, bitte!«

Claire nahm Diane in ihre Arme und zog sie an sich. »Mama ist tot.«

Mit den Tränen strömte die aufgestaute Angst aus ihrem Körper. Sie flehte Gott an, ihr ihre Mutter zurückzugeben, und schwor, alle aufgetragenen Arbeiten ohne Murren zu erledigen und sich immer um ihre kleinen Brüder zu kümmern. Sie versprach alles, aber die Augen ihrer Mutter blieben geschlossen und sie atmete nicht. Sie beruhigte sie nicht, dass alles gut werden würde.

»Warum hat sie uns verlassen?«, schluchzte Diane. »Warum? Ich dachte, sie liebt uns.«

»Sie wäre geblieben, wenn sie gekonnt hätte.«

»Dann hätte sie sich mehr anstrengen müssen.«

»Sie hat alles getan. Sie hat schrecklich gekämpft«, flüsterte Claire.

Diane hämmerte mit den Fäusten gegen Claires Arm. »Können wir nicht hierbleiben? Bitte?«

Die Tränen schnürten Claire die Kehle zu, als sie Diane auf den Kopf küsste. Der Duft von Lilien und Bienenwachs hüllte sie ein. »Ich will doch auch, dass wir zusammenbleiben.«

»Wirklich?«

»Ja, natürlich.«

»Ich will nicht weggehen, Claire. Versprich mir, dass wir immer eine Familie bleiben.«

»Was auch immer passiert, ich werde für dich da sein.«

Miss Diane Hedrick
Baltimore, Maryland
2. Dezember 1902

Allerliebste Claire,

Du hast Dich geirrt. Mir gefällt die Stadt immer noch nicht. Sie stinkt. Es gibt zu viele Leute. Mr LeBlanc ist nett, aber er hat ganz viele Besucher, die rund um die Uhr ins Haus kommen und mit ihm ins Arbeitszimmer gehen. Ständig kommt irgendwer und will Geld von ihm.

Madame LeBlanc spricht davon, nach Frankreich zurückzukehren, wo der Cousin ihres toten Mannes ein Schloss am Meer in der Normandie besitzt. Er ist sehr reich und würde seine Familie mit offenen Armen empfangen. Bestimmt soll ich deswegen Französisch lernen.

Der Neffe von Madame LeBlanc wohnt auch hier. Er heißt Pierre und ist fünf Jahre älter als ich und sehr seltsam und so launisch wie ein alter Mann. Er starrt mich immer so komisch an, aber wenn Mr LeBlanc zu Hause ist, lässt Pierre mich in Ruhe.

Die LeBlancs sind ganz anders als unsere Freunde in Cape Hudson. Sie arbeiten nicht. Sie spielen Karten, gehen auf Partys und reden dauernd darüber, was andere tun.

Ich höre auf Dich und behalte meine Gedanken für mich. Ich denke daran, wie Mama immer zu uns gesagt hat: »Guck nicht so mürrisch.«

Ich habe Angst, dass es nie besser wird. Mama ist tot, und Papa hat uns alle weggeschickt. Dich und Jemma und Sarah und die Jungs und mich. Wir werden nie wieder eine Familie sein. Ich bin eine Waise und ganz allein auf dieser Welt. Versprechen sind wie Schmetterlinge. Wunderschön. Bunt. Und so zerbrechlich. Sie sterben so leicht.

Deine Dich liebende Schwester
Diane

Miss Claire Hedrick
New York
16. Dezember 1902

Liebste Diane,

ich habe Dir diesen Schal gestrickt, wie Mama es mir beigebracht hat. Wenn ich die Nadeln und den Wollfaden in den Händen hatte, habe ich gespürt, wie sie mich angeleitet hat. Also betrachte ihn als unser Weihnachtsgeschenk an Dich.

Madame LeBlanc berichtet, dass Du ordentlich arbeitest, aber sehr ruhig bist. Ich hätte sie am liebsten gefragt, ob sie vielleicht von einem anderen Mädchen redet. Die Diane, die ich kenne, ist doch eine Quasselstrippe. Die Buchanans wollen im Frühjahr nach Paris fahren und mich mitnehmen, damit ich für Miss Victoria sorge. Wenn Du uns doch begleiten könntest! Ich habe gehört, dass Paris eine Stadt voller Lichter ist und dass der Eiffelturm dreihundert Meter hoch ist. Unglaublich! Wenn Madame LeBlanc nach Frankreich zurückgeht, dann treffen wir uns vielleicht dort.

Denk daran, dass die Buchanans Madame LeBlanc empfohlen haben. Die Anstellung bei ihr wird Dir sicher auf Deinem Lebensweg helfen. Und denk auch daran, dass Mama wollte, dass wir mehr aus uns machen, dass wir rauskommen aus Cape Hudson. Du darfst die Hoffnung nicht aufgeben.

Wir sind keine Waisen. Papa ist ja noch da und er hat versprochen, dass wir nächstes Jahr zu Weihnachten alle zusammen sind. Wir haben so viel aneinander. Vergiss das nie.

Ich wünsche Dir ein gesegnetes Weihnachtsfest.

Deine treue Schwester
Claire

18. Januar 1903

Liebe Claire,

Mr LeBlanc ist vor zwei Wochen gestorben. Bei seinem Begräbnis waren nur Madame, Pierre und ich. Madame LeBlanc sagt, wir müssen unsere Sachen packen und Baltimore verlassen. Sie hat ihrem Cousin in Frankreich geschrieben und ihn um Unterkunft gebeten. Aber ich gehöre weder nach Frankreich noch nach Baltimore. Mein Zuhause ist immer weiter weg.

Deine Dich liebende Schwester
Diane

Kapitel 4

MEGAN

Montag, 5. März 2018
Cape Hudson, Virginia

»Ich hatte vergessen, wie schlimm es hier aussieht.« Rick machte ein gequältes Gesicht, als er seinen Blick über das Durcheinander wandern ließ. »Ihr habt hier ja ewig zu tun.«

Megan hob das Kinn und ließ sich auf dem abgewetzten Schreibtischstuhl nieder. Aus dieser Perspektive sahen die aufgetürmten Papiere und Bücher eher wie Burgzinnen aus.

»Es ist ein Wunder, dass du ihn überhaupt gefunden hast«, sagte Lucy um sich blickend.

»Er hat in seinem Sessel vor dem Kamin gesessen«, sagte Rick. »Dort hat er am Ende fast den ganzen Tag verbracht. Zuerst dachte ich, er würde schlafen.«

»Ich sehe keinen Fernseher«, sagte Lucy.

»Er brauchte keinen. Er hat immer gern gelesen, aber als seine Augen schlechter wurden, ging er oft zum Winter Cottage, setzte sich auf die Veranda und blickte auf die Bucht. In seinen letzten Wochen hörte er damit auf. Wenn ich ihn besuchte, murmelte er etwas vor sich hin, als ob er sich mit jemandem unterhalten würde.«

»Mit wem?«

»Das hat er mir nicht gesagt, und ich habe auch nicht danach gefragt. Er war eben sehr alt. Manchmal hat er mich gebeten, ihm aus bestimmten Tagebüchern vorzulesen.«

Lucy bahnte sich einen Weg zu dem Sessel vor dem Kamin, setzte sich und nahm ein altes grünes Tagebuch in die Hand. »Aus dem Jahr 1939«, sagte sie beim Durchblättern. »Warum gerade dieses Jahr?«

Rick zuckte die Achseln. »Er hat die Engländer mit Nachschub versorgt. Wegen der deutschen U-Boote war das äußerst gefährlich. Es war kurz nach dem Ausbruch des Zweiten Weltkriegs.«

Megan überflog einen Packen ungeöffneter Werbesendungen. »Lucy, nimm einen Behälter für Samuels Tagebücher und seine persönlichen Papiere. Ich fange damit an, die Werbepost wegzuschmeißen.«

Ricks Funkgerät summte. Die Leitstelle meldete einen Verkehrsunfall im Norden der Stadt. Er antwortete kurz und knapp und wandte sich dann an die beiden Frauen: »Ich muss los. Wann kommen die Möbelpacker?«

»Morgen früh«, sagte Megan. »Der Plan war, alles zu sichten und zu entscheiden, was wir aufheben und was wegkommt. Aber wie es aussieht, hätten wir schon viel erreicht, wenn wir heute mit seinem Schreibtisch fertig werden.«

Lucy blätterte immer noch in dem Tagebuch. »Der Mann hatte eine furchtbare Handschrift. Das hat er meiner Mutter Beth vererbt.«

»Tut mir den Gefallen und überlasst uns die schweren Sachen. Hank und ich kommen gegen sechs«, sagte Rick.

»Ihr braucht nicht zu kommen«, sagte Megan.

»Die schweren Sachen lassen wir stehen.« Lucy wandte sich an Rick. »Keine Angst, ich habe keine Lust, Hebamme zu spielen, bloß weil Megan nicht runterschalten kann.«

»Sie merkt nicht, wenn sie sich übernimmt.«

Megan erhob sich. »Übrigens bin ich hier.«

Rick drohte ihr mit dem Zeigefinger. »Nichts Schweres heben.«

»Ich kenne meine Grenzen.«

»Ich auch«, sagte Lucy. »Mach dir keine Sorgen, Rick. Sie zeigt drauf, ich hebe es auf.«

»Aber du bist mein Boss«, wandte Megan ein. »Ich arbeite für dich.«

»Tja, meiner Mutter waren solche Unterschiede schnuppe, und das hat sie an mich weitergegeben. Du musst dich wohl oder übel an einen lässigeren Umgangston gewöhnen.«

Megan schüttelte den Kopf. Sie hatte jetzt schon das Gefühl, dass sie Lucy enttäuschen würde. Noch vor einem Jahr hätte sie sich in dieses Projekt gestürzt und jeden Tag zwölf bis vierzehn Stunden gearbeitet.

»Die Buchanans sind ein stolzer Clan«, sagte Rick. »Sie wird versuchen zu arbeiten, sobald du dich umdrehst.«

»Das habe ich schon gemerkt«, sagte Lucy. »Aber das ist wahrscheinlich gar nicht so schlecht. Jedes Schiff braucht einen Kapitän, und wenn ich dieses Projekt leiten würde, hätte ich spätestens jetzt den Flammenwerfer bestellt.« Er sah sie missbilligend an. Sie hob beteuernd die Hand. »Ich verspreche, das Feuer unter Kontrolle zu halten. Ich schließe sogar erst den Gartenschlauch an.«

»Brandstiftung verboten«, warnte er.

Lucy zuckte die Achseln. »Na gut, wenn du darauf bestehst.«

»Das tue ich.«

»Alles klar. War da nicht was mit einem Blechschaden, um den du dich kümmern musstest?«, sagte Lucy. »Dann mal los,

Sheriff, damit Megan und ich endlich an die Arbeit gehen können. Wenn Natasha aus der Schule kommt, ist hier die Hölle los.«

»Soll ich sie abholen?«, fragte Rick.

»Danke dir, aber Hank bringt sie mit.«

Hank Garrison und seine Familie hatten in dieser Gegend so tiefe und feste Wurzeln geschlagen wie ein hundertjähriger Baum. Als Hank letztes Jahr zurückgekehrt war, war er in seine Heimat zurückgekehrt. Megan beneidete ihn um diese Beständigkeit. Ihr eigener Aufenthalt in Cape Hudson würde wie in ihrer Kindheit nur von kurzer Dauer sein. Wahrscheinlich würde sie etwa ein Jahr bleiben, dann würde sich der Wind wieder drehen und sie weitertreiben.

Megan sah sich im Zimmer um. Sie wünschte sich, endlich einen Ort zu finden, wo sie sich zu Hause fühlte. »Okay, jetzt aber ran. Je eher wir hier loslegen können, desto schneller sind wir fertig.«

»Wenn du um sechs wiederkommst und wir nicht mehr da sind, dann schick einen Suchtrupp aus. Wir sind dann unter einem Erdrutsch von Zeitschriften verschüttgegangen«, sagte Lucy.

Rick warf Megan einen Blick zu, der ihr wieder das Blut zu Kopf steigen ließ. »Mach ich.«

»Danke, Rick.«

Megan sah von ihrem Papierstapel auf. »Danke, Rick.«

»Kein Problem.« Die Haustür fiel hinter ihm ins Schloss.

»Welche Geheimnisse sich in diesem Zimmer auch verbergen mögen, das, was zwischen euch beiden abgeht, ist spannender«, sagte Lucy.

Megan schüttelte den Kopf. »Es ist jedenfalls nicht das, was du denkst.«

Lucy nahm eine Kiste und stellte sie neben den Schreibtisch. »Vielleicht nicht für dich.«

»Er war Scotts bester Freund. Ich war mit Scott verlobt. Und das ist die ganze Geschichte.«

Megan nahm einen Briefbeschwerer aus Walrosszahn vom Schreibtisch, in den ein Singvogel geschnitzt war, der mit ausgebreiteten Flügeln auf einer Böe zu tanzen schien. Lucy hatte einen ähnlichen Vogel als Tattoo am Handgelenk, und sie hatte Megan erzählt, dass ihre Mutter das gleiche gehabt hatte.

Megan legte den Briefbeschwerer in die *Behalten*-Kiste.

»Meine Mutter hat auch viele Sachen aufgehoben«, sagte Lucy. »Viel Kram, von dem ich nicht wusste, warum. Ich habe Tage gebraucht, um nach ihrem Tod ihre kleine Wohnung auszuräumen.«

»In diesem Raum gibt es viel Geschichte aufzuspüren. Lass uns wenigstens den Schreibtisch aufräumen, ohne was wegzuwerfen. Das hier ist das Herzstück des Lebens deines Großvaters. Wenn es etwas gab, von dem er gewollt hätte, dass du es bekommst, dann ist es hier.«

»Genau davor habe ich Angst.«

»Wovor hast du Angst?«, fragte Megan.

»Meine Mutter hat dieses Haus und diese Stadt verlassen, als sie mit achtzehn schwanger war. Sie muss einen guten Grund dafür gehabt haben.«

»Ach, ich habe gedacht, das hätte an deinem leiblichen Vater gelegen.«

Lucy schüttelte den Kopf. »In dieser Stadt beschützt man seine Kinder. Beth gehörte hierher. Samuel war ihr Vater. Er hätte sie beschützen müssen.«

»Ich werde alles sorgfältig durchgehen. Wenn es hier etwas zu entdecken gibt, werde ich es finden.«

Megan blätterte in einer Zeitschrift vom März 1971. Ein Kassenbon fiel heraus, und sie betrachtete ihn eine ganze Weile, bevor sie ihn zur Seite legte.

Lucy stellte die *Müll*-Kiste neben Megan. »Megan, das ist keine archäologische Ausgrabung! Wir haben keine Zeit, jeden Bon zu prüfen.«

»Er ist geschichtlich interessant.«

Lucy warf einen flüchtigen Blick darauf. »Hey, das ist der Kassenbon von einem Lebensmitteleinkauf.«

»Von 1971. Hast du die Preise gesehen?«

Lucy schmiss den Zettel weg. Die nächste Zeitschrift landete nach kurzer Prüfung in derselben Kiste. »Ich gebe dir bis vier Uhr, dann hole ich meinen Benzinkanister und eine Schachtel Streichhölzer.«

Megan nahm die Zeitschrift wieder heraus und legte sie in die *Verschenken*-Kiste. »Die Bibliothek wird sich dafür interessieren.«

»Wir können nicht alles aufheben.«

»Aber wir können auch nicht alles abfackeln.« Mit einem Ruck öffnete sie die Schublade des Schreibtischs. Sie war bis zum Rand mit Krimskrams gefüllt.

Lucy zog die Schublade heraus und trug sie Richtung Veranda.

»Was machst du?«

»So geht es schneller.«

Megan folgte Lucy, die die volle Schublade auf den Planken ablud und sie schnell durchsah. Büroklammern, Gummibänder, Kaugummi, Kleber und alte Batterien.

»Alles Müll.« Zum Beweis hielt Lucy eine Handvoll leerer Kulis in die Höhe.

»Ich sehe da was Silbernes«, sagte Megan. »Ist das ein Füllfederhalter?«

Lucy musterte den Füller kurz und warf ihn in die *Behalten*-Kiste. »Den gucken wir uns später an. Jetzt kommt die nächste Schublade dran.«

Megan war dabei, das Weggeworfene genauer zu inspizieren, aber da Lucy wieder reingegangen war, hatte sie Angst, etwas zu verpassen, und lief hinterher.

Lucy schob die leere Schublade wieder in den Schreibtisch. »Ich bin bereit für die nächste.«

»Du machst das viel zu schnell und oberflächlich«, sagte Megan.

»Mein Großvater und meine Mutter waren beide Messies, Megan. Nur weil jemand etwas aufgehoben hat oder weil etwas alt ist, heißt das noch lange nicht, dass es wertvoll ist. Bestimmt hatte sogar George Washington eine Mülltonne.«

»Du hast doch keine Ahnung!«

»Sagte der Messie zur Zurechnungsfähigen.« Sie zog die zweite Schublade heraus. »Ich bin gleich wieder da.«

»Ich will sehen, was du wegwirfst.«

»Nein, mach hier weiter mit den Zeitschriften.«

»Sicher nicht! Ich passe auf, dass nichts Wertvolles wegkommt.« Megan folgte ihr nach draußen.

In der zweiten Schublade waren mehr Büroartikel, als ein einzelner Mensch jemals brauchen würde, leere Ketchup-Tüten, mehrere Päckchen Cracker und zwei Dosen Hühnersuppe, die in den Achtzigern abgelaufen waren.

»Oh Mann, Samuel, hast du dich auf eine Welthungersnot vorbereitet?«, kommentierte Lucy.

Sie brachte die leere Schublade zum Schreibtisch zurück und ruckelte an der dritten. Diese war höher und schwerer als die anderen. Lucy hatte Schwierigkeiten, sie nach draußen zu schleppen, wo sie sie mit einem dumpfen Knall auf die Veranda fallen ließ.

»Vorsichtig«, sagte Megan.

»In der hier muss er Wackersteine gebunkert haben.«

Obenauf lagen Schreiben von der Handelsmarine. Zwischen Urkunden fand sich ein blaues Kästchen mit einer goldenen Uhr, die im Sonnenlicht funkelte, als hätte sie eine Ewigkeit darauf gewartet.

Megan betrachtete die Widmung auf der Rückseite. SAMUEL JACKSON JESSUP. 1931–1981. TREUE, PFLICHT UND EHRE. Fünfzig Jahre war das Meer sein Leben gewesen. Fünfzig Jahre. Sie streifte den Einmal-Handschuh ab und strich über die glatte goldene Oberfläche. Die Uhr glänzte wie neu und sah aus, als wäre sie gerade aus ihrer Originalverpackung genommen worden. Megan bezweifelte, dass Samuel sie jemals berührt hatte. Vorsichtig legte sie das Kästchen in die leere *Behalten*-Kiste.

Megan ließ sich auf die Verandatreppe nieder und klopfte einladend auf den Platz neben sich. »Ich glaube, die Schublade ist interessant.«

Lucy setzte sich zu ihr und nahm die Uhr aus dem Kästchen. »Wahnsinn.«

»Die hat er zur Pensionierung bekommen. Und achtlos in die Schublade gestopft.«

»Wahrscheinlich war sie ihm verhasst. Weil sie das Ende seiner Laufbahn verkörperte.«

»Er hat danach noch sechsunddreißig Jahre gelebt.«

Lucy schüttelte den Kopf. »Kannst du dir vorstellen, wie schlimm das für ihn gewesen sein muss? Nach all den Jahren auf dem Meer in diesem Haus zu stranden?« Claire, die nur sein Bestes im Sinn hatte, hatte ihn ungewollt eingesperrt, indem sie ihm Winter Cottage vermachte. »Warum hat er die Verantwortung angenommen?«

»Vielleicht damit deine Mutter und du es einmal erben konntet.«

Lucy schwieg einen Moment. »Vielleicht.«

Megan sah durch die alten Strom- und Wasserrechnungen und warf sie in die Müllkiste. Dann waren da noch Dokumente von der Pensionskasse und der Sozialversicherung. Und fünf

Goldmünzen in einem Holzkästchen. »Das ist mal ein netter Fund. Fünf Unzen. Dafür kriegst du bestimmt fünf Riesen. Und? Was gönnst du dir?«

Lucy klimperte mit den Goldstücken. Sie waren schwer. Dann stopfte sie sie in die Hosentasche. »Eine Zahnspange für Natasha.«

»Ernsthaft?«

»Der Zahnarzt hat dazu geraten. Außerdem stören sie ihre schiefen Zähne enorm. Sie möchte wie die anderen sein.« Lucy seufzte, als ob ihr die Unsicherheit ihrer Schwester mehr zu schaffen machte als ihre schiefen Zähne. »Hank hat mir versichert, dass ich laut Stiftungssatzung alles verkaufen darf, was im Haus ist.«

»Und du willst die Erinnerungsstücke deiner Familie einfach so verkaufen?«, fragte Megan.

»Meine kleine Schwester ist sehr klug, und sie soll aufs College gehen. Ich würde noch das letzte Möbelstück in Winter Cottage verkaufen, wenn ich Natasha nur so eine vernünftige Ausbildung ermöglichen könnte. Eines Tages wird das Anwesen hoffentlich Gewinn bringen, aber ich kann nicht darauf setzen, dass wir innerhalb von fünf Jahren genug Profit machen, um die Studiengebühren fürs College zu bezahlen.«

»Du hast recht, Natasha ist clever. Sie könnte ein Stipendium bekommen.«

»Vielleicht, aber darauf kann ich mich nicht verlassen. Ich gehe kein Risiko ein.«

»Irgendwann werden Winter Cottage, Spring House und der Leuchtturm echte Prunkstücke sein«, sagte Megan überzeugt.

»Darauf baue ich. Und auf das Potenzial des Anwesens und des Weinguts.«

»Für deine Eventfirma?«

»Ganz genau. Wenn du mit der Restaurierung fertig bist, wird Winter Cottage eine perfekte Location für Hochzeiten und andere Veranstaltungen sein.« Lucy sah die Zukunft schon vor sich. »Ich habe mir ein paar Veranstaltungsorte auf Hochzeits-Webseiten angesehen. Du glaubst kaum, was für Preise die verlangen.«

»Kaum ist es fertig, stürmen sie Winter Cottage?«, fragte Megan grinsend.

»Genau. Wir hätten sogar ein historisches Motto. Ich habe die Hochzeitsfotos von George und Julia und Claires Porträt im Hochzeitskleid. Wir können das richtig groß aufziehen.«

»Claire war selbst Unternehmerin. Da alles Geld in der Stiftung für ihren Sohn angelegt war, hat sie sich durchs Schneidern und Alkoholschmuggel über Wasser gehalten.«

»Claire hat Alkohol geschmuggelt?«

»Anscheinend hatte sie ein großes Netzwerk in den Staaten Maryland und Washington. Ihre Lieferungen haben einige Kneipen in der Gegend am Leben erhalten.«

»Woher hatte sie den Alkohol?«

»Das weiß ich nicht. Ich weiß nur, dass sie Branntwein verkaufte, genauer gesagt Calvados. Und Sekt. Ihr Lager wurde nie gefunden.«

»Ich habe lange genug in Kneipen gearbeitet, um zu wissen, dass Calvados aus Frankreich kommt.«

»Stimmt, und zwar aus der Normandie im Norden Frankreichs. Deshalb war Claire so beliebt. Sie hatte richtig guten Stoff.«

»In den Videos, die meine Mutter mit Claire gemacht hat, wirkte Claire immer so förmlich und traditionell«, sagte Lucy.

»Ich glaube, sie hat getan, was sie tun musste, um ihre Familie zu ernähren und Winter Cottage behalten zu können.« Megan betrachtete eine Schachtel in der Schublade. »Ich hätte das Gleiche getan. Winter Cottage ist ein unglaubliches Anwesen.«

»Vielleicht hat Claire uns einen Gefallen getan. Das Haus ist für uns beide ein Anker.«

Megan öffnete die Schachtel und nahm einen Stapel Briefe heraus. Die Adressatin war in eleganter Handschrift mit schwarzer Tinte auf den Umschlägen vermerkt.

»Was ist das?«, fragte Lucy.

»Briefe an Claire Hedrick Buchanan.«

»Unsere Claire?«

»Ja. Wer auch immer an Claire geschrieben hat, war sehr fleißig«, sagte Megan. »Der Absender ist immer *DH*. Claire hatte eine Schwester namens Diane. Diane Hedrick. *DH*.«

»Klar, dass die Schwestern einander geschrieben haben. Aber wie sind die Briefe bei Samuel Jessup gelandet?«

»Keine Ahnung.« Megan wog die Briefe in ihren Händen. Wenn es nach ihr gegangen wäre, hätte sie sich in einen ruhigen Raum zurückgezogen und sie alle gelesen. Aber sie würde sich gedulden müssen.

Megan förderte aus der Tiefe der Schublade einen Packen unbenutztes Briefpapier mit den Initialen SJ zutage. »Müll?«

Lucy nahm den Packen an sich. »Ich schreibe keine Briefe, aber Natasha hat eine Schwäche für schönes Papier und Stifte aller Art. Sie wird es nach und nach aufbrauchen.«

Megan griff nach einem weinroten Samtbeutel. Er war von Staub bedeckt und mit einem goldfarbenen Band fest zugebunden.

»Warte mal, im Mülleimer sind ungefähr viertausend Büroklammern.« Lucy fischte eine heraus, bog sie auf und reichte sie Megan.

Megan schob das dünne Metall vorsichtig zwischen die seidigen Fäden, ruckelte daran und schaffte es nach und nach, den Knoten zu lösen. »Man darf das nicht zu hastig machen.«

Lucy streckte die Hand nach dem Beutel aus. »Ich bezweifle, dass man es noch weniger hastig machen kann.«

Megan hielt die Tasche außer Lucys Reichweite. »Finger weg! Der Stoff ist alt und brüchig.«

Ohne auf Lucys verwunderten Blick zu achten, öffnete sie behutsam die Tasche und zog drei silberne Kreisel heraus. Sie hatten jeweils vier flache, mit Rubin besetzte Seiten, auf denen hebräische Buchstaben standen. »Das sind Dreidel.«

»Waren die Jessups Juden?«, fragte Lucy.

»Nein.« Sie legte die Dreidel sorgsam nebeneinander auf die Veranda. »Sie waren Methodisten, genau wie die Buchanans und die Hedricks.«

»Samuel hat die ganze Welt bereist und sein Haus mit Andenken vollgestopft. Kein Wunder, dass auch so etwas darunter ist, oder?«

»Die Dreidel sind sehr alt und waren sicherlich wertvolle Familienstücke«, überlegte Megan laut. »Nicht unbedingt etwas, was man einfach so einem Seemann gibt.«

Sie zog ein Holzkistchen hervor und öffnete den Messingverschluss. In dem mit Samt gefütterten Inneren lag ein poliertes Herz aus edlem Holz, das mit roten und klaren Glassteinchen eingefasst war. An der Spitze war eine Aussparung und auf der Rückseite war *Paris* eingeschnitzt.

»Das ist eine Planchette«, sagte Megan. »*Kleines Brett.*«

»Sieht aus wie ein Spielstein von einem Ouija-Brett«, sagte Lucy.

»Genau das ist es auch. Wie verrückt, ich habe gerade heute ein Ouija-Brett in einem Antiquitätenladen gekauft, weil ich dachte, Natasha könnte so ein altmodisches Spiel gefallen.«

»Rund um Halloween haben wir in der Bar, in der ich gearbeitet habe, Ouija-Bretter und Tarot-Karten ausgelegt. Ob nüchtern oder betrunken, alle fanden es irre, wenn ein Stück Holz über dem Brett schwebte und eine Frage mit Ja oder Nein beantwortete. Wenn ich einen Cent bekommen hätte für jeden, der wissen wollte, ob er die große Liebe findet oder reich wird, dann wäre ich jetzt Millionärin.«

»Liebe und Reichtum – die größten Wünsche der Menschen.« Sie musterte die Gegenstände und fragte sich, wie so unterschiedliche Dinge zusammengekommen waren.

Lucy nahm Megan die Planchette ab und betrachtete sie. »Du verbringst dein ganzes Leben damit, im Leben von Toten herumzuwühlen. Ich könnte mir vorstellen, dass es spannend für dich wäre, mal mit einem zu sprechen.«

»Ich beschäftige mich mit ihren Hinterlassenschaften.«

»Also fändest du es nicht spannend, zu einem Kontakt aufzunehmen?«, fragte Lucy.

»Du vielleicht?«

»Klar, wieso nicht?« Lucy hielt die Planchette gegen die Sonne und blickte durch die runde Aussparung. »Wenn ich mit den Toten sprechen könnte, würde das viele Geheimnisse in meinem Leben klären. Zum Beispiel, warum mir jetzt dieses Haus und Winter Cottage gehören.«

»Weil Claire die unfreiwillige Hebamme war, als Victoria Samuel zur Welt gebracht hat. Und weil sie immer eine Schwäche für ihn hatte. Vielleicht war es auch aus Rache gegenüber ihrem verstorbenen Schwiegervater, der es nicht verwinden konnte, dass sein Sohn, Robert Buchanan, Claire geheiratet und ein Kind mit ihr bekommen hat. Unvorstellbar, was er getan hätte, wenn er herausgefunden hätte, dass seine Tochter Victoria ein Kind von einem Seemann hatte.«

Lucy schüttelte den Kopf. Wie fremd ihr das alles war! Das Haus, ihr Großvater und selbst ihre Mutter mit all ihren Geheimnissen. »Dreidel und eine Planchette. Wie ist es eigentlich, eine normale Familie zu haben?«

»Das fragst du mich?«

»Konventioneller als die Buchanans geht doch gar nicht.«

»Stimmt. Aber ich bin's nicht.«

»Klingt geheimnisvoll.«

»Das auch wieder nicht. Meine Mutter hätte es nur gerngehabt, wenn ich beliebt gewesen und mit Sportlern ausgegangen wäre Dazu hatte ich überhaupt keine Lust. Ich war ein Bücherwurm und fand Museen interessanter.«

»Voll die Rebellin.«

»Tja, ich liebe den Nervenkitzel verstaubter Bücher.«

Lucy gab ihr die Planchette zurück. »Sind deine Eltern eigentlich wieder zurück?«

Megan steckte die Gegenstände in den Beutel. »Sie kommen in ein paar Wochen wieder. Meine Mutter verfolgt mich mit dem Tracker auf dem Handy.«

Lucy kratzte sich verwundert am Kopf. »Super.«

»Sie machen sich Sorgen. Erst habe ich einen Doktor in Geschichte gemacht, statt Jura zu studieren, und dann habe ich mich auch noch von ihrem Traumschwiegersohn getrennt. Sie müssen denken, dass ich den Verstand verloren habe. Und jetzt fragen sie sich, wie alles erst mit einem Baby wird.«

»Es geht dir doch gut«, sagte Lucy. »Und du hast gefühlt hundert Babybücher gelesen. Du stehst auf eigenen Beinen und du wirst eine tolle Mama sein.«

Megan strich sich die Haare hinters Ohr. Und wenn sie noch so viel gelesen hatte, war das keine Garantie, dass sie mit dem Kind alles richtig machen würde. »Ich hoffe es. Ich habe wahnsinnige Angst vor der Zukunft.«

Kapitel 5

MEGAN

Montag, 5. März 2018
Cape Hudson, Virginia

Megan und Lucy verbrachten den ganzen Nachmittag damit, Samuels Schreibtisch auszuräumen. Während Lucy die Zeitschriften- und Bücherstapel in die *Verschenken*-Kiste warf, ging Megan weiter die Schubladen durch. Es war erstaunlich, wie viel ein einzelner Mensch ansammeln konnte. Dinge aus aller Welt und dem ganzen letzten Jahrhundert, darunter auch wahre Schätze – wie eine Sammlung von Füllfederhaltern aus geschnitztem Elfenbein, eine verbeulte Metalldose mit Silberdollars aus den 1930er-Jahren und mehrere Kompasse in goldenen Gehäusen. Wenn das so weiterging, konnte Lucy nicht nur eine Zahnspange für Natasha bezahlen, sondern auch eine hervorragende Schule.

Das Klappern von leichten Schritten verkündete Natashas Ankunft. Sie stand erwartungsvoll in der Tür, die lockigen dunklen Haare zu einem Pferdeschwanz gebunden, ihre kaffeebraune Haut noch glühend vom Fußballtraining. Lucy und Natasha unterschieden sich wie Tag und Nacht, und doch hatten sie das gleiche Grinsen, das nur von ein und demselben Vater stammen konnte.

Das Mädchen trug eine grüne Sporthose, ein weißes Trikot mit dem Namen Kincaid auf dem Rücken und schwarze Fußballschuhe. Seit Lucy sie offiziell in Pflege genommen hatte, hatten sich die Noten des Mädchens verbessert, und sie machte das erste Mal in ihrem Leben nach der Schule Sport. Ihr gemeinsamer Vater war unberechenbar. Obwohl er Lucy in einem lichten Moment das Sorgerecht für Natasha zugesprochen hatte, gab es keine Garantie, dass er die Entscheidung nicht wieder anfechten würde, wenn er aus dem Gefängnis kam. Deswegen bemühte sich Lucy um eine endgültige Adoption.

Natasha warf ihren roten Rucksack neben einen Zeitschriftenstapel auf den Boden. »Habt ihr schon verborgene Schätze entdeckt?«

»Ja, tolles Papier und schöne Stifte«, sagte Megan.

Natasha flitzte zum aufgeräumten Schreibtisch und griff nach einem Stift aus graviertem Walknochen mit Silberintarsien. Sie zog die Kappe ab und musterte die trockene Feder. »Funktioniert der noch?«

»Wenn wir Tinte aufziehen, bestimmt«, sagte Megan.

»Man muss da Tinte reinmachen?« Natasha hielt den Füller gegen das Licht.

»So war das früher.«

»Klingt umständlich«, sagte Natasha.

»Die Leute waren daran gewöhnt«, sagte Megan.

Sie hörten feste Schritte und das Kratzen von Hundepfoten auf dem Flur. Vor einigen Monaten hatte Dolly Hank Garrison zum Rudelführer erkoren, und seitdem wich sie ihm kaum noch von der Seite. Sie wedelte aufgeregt mit dem Schwanz.

Hank war hochgewachsen, mit breiten Schultern und einer ruhigen Selbstsicherheit, die nur wenige Einunddreißigjährige an den Tag legten. Seine Sonnenbrille hatte er auf die kurzen, dunklen Haare zurückgeschoben, und die staubige, verwaschene Jeans und die alten Arbeitsstiefel ließen darauf schließen, dass er in den Weinbergen gearbeitet hatte, bevor er Natasha vom Training abgeholt hatte. Als Megans Cousin letztes Jahr nach Cape Hudson zurückgezogen war, hatte er das so gut wie verwaiste Mädchen unter seine Fittiche genommen. Obwohl Lucy das Sorgerecht hatte, spielte er weiter eine aktive Rolle in Natashas Leben. Seit Lucy und Hank ein Paar waren, genoss das Kind eine nie zuvor gekannte Beständigkeit.

Lucy stellte einen Bücherstapel auf den Boden, ging auf ihn zu und küsste ihn. Megan sah, wie sie sich aneinanderschmiegten. Sie strahlten große Wärme und starke Verbundenheit aus.

Megan hatte Scott geliebt und sich das Leben mit ihm wunderschön vorgestellt. Irgendwann hatten sie zurück nach Cape Hudson ziehen wollen, um dort Wurzeln zu schlagen. Jetzt fiel ihr auf, dass sie, wenn sie geheiratet hätten, genauso hätten enden können wie Samuel und seine Frau. Scott wäre ständig unterwegs gewesen, während sie alleine zurückgeblieben wäre, um das Kind großzuziehen.

»Sieht aus, als wärt ihr weitergekommen«, sagte Hank.

»Langsam, aber sicher«, bestätigte Lucy. »Ich hätte ja große Lust, diesen Krempel hier wegzuschmeißen, aber Megan betrachtet das Ganze als archäologisches Projekt.«

»Megan hat ja auch Geschichte studiert«, sagte Hank.

»Ganz genau«, sagte Megan.

Draußen wurde eine Autotür zugeschlagen. Megan warf einen Blick aus dem Fenster. Rick trug statt seiner Uniform jetzt eine Jeans und ein altes T-Shirt und nahm vom Rücksitz Pizzakartons und einen Sechserpack Cola. Überrascht bemerkte sie, dass ihr Magen bei dem Anblick grummelte. Zum ersten

Mal seit Tagen hatte sie Hunger. »Hey, Rick hat was zu essen mitgebracht.«

»Gott sei Dank«, sagte Natasha. »Ich bin schon halb verhungert.«

»Du bist immer halb verhungert.« Lucy musste lächeln.

»Willst du vielleicht sagen, dass ich dick geworden bin?«, fragte Natasha.

Lucy hob abwehrend die Hände. »Nein! Was für ein Unsinn!«

»Warum hast du dann gesagt, dass ich immer Hunger habe?«, beschwerte sich Natasha.

»Weil es stimmt. Das ist ja auch nichts Schlimmes. Es ist eine Tatsache«, sagte Lucy.

Natasha rollte mit den Augen. »Lasst uns auf der Veranda essen. Hier drinnen ist es stickig.«

»Gute Idee«, rief Lucy dem Mädchen hinterher, das schon aus dem Zimmer gerannt war.

Megan sah kichernd hinter ihr her. »Ich habe meine Mutter zur Weißglut getrieben, als ich in dem Alter war.«

Lucy raufte sich die Haare. »Sag mir sofort, dass die Phase nicht lange gedauert hat.«

Megan zuckte mit den Achseln. »Da müsstest du sie fragen. Momentan bringe ich sie jedenfalls ganz schön auf die Palme.«

Lucy versuchte, ihre Halsmuskeln zu lockern, indem sie den Kopf hin- und herdrehte. »Sie geht voll auf Konfrontationskurs.«

»Sie ist fast dreizehn. Was erwartest du?«

»Aber ich bin doch nicht ihre Mutter.«

»Nicht ihre biologische. Aber in jeder anderen Hinsicht schon.«

»Am Anfang war ich die coole große Schwester.«

»Sie braucht eine Mutter.«

»Bis ich ihr sage, dass sie ihre dreckigen Sachen vom Boden aufheben soll, und dann erinnert sie mich daran, dass ich ihr gar nichts zu sagen habe.«

Megan lachte. »Sie himmelt dich an. Sie wird nur sauer auf dich, weil sie sich bei dir sicher fühlt. Sicher genug, um die Grenzen auszutesten.«

»Himmel hilf.« Lucy seufzte.

Lachend trat Megan auf die sonnige Veranda hinaus. Dolly rannte Rick entgegen und schnüffelte an den Pizzakartons. Megan schloss die Augen und hielt ihr Gesicht in die Sonne. Sie atmete tief ein und massierte sich den Lendenbereich.

Wortlos zog Rick ihr einen Stuhl heran und öffnete die Pizzakartons. Pappteller, Getränke und eine Rolle Küchenpapier hatte er schon bereitgelegt.

Natasha stürzte sich auf die Salamipizza mit Zwiebeln und zog mehrere Stücke auf ihren Teller. »Rick, woher wusstest du, dass ich am Verhungern war?«

Auf seinem ernsten Gesicht zeigte sich ein leises Lächeln. »Weil ich hellsehen kann.«

Natasha hatte schon den ersten Bissen im Mund, als sie sich auf einen der vier schmiedeeisernen Stühle plumpsen ließ. »Warum hast du Cola mitgebracht? Traubenschorle ist doch viel besser zu Pizza.«

»Wer sagt das?«, fragte Rick.

»Na, ich«, gab Natasha zurück. Bei ihrem frechen Ton zog Rick eine Augenbraue hoch. Sie ruderte sofort zurück. »Aber Cola schmeckt mir auch gut.«

»Na dann«, sagte er.

Rick hatte Hunderte Marinesoldaten trainiert, und obwohl er im Ruf stand, fair zu sein, war er laut Scott einer der härtesten Ausbilder gewesen. Wenn Natasha Rick provozieren wollte, musste sie andere Saiten aufziehen.

Er bedeutete Megan, sich auf den Stuhl neben ihn zu setzen, und sie war zu müde, um zu widersprechen. Als sie in ein Stück Pizza biss, musste sie sich zusammenreißen, um nicht genussvoll zu stöhnen. Sie konnte sich nicht erinnern, jemals so etwas Leckeres gegessen zu haben.

Er öffnete eine Cola und stellte sie vor sie hin.

Lucy setzte sich neben Natasha und nahm sich ein Stück. »Wie ist die Pizza, Kleine?«

Natasha sagte abwesend: »Okay.«

»Hast du dich bei Rick bedankt?«, fragte Lucy.

Natasha starrte sie an, wie um ihr zu bedeuten, was für eine dumme Frage das war, aber Lucy starrte unverwandt zurück. Schließlich seufzte Natasha. »Danke für die Pizza, Rick.«

»Gern geschehen«, sagte er.

Megan merkte erst beim Trinken, wie durstig sie war. Sie leerte fast die ganze Dose in einem Zug.

Rick stand auf und lehnte sich ans Geländer. »Habt ihr was Interessantes gefunden?«

Megan wischte sich die Finger ab. »Füller, Münzen, Dreidel und eine alte Planchette.« Auf Natashas fragenden Blick fügte sie hinzu: »Das dreieckige Teil von einem Ouija-Brett.«

»Die sind irgendwie gruselig«, sagte Natasha. »Können wir das mal spielen?«

»Witzig, dass du das sagst. Ich habe nämlich heute ein paar alte Spiele gekauft«, sagte Megan. »Vielleicht für deine Party. Wann wolltest du sie noch mal machen?«

»Ginge Samstag?«, fragte Natasha.

»Passt mir gut«, antwortete Lucy.

»Ich habe mir überlegt, dass altmodische Spiele mal ganz lustig sein könnten. Ouija-Brett zum Beispiel«, erklärte Megan.

»Das klingt cool!«, rief Natasha.

Lucy hatte Natasha eine Woche zuvor etwas Ähnliches vorgeschlagen und eine Abfuhr kassiert. Jetzt hob sie nur die Augenbrauen und schwieg.

»Wen lädst du ein?«, wollte Megan wissen.

Natashas Schulterzucken konnte ihre Sorgen nicht überspielen. »Keine Ahnung. Ein paar Mädchen von der Schule, aber ich weiß nicht, ob sie kommen.«

»Spielabend mit Mystery-Date und Zauberei?«, sagte Megan. »Da werden sie wohl kaum Nein sagen.«

»Woher weißt du das?« Natasha klang plötzlich sehr unsicher.

»Weil du toll bist«, sagte Lucy. »Und weil es lustig wird.«

»Was sollst du auch sonst sagen«, meinte Natasha.

Hank nahm sich zwei Stücke Pizza und küsste Lucy. »Alle wollen Winter Cottage sehen. Du kannst doch im Salon feiern. Und sogar eine Übernachtungsparty machen.«

Natasha kaute auf ihrer Unterlippe. »Ich weiß nicht.«

»Ich kann die Einladungen zeichnen«, bot Lucy an. »Eine spuk-takuläre Party!«

»Das hört sich zu sehr nach Halloween an«, wandte Natasha ein.

»Na, umso besser«, sagte Rick. »Ich habe noch Feuerwerkskörper vom Unabhängigkeitstag. Wir lassen die Raketen über der Bucht aufsteigen.«

»Das wäre ziemlich cool.« In der Stimme des Mädchens schwang jetzt weder Aggression noch Unsicherheit, sondern echte Vorfreude.

»Jeder kann nach Norfolk ins Restaurant gehen. Aber nicht jeder kann eine gespenstische Übernachtungsparty geben«, sagte Megan. »Ich könnte die Zukunft vorhersagen.«

Natasha knabberte aufgeregt an ihrer Pizza. »Vielleicht können wir auch draußen grillen.«

Hank stupste Natasha leicht an die Schulter. »Ich bin Meistergriller. Rick ebenso. Wir stehen dir zu Diensten.«

»Cool!«

»Und ob das cool wird«, sagte Rick.

Hank angelte sich noch ein Stück Pizza. »Ich muss jetzt zurück ins Weingut. Lucy, sag Bescheid, wann und wo.«

»Mach ich«, antwortete Lucy.

Hank küsste sie auf die Stirn. »Sehen wir uns später?«

Sie lächelte. »Ja.«

Hank zog Natasha leicht am Pferdeschwanz. »Erst Hausaufgaben, dann Fernsehen.«

»Ja, weiß ich.«

»Rick, dein Kumpel, dieser Steinmetz, hat mich wegen des Jobs angerufen«, sagte Hank. »Er kommt in ein, zwei Wochen vorbei. Er scheint ja wirklich was draufzuhaben.«

»Er ist ein ehrlicher Kerl«, sagte Rick. »Du wirst nicht enttäuscht sein.«

Als Hank weg war, gab Natasha Dolly ein Stück Pizza. »Ouija ist irgendwie cool. Was wollen wir es fragen?«

Megan hörte zu, wie Lucy und Natasha über das Spiel sprachen und wen sie im Reich der Toten kontaktieren könnten. Dann gab es Verhandlungen über die Hausaufgaben und Dollys Spaziergang.

Sie bewunderte Lucys Geduld. Mit dreißig war sie anscheinend problemlos in die Mutterrolle für ein vorpubertäres Mädchen geschlüpft, das ihre Grenzen bei jeder sich bietenden Gelegenheit austestete.

»Also, welchen Namen hast du jetzt für das Baby?«, fragte Natasha.

»Herminie Chrysanthemie«, sagte Megan, ohne eine Miene zu verziehen.

Natasha guckte ungläubig, dann brach sie in lautes Lachen aus. »Mit dem Namen kriegt sie spätestens in der Highschool Schwierigkeiten.«

In den letzten zwei Wochen hatten sie dieses Spiel immer wieder gespielt, und Megans Namen waren immer verrückter geworden. In Wirklichkeit hatte sie keine Ahnung, wie sie ihr Kind nennen sollte.

»Wie wäre es mit Prinzessin Feenschimmer?«, fragte Natasha.

»Super Idee.« Megan grinste. »Ich schreibe es auf die Liste.«

»Alicia Sternenstaub«, schlug Lucy vor.

»Auch gut. Aber denkt dran, wir können ihr erst einen Namen geben, wenn wir sie kennen«, sagte Megan.

»Megan«, sagte Rick. »Ich habe gestern bei der Crawford Ranch angerufen.«

»Geht es Herman gut?«, wollte Lucy wissen.

»Ja, alles in Ordnung. Er will ein Boot verkaufen, das ich mir angesehen habe.«

»Kaufst du es?«, fragte Natasha.

»Nein, zu teuer. Aber Herman hat mir erzählt, dass er Möbel aus Winter Cottage hat und gern bereit ist, sie dir zu zeigen. Anscheinend hat er einen Antiquitätenhändler namens Duncan kontaktiert, der ihm gesagt hat, dass du Interesse hättest.« Er zog ein sauber gefaltetes Stück Papier aus der Tasche und gab es ihr.

»Das wäre toll«, sagte Megan. »Hat er gesagt, was für Möbel das sind?« Ricks entschiedene und ordentliche Handschrift zeugte von Selbstbewusstsein und Zielstrebigkeit.

»Ein Tisch mit passenden Stühlen«, sagte Rick.

»Was für ein Tisch?«

»Ich habe keine Ahnung. Ich dachte, das überlasse ich lieber dir.«

Rick entging normalerweise kein Detail. Die Tatsache, dass er keine weiteren Informationen hatte, konnte nur bedeuten, dass er in Eile gewesen war oder sich auf Wichtigeres konzentriert hatte.

»Super. Vielen Dank. Okay, ich rufe ihn an«, sagte Megan.

»Er ist ab morgen im Urlaub. Wenn du ihn treffen willst, solltest du noch heute oder gleich morgen früh hinfahren.«

Megan konnte Antiquitäten einfach nicht widerstehen, schon gar nicht, wenn sie etwas mit Winter Cottage zu tun hatten. Sie war dankbar, dass ihr das Universum so viele Schätze schickte, aber sie alle unter einen Hut zu bringen und sich um alles gleichzeitig zu kümmern, wurde langsam zu einer echten Herausforderung. »Dann rufe ich ihn jetzt gleich an.«

Als sie die Nummer auf dem Zettel gewählt hatte, stand sie mühsam auf und entfernte sich von den anderen. Als sie es schon aufgeben wollte, meldete sich eine gehetzte Stimme. »Hallo? Was gibt's?« Im Hintergrund plärrte eine Spielshow im Fernsehen.

Sie strich sich eine Strähne hinters Ohr. »Mr Crawford, mein Name ist Megan Buchanan. Sheriff Markham sagte mir, Sie hätten Möbelstücke für Winter Cottage?«

»Wer hat was gesagt?«, brüllte Crawford über plötzlich einsetzendes lautes Hundegebell hinweg.

»Ich höre, Sie haben Möbelstücke«, wiederholte Megan lauter. »Für Winter Cottage.«

»Winter Cottage? Ja, einen Kartentisch und vier Stühle. Aber ich fahre morgen ganz früh in den Urlaub. Entweder Sie kommen heute, um sie mitzunehmen, oder Sie müssen bis Dezember warten.«

Sie sah auf ihre Uhr. Die Crawford Ranch lag an der Route 13, etwa fünfzehn oder zwanzig Minuten von hier. Sie konnte kurz hinfahren, sich die Stücke ansehen und dann entscheiden, ob sie sie brauchte. Das Aufladen und Transportieren war eine andere Sache. »Und ich kann jetzt vorbeikommen?«

»Ja, klar.«

»Okay. Dann bis gleich.«

Lucy und Natasha sahen sich die Planchette an. Rick kam auf sie zu. »Wie wäre es, wenn ich mitfahre?«

»Bist du nicht im Dienst?«, fragte Megan.

»Ich bin immer im Dienst. Aber ich bin ja dort genauso gut zu erreichen.«

»Solltest du nicht einen Stellvertreter bekommen?«

»Der Stadtrat muss das noch bewilligen. Und in der Stadtverwaltung mahlen die Mühlen langsam.«

Eigentlich wollte Megan das Angebot ablehnen. Rick hatte ihr schon so viel geholfen, seit sie wieder nach Cape Hudson gezogen war, und wenn sie nicht aufpasste, würde er noch unentbehrlich für sie werden. Und dann hätte sie Probleme, wenn sie zum nächsten Job weiterziehen wollte.

Als ob er die Denkblasen über ihrem Kopf lesen könnte, fragte er: »Was ist denn so schlimm daran, dir von mir helfen zu lassen?«

»Eigentlich spricht nichts dagegen. Ich sage Lucy Bescheid.«

»Isst du deine Pizza noch auf?«

»Nein. Ich bin satt.«

»Du hast fast nichts gegessen.« Es war deutlich, dass er sich bemühte, es nicht vorwurfsvoll klingen zu lassen.

Rick und ihre Mutter waren auf einer Linie. Sie spähte Megan über Satelliten aus und war mit Rick in Kontakt.

Scott hatte ihr oft erzählt, wie loyal Rick war, und sobald er herausgefunden hatte, dass sie ein Baby von Scott erwartete, hatte sich seine Loyalität für seinen alten Freund auf dessen Kind verlagert.

Megan fühlte sich unbehaglich bei dem Gedanken, dass er sich ihr gegenüber verpflichtet fühlte. »Ich hole nur meine Handtasche«, sagte sie.

Nachdem sie Lucy Bescheid gegeben hatte, gingen sie zu seinem Truck. Sie setzte den Fuß aufs Trittbrett und zählte bis drei, bevor sie sich mit ihrem dicken Bauch hineinhievte.

Er stützte sie am Unterarm und gab ihr den nötigen Schwung, um auf den Sitz zu rutschen. Es war so lange her, dass ein Mann sie angefasst hatte. Seine raue Hand auf ihrer nackten Haut sandte eine unwillkommene Welle des Verlangens durch ihren ganzen Körper. Sie bemühte sich, seinen Geruch nicht einzuatmen und der Frage nachzugehen, ob seine Brust so muskulös war, wie sie aussah. Sie rutschte schnell auf der Rückbank von ihm weg. Es mussten die Hormone sein.

Sein angedeutetes Lächeln sagte mehr als tausend Worte. Er war kein Kind von Traurigkeit und spürte genau, wenn eine Frau ihn begehrte. Zum Glück war er auch ein Gentleman und ging darüber hinweg. Er fischte nach ihrem Sicherheitsgurt und reichte ihn ihr. Als sie ihn angelegt hatte, schloss er die Tür und schlenderte lässig mit dem Schlüssel spielend vorne um den Truck herum.

Als er hinter dem Lenkrad saß, fiel ihr Blick auf das ausgeblichene Paracord-Armband, einer geflochtenen Nylonschnur, die im Notfall zu einer Rettungsleine wurde. Er hatte es auch schon getragen, als sie ihn drei Jahre zuvor kennengelernt hatte.

Sie war in einer Bar in Chic's Beach, in der Nähe von Norfolk an der Festlandküste der Chesapeake Bay. Es war Girls' Night, und die Getränke kosteten nur die Hälfte. Sie wollte sich mit ihrem Bruder treffen und ihm ihre Freundinnen vorstellen, und Deacon hatte Scott und Rick mitgebracht. Megan fühlte sich gleich zu Rick hingezogen, und er schien auch an ihr interessiert zu sein.

Aber als sie sich etwas später über Politik unterhielten, wurde schnell klar, dass ihre Ansichten weit auseinandergingen. Was sie sich gleich hätte denken können. Sie trug ihre geliebte Hippiebluse und Zöpfe und er hatte diesen Armeehaarschnitt und stand mit stocksteifem Rücken da. Sie wusste nicht mehr, worüber sie sich genau gestritten hatten. Jedenfalls war die wechselseitige erotische Anziehung schnell verflogen. Er hatte noch einen Witz darüber gemacht, dass sie sich einen vernünftigen Job suchen sollte, und sie hatte die Nase voll. Scott hatte sich ausgleichend in ihr Gespräch eingemischt und sie für sich eingenommen. Der Funke, der zwischen Rick und ihr erglüht war, war komplett erloschen.

1. August 1939
Aus dem Tagebuch von Samuel Jessup

Die USS Mayhew hat sich vor zwei Tagen aus dem Konvoi der Handelsmarine gelöst und Kurs auf Le Havre genommen, das wir in drei Tagen erreichen sollten.

Unter den Männern wird gewettet, ob die Krauts nächstes Jahr die Maginot-Linie durchbrechen. Die Franzosen halten das für unmöglich, aber das erinnert mich an das ganze Gequatsche über angeblich unsinkbare Schiffe, die jetzt auf dem Meeresboden liegen.

Je näher wir der afrikanischen Küste kommen, desto gefährlicher wird unsere Mission. Mir gefällt dieser Umweg nicht, aber der Befehl, Edward Garrison und seine Frau Victoria an Bord zu nehmen, kam von ganz oben. Wie viele Reiche verlassen sie Europa und Afrika wegen der Deutschen. Wir haben Befehl, sie vor unserem Rückweg in die Staaten in Le Havre abzusetzen. Ich kann nur sagen, Gott segne Amerika.

Kapitel 6

MEGAN

Montag, 5. März 2018
Cape Hudson, Virginia

Rick bog gerade auf die Hauptstraße, als sich die Leitstelle über Funk meldete.

»Sheriff, Buddy Trice fragt, ob Sie noch wissen, wann sein Gerichtstermin ist. Er sagt, Sie hätten den Richter für ihn angerufen.«

»Am 18. Mai. Er soll pünktlich um neun Uhr morgens am Amtsgericht sein.«

»Alles klar.«

»Roger.«

»Machst du das oft? Termine zu überprüfen für Leute, die du verhaftet hast?«

»Normalerweise nicht. Aber Buddy fällt es schwer, sich Sachen zu merken. Er fragt jetzt schon zum dritten Mal und wird mich bis zum Termin bestimmt noch ein halbes Dutzend Mal fragen.«

In Arlene's Diner hatte Megan gehört, dass Buddy ein paar Jahre zuvor einen Autounfall gehabt hatte. Seitdem hatte er Schwierigkeiten, sich seine Termine zu merken und seinen

Alkoholkonsum zu kontrollieren. In den Bars der Gegend war nach zwei Drinks Schluss für ihn, doch manchmal fiel ihm ein, von Kneipe zu Kneipe zu ziehen und in jeder Bar zwei Drinks zu bestellen. Als Buddy Ende Februar sturzbetrunken aus dem *Rostigen Nagel* torkelte, hatte Rick ihn wegen Alkoholkonsums in der Öffentlichkeit verhaftet, damit er nichts Dummes anstellte.

Rick lehnte sich zurück und fuhr lässig mit einer Hand am Lenkrad. So war er. Selbstgenügsam und ausgeglichen. Scott hatte ihr erzählt, dass Rick schon als Steppke Marinesoldat werden wollte, und dieses Ziel hatte er unbeirrt verfolgt. Seitdem er sich in Cape Hudson niedergelassen hatte, würde er sich zweifellos um das Städtchen ebenso gut kümmern wie um seine Truppe. In dem einen Jahr seit seiner Ankunft hatte er mehr Menschen in der Gegend kennengelernt als sie in ihren alljährlichen Sommerbesuchen. Er hatte Freunde fürs Leben gefunden, während sie ihre Bekanntschaften als vorübergehend betrachtete.

»Wie findest du es, jetzt in Winter Cottage zu wohnen?«, begann er.

»Super. Es ist schön, nicht dreimal die Woche von Norfolk pendeln zu müssen. Allerdings wäre es auch nicht schlecht, wenn das Wasser nicht erst Stunden später warm aus der Leitung käme.«

»Lieferst du noch deine Kuchen aus?«, fragte er.

»Ich habe noch eine letzte Lieferung am Freitag. Für ein Probeessen vor einer Hochzeit. Anscheinend kann der Bräutigam Süßes nicht ausstehen – bis auf meinen gedeckten Apfelkuchen. Dann mache ich vorläufig Schluss damit, bis das Baby geboren ist.«

»Warum willst du es dann weitermachen? Ich wette um ein Monatsgehalt, dass Lucy dich ordentlich bezahlt. Und du hast hier mindestens noch ein Jahr alle Hände voll zu tun.«

»Stimmt, sie bezahlt mich gut.«

»Warum hängst du das Catering dann nicht an den Nagel?«

»Weil Renovierungen die Tendenz haben, irgendwann abgeschlossen zu sein. Und meine Online-Präsenz im Cateringgeschäft ist momentan so gut, dass es schade wäre, das aufzugeben. Es ist immer schlau, nicht alles auf eine Karte zu setzen. Und etwas zu haben, worauf man zurückgreifen kann.«

»Als wir uns im Chic's Beach kennengelernt haben, hattest du doch auch schon zwei Jobs. Oder waren es sogar drei?«

Sie war erstaunt, dass er sich daran erinnerte. »Vier. Tja, ich mache wohl von allem ein bisschen und nichts richtig gut.«

»Deine Eltern kommen bald wieder zurück?«

»Mitte April.«

Er schwieg einen Moment. Seine Kiefermuskeln mahlten wie an dem Abend, als sie über Politik diskutiert hatten. »Helen hat mich angerufen.«

Megan zupfte an einem Fädchen an ihrer Bluse. »Meine Mutter hat sie auch angerufen.«

»Sie würde dich gern sehen«, sagte er.

Als Megan Helen das letzte Mal gesehen hatte, war die ältere Frau schrecklich wütend auf sie gewesen. »Sie hat behauptet, mein Baby wäre nicht von Scott. Vor Kurzem hat mich meine Mutter auch danach gefragt.«

Er runzelte die Stirn. »Sie weiß genau, dass es Scotts Baby ist.«

»Warum macht sie dann so ein Theater?«, fragte Megan ärgerlich.

»Sie hat Angst. Sie hat erst ihren Mann verloren und jetzt ihren Sohn. Sie hat Angst, ein Kind zu lieben, das sie auch wieder verlieren könnte.«

»Das würde ich ihr nicht antun.«

»Eigentlich weiß sie das auch. Aber Angst und Schmerz bringen Leute dazu, seltsame Dinge zu tun.«

»Ich habe sie nie für besonders ängstlich gehalten.«

»Sie hat schreckliche Angst.«

Helen war jedes Mal fröhlich gewesen, wenn sie mit Megan und Scott zusammen war. Sie sprach immer mit zärtlicher Zuneigung von ihrem verstorbenen Mann und ließ sich ihre Trauer nie anmerken. Megan hatte sich bisher keine Gedanken darüber gemacht, was hinter Helens Lächeln steckte.

»Ich spiele keine Spielchen«, sagte Megan. »Ich lasse sie gern am Leben ihres Enkelkinds teilhaben. Solange sie mir nicht dumm kommt.«

»Mir brauchst du das nicht zu sagen, Megan.«

Mit lautem Knirschen der Reifen auf Schotter fuhren sie jetzt auf eine eingeschossige Ranch zu. Hartriegel blühte über achtlos weggeworfenen Krabbenfallen und zwei umgedrehten grünen Ruderbooten.

Mr Crawford hatte bei der Bundesaufsicht der Zentralbanken gearbeitet. Vor zwei Jahren war er in Rente gegangen und wieder nach Cape Hudson gezogen, wo er Grundbesitz hatte. Wann immer er konnte, war er früher zum Angeln oder zur Austernernte gekommen, doch jetzt sah er sich als echter Seemann, auch wenn er dank seiner großzügigen Pension natürlich nicht auf Ertrag angewiesen war.

In der Auffahrt parkte ein großer Truck vor einem Anhänger mit einer acht Meter langen Jacht. Auf der Ladefläche des Trucks türmten sich Kühltaschen, Angeln und Netze und zeugten davon, dass Mr Crawford auf der Suche nach neuen Abenteuern war.

»Wohin fährt er denn?«, fragte Megan.

»An die texanische Golfküste. Als ich mir das Boot angesehen habe, habe ich ihm vom Beginn der Restaurierung von Winter Cottage erzählt. Da hat er sich an die eingelagerten Möbel erinnert, von denen er glaubt, dass sie von Winter Cottage stammen.«

Megan nahm ihre Tasche und hatte die Hand schon auf dem Türgriff, als Rick sie von außen öffnete und ihr die Hand reichte. Wenn sie sich eine Chance gegeben hätte, mit ihrem dicken Bauch einigermaßen würdevoll aus dem Auto zu kommen, hätte sie seine Hilfe abgelehnt. Doch wie die Dinge lagen, nahm sie lieber seine Hand.

»Ich komme mir vor wie ein gestrandeter Wal«, sagte sie.

»Mir nicht.«

Sie zog eine Augenbraue hoch. »Du bist höflich. Und ein Gentleman, Rick.«

Er schloss die Wagentür hinter ihr. »Ich bin nur ehrlich. Du strahlst Wärme aus. Die Schwangerschaft steht dir.«

»Die Wärme kommt von meiner Übelkeit, und wenn du diese Michelin-Männchen-Figur attraktiv findest, bist du deutlich zu lange in Cape Hudson und solltest mal wieder auf dem Festland vorbeischauen.«

Er lachte leise, als sie auf die Veranda trat und klingelte. Ein Hund bellte und wenig später hörten sie Schritte.

Mr Crawford war Ende sechzig, mit einer drahtigen Statur und schütterem grauem Haar. Ein schwarzer Dackel mit ergrauter Schnauze wuselte um seine Knöchel.

»Ich bin Megan Buchanan.« Sie schüttelte seine Hand.

Der Hund bellte und schnüffelte an ihren Schuhen. Sie hätte sich gern runtergebeugt, um ihn zu kraulen, aber das stand außer Frage.

»Sie müssen Shorty nicht beachten. Er redet mit allen so.«

»Kein Problem«, sagte sie. »Ich würde ihn kraulen, wenn ich mich runterbeugen könnte.«

Er warf einen Blick auf ihren Bauch und schüttelte den Kopf. So wie sie seine Geschichte kannte – und die von allen anderen in der Stadt –, so kannte er ihre. »Kommen Sie rein. Ich zeige Ihnen, was ich habe.«

»Danke.« Sie folgten Mr Crawford ins dunkle Haus, vorbei am Wohnzimmer mit einem großen Fernseher, auf dem eine Spielshow lief, bis zu einer Abseite neben der Küche. »Vor ein paar Wochen habe ich einen Lagerraum ausgeräumt, den meine verstorbene Mutter angemietet hatte. Sie hat immer alles aufgehoben. Mein Bruder und ich wussten gar nicht, dass es dieses Lager gab, bis die jährliche Miete von ihrem Konto abgebucht wurde.«

»Es ist schon eine Weile her, dass Ihre Mutter zurück nach Norfolk gezogen ist?«

»Ja, bestimmt fünfzehn Jahre. Unglaublich. Sie wollte näher bei meiner Schwester wohnen.« Er öffnete die Garagentür.

»War der Lagerraum klimatisiert?«, fragte Megan. Sie hatte schon viele schöne Erbstücke gesehen, die durch Schimmel, Hitze oder Wasser zerstört worden waren.

»Ja. Sie hat gutes Geld dafür bezahlt, aber da die Möbelstücke in so einem guten Zustand sind, hat es sich wohl gelohnt.«

»Wie viele Stücke haben Sie denn?«

»Nur ein paar. Mein Bruder und meine Schwester haben das meiste genommen. Ich wollte nicht noch mehr Zeug. Bei mir ist es so: Wenn etwas nichts mit der Fischerei zu tun hat, interessiert es mich nicht.«

Er zog vorsichtig an einer alten Plane, die mit roten, blauen und schwarzen Farbklecksen gesprenkelt war. Darunter kam ein Spieltisch aus Walnussholz mit vier passenden Stühlen zum Vorschein. Er stammte aus dem späten neunzehnten Jahrhundert. Auf einem einzelnen Säulenfuß lag eine runde Tischplatte mit einem intarsierten Schachbrett. Der Tisch war staubig, aber so gut wie ohne Kratzer.

Megan strich mit der Fingerspitze über das glatte Holz. »Er ist französisch und etwa von 1880 oder 1890. Der Tisch könnte gut Julia oder Elizabeth Buchanan gehört haben.« Beide

Ehefrauen ihres Urgroßvaters George hatten ein Faible für alles Französische und das Land so oft wie möglich bereist.

Julia stammte aus einer wohlhabenden Familie und hatte George zwei Kinder geschenkt, Robert und Victoria. Doch kurz nach der Geburt ihrer Tochter hatte Julia das Interesse an ihrem Mann und seinem ständigen Gerede über die Jagd verloren. Auch ihre Verantwortung für ihre Kinder und den Haushalt langweilten sie. Irgendwann hielt sie sich dauerhaft im Ausland auf. George lernte Elizabeth kennen, eine Witwe und ehemalige Schauspielerin, die seine Leidenschaft für die Jagd teilte. Die beiden wurden schnell ein Paar und lebten viele Jahre zusammen. Als Julia starb, heirateten sie.

George und Elizabeth waren unzertrennlich – bis zu ihrem Tod im Jahr 1920 durch einen Autounfall. Zu dem Zeitpunkt war Robert Buchanan, der einzige männliche Erbe, bereits verstorben. Seine jüngere Schwester Victoria war zwar verheiratet, hatte aber noch keine Kinder. Der einzige männliche Erbe war Robert junior, Claires Sohn. Das Vermögen der Buchanans und die laufenden Einkünfte aus dem Unternehmen wurden bis zu Roberts einundzwanzigstem Geburtstag treuhänderisch von einer Stiftung verwaltet.

Victoria bekam schließlich drei Söhne, doch aus unbekannten Gründen zeigten sie nie Interesse an der Buchanan Corporation und forderten ihren Erbteil nie ein.

»Da ist auch noch ein Foto«, sagte Mr Crawford. Er öffnete die mittlere Schublade, die sicher für Schachfiguren oder Spielkarten gedacht war, und zog eine Schwarz-Weiß-Fotografie hervor.

Megan nahm das Porträt von zwei Frauen, die nebeneinander auf einer Bank saßen, neugierig entgegen. Auf der unteren rechten Ecke war *Fotograf DuPont, Le Havre* eingeprägt.

Sie drehte es um, doch leider waren keine Namen auf der Rückseite vermerkt. Nur die Jahreszahl 1909 in verblichener schwarzer Tinte. Das Datum passte zu den langen Röcken der Frauen und ihren streng hochgesteckten Haaren und den Strohhüten.

Die Frauen waren unterschiedlich wie Tag und Nacht. Die Linke erkannte Megan sofort an ihrem hellen Teint und ihrer runden Gesichtsform. Es war Claire Hedrick Buchanan, ihre Urgroßmutter.

Claires Locken lugten unter einem Strohhut hervor, um dessen Krempe sich Blümchen wanden. Obwohl es auf der Schwarz-Weiß-Aufnahme natürlich nicht sichtbar war, wusste Megan, dass die Haare ihrer Urgroßmutter von einem schimmernden Kastanienbraun gewesen waren. Auf ihrer Nase hatte sie Sommersprossen, und ihr Lächeln war warm. Sie trug eine spitzenbesetzte weiße Stehkragenbluse und einen eng taillierten Rock im russischen Stil, der bis auf die Spitzen ihrer schwarzen Schuhe fiel.

Die andere Frau konnte Megan nicht identifizieren. Ihr dunkles Haar hatte sie geflochten um die Stirn gewunden und obendrauf einen breitkrempigen Hut gesetzt. Durch die hohen Wangenknochen und das spitze Kinn wirkte ihr kantiges Gesicht eher fremd als freundlich. Ihr Kleid war schlicht geschnitten und aus einem einfachen, bäuerlichen Stoff.

Beide Frauen waren außergewöhnliche Erscheinungen. Das freudige Kribbeln war wieder da, das Megan immer verspürte, wenn sie auf einen interessanten Fund stieß.

»Ich kann deinen grauen Zellen beim Arbeiten zusehen«, sagte Rick.

»Sie leisten gerade Schwerstarbeit«, gab Megan zu. »Es gibt so wenige Bilder von Claire vor ihrer Hochzeit.«

»Das ist Claire? Die von Winter Cottage?«, fragte Rick.

»Genau die. Meine Urgroßmutter Claire Buchanan. Ich weiß aus Familiendokumenten, dass sie zu der Zeit mit den Buchanans die halbe Welt bereist hat. Paris war nur ein paar

Stunden Zugreise von Le Havre entfernt und stand ganz oben auf der Liste der Buchanans. 1909 war Claire einundzwanzig Jahre alt und arbeitete als Zofe. Das Foto entstand acht Jahre, bevor sie Robert heiratete und ihr einziges Kind zur Welt brachte, Robert junior.«

»Wer ist die andere Frau?«, fragte Mr Crawford.

»Ich weiß es nicht«, sagte Megan. »Wie gesagt, Claire arbeitete als Zofe für Victoria Buchanan, aber das ist nicht Victoria. Die war hellblond und zu der Zeit ein Teenager. Außerdem hätte sie viel schickere Kleidung getragen.«

»Ist die andere Frau jünger als Claire?«, fragte Rick.

»Ja.«

»Ihre Köpfe sind einander zugewandt und ihre überschlagenen Beine auch irgendwie«, sagte er. »Sie lächeln entspannt. Ihrer Körpersprache nach zu urteilen, würde ich sagen, dass sie sich gut kennen und mögen.«

»Das denke ich auch.« Megan betrachtete den Tisch. »Ich habe mir jedes Foto von Winter Cottage zwischen 1900 und 1920 angesehen. Alles, was ich in die Finger kriegte. An diesen Tisch kann ich mich nicht erinnern, was aber nicht heißt, dass er nicht im Haus war. Claire hat mehrere Möbelstücke während der Weltwirtschaftskrise verkauft. Vielleicht wusste sie nicht, dass dieses Bild in der Schublade war.«

»Oder die Person, die den Tisch besaß, kannte die Buchanans«, schlug Rick vor. »Vielleicht hatten die Besitzer etwas mit der anderen Frau zu tun.«

Megan starrte auf die geheimnisvolle Frau. »Bei ihrem Aussehen bezweifle ich, dass sie ein solches Möbelstück besessen hätte. So wie sie angezogen ist, lebte sie eher auf einem Bauernhof.«

Sie war sich nicht sicher, wohin man das Möbelstück stellen sollte, wenn Winter Cottage fertig restauriert war, aber es gehörte auf jeden Fall ins Jagdhaus. »Wissen Sie, wie Ihre Mutter an dieses Möbelstück gekommen ist?«, fragte sie Mr Crawford.

»Sie ging sehr gern auf Flohmärkte und zu Haushaltsauflösungen. Ihre liebste Antiquitätenhändlerin war übrigens Pat Schmidt in Richmond.«

»Der Name sagt mir nichts.«

»Ich kann meine Schwester fragen. Vielleicht hat sie eine Ahnung, woher der Tisch stammt«, sagte er.

Die meisten Antiquitäten hatten eine Geschichte und Megan war so scharf darauf wie auf die Objekte selbst, denn es waren diese Geschichten, die Winter Cottage und Spring House für die Touristen interessant machen würden.

»An welchen Preis haben Sie gedacht?«, fragte Megan.

Bei der Summe, die Mr Crawford nannte, drückte Rick den Rücken durch. Sie konnte sich vorstellen, dass er dachte, man sollte das Geld lieber für ein neues Auto oder die Dash-Cam-Ausrüstung für seinen Polizeiwagen ausgeben als für einen Tisch und vier Stühle.

Megan machte ein Pokerface. Sie kannte sich gut mit Möbeln aus und wusste genau, was sie wert waren. Mr Crawford verlangte das Dreifache. Sie strich mit der Hand über die glatte Oberfläche des Tisches. Die Stücke mussten zurück nach Winter Cottage, aber sie war kein Narr und sie hatte Zeit. »Minus fünfundsiebzig Prozent und wir kommen ins Geschäft.«

»Fünfundsiebzig Prozent!«, rief Mr Crawford. »Dann wären es nur noch …« Er rechnete nach.

Sie hatte die Summe schon parat. Während sie darauf wartete, dass er seine Rechenkünste beendete, holte sie ihr Handy aus der Tasche und machte Fotos von dem Porträt der beiden Frauen.

»Das grenzt an Diebstahl«, sagte Mr Crawford.

»Es ist ein fairer Preis.« Sie gab ihm das Bild zurück. Vielleicht würde er von einem Antiquitätenhändler ein paar

Hundert Dollar mehr bekommen, aber es würde ihn viel Zeit kosten, sie anderweitig anzubieten. Sein Boot wartete schon auf dem Anhänger hinter seinem vollgepackten Truck. Jetzt hatte er keine Zeit dazu.

Mr Crawford schüttelte den Kopf. »So weit kann ich mit dem Preis nicht runtergehen, auch wenn Sie mir noch so leidtun.«

Wenn die Bemerkung sie verunsichern sollte, hatte sie ihr Ziel verfehlt. Sie war nur irritiert. »Ich will weder von Ihnen noch von sonst irgendwem Mitleid, Mr Crawford. Ihre Haltung macht mich wütend. Ich erwarte keine Almosen von Ihnen, ich möchte einen Kauf tätigen. Also, nehmen Sie mein Angebot an? Ja oder nein?«

Seine hageren Wangen wurden rot von der Zurechtweisung. Trotzdem gab er sich nicht geschlagen. »Nein. Das Doppelte müsste schon drin sein.«

Damit wären sie bei der Hälfte seines ursprünglichen Preises und immer noch deutlich zu hoch. »Leider sprengt das mein Budget.«

»Es ist doch nicht mal Ihr Geld. Wir haben alle gehört, was für eine Unsumme die alte Dame für die Restaurierungsprojekte hinterlassen hat.«

»Sie haben recht, es ist nicht mein Geld, und deshalb muss ich damit umso verantwortungsvoller umgehen.« Sie fischte eine Visitenkarte aus ihrer Tasche, schrieb ihr Angebot hinten drauf und gab sie ihm. »Ich verspreche, dass ich die Möbel kaufe, wenn Sie es sich anders überlegen.«

»Sie kommen mir überhaupt nicht mit dem Preis entgegen?« Mr Crawford spielte verblüfft mit der Visitenkarte. Megan schwieg.

»Selbst die Typen bei *Bares für Rares* lassen mit sich handeln«, sagte er mit einem ungläubigen Lachen.

Sie hielt ihm ihre Hand hin. »Vielen Dank, Mr Crawford, dass Sie mir diese schönen Möbelstücke gezeigt haben. Und das Bild war eines der besten von Claire, das ich je gesehen habe. Sie haben mich neugierig darauf gemacht, was der Tisch und das Foto miteinander zu tun haben, aber ich werde es wohl nie erfahren.«

Er stopfte ihre Karte in die Hosentasche. »Sie wissen, dass ich morgen früh die Stadt verlasse.«

»Ja, ich wünsche Ihnen eine gute Reise«, sagte Megan.

»Ich werde mindestens sechs Monate weg sein«, warnte er.

In seinem Ton schwang die Vermutung, dass sie es bereuen würde, das Geschäft jetzt nicht zu machen, aber Megan bewegte sich keinen Millimeter. Sie fand es schade, die Stücke nicht zu bekommen, aber sie wollte nicht klein beigeben.

»Sie sind jederzeit in der Weihnachtszeit in Winter Cottage willkommen.«

Kapitel 7

MEGAN

Montag, 5. März 2018
Cape Hudson, Virginia

Megan wandte sich ab, steuerte auf Ricks Truck zu und massierte sich im Gehen den schmerzenden Lendenbereich. Obwohl Rick sich noch bei Mr Crawford bedankt hatte, war er vor ihr am Truck und öffnete ihr die Tür.

Als Megan sich hineingehievt hatte, fragte er: »Alles in Ordnung?«

»Es ist nur das Gestrandeter-Wal-Phänomen, Sheriff.« Da er sie weiter besorgt ansah, lächelte sie und fügte hinzu: »Wirklich, weiter nichts.«

»Das war erstaunlich.« Mit einem Arm auf dem Autodach beugte er sich zu ihr hinein. Eine ruhige, warme Energie ging von ihm aus. Sie setzte sich etwas gerader und strich sich den kurzen Pony aus dem Gesicht. »Du bist wirklich cool. Deine Augen haben geleuchtet, als du den Tisch und das Foto gesehen hast. Du wolltest sie unbedingt haben. Trotzdem hast du Crawford stehen lassen.«

»Das lernt man, wenn man ständig umzieht. Man hängt sein Herz nicht so an Sachen.«

»Gilt das auch für Menschen?«

»Wahrscheinlich schon.«

»Aber es muss doch Leute und Orte geben, die du vermisst.«

Sie zuckte mit den Achseln und ließ den Blick über den Wald schweifen, der Mr Crawfords Ranch umgab. Gedankenverloren strich sie sich über den Bauch. Auch dieses Kind würde eines Tages erwachsen sein, in die Welt hinausziehen und sein eigenes Leben führen. Aber im Moment war Megan in Cape Hudson und gewillt, ihre Wurzeln so tief zu schlagen, wie es der sandige Boden erlaubte. »Ich habe akzeptiert, dass nichts bleibt, wie es ist.«

»Bist du nicht ein bisschen jung für Zynismus?«

»Das ist kein Zynismus. Wenn ich an einem Ort bin, dann mache ich das Beste daraus. Ich genieße alles, was der Ort zu bieten hat. Weil ich weiß, dass ich ihn wahrscheinlich nie wiedersehe.«

»Machst du Crawford noch ein besseres Angebot?«

Ricks Taille war schmal. Sie würde sich fest anfühlen. Erneut durchströmte sie eine Welle des Begehrens. »Nein. Mein Preis ist fair, und das weiß er auch.«

»Ich wette um einen von deinen leckeren Apfelkuchen, dass er dein Angebot in den Wind schlägt.«

Megan war optimistisch gestimmt und aufgeregt, wie immer, wenn sie es mit seltenen Antiquitäten zu tun bekam. »Ich gehe mit und erhöhe um einen zweiten. Sogar mit Sahnehäubchen. Mr Crawford ruft mich an, bevor er die Stadt verlässt. Was hast du zu bieten?«

»Ein paar Tage als Handwerker im Spring House.«

Sie streckte die Hand aus. »Die Wette gilt.«

Er schlug mit seiner kräftigen rauen Hand ein. »Sie sind ziemlich waghalsig, Ms Megan Buchanan.«

Wie weich er ihren Namen aussprach! Sie räusperte sich, als er ihre Hand losließ. »Bring dein Werkzeug mit, wenn du zum Arbeiten kommst.«

Lächelnd schlug er mit der flachen Hand auf das Autodach und ging um den Truck herum. Megan entsperrte ihr Handy und sah sich das Foto von Claire und der faszinierenden Unbekannten an.

»Selbst wenn Crawford die Möbel nicht verkauft, bin ich ihm dankbar für dieses Bild. Das Leben von Claire Buchanan zu recherchieren, war eine echte Herausforderung, weil sie sehr zurückgezogen lebte.«

»Und wer könnte die andere Frau sein?«, fragte er.

»Ich bin nicht sicher.« Sie dachte an die Bilder, die sie von Duncan gekauft hatte, und erinnerte sich an das Foto von dem kleinen dunkelhaarigen Mädchen. »Vielleicht ein Dienstmädchen der Buchanans.« Sie musterte das Kleid der jungen Frau, ihre Schuhe und das Halstuch, das nicht so recht zum Kleid passte. Ihre Augen waren hell und sie saß kerzengerade, als wäre sie dazu erzogen worden. »Sie hatte jedenfalls nicht viel Geld.«

»Claire hatte doch Schwestern, oder?«, fragte er.

»Eine Schwester?«, sagte sie, mehr zu sich selbst. Sie ließ die dunklen und hellen Haare beiseite und betrachtete den Mund, die Haltung des Kopfes und der Hände. Dann wischte sie zu dem Foto der vier Hedrick-Schwestern neben ihrer Mutter. Die Jüngste könnte die Unbekannte sein. »Ich glaube, das ist ein Treffer. Gute Detektivarbeit, Sheriff.«

»Ich bilde mir ein, noch nicht alles verlernt zu haben.«

»Hast du das Gefühl, hier etwas zu verlernen?«

»Ein bisschen schon. Das Kleinstadtleben ist doch sehr gewöhnungsbedürftig.«

»Du könntest überall leben, Rick. Du musst doch nicht in Cape Hudson bleiben. Ich sehe dich eher als Kommissar in einer Großstadt.«

»Ich weiß nicht, ob das was für mich wäre.«

»Aber Notrufe von Leuten, die sich ausgesperrt haben, vermisste Hunde und orientierungslose Alte, das ist was für dich? Verglichen mit dem Kommando über vierzig Marinesoldaten muss sich das alles hier zahnlos anfühlen.«

»Auf alle Fälle ruhiger.« Er trommelte mit den Fingern auf das Lenkrad. »Dafür kann ich hier endlich wieder tauchen. Es gibt so viele Wracks in der Bucht und an der Atlantikküste. Und wenn ich einen Stellvertreter eingestellt habe, dann habe ich hoffentlich auch Zeit für die Schatzsuche.«

Sie rutschte unbehaglich auf dem Autositz hin und her. Seit sie beide in Cape Hudson gelandet waren, wichen sie allen brenzligen Themen aus. Jetzt hatte sie keine Lust mehr, um den heißen Brei herumzureden. »Bist du wegen Scott hier?«

Rick warf ihr einen kurzen Blick zu. »Ich bin seinetwegen hergekommen, ja, aber ich bin aus anderen Gründen geblieben. Wie gesagt, mir gefällt es hier immer besser. Was ist mit dir? Ziehst du weiter, wenn Winter Cottage fertig ist?«

»Irgendwie muss ich meinen Unterhalt ja verdienen, und wenn es hier sonst nichts für mich zu tun gibt, müssen wir wahrscheinlich weiterziehen, mein Baby und ich.«

»Baby.« Er sprach das Wort aus, als gehöre es zu einer Welt, die weit von seiner entfernt war.

»Ich weiß. Es kommt mir auch komisch vor, das Wort auszusprechen.«

»Scott hat sich so auf das Baby gefreut«, sagte er.

»Ja. Aber es wäre nicht gut ausgegangen mit uns beiden.«

Rick schwieg, aber sie sah, wie er seine Kiefermuskeln aufeinanderpresste.

Megan hatte mit niemandem darüber gesprochen, warum Scott und sie sich getrennt hatten. Als sie schließlich so weit gewesen wäre, sich jemandem anzuvertrauen, war Scott gestorben. Mit ihm begrub sie auch ihren Trennungsgrund. Niemand sollte erfahren, dass Scott sie betrogen hatte. Helen und Rick am allerwenigsten. Es demütigte sie noch immer, Scott so falsch eingeschätzt zu haben.

Rick starrte auf die Straße. Maisfelder, Pinien und Zypressen zogen an ihnen vorbei. Sie schwiegen so lange, dass Megan vermutete, ihn verletzt zu haben. Er war zu Ehren seines gefallenen Freundes nach Cape Hudson gezogen, und sie hatte ihm gerade gebeichtet, dass sie Scott so oder so verlassen hätte.

»Wäre es okay, wenn wir kurz bei mir zu Hause vorbeifahren?«, fragte Rick schließlich. »Ich erwarte eine Holzlieferung für die Außenverkleidung. Die Firma vertröstet mich seit Tagen, und ich mache ihnen Feuer unterm Hintern, wenn das Zeug immer noch nicht da ist.«

»Du hast ein Haus gekauft?«

»Vor einem Monat. Wie gesagt, es gefällt mir hier zunehmend. Und es ist eine vernünftige Investition.«

»Was ist es denn für ein Haus?«, fragte sie.

»Ich habe es von Tom Brewster gekauft, der rund dreißig Jahre dort gewohnt hat.«

»Kenne ich nicht. Wer hat vor ihm dort gelebt?«

»Ich weiß so gut wie nichts über die Geschichte des Hauses. Es steht etwas erhöht über einer kleinen Bucht in Cape Cod und man hat einen fantastischen Blick über die Chesapeake Bay.«

»Klingt gut.«

»Tja, mal sehen. Ich muss viel Arbeit reinstecken. Es ist ein altes Gebäude, und die Renovierung wird mich jahrelang beschäftigen.« Er bog in eine schmale Seitenstraße, die auf das Meer zuführte.

Fast gegen ihren Willen war Megans Neugier geweckt. »Wovon hat dieser Tom Brewster gelebt?«

»Er war in der Handelsmarine. Zwei seiner Brüder und später sein Sohn waren Marines. Tom ist ins Landesinnere in die Nähe seiner Tochter gezogen.«

»Warte mal! Die Brewsters!« Sie lachte. »Mein Vater nannte sie immer die Brewster-Jungs. Jeff, Mark, David und Tom.«

»Tom war mein Vorgesetzter. Er ist der Jüngste und vor Kurzem als Oberst in Rente gegangen.«

»Warum hat er das Haus verkauft?«

»Er meinte, er hätte genug vom Meer. Seine Tochter lebt im Shenandoah Valley. Die Familie hat sich in alle Himmelsrichtungen verstreut.«

»Es ist nicht einfach, sich hier über Wasser zu halten, wenn man nicht gerade vom Tourismus lebt. Oder Landwirt oder Seemann ist. Sonst gibt es nicht viel, was einen hier halten könnte.«

»Aber wir beide leben hier und haben andere Jobs.«

»Jede Stadt braucht einen Sheriff. In ein paar Jahren bist du wahrscheinlich für den ganzen County zuständig. Oder du hast eine erfolgreiche Tauchschule.«

Rick parkte vor einem kleinen Haus im typischen Cape-Cod-Stil. Es hatte verwitterte graue Schindeln und ein Dach aus Zedernholz. Die rote Farbe der Haustür war ausgeblichen, und die Fenster sahen aus, als wären sie mindestens fünfzig Jahre alt. Megan überschlug, was die Renovierung kosten würde, und versuchte, sich den Schreck nicht anmerken zu lassen. »Ich hoffe, er hat dir einen guten Preis gemacht.«

»Keine Sorge.«

Von einer Holzlieferung war weit und breit keine Spur zu sehen. »Was hast du denn bestellt?«

»Dielen und Latten. Im Frühjahr und Sommer will ich die Terrasse reparieren und die Holzfassade von Grund auf erneuern. Das Dach kommt im Herbst dran, und im Winter geht es drinnen mit den Böden, dem Badezimmer und der Küche weiter.« Er ging um den Truck herum und öffnete ihr die Tür. »Was sagt die Expertin?«

Vom Meer wehte eine Brise. Der Garten war umgegraben worden. Es gab weder Unkraut noch Wildwuchs noch Nutz- oder Zierpflanzen. Nur ein paar zerbrochene Austernschalen lagen herum. »Und wer macht die ganze Arbeit?«

»Ich.«

»In deiner Freizeit?«

Er klimperte mit dem Schlüsselbund. »Ich habe gern etwas zu tun.«

»Gut für dich. Denn da kommt wirklich was auf dich zu.« Sie gingen um das Haus herum. Dort, wo der Garten in einen kleinen Strand überging, standen zwei weiße Liegestühle. Von hier aus hatte man einen herrlichen Blick auf die Bucht. Das Meer war ruhig und klar. In der Ferne fuhren zwei Tanker Richtung Norden auf die großen Häfen zu.

»Und? Wie findest du es?«, fragte Rick.

Die Aussicht war ein Traum, aber das Haus eher ein Albtraum. »Du wirst ordentlich zu tun haben. Aber der Blick ist wirklich fantastisch.« Sie sah auf das große Erkerfenster und stellte sich vor, wie man die Sonnenaufgänge über dem Meer von dort betrachten könnte.

»Ich würde dir das Haus auch von innen zeigen, aber momentan ist es ziemlich deprimierend.«

»Ach, Unordnung macht mir nichts aus. Ich würde es schon gerne sehen.«

»Na gut, wenn du meinst. Aber pass auf, dass du nicht stolperst.« Er schloss die Hintertür auf und drückte auf den Lichtschalter. Es wurde erstaunlich hell.

Zahlreiche Leuchten waren in die Decke eingelassen. »Wie ich sehe, hast du die Beleuchtung schon in Angriff genommen. Es ist schön geworden.«

»Ja, das war meine oberste Priorität.«

Sie betrat die Küche. Als Erstes bemerkte sie das alte bäuerliche Spülbecken aus Porzellan mit dem hohen gebogenen Wasserhahn und den alten Kreuzgriffen für kaltes und warmes Wasser. Sie ließ die Finger über die Spüle gleiten. Wenn Tom Brewster auf seinen langen Reisen unterwegs gewesen war, musste Mrs Brewster sehr einsam gewesen sein.

»Ist was?«

»Ach nein.« Sie ärgerte sich, dass er ihre düsteren Gedanken bemerkt hatte. »Ich dachte nur gerade an Mrs Brewster. Und wie sie hier neun oder zehn Monate im Jahr allein verbracht haben muss, während ihr Mann auf See war.«

»Scott hat mir erzählt, dass du Herkunft und Geschichte aller möglichen Gegenstände bestimmen kannst.«

»Ich bin ein wandelndes Geschichtslexikon. Und wenn ich einen Gegenstand anfasse, läuft mein Gedächtnis auf Hochtouren.« Scott hatte dieses Talent als eine Art amüsantes Gesellschaftsspiel angesehen und sie dazu gebracht, auf Partys Schmuckstücke der Gäste zu ›lesen‹. Sie hatte mitgespielt und so getan, als habe sie hellseherische Fähigkeiten. »Ich sehe die arme, einsame Frau förmlich vor mir.«

»Sicherlich hat es auch Zeiten gegeben, in denen Mrs Brewster in diesem Haus glücklich war.«

»Ja, bestimmt. Die beiden hatten vier Söhne und waren jahrzehntelang verheiratet«, räumte Megan ein.

Er schien ihr das nicht so recht abzukaufen, doch er sagte nichts weiter. »Komm, ich zeige dir das restliche Haus.«

Rick hatte die Beleuchtung überall erneuert. Doch auch im hellen Licht haftete dem Haus noch etwas Tristes an.

Die Details waren allerdings wunderschön. Die Täfelungen, die Deckenverzierungen, ein gemauerter Kamin mit einem breiten Sims und die breiten Dielen, die abgeschliffen und geölt großartig aussehen würden.

Vermutlich hatten sich nur wenige Käufer für das Haus interessiert, weil man so viel Arbeit hineinstecken musste. Scott zufolge suchte Rick immer nach neuen Herausforderungen. »Das Haus ist solide gebaut, und mit dem Blick wirst du keine Probleme haben, es wieder zu verkaufen.«

Er stand vor dem Erkerfenster. Vor der Abendsonne hob sich die Silhouette seiner breiten Schultern ab. »Gut zu wissen.«

»Vergiss nicht, Fotos zu machen. Die Bilder vom jetzigen Zustand werden deine Veränderungen noch deutlicher zeigen. Ich kenne ein paar Blogger, die das bestimmt gerne dokumentieren würden. Noch ein Bonus für den Weiterverkauf.«

»Wer sagt denn, dass ich es verkaufen will?«

Sie lachte. Er würde bald merken, wie einsam es hier draußen war. Sie ging zum Fenster. »Ich sehe kein Baumaterial.«

»Ich auch nicht.« Er sah nicht sonderlich beunruhigt aus. »Ich mache ihnen gleich morgen früh Beine.«

»Ich muss heute Abend noch ein paar Leute anrufen.«

»Nach Feierabend?«

»Ich habe den Bauleiter überzeugen können, mir seine Handynummer zu geben. Es ist ein großes Projekt, da erwarte ich prompte Antworten auf meine Fragen.«

»Ich hätte nie gedacht, dass du deine Leute so hart rannimmst.«

»Es geht nicht anders. Wir haben uns mit dem Spring House wirklich viel vorgenommen.«

Sie verließen das Haus und gingen über den Sandweg zum Truck. Je weiter sie sich von dem Haus entfernte, desto besser fühlte sie sich.

Rick war deutlich bemüht, sich ihrem langsamen Schritt anzupassen.

»Wenn ich Fragen zu den Materialien oder zu historischen Details habe, könnte ich dich dann anrufen?«, fragte er. »Ich möchte es zwar modernisieren, aber zugleich so viel von seinem Charme bewahren wie möglich.«

»Na klar! Ich berate dich gerne, Rick.« Er öffnete ihr die Wagentür. »Ich habe sehr spezifische Fachkenntnisse, die eigentlich nur bei Renovierungen zum Tragen kommen.«

Er grinste. »Dann habe ich ja Glück.«

Als Rick vorne um den Wagen herumging, konnte sie nicht umhin, sein markantes Kinn und seine breiten Schultern zu bewundern.

Einen Augenblick lang wünschte sie sich, die beiden zurückliegenden Jahre wären ganz anders verlaufen. Wie wäre es jetzt wohl, wenn sie sich damals für Rick entschieden hätte?

Kapitel 8

DIANE
IM ALTER VON ZWÖLF JAHREN

Dienstag, 15. September 1903
Baltimore, Maryland

Diane hatte immer Hunger.

Seit Mr LeBlanc vor acht Monaten gestorben war, hatte Madame LeBlanc Diane selten Zeit zum Essen gegeben. Wenn sie Diane eine kurze Pause gönnte, gab es meist nur trockenes Toastbrot oder klare Brühe. Und seitdem Pierre nicht mehr unter dem wachsamen Blick von Mr LeBlanc stand, drückte er sich oft in ihrer Nähe herum.

Immer häufiger lehnte er am Türrahmen und beobachtete sie, wenn sie bügelte oder Schuhe putzte. In der letzten Woche hatte er ihr zweimal ein Bein gestellt. Das erste Mal war sie überhaupt nicht darauf gefasst gewesen. Sie war hart aufgeschlagen, ihr Nähzeug war zu Boden gefallen, die Knöpfe waren über die Fliesen gerollt. Sie hatte sich die schmerzenden Handballen gerieben.

»Ungeschickte Gans«, hatte er höhnisch gesagt.

Beim zweiten Mal hatte er sie die letzte Treppenstufe hinuntergestoßen, und sie hatte sich die Schulter schwer angeschlagen. Noch Wochen darauf waren die blauen Flecke zu sehen gewesen.

Jetzt zuckte sie jedes Mal zusammen, wenn er in ihre Nähe kam. Er genoss das offensichtlich.

Und dann hatte Madame LeBlanc ihre Abreise mit dem Dampfer nach Le Havre angekündigt. Die Entscheidung, Baltimore zu verlassen und nach Frankreich überzusiedeln, war sehr plötzlich gekommen. Als Diane nach dem Grund für die Eile fragte, erklärte Madame LeBlanc, der ›liebe Cousin‹ ihres Mannes habe endlich ihren Brief beantwortet und zugesagt, sie in Le Havre zu erwarten. Pierre, der sonst immer so schlecht gelaunt und verschlossen war, wirkte fast fröhlich.

Madame LeBlanc bekam weiterhin Besuch von vielen Damen. Sie saß mit ihnen bei Kerzenlicht, hielt ihre Hand und flüsterte etwas, das sie zum Weinen brachte. Immer öfter verlangte Madame LeBlanc von Diane, vom Nebenzimmer aus zuzuhören und bei bestimmten Stichwörtern an die Wand zu klopfen.

Auch Männer kamen zu Besuch, aber aus einem anderen Grund. Sie alle wollten Geld eintreiben, und einige drohten mit der Polizei. Madame LeBlanc lächelte sie auf eine besondere Art an, und nachdem sie sie ins Arbeitszimmer gelotst und die Tür hinter ihnen geschlossen hatte, gelang es ihr immer, sie davon überzeugen, ihr noch etwas Zeit zu geben.

Am Morgen ihrer Abfahrt kam Madame LeBlanc mit einem weißen Kleid aus Musselin und Spitze in Dianes Zimmer und verkündete, es sei an der Zeit, dass Diane sich wie eine junge Dame kleidete. Ungläubig befühlte das Mädchen das Material. Sie hatte noch nie so einen schönen Stoff zwischen den Fingern gehabt.

»Du bist ab jetzt wie eine Tochter für mich«, sagte Madame LeBlanc. »Und du solltest dich anziehen, als wärst du mein Kind.« Madame LeBlanc ließ ein Bad für Diane bereiten und wusch ihr selbst mit einer Lavendelseife die Haare, die nach Frühling duftete.

Anschließend setzte sie Diane vor eine Heizungsöffnung, in deren warmer Luft ihre Haare im Nu trockneten. Am Abend bekam sie nicht nur Toast, sondern auch Käse und Wurst – genau wie Madame LeBlanc.

»Pass auf, wenn ich dich als meine Tochter vorstelle, darfst du mir nicht widersprechen«, sagte sie.

Die Butter auf dem Toast schmeckte herrlich, und der Käse war so reif und cremig, dass ihr eigentlich alles andere egal war. Dennoch fragte sie: »Warum?«

»Weil es so am besten ist.«

Die Antwort hätte sie sich auch sparen können, dachte Diane.

»Du wirst mich zu einigen meiner Termine an Bord begleiten. Mir ist aufgefallen, wie die Damen über deine Augen sprechen und darüber, wie hübsch du bist.«

Madame LeBlanc legte Dianes Haare an ihrer Frisierkommode voller eleganter Tiegel und erlesener Parfumflakons in Locken.

»Ach, wenn ich doch auch wieder so schöne Haare hätte.« Madame LeBlanc seufzte, als sich ihre Blicke im Spiegel trafen. »Und deine Augen erst. Wie lavendelfarbene Edelsteine. Du bist wirklich bezaubernd, Kind.«

»Danke, Madame LeBlanc.«

»Du darfst mich natürlich nicht mehr Madame LeBlanc nennen«, mahnte sie. »Wir sind doch jetzt Mutter und Tochter.« Sie nahm ein weißes Seidenband und wickelte es um Dianes hochgestecktes Haar. »Mimi klingt doch reizend, was meinst du? Wärst du damit einverstanden, Liebes?«

Diane hatte ihre Familie geliebt. Doch sie hatte seit zwei Jahren keinen von ihnen gesehen, und so kam Madame LeBlanc etwas wie einer Familie am nächsten. »Ja, Mimi.«

»Oh, das hört sich gut an! Du bist ein liebes Mädchen.« Als sie das Band zu einer kunstvollen Schleife gebunden hatte, half sie Diane in das Kleid und knöpfte es hinten zu. Dabei achtete sie darauf, dass Diane nicht in den Spiegel schaute. Erst als das Kleid richtig saß, drehte sie Diane zum Spiegel. Das Mädchen war sprachlos. Sie sah aus wie eine Prinzessin.

»Danke, Mimi«, sagte sie.

»Gern geschehen, mein Kind.«

»Kommt Pierre mit?«, fragte Diane.

»Ja, aber wir werden ihn auf dem Schiff kaum sehen. Du scheinst in seiner Nähe etwas ungeschickt zu sein, und du darfst jetzt keine blauen Flecken mehr haben.«

Sie war unendlich erleichtert, aber sie konnte nicht recht daran glauben. Pierre hatte Mr LeBlanc gehorcht, doch vor Madame LeBlanc schien er überhaupt keine Angst zu haben.

Sie gingen am selben Nachmittag überstürzt an Bord. Madame LeBlanc trug einen maßgeschneiderten Seidenmantel in leuchtenden Farben und dazu einen breitkrempigen Hut. Sie war eine schöne Frau, die sich Lippen und Wangen in einem zarten Rosa schminkte und die Blicke der Männer genoss.

Pierre sollte als Erster an Bord gehen. Madame LeBlanc und Diane folgten später in einer gemieteten Kutsche, die deutlich eleganter war als ihre üblichen Transportmittel. Auf der Gangway trug Madame LeBlanc ihren Kopf so hoch, als käme sie aus einer äußerst wohlhabenden Familie.

Das Stadthaus der LeBlancs in Baltimore war Diane immer so viel feiner vorgekommen als das Haus ihrer Eltern in Cape Hudson. Deshalb hatte sie nie verstanden, warum sich Madame LeBlanc ständig über Geldsorgen beschwerte. Doch jetzt sah sie die makellos sauberen Bullaugen, die auf Hochglanz polierten

Geländer aus Teakholz und den weichen Teppich, und ihr wurde klar, dass es sehr viel reichere Leute als die LeBlancs geben musste. Selbst Madame LeBlancs Augen leuchteten beim Anblick des Schiffes und der gut gekleideten Damen und Herren an Bord.

»Eines Tages werden wir auch so leben, Diane«, sagte Madame LeBlanc. »Wir werden die besten Kleider tragen und in den schönsten Häusern wohnen. Ich muss nur mit Cousin Gilbert sprechen. Und du musst lieb sein und tun, was ich dir sage.« Sie strich Diane eine Locke aus der Stirn.

»Ja, Mimi.«

»Sich eine Zukunft in Wohlstand zu sichern, ist für Frauen in unserer Lage nicht leicht.«

»In unserer Lage?«

»Wir haben kein Vermögen. Und wir wollen ja nicht auf der Straße arbeiten, oder? Als Mr LeBlanc noch lebte, reichten unsere Mittel gerade so eben. Erst seit seinem Tod ist es schwer geworden. Aber keine Sorge, ich habe einen Plan für uns beide.«

Madame LeBlanc und Diane erreichten ihre Luxuskabine, die aus einem kleinen Salon, einem Schlafzimmer für Madame LeBlanc sowie einem kleinen Zimmer für Diane bestand. Ihre Koffer waren bereits in Madame LeBlancs Zimmer aufgestapelt worden.

»Wo schläft denn Pierre?«, fragte Diane.

»Er hat seine eigene Kabine. Wie gesagt, wir werden ihn auf dieser Reise nicht sehen.«

»Warum nicht? Er ist doch sonst immer in deiner Nähe.«

»Es ist besser, wenn wir nicht mit ihm gesehen werden. Vielleicht wird das später anders, wenn wir in Frankreich sind.«

Diane versteckte ihr Lächeln, als sie Hut und Handschuhe abnahm.

»Diane, Liebes, packst du bitte unsere Sachen aus? Ich bestelle dir ein leichtes Abendessen, ich sehe mich derweil auf dem Schiff um und mache mich mit den Herrschaften bekannt. Allerdings solltest du dich für die Arbeit umziehen. Wir wollen doch, dass dein Kleid schön sauber und glatt bleibt.«

Einen Augenblick später verschwand Madame LeBlanc vergnügt aus der Kabine. Sobald sich die Tür geschlossen hatte, sah Diane zum Bullauge hinaus. Die Küste entfernte sich immer weiter von ihnen. Wie oft hatte sie dort an der Bucht bei ihrem Haus gesessen und den Schiffen zugesehen, die von Baltimore nach Süden fuhren? Schließlich würde der Dampfer die Südspitze der Halbinsel umrunden und sich der unendlichen Weite des Atlantiks aussetzen.

Das versprochene Essen wurde nie gebracht. Erschöpft von dem ereignisreichen Tag legte sich Diane zwischen die Laken ihrer kleinen Koje. Sie träumte von ihrer Mutter, die mit wehenden Haaren am Strand stand, sich lächelnd zu ihr umdrehte und sagte: »Du wirst schon sehen, alles wird gut.«

Diane wachte von einem Geräusch an der Kabinentür auf. Die Uhr an der Wand zeigte kurz vor eins.

Sie rieb sich die Augen und stand auf. Madame LeBlanc zog sich gerade die letzte ihrer perlenbesetzten Hutnadeln heraus und schenkte sich eine Tasse Tee ein. Sie nahm einen großen Schluck und sagte dann lächelnd zu Diane: »Wir haben morgen eine Verabredung zum Mittagessen. Du musst dein weißes Kleid anziehen.«

Dianes Magen knurrte hörbar. »Ich habe Hunger«, sagte sie kleinlaut.

»O weh! Ich habe dir gar kein Essen geschickt. Aber ich habe dich nicht vergessen.« Sie zog eine Stoffserviette mit dem Emblem des Schiffes aus ihrer Handtasche und reichte sie Diane.

Darin eingewickelt waren ein großes Stück Käse und etwas Wurst.

»Das sollte bis morgen Mittag reichen.«

Diane biss in den Käse. Er schmeckte unglaublich gut. Viel feiner als alles, was sie normalerweise aßen. »Gibt es dort auch etwas zu essen für mich?«

»Vielleicht.«

Das Mondlicht schien durch das Bullauge und brachte die Diamanten in Madame LeBlancs Ohrringen zum Funkeln. Sie waren das letzte Geschenk von Mr LeBlanc gewesen.

»Mrs Howard wird unsere Gastgeberin sein. Du hast besonders höflich zu sein und darfst nur reden, wenn du angesprochen wirst.«

»Auf Englisch oder Französisch?«

»Auf Französisch, nehme ich an. Und denk dran: Wenn ich von dir als meiner Tochter spreche, dann widersprichst du nicht. Ich weiß, dass ich nie die Stellung deiner Mama einnehmen werde, aber Mrs Howard, die ich gerade kennengelernt habe, macht so einen verlorenen Eindruck. Ihr Sohn ist letztes Jahr gestorben. Ich glaube, sie öffnet sich mir eher, wenn sie in mir auch eine Mutter sieht.«

Madame gähnte und sah zum Bullauge auf den Nachthimmel hinaus. »Aber bis dahin sind es ja noch einige Stunden. Jetzt muss ich schlafen. Weck mich morgen um zwölf, dann habe ich genug Zeit vor unserem Mittagessen um zwei.«

»Ja, Mimi.«

»Gutes Kind.«

Diane half Madame LeBlanc beim Ausziehen, hängte ihr perlenbesetztes blaues Kleid sorgfältig auf den Bügel und verstaute ihre Schuhe im Reisekoffer. Sie betrachtete Madames Ohrringe mit einer Mischung von Traurigkeit und Enttäuschung. Mr LeBlanc hatte sie seiner Frau zu ihrem letzten Geburtstag geschenkt, und obwohl sie ihn angelächelt hatte,

hatte sie sich hinter seinem Rücken darüber beschwert, dass die Steine zu klein waren. Vorsichtig steckte sie die Ohrringe in das Seidentäschchen, in dem Madame LeBlanc ihren Schmuck aufbewahrte.

* * *

Diane verbrachte den nächsten Morgen damit, zu lesen und Französisch zu üben. Um zwei stand sie mit Madame LeBlanc vor der Luxuskabine von Mrs JoAnn Howard auf dem obersten Deck des Schiffes.

Der Salon war zehnmal so groß wie ihrer, und die Bullaugen boten einen fantastischen Blick über das offene Meer. Überall standen frische gelbe Rosen, und die Porträts an den Wänden wirkten wie aus einer seltenen Privatsammlung.

Mrs Howard musste Mitte fünfzig sein. Graue Strähnen durchzogen ihre kastanienbraunen Haare, die ihr rundes Gesicht umrahmten. Sie war korpulent und nicht besonders attraktiv, machte aber einen sympathischen Eindruck. Sie empfing ihre Gäste mit einem freundlichen Lächeln.

Das kalte Mittagessen bestand aus Gebäck, gebratenem Hühnchen und frischen Beeren. Diane bemühte sich, nicht zu schnell zu essen. Mrs Howard sprach über ihren Mann und ihren Sohn und wie sie sie ein Jahr zuvor bei einer Typhusepidemie verloren hatte.

Madame LeBlanc war liebenswürdig und hörte sich Mrs Howards traurige Geschichte aufmerksam und geduldig an. Die ältere Dame plauderte schon bald gelöst mit ihr.

Ein Steward brachte Kaffee für die Damen und heiße Schokolade für Diane, die ihr besser schmeckte als alles, was sie je gekostet hatte. Nachdem er gegangen war, zog Madame LeBlanc eine Samttasche mit einem goldenen Band aus ihrer kleinen Handtasche.

»Sie haben großes Glück mit Ihrer wunderbaren Tochter«, sagte Mrs Howard und lächelte Diane zu. »Sie ist eine Augenweide.«

»Unsere Kinder bereichern unser Leben mehr als alles andere«, sagte Madame LeBlanc.

»Ja«, bestätigte Mrs Howard. »Ich kann Ihnen gar nicht beschreiben, wie sehr ich meinen Peter und unseren Sohn vermisse.« Sie warf einen Blick auf die verschlossene Tür. »Sie erwähnten gestern beim Abendessen, dass es vielleicht einen Weg geben könnte, mit ihnen zu sprechen?«

Madame LeBlanc nippte seelenruhig an ihrem Kaffee. »Ja, es gibt einen Weg. Aber es ist nicht leicht.«

»Ich würde alles dafür geben. Wirklich alles.«

Diane leckte sich die Schokolade von ihrer Oberlippe, während sie Madame LeBlanc beobachtete. So über Geister und Tote zu sprechen, kam ihr gefährlich vor. Der Pastor in Cape Hudson würde das mit Sicherheit nicht gutheißen. Aber sie hatte keine Angst – sie war fasziniert.

Madame LeBlanc lächelte Diane an und steckte eine Locke hoch, die ihr auf die Schulter gefallen war. »Es war gut, dass Sie mich gleich heute hergebeten haben. Je weiter wir uns von der Küste entfernen, desto schwächer wird meine Verbindung zu den Verstorbenen. Die meisten Geister sind mit der Erde verbunden. Ihre Energie wird vom Wasser aufgesaugt.«

Mrs Howard nahm ein zusammengerolltes Bündel Geldscheine aus ihrer Handtasche und legte es auf den Tisch. »Mein Mann würde dieses ganze Gerede abscheulich finden.«

»Aber er ist nicht mehr am Leben. Und ich glaube, er hätte nichts dagegen, wenn Sie sich zum Himmel strecken, um ihn zu erreichen. Ich spüre, dass er Sie sehr vermisst.«

»Wirklich?«

»Ja. Ich bin ganz sicher.«

»Was sagt er noch? Was ist mit meinem Sohn?« Mrs Howard sah durch das Bullauge auf das spiegelglatte Meer. »Du meine Güte! Ich hoffe, es ist noch nicht zu spät.«

Madame LeBlanc steckte das Geld unauffällig in ihre Handtasche und lächelte. »Wir haben den Zeitpunkt perfekt gewählt. Ein schöner Tag mit klarem Himmel.« Sie stellte ihre Tasse ab. »Diane, Liebling, würdest du bitte die Vorhänge zuziehen?«

Dianes Tasse klapperte auf der Untertasse. Sie stand vorsichtig auf, strich ihre Röcke glatt und ging zum Fenster. Mit einem Ruck schloss sie die Samtvorhänge. Im Salon wurde es dämmerig.

Madame LeBlanc zog ein kleines gefaltetes Tuch aus ihrer Tasche und breitete es auf dem Tisch aus. Darauf stand das ganze Alphabet in verzierten Buchstaben sowie die Worte *Ja* und *Nein*. Als Nächstes nahm sie aus einem lilafarbenen Seidentäschchen einen seltsamen Gegenstand, der wie eine Birne geformt und mit einem roten Edelstein und schwarzen Schnörkeln verziert war. Zum Schluss holte sie noch eine Kerze hervor und zündete sie an.

»Diane, Liebes, würdest du die Lampen herunterdrehen?«

Diane drehte an den Gasdimmern, bis die Flammen kaum noch erkennbar waren. Das Kerzenlicht flackerte und brachte die Muscheln im Muster der Tapeten zum Leuchten. Schatten fielen in die Ecken.

Als Diane sich gesetzt hatte, reichte Madame Mrs Howard beide Hände. Sie setzte sich kerzengerade auf und verkündete: »Es ist gut, dass Diane hier ist. Sie strahlt jugendliche Energie aus. Und davon werden Geister angezogen.«

Diane saß auf der Stuhlkante und hatte ihre heiße Schokolade fast schon vergessen. Erwartungsvoll beobachtete sie Madame LeBlanc. Sie wusste, dass Madame oft Kundinnen zu Hause besuchte, aber was dort passierte, war ihr schleierhaft.

Sprach Madame immer mit den Verstorbenen? Konnte sie vielleicht auch mit Dianes Mama sprechen? Ihr ganzer Körper kribbelte vor Aufregung. Es fiel ihr schwer, so still zu sitzen, wie Madame LeBlanc es verlangt hatte.

»Du musst uns auch an den Händen fassen, Diane«, sagte Madame LeBlanc. »Wir drei müssen einen Kreis des Vertrauens schaffen. Geister misstrauen den Lebenden, aber sie mögen es, wenn wir eng zusammenrücken.«

»Warum misstrauen sie uns, Mimi?«, fragte Diane.

»Vielleicht sind sie eifersüchtig auf uns. Schließlich sind wir am Leben, und sie sind es nicht«, sagte Madame. »Vielleicht muss sich aber auch die Energie mehrerer Menschen vereinen, damit sie mit uns sprechen können.«

»Woran erkennt man, dass sie da sind?« Diane legte ihre rechte Hand in Mrs Howards feuchte weiche Hand. Ihr linke legte sie in Madame LeBlancs trockene kräftige Hand.

»Sie sind immer um uns. Allerdings können nur manche Menschen sie sehen, so wie ich«, sagte Madame LeBlanc.

»Deine Mama hat eine ganz besondere Gabe«, flüsterte Mrs Howard. »Meine liebe Freundin Elizabeth Lawrence aus New York war von Ihrem Talent sehr angetan. Vielleicht erinnern Sie sich, dass sie mit George Buchanan bekannt ist.«

Bei dem Namen Buchanan horchte Diane auf, und beinahe hätte sie nach Claire gefragt. Doch sie fing Madames warnenden Blick gerade noch rechtzeitig auf.

Sie schob den Gedanken an die Buchanans beiseite. Sie konnte Madame LeBlanc später fragen, ob sie Neuigkeiten von Claire hatte.

Diane dachte an all die Frauen, die zu ihnen ins Haus gekommen waren und mit deren geliebten Verstorbenen Madame LeBlanc gesprochen haben musste.

Beide Damen schlossen jetzt die Augen, während Diane blinzelte – ihre Neugier war zu groß und sie wollte nichts verpassen.

Madame LeBlanc fing an zu summen und rollte mit dem Kopf. Mrs Howard atmete tief und ehrfürchtig, als wollte sie Madame LeBlancs magische Kräfte ganz in sich aufnehmen.

Das Summen schwoll zu einer Art Singsang an. Diane fühlte, wie die Töne in ihrer Brust vibrierten, und wurde immer aufgeregter. Gleich würde ein Geist erscheinen.

Madame LeBlanc rief mehrmals nach Mr Howard und unterbrach ihren Singsang nur, um nach einer Antwort zu lauschen. Nach mehreren Minuten ließ Dianes Aufmerksamkeit nach, und auch Mrs Howard rutschte auf ihrem Stuhl herum.

»Manchmal sind Männer im Tod genauso stur wie im Leben«, flüsterte Madame LeBlanc. »Vielleicht ist Ihr Sohn eher bereit, zu uns zu kommen. Rufen Sie ihn.«

»Er kommt bestimmt. Mein Sohn war so ein lieber Junge.« Mrs Howard schloss die Augen, lehnte sich zurück und rief mehrfach nach ihrem Sohn. Das Schweigen begann auf ihnen zu lasten.

Klopf. Klopf. Klopf.

Mrs Howard zuckte zusammen und riss die Augen auf. »Ist das mein Sohn?«

»Schsch! Ich spüre etwas«, wisperte Madame LeBlanc.

»Ja! Ja! Ich auch!«, rief Mrs Howard ergriffen.

Diane erfüllte eine Vorfreude wie früher vor Weihnachten.

»Sebastian junior, bist du da?«, fragte Madame LeBlanc.

Klopf. Klopf. Klopf.

Das Geräusch war zunächst recht leise und schien von der Decke über ihnen zu kommen. »Sebastian, bist du da? Deine Mutter möchte mit dir sprechen.« Diane blinzelte. Madame LeBlanc blickte suchend zur Decke. Aber es gab dort nichts als den frischen weißen Anstrich zu sehen.

Klopf. Klopf. Klopf.

Diesmal war es lauter und schneller. Obwohl Diane skeptisch war, bekam sie vor Aufregung kaum Luft: Wenn Sebastian gerufen werden konnte, warum dann nicht auch ihre Mutter?

»Das ist Ihr Sohn«, flüsterte Madame LeBlanc.

»Sebastian, bist du's wirklich?«, fragte Mrs Howard.

Klopf. Klopf. Klopf.

Mrs Howards Augen füllten sich mit Tränen, als würde sie ihren Sohn leibhaftig vor sich sehen. »Ich wusste, dass du kommen würdest.«

Diane wurde warm ums Herz, als sie daran dachte, welche Fragen sie ihrer Mutter stellen könnte. Claire würde sich so freuen, wenn sie wüsste, dass ihre Mutter über sie alle wachte. Und dass sie nicht allein waren. Jedes noch so kleine Zeichen würde ihr genügen. Es war schmerzhaft, aber sie musste sich eingestehen, dass sie sich nicht mehr daran erinnerte, wie die Stimme ihrer Mutter geklungen hatte.

Madame LeBlanc forderte Mrs Howard auf, mit ihrem Sohn zu sprechen. Und so plauderte die ältere Dame über ihren Tag. »Oh, Sebastian, ich vermisse dich so sehr.«

Schließlich wurde das Klopfen leiser, um dann ganz aufzuhören. Eine gespenstische Stille breitete sich in der Kabine aus. Madame LeBlanc ließ die Hände der beiden anderen los und lehnte sich zurück.

Mit geschlossenen Augen zog sie ein Spitzentaschentuch aus ihrem Ärmel und tupfte sich die trockene Stirn ab. »Ihr Sohn hat sich hinter den Schleier zurückgezogen.«

»So schnell?« Mrs Howard kämpfte mit den Tränen.

»Ja, leider. Diane, würdest du das Licht höher drehen? Und bitte schenk mir doch ein Glas Wasser ein.«

Das Mädchen stand auf, drehte am Schalter und blinzelte.

Madame LeBlanc nahm einen großen Schluck Wasser. »Er hat sich so gefreut, Sie besuchen zu können.«

»Woher wissen Sie das?«, fragte Mrs Howard.

»Ich weiß es einfach.«

»Kann ich noch einmal mit ihm sprechen?«

»Heute nicht. Ich bin erschöpft. Vielleicht morgen.«

»Ja, ja! Das wäre wunderbar. Wäre es Ihnen wieder zum Mittagessen recht?«

»Lieber zum Abendessen. Meine Sinne sind nachts geschärfter.«

Mrs Howard presste die molligen Hände an ihre geröteten Wangen. »Ich danke Ihnen von Herzen.«

Draußen im Flur schien Madame LeBlanc sich schnell zu erholen. Sie nahm Diane an der Hand und führte sie durch die Flure zu ihrer Kabine. Sie hatten sie fast erreicht, als Pierre ihnen entgegenkam. Er sah missmutig aus wie immer und blickte sich nach allen Seiten um, bevor er sie ansprach.

»Wie geht es Ihnen, Madame LeBlanc?«, fragte er mit belegter Stimme. Sein französischer Akzent war stärker ausgeprägt als Madame LeBlancs. Sie hatte einmal angedeutet, dass Pierres Kindheit hart gewesen war.

»Es geht mir gut, Sir«, sagte sie zurückhaltend. »Wie geht es Ihnen an diesem schönen Tag?«

Als sein Blick Diane streifte, verfinsterte sich sein Gesicht noch mehr. Es musste ihn aufbringen, sie sorgsam frisiert in dem eleganten Kleid zu sehen.

Diane rückte näher an Madame LeBlanc und war unendlich dankbar, dass er ihre Kabine nicht teilte.

»Ich hoffe, alles ist in bester Ordnung?«

»Ja, alles in bester Ordnung.« Er machte eine kleine Verbeugung und schielte dabei zu Diane. »Du siehst hübsch aus. Und fast erwachsen.«

Madame LeBlanc trat entschieden vor Diane und verstellte Pierre die Sicht. »Auf Wiedersehen, Sir.«

»Auf Wiedersehen, Madame.«

Madame LeBlanc eilte mit Diane zu der Treppe, die zu ihrem Deck führte. In der Kabine angekommen, schloss sie sofort die Tür ab. »Ich muss ein ernstes Wörtchen mit Pierre reden. Er ist wirklich zu aufdringlich.«

»Kannst du wirklich mit den Toten sprechen?«, fragte Diane.

»Was?« Sie blickte geistesabwesend zur Tür. »Natürlich, mein Kind. Es ist ein Geschenk, das mir der liebe Gott gegeben hat.«

»Kannst du mit Mama sprechen?«, fragte Diane.

Madame LeBlanc saß an ihrem Frisiertisch und musterte Diane, während sie die Nadeln aus dem Hut entfernte. »Ich kann es versuchen.«

Diane nahm ihr den Hut ab. »Ich muss unbedingt mit ihr sprechen.«

»Warum?« Madame zog die Ringe von den Fingern und griff nach einem Fläschchen Lotion.

»Ich will wissen, ob sie mich liebt.«

Madame LeBlanc cremte sich eine Weile schweigend die eleganten Hände ein, bevor sie sie Diane entgegenstreckte.

Diane lief zum Bullauge und schloss die Vorhänge. Dann legte sie ihre Hände erwartungsvoll in Madame LeBlancs, die tief ein- und ausatmete. »Wie hieß deine Mutter noch gleich?«

»Addie.«

»Addie. Was für ein schöner Name.« Nach einem Moment begann sie zu summen.

Durch Dianes Kopf wirbelten viele Fragen. Sie wartete auf ein Klopfen oder ein anderes Zeichen dafür, dass ihre Mama präsent war. Doch sie hörte nur die Stille und das laute Wummern ihres Herzens.

Alles, was sie ihre Mama in den vergangenen drei Jahren hatte fragen wollen, wallte jetzt in ihr auf. Vermisste sie sie? Wo war sie? Würde Diane jemals nach Hause zurückkehren? Wie ging es ihren Schwestern und Brüdern?

Madame LeBlanc drückte Dianes Hand sanft. »Kind, sie hat dich sehr geliebt.«

Tränen, die sie seit dem Tod ihrer Mutter meistens unterdrückt hatte, rannen Dianes Wangen hinab. Ihre Wut verflog, und in ihrem Hunger nach Zuneigung wiederholte sie Madame LeBlancs Worte ein ums andere Mal.

Madame lächelte und strich ihr sanft die Tränen aus dem Gesicht. »Du hattest großes Glück mit so einer wundervollen Mutter.«

Diane schluchzte. »Danke.«

»Das habe ich gern für dich getan, Kind. Ruh dich aus. Ich möchte, dass du mich später begleitest. Wir werden mit einer anderen Dame zu Abend essen, die mit einem Verstorbenen sprechen möchte. Durch deine Anwesenheit war Mrs Howard viel ungezwungener, und ich glaube, bei dieser Dame wird es ebenso sein. Mit deinen lavendelfarbenen Augen bist du ein Glücksbringer für mich.«

Diane nickte. »Könnte ich wieder eine heiße Schokolade bekommen?«

»Ja, ganz bestimmt.«

* * *

Die folgende Woche verlief nach ein und demselben Muster. Diane begleitete Madame LeBlanc zu ihren Treffen in den Luxuskabinen, wo Madame den einsamen Lebenden dazu verhalf, mit ihren geliebten Angehörigen zu sprechen. Für ihre Dienste ließ sie sich gut bezahlen, manchmal erhielt sie auch Ringe, Ketten oder Armreifen. Den Schmuck hielt Madame LeBlanc sorgsam unter Verschluss.

Diane war immer auf der Hut vor Pierre, aber er sprach sie nicht noch einmal an. Ein paar Mal sah sie ihn aus der Ferne, und dann starrte er sie auf eine Art an, dass ihr flau im Magen wurde.

Madame LeBlanc unterrichte sie weiter in Französisch und sprach fast kein Englisch mehr mit ihr. Sie meisterte die Aussprache schnell, und bald klang es, als wäre Französisch ihre Muttersprache. In manchen Nächten träumte sie sogar auf Französisch. Die Erinnerungen an ihre Familie, an Claire und sogar an ihre richtige Mama, verblassten, je weiter sie sich von der amerikanischen Küste entfernte.

Kapitel 9

DIANE

Mittwoch, 23. September 1903
Le Havre, Frankreich

Diane war froh, als endlich Land in Sicht kam. Die ständige Bewegung des Schiffes und die endlosen Abende, an denen sie Madame LeBlanc bei ihren Geisterbeschwörungen zuhörte, gingen ihr langsam auf die Nerven.

In der vergangenen Nacht war Madame LeBlanc alleine ausgegangen und erst im Morgengrauen zurückgekehrt. Ihre Handgelenke hatten blaue Flecke und ihr übliches selbstbewusstes Lächeln war verflogen. Mit Diane war sie kurz angebunden, und plötzlich wollte sie möglichst schnell das Schiff verlassen.

Schon von der Gangway her sahen sie viele blasse Menschen an den Docks stehen, die schäbige Kleidung trugen und trostlose Mienen machten. Ein Mann spielte Trompete mit einem Hut vor sich, in dem ein paar kleine Münzen lagen. Der Geruch von gebratenem Fisch lag über der Menschenmenge, die sich zu der Stelle schob, an der die Kutschen warteten.

Auf den Straßen der Stadt herrschte das gleiche Gedränge. Zerlumpte Jungen bettelten um Geld, und Mädchen, die nur wenig älter als Diane waren, trugen grelle Kleider und Hüte mit zerzausten Federn. Ihre Gesichter waren stark geschminkt, und wie zufällig rutschten ihnen die Kleider von den Schultern, wenn Männer sich näherten.

»Wohnt Mr LeBlancs Cousin hier?«, fragte Diane.

»Nein, er lebt auf dem Land.« Madame LeBlanc rieb sich die Handgelenke, deren blaue Flecke sie unter weißen Handschuhen versteckt hatte. »Es wird zwar langweilig sein, aber es ist gut, wenn wir dort eine Weile unterkommen. Da wird Pierre uns niemals finden.«

»Warum schickst du ihn weg?«

»Weil unser Cousin uns mit ihm im Schlepptau nicht willkommen heißen würde.«

»Warum?«

»Kind, du fragst zu viel!«

Diane klammerte sich an Madame LeBlancs Rock und musste fast rennen, um mit ihr mitzuhalten. An der Straßenecke bezahlte Madame LeBlanc einen Kutscher, der sie zu dem Hotel in Le Havre bringen sollte, wo sie auf ihren Cousin Gilbert warten würden. Von dort würde er sie zum Château Bernard in der Normandie zu bringen.

»Wenn es dir auf dem Land nicht gefällt, warum gehen wir dann dahin?«, fragte Diane.

»Manchmal bestimmen Situationen unsere Handlungen.«

»Warum ist Cousin Gilbert nicht hier?«

»Es ist Obsternte. Er überwacht seine Leute. Aber er müsste in ein paar Tagen hier sein.«

Der Gedanke, allein durch diese chaotische Stadt zu irren, versetzte Diane in Panik. Sie hatte bisher immer in einer überschaubaren Welt gelebt.

»Es wird alles gut«, sagte Madame LeBlanc fröhlich zu Diane. Sie klang, als würde sie sich selbst Mut zusprechen. »Es ist nicht ganz der Standard, an den ich gewöhnt bin, aber es wird genügen.«

Als sie in der Kutsche saßen, rutschte Diane ans Fenster und sah hinaus. Dann fuhr sie erschrocken zusammen. Pierre stand an einer Straßenecke und starrte zu ihnen hinüber. Er sah immer finster aus, aber jetzt brannten seine Wangen vor Wut.

»Begleitet Pierre uns doch?«, fragte Diane angsterfüllt.

»Nein, er kommt woanders unter. Wie gesagt, Pierre ist jetzt auf sich selbst gestellt. Wir haben nichts mehr mit ihm zu tun.«

Froh, Pierre nie wieder begegnen zu müssen, lehnte sich Diane zurück in die weichen Polster der Kutsche. »Ich kann mir nicht vorstellen, dass ihm das gefällt.« Es war nun schon einige Wochen her, dass Pierre sie verletzt hatte, aber ihre Erinnerung an die Schmerzen war frisch.

»Pech gehabt«, bemerkte Madame LeBlanc trocken.

Diane linste durch die Samtvorhänge und hielt Ausschau nach ihm. Aber er war wie vom Erdboden verschwunden. Als hätte ihn die chaotische Menschenmenge verschluckt.

* * *

Die Kutschfahrt durch die Stadt mit all den fremden Eindrücken und Gerüchen war überwältigend für Diane. Die Häuser waren aus grauem Stein, hatten rote Ziegel und schmale Türen. Viele Fenster waren mit Blumenkästen mit blühenden Herbstpflanzen geschmückt. Türme ragten hoch über den Kirchen in den Himmel; in den Buntglasfenstern spiegelte sich das Licht. Die Kutsche ruckelte über das Kopfsteinpflaster gewundener Gassen.

Sie fuhren unter eine Arkade von Bögen hindurch, von denen steinerne Monster drohend auf Diane herabblickten. Ein letztes Ruckeln, dann kamen sie vor einer großen Holztür zum Stehen. Sie fühlte sich um Jahrhunderte zurückversetzt.

Diane hatte noch nie zuvor ein so großes Gebäude gesehen. Das Gemäuer schien so alt wie die Erde selbst. Der Kutscher trug ihr Gepäck in die Eingangshalle, wo sie von einem Mann mit tief liegenden Augen und schütterem schwarzem Haar begrüßt wurden. Er führte sie zu ihren Zimmern im ersten Stock und sprach dabei so schnell, dass Diane kaum etwas verstand. Madame LeBlanc drückte dem Kutscher und ihm eine Münze in die Hand.

In einem hohen Kamin brannte Feuer, und das Licht der mit Gas betriebenen Wandleuchter schien flackernd auf die rohen Balken, die sich an der gewölbten Decke entlangzogen. Ein zerschlissener roter Teppich tat sein Bestes, etwas Wärme über dem mit breiten Dielen bedeckten Boden zu verbreiten. Zwei Türen führten von dem Wohnbereich zu den Schlafzimmern und einer kleinen Küche mit einer Spüle und einer schmalen, abgenutzten Arbeitsfläche.

»Es entspricht natürlich nicht unserem Lebensstandard«, sagte Madame LeBlanc. »Aber wir werden uns damit begnügen müssen, bis Cousin Gilbert uns zu Hilfe kommt.«

»Wann kommt er denn?«

Nervosität huschte über Madame LeBlancs Gesicht, als erwartete sie Schwierigkeiten. »Bald. Lass uns etwas Kleines im Café zu uns nehmen.«

»Wird Pierre uns finden?«, fragte Diane.

Madame LeBlanc schüttelte den Kopf. »Nein. Er ist gut bezahlt worden, und er weiß schon seit Wochen, dass sich unsere Wege trennen.«

Madame LeBlanc schloss die Tür ab und lief die Treppe so schnell hinunter, dass Diane Mühe hatte, ihr durch den Flur und draußen über das Kopfsteinpflaster zu folgen.

Sie liefen eine Weile durch die Gassen, bis Madame ein Eckbistro entdeckte. Sie bestellte zwei Tassen Kaffee und Macarons. Um sie herum plätscherten die Unterhaltungen, begleitet vom Geklapper der Tassen und dem Pfeifen eines Kessels.

Als ihre Bestellung gebracht wurde, starrte Diane auf die verführerischen Kekse. Obwohl ihr Magen knurrte, wartete sie mit im Schoß gefalteten Händen, genau wie Madame LeBlanc es ihr beigebracht hatte. Ihre Lehrerin nickte wohlwollend und erklärte, sie dürfe den Kaffee trinken. Die Macarons standen unangetastet auf dem Tischchen.

»Du musst dich daran gewöhnen, nichts zu essen«, sagte Madame LeBlanc. »Ich weiß, es klingt hart, aber es gehört sich nicht für eine Dame, viel zu essen. Wenn du in mein Alter kommst, wirst du es mir danken.«

Während sie an ihrem Kaffee nippte, erzählte sie von Cousin Gilbert und seinem Herrenhaus hoch auf den Klippen am Meer. Sie selbst sei nie dort gewesen, aber ihr lieber verstorbener Mann habe oft von dem einträglichen Gut gesprochen.

»Ich habe Cousin Gilbert von dir erzählt«, sagte Madame LeBlanc. »Er kann es kaum erwarten, dich kennenzulernen.«

Diane hatte ihren Kaffee ausgetrunken und musste an sich halten, um nicht nach den Keksen zu greifen. »Warum?«

»Gilbert ist ein Mann, dem Familienbande etwas bedeuten. Deshalb hat er seinem lieben Onkel, Mr LeBlanc, ab und zu unter die Arme gegriffen. Ich habe dich als Familienmitglied ausgegeben.«

»Das verstehe ich nicht.«

»Deine Augen haben Mr LeBlanc immer an seine Tochter Eva von seiner ersten Frau erinnert, die er sehr geliebt hat. Leider ist sie früh gestorben. Er hat oft zu mir gesagt, du wärst ihr zum Verwechseln ähnlich.«

Diane blickte missgelaunt zu Boden. Ihr Magen knurrte. »Aber ich bin nicht ihre Tochter.«

»Es wäre besser, Cousin Gilbert in dem Glauben zu lassen, dass du es bist.«

»Warum?«

»Spielt das eine Rolle? Überlass mir das Reden, und wenn Gilbert dich nach deiner lieben Mama fragt, dann sagst du, dass du dich nicht mehr an sie erinnern kannst.«

»Aber ich erinnere mich an sie.«

Madame LeBlancs Miene verfinsterte sich. Sie war mit ihrer Geduld am Ende. »Wenn du essen möchtest, dann darfst du es mit der Wahrheit nicht so genau nehmen.«

Madame LeBlanc fischte ein paar Münzen aus ihrer Handtasche und legte sie auf die weiße Tischdecke neben die unangetasteten Kekse. Sie standen auf. »Ich bin müde. Wir gehen zurück«, bestimmte Madame LeBlanc. Diane ließ ihre Handschuhe unauffällig auf dem Stuhl liegen.

Als Madame LeBlanc eine Kutsche heranrief, sagte Diane: »Meine Handschuhe! Ich muss sie liegen lassen haben.«

»Beeil dich«, sagte Madame verärgert. »Ich kaufe dir kein zweites Paar.«

Diane lief zurück, schnappte sich die Handschuhe und die beiden Kekse, die sie in der Tasche ihres Kleides verschwinden ließ.

Madame LeBlanc verhandelte mit einem Kutscher über den Preis. Als sie sich nicht einig wurden, nahm sie Dianes Hand und machte sich auf den Rückweg. Mehrere Leute starrten sie offen an. Eine Frau streckte sogar die Hand aus, um Dianes Mantel zu berühren.

»Mir gefällt es hier nicht«, sagte Diane.

»Mir auch nicht. Deshalb ist es so wichtig, Gilbert glauben zu lassen, dass du seine Cousine bist – dann wird er uns eine regelmäßige Unterstützung zukommen lassen.«

Dunkle Wolken hatten sich aufgetürmt und jetzt begann es zu grummeln. Kurz vor ihrer Unterkunft trat Pierre plötzlich aus dem Schatten hervor und verstellte ihnen den Weg. Diane erschrak und drängte sich an Madame LeBlanc. Pierre trug einen eleganten schwarzen Anzug, eine blaue Seidenkrawatte und einen Zylinder.

Dianes Überraschung brachte Pierre zum Grinsen, wie damals, als er ihr ein Bein gestellt hatte. »Es war nicht einfach, euch zu finden – ich musste einiges Gespür und ein paar Münzen aufbringen.«

»Pierre.« Madame LeBlancs Anspannung war deutlich zu spüren, aber sie ging ihm aufrecht und zu allem bereit entgegen. »Wie ich sehe, hast du das Geld, das ich dir gegeben habe, schon verprasst.«

»Es ist höchste Zeit, dass ich wie jemand aussehe, der zu Höherem berufen ist«, sagte er.

»Wenn du hier bist, um mehr Geld zu verlangen, hast du Pech gehabt. Ich habe nämlich keins.«

»Das glaube ich dir nicht.«

»Das ist mir egal.«

»Du kannst mich nicht einfach so abservieren und durch ein Mädchen ersetzen.« In seiner Stimme schwang eine deutliche Drohung.

»Du weißt doch genau, dass unsere Abmachung nur vorübergehend war«, sagte Madame LeBlanc.

Dann sprachen die beiden so schnell auf Französisch, dass Diane kaum folgen konnte. Auch wenn sie nicht alles verstand, war es unüberhörbar, dass ihr Ton immer schärfer wurde. Schließlich stieß Madame LeBlanc Pierre beiseite und rief, er sollte weggehen oder sie würde die Polizei rufen.

Pierre warf Diane einen wutentbrannten Blick zu. »Ich lasse nicht zu, dass ich deinetwegen weggeschickt werde.«

Ein Polizist näherte sich ihnen. Pierre drehte sich um und verschwand in einer dunklen Gasse. Madame LeBlanc lächelte den Polizisten an, nahm Diane bei der Hand, und sie liefen schnellen Schrittes auf ihre Unterkunft zu.

»Warum ist Pierre so wütend?«, fragte Diane. »Ich dachte, er mag dich.«

»Je älter er wird, desto unersättlicher wird er. Ich habe gut für ihn gesorgt und ihm viel beigebracht. Jetzt muss er auf eigenen Füßen stehen.«

»Wird er uns in Ruhe lassen?« Diane sah über die Schulter. Er war in der Seitengasse verschwunden wie eine Spinne in einer Mauerritze.

»Ja.«

»Und wenn er doch wiederkommt?« Diane rieb sich den Arm, den sie sich bei dem Sturz von der Treppe geprellt hatte. Wenn er zurückkäme, würde er ihr wieder etwas antun. »Er war so schrecklich wütend.«

Madame LeBlanc zog sie mit sich. »Keine Angst. Ich sorge schon dafür, dass Pierre keine Schwierigkeiten macht.«

Kapitel 10

MEGAN

Montag, 5. März 2018
Cape Hudson, Virginia

Als Rick den Truck vor dem Spring House parkte, standen Möbelstücke auf dem Rasen und der Müllcontainer quoll von angeschimmelten Vorhängen, feuchten Zeitschriften und alten Handtüchern über. Ein Blick auf die Uhr sagte Megan, dass sie über zwei Stunden weg gewesen waren.

»Anscheinend haben Natasha und Lucy viel geschafft«, sagte Rick.

»Oh Gott, ich hoffe, dass sie nichts Wertvolles weggeschmissen haben«, sagte sie.

»Fang jetzt bloß nicht an, in dem Container herumzuwühlen, okay?«

Megan zuckte mit den Achseln, genau wie Natasha es vorher getan hatte. »Mal sehen.«

»Lucy steht unter dem strengen Befehl, mich anzurufen, wenn du dich übernimmst.«

»Sehr witzig.«

»Das ist mein voller Ernst. Kommst du hier klar?«

»Ja. Danke für den Ausflug. Und danke für den Tipp mit den schönen Möbeln.«

Er war schon auf dem Weg zum Auto, als er sich noch mal umdrehte. »Was glaubst du, wie groß ist die Wahrscheinlichkeit, dass Mr Crawford dich anruft, bevor er die Stadt verlässt?«

»Achtzig Prozent.«

»Sie sind echt großspurig, Ms Buchanan.«

»Nicht wirklich. Er hat gepackt, er macht sich auf eine lange Reise. Mir kommt er nicht wie jemand vor, der Geduld zum Feilschen hat.«

»Wie konnte ich vergessen, wie gut du Kontra gibst!«

Sie lächelte bei der Erinnerung daran, wie er damals bei ihrer erhitzten politischen Debatte aufgebraust war. Er hatte immer aufgebrachter argumentiert, aber sie hatte ihren Standpunkt entschieden vertreten. »Ich bin jedenfalls gespannt, wie er sich entscheidet.«

Megan fühlte sich von ihrem Ausflug zu Mr Crawford energiegeladener als vorher. Als sie sich vom abfahrenden Truck zum Haus wandte, glaubte sie, ihren Augen nicht zu trauen. Lucy tanzte eine Art Hula-Hoop – breit grinsend und mit einem Bikinioberteil aus Kokosnuss-Schalen und einem Baströckchen über ihren Arbeitsklamotten. Natasha war die Show ganz offensichtlich etwas peinlich.

»Verpasse ich gerade eine Party?«, fragte Megan. Dolly ließ ihren Kauknochen fallen und begrüßte sie freudig wedelnd.

Lucy unterbrach ihren Tanz, hob einen kleinen Haufen alter Sachen auf und brachte sie zum Container. »Sieht aus, als hätte Samuel mal einen Rohrschaden gehabt. In einer Ecke seines Arbeitszimmers ist alles nass. Der ganze Kram muss weg. Aber wir haben auch eine Truhe mit Kostümen gefunden.«

»Daher kommt also dieser Modergeruch.« So viele Dinge von historischem Wert fielen im Laufe der Zeit Feuer, Wasser oder purer Nachlässigkeit zum Opfer. Sie konnten sich glücklich schätzen, dass so vieles noch zu retten war. »Dann sehe ich mir mal die Sachen an.«

»Sie waren total schimmelig«, sagte Lucy. »Ich habe alles in den Container geschmissen und die Fenster aufgerissen.«

Megan lugte über den Rand des Müllcontainers.

»Ich schwöre, dass ich nichts Wertvolles weggeschmissen habe.«

Megan beäugte eine Sammlung alter *Time*-Zeitschriften, zerschlissene grüne Vorhänge, kaputte Angelgeräte und mehrere Paare abgewetzter Stiefel. Sie musste einiges an Willenskraft aufbringen, um sich abzuwenden und es gut sein zu lassen.

»Was ist mit dem Tisch?«, fragte Lucy.

»Ich habe ihm ein Angebot gemacht«, sagte Megan. »Er denkt noch drüber nach.«

»Du weißt schon, dass die Stiftungsgelder nicht nur für eine Top-Restaurierung, sondern auch für kostbare Möbel ausgegeben werden können?«

»Es wäre nur das erste Stück von vielen. Ich werfe dein Geld nicht zum Fenster hinaus.«

»Einer der Gründe, aus denen ich dich engagiert habe«, sagte Lucy lächelnd.

Lucys Vertrauen in sie und ihre Fähigkeiten rührte Megan immer wieder. Sie hatte ihr nicht nur die Renovierung von Winter Cottage anvertraut, sondern auch die von Lucys neuem Zuhause. »Danke.«

»Sagst du denn gar nichts zu Lucy?«, fragte Natasha.

Megan sah Natasha überrascht an. »Warum? Ist was mit Lucy?«

Natasha rollte mit den Augen.

»Hast du was mit deinen Haaren gemacht?«, wandte sich Megan an Lucy.

»Nö, meine Haare sind wie immer«, sagte Lucy.

Natasha stöhnte und ging zum Haus. Dolly folgte ihr auf den Fersen. »Ihr zwei seid ja sooo witzig!«

Lucy klopfte auf ihren Kokosnuss-BH. »Was ist nur aus dem netten kleinen Mädchen geworden, das ich mal kannte?«

»Hormone.«

Samuels Zimmer hatte mittlerweile fast den Charakter eines Arbeitszimmers angenommen. Der Raum wirkte wie befreit und viel freundlicher. Vielleicht war dem mürrischen alten Haus ein bisschen Aufmerksamkeit doch ganz recht?

»Warum habt ihr so lange gebraucht?«, fragte Lucy.

»Wir sind noch zu Rick gefahren. Er wollte wissen, ob sein Baumaterial geliefert wurde.«

»Er ist ganz begeistert von dem Haus«, sagte Lucy. »Im Moment sieht es noch schlimm aus, aber Hank hält große Stücke auf Rick als Handwerker. Er hat Hank bei der Installation der restlichen Abwasserleitungen im Weingut geholfen.«

Scott hatte Rick einen Alleskönner genannt. »Sonst würde er sich das auch nicht zutrauen.«

»Ein eigenes Haus bedeutet Rick viel. Seine Eltern hatten nie eines«, sagte Lucy.

»Er hat auch schon viel geschafft. Wenn er das Haus später mal verkaufen will, wird er ordentlich Profit machen«, sagte Megan. »Hast du irgendwas Neues über deinen Großvater rausgefunden?«

»Er hatte ein merkwürdiges Faible für Kokosnuss-BHs.«

»Willst du damit etwa sagen, dass es noch mehr gibt?«, fragte Megan.

»Sie hat dir schon einen rausgesucht«, sagte Natasha. »Aber ich ziehe meinen auf keinen Fall an.« Sie hielt ein Paar halber Kokosnussschalen hoch und ließ sie aneinanderklacken.

Megan lächelte. »Ach so, das ist das Veränderte an dir, Lucy! Wie konnte ich das nur übersehen?«

Natasha fischte zwei Sets aus einem Pappkarton. Megan hielt sich das größere an. »Ich finde ja, deine Übernachtungsparty sollte die Tropen als Motto haben.«

»Vergiss es!«, protestierte das Mädchen. »Die Leute in der Schule würden mich so was von auslachen, wenn sie mich damit sehen würden.«

Megan zog sich die Halterung über den Kopf und ließ sich das Bikini-Oberteil von Lucy hinter ihrem Rücken zubinden. »Ich weiß nicht. Ich finde, die sehen irgendwie scharf aus. Allerdings passen sie nicht richtig. Meine Brüste quellen raus.«

»Stimmt. Oben zum Beispiel«, bestätigte Lucy. »Aber glaub mir, ich bin ziemlich neidisch.«

»Pass auf, was du dir wünschst.« Megan lachte. Nach einigem Hin und Her hatte sie ihren großen Busen in die Schalen manövriert und klopfte mit den flachen Händen auf die Kokosnüsse. »Und? Was sagst du dazu, Natasha?«

Das arme Mädchen versuchte mürrisch zu bleiben, aber auch wenn sie unbeeindruckt tat – so abgebrüht war sie auch wieder nicht. Als sie grinsen musste, wandte sie sich schnell ab, damit die beiden es nicht bemerkten.

»Du lächelst doch nicht etwa?«, fragte Megan.

Natasha wühlte in dem Karton. »Nein.«

»Ist da auch ein Baströckchen?«, fragte Megan. Sie linste in den Karton, entdeckte eins und zog es heraus. Es hatte einen verstellbaren Bund, und Megan gelang es, sich das Teil irgendwie um den Bauch zu ziehen. Dolly schnüffelte an dem Bast und bellte aufgeregt.

Megan sah an sich herunter. »Gibt's was zu lachen? Ich finde mich ziemlich sexy.«

Während Lucy ihr Handy holen ging, überredete Megan Natasha, sich neben sie zu stellen. Sie machten ein paar Selfies: Megan grinste, Lucy strahlte und Natasha schmollte.

»Bitte nicht posten!«, flehte Natasha.

»Was? Sind Kokosnuss-BHs nicht gut für deinen Ruf?«

»Neeeein!«

»Für eine Historikerin wahrscheinlich auch nicht. Irgendwie haben Kokosnuss-BHs etwas an sich, das meine Glaubwürdigkeit untergraben könnte.«

»Alles klar«, sagte Lucy. »Wir zeigen's nicht groß rum.«

Natasha guckte sich kichernd die Fotos an. »Wir sind echt die verrückteste Familie.« Sie verließ das Zimmer mit dem Arm voller Krimskrams.

Lucy stand ganz still, während Natashas Schritte sich entfernten. »Familie«, flüsterte sie. »Hast du das gehört? Ich kann ihr nichts recht machen, aber jetzt sind wir eine Familie.«

»Du gibst ihr einen sicheren Ort, an dem sie ihre Frustrationen rauslassen kann«, sagte Megan. »Sie vertraut dir so sehr, dass sie bei dir ihre Launen auslebt.«

Lucy sah sich ein Foto an und zoomte in die Gesichter. »Danke, dass du mitgespielt hast. Sie macht sich solche Sorgen, dass andere sie als Außenseiterin sehen könnten.«

»Klar, deine Familie ist nicht konventionell, aber das mit Natasha ist normal. Sie wird bald dreizehn. Und ich weiß genau, was es bedeutet, wenn die Hormone verrücktspielen.« Megan konnte sich nicht erinnern, wann sie das letzte Mal so gelacht hatte. Zum ersten Mal seit Scotts Tod glaubte sie, dass sie irgendwann wieder zu sich selbst finden könnte.

»Ich sage ihr oft, wie toll sie ist, aber es fällt ihr schwer, das zu glauben. Ich sehe meine Mutter jetzt mit ganz anderen Augen und habe Respekt, wie sie das mit mir als alleinerziehende Mutter geschafft hat.«

Megan strich sich über den Bauch. »Hat sich ihr Vater bei ihr gemeldet?«

»Nein. Ich habe ihm geschrieben und ihn daran erinnert, dass sie gern etwas von ihm hören würde, aber er hat sich nicht gemeldet. Und bevor du ihn in Schutz nimmst: Ich habe seine Telefonkarte und die Karte für die Gefängniskantine aufgeladen.«

»Dann ruft er bestimmt an.«

Lucy zwängte sich aus dem Kokosnuss-BH. Ihre gute Laune war verflogen. »Das glaube ich nicht. Immerhin hat er die Adoptionspapiere kommentarlos unterschrieben.«

»Das ist doch gut, oder?«, fragte Megan.

Lucy seufzte und sah zu, wie Natasha draußen ein Stöckchen für Dolly warf. »Ja, das ist gut. Aber Natasha hat geweint, als sie die Unterschrift ihres Vaters gesehen hat. Er hat sie eigentlich nie groß beachtet, aber jetzt ist es offiziell, dass er sie aufgegeben hat. Seitdem hat sie richtig schlechte Laune.«

»Aber er hat sie in die Obhut ihrer Schwester gegeben. Einer Frau, die sie offensichtlich liebt.«

Lucy schüttelte den Kopf. »Du versuchst, Gefühle rational zu erklären, die man nicht verstehen kann.«

»Wann tritt die Adoption in Kraft?«

»Im Amtsgericht hat man mir versprochen, dass ich den Bescheid in wenigen Tagen erhalte.«

»Vielleicht können wir das irgendwie bei der Übernachtungsparty feiern.«

»Ich weiß nicht, ob sie das gut fände«, sagte Lucy.

»Ich glaube schon. Auf ihrem Fußballtrikot steht ›Kincaid‹, nicht ›Willard‹. Sie hat nicht den Namen ihres Vaters gewählt, sondern deinen.«

»Das stimmt.« Lucy nickte und dachte über Megans Idee nach. »Dann lassen wir es richtig krachen.«

»Ich hätte da noch ein paar Tortenrezepte.«

»Und ich dachte, du backst nur Kuchen«, sagte Lucy.

»Ich bin eben vielseitig.«

»Danke, aber ich glaube, ich backe Natasha selbst einen Kuchen. Es würde ihr mehr bedeuten.«

Megan beneidete Lucy um ihre Lässigkeit im Umgang mit der ganzen Situation.

Sie klopfte gegen die Kokosnüsse. »Eine Tropen-Übernachtungs- Geisterbeschwörungs-Adoptions-Party.«

Es war nach sieben. Sie waren mit ihrer Aufräumaktion recht weit gekommen. Wenn die Handwerker am nächsten Morgen anrückten, würde es richtig losgehen. Aber jetzt waren alle hungrig, und Natasha musste noch ihre Mathe-Hausaufgaben machen.

Megan fuhr die lange Zufahrt vom Spring House in Richtung Bucht, an der das Winter Cottage lag. Als ihre Hand noch auf dem Türknauf aus Messing lag, hielt sie inne. Stolz und Energie durchströmten sie wie eine Welle. Sie stellte sich vor, wie Claire das Haus unzählige Male mit demselben Glücksgefühl betreten haben musste.

Ihre Schritte hallten im Flur, als sie auf die hohen Fenster zuging, von denen man auf die Chesapeake Bay blickte. Die Sonne näherte sich dem Horizont, aber es blieb von Tag zu Tag ein bisschen länger hell. Bald wäre der Sommer da. Bald würde sie Mutter sein.

»Hoffentlich baue ich keinen Mist mit dir, meine Kleine.«

Eine Autotür knallte zu. Wenig später rannte Dolly bellend am Haus vorbei ins Schilf, das die Bucht säumte.

»Nein, erst die Hausaufgaben«, bestimmte Lucy.

Natasha stampfte die Treppe hoch. »Das *weiß* ich.«

Lucy ging in die Küche und klapperte mit Töpfen und Pfannen.

»Wie kann ich dir helfen?«, fragte Megan.

»Du kannst dich hinsetzen. Ich mache uns was Schnelles zum Abendessen.«

Megan setzte sich an den Küchentisch und strich über das glatte Holz. »Ist alles okay mit Natasha?«

»Sie will fernsehen und ihre Hausaufgaben später machen.« Lucy nahm Tomaten, Gurken und einen Kopfsalat aus dem Kühlschrank.

»Ich habe meine Geschichtshausaufgaben immer gern gemacht. Aber Mathe und Naturwissenschaften, das war für mich wie Zähne ziehen. Ich weiß noch, als wir nach Portland gezogen sind und ich neu in der Schule war. Ich habe alles gehasst. Meine Mutter hat mir einen Ausflug in ein Freilichtmuseum versprochen, eins von diesen Gelebte-Geschichte-Dingern, wenn ich eine Eins in Mathe bekommen würde.«

»Und? Hast du eine Eins gekriegt?«

»Natürlich nicht. Eine drei minus«, sagte sie.

Lucy setzte Wasser auf und begann, Gemüse zu schnippeln. »Meine Mutter und ich hatten auch unsere Auseinandersetzungen, aber meistens war ich es, die ihr die Leviten gelesen hat. Eigentlich war ich die Erwachsene von uns beiden, seit ich fünf war. Mann, sie wollte sogar, dass ich sie Beth nenne.«

Innerhalb von fünfzehn Minuten hatte Lucy einen einfachen Salat gemacht. Dazu gab es Nudeln und getoastetes Brot, das sie am Vortag gebacken hatte.

Der Geruch von Essen lockte Natasha in die Küche. Sie ließ sich auf einen Stuhl plumpsen, ohne den Blick von ihrem Tablet zu heben – einem Geschenk von Hank.

»Bist du fertig mit den Hausaufgaben?«, fragte Lucy.

»Ja, das war Pippikram.«

»Elektronik aus.«

Natasha sah nicht auf. »Okay, okay.«

»Jetzt«, sagte Lucy.

Als Natasha weiter gebannt ihr Video schaute, nahm Lucy ihr das Tablet weg.

»Hey, das ist meins«, protestierte das Mädchen.

Lucy schaltete das Gerät aus und legte es auf den Kühlschrank. »Noch ein Wort, und es ist für eine ganze Woche meins.«

Natashas Augen weiteten sich. »Aber Hank hat es mir gegeben. Du kannst es mir nicht einfach wegnehmen.«

»Zwei Wochen.«

»Du bist nicht mein Boss.«

»Drei Wochen, Natasha.«

Sie schob die Unterlippe vor und schmollte, als würde sie dafür bezahlt.

»Ich kann Hank auch anrufen und ihn fragen, was er davon hält, wenn du beim Abendessen Videos anguckst.«

Natasha warf sich in ihrem Stuhl zurück. »Lass mal.«

»Habe ich mir gedacht. Jetzt gibt's Essen«, sagte Lucy mit einem angestrengten Lächeln.

»Ich habe keinen Hunger«, sagte Natasha.

»Dann siehst du eben Megan und mir beim Essen zu.«

»Warum sollte ich?«

»Weil ich es sage.«

Der klassische Muttersatz kam Lucy so leicht über die Lippen, dass Megan fast lächeln musste. Doch ihr war klar, dass sie sich selbst eines Tages mit all dem würde herumschlagen müssen. Alleinerziehend mit einer vorpubertären Göre.

Wortlos tat Lucy eine große Portion Spaghetti mit Sauce, Salat und dick gebuttertem Brot auf einen Teller und stellte ihn vor Natasha. Dann tischte sie Megan und sich selbst auf.

Megan warf Natasha einen aufmunternden Blick zu. »Ich habe über die Planchette und die beiden Dreidel nachgedacht und was sie miteinander zu tun haben«, begann sie. »Das passt überhaupt nicht zusammen. Ich frage mich, wie sie in Samuels Besitz gekommen sind.«

»Ich habe keine Ahnung. Ich weiß so gut wie nichts über meine Familie«, sagte Lucy.

Megan dachte wieder an das Foto von Mr Crawford und suchte in ihrem Handy danach. »Schau mal. Ich glaube, die linke Frau ist Claire.«

Lucy nahm das Smartphone und vergrößerte das Foto. »Das glaube ich auch.«

»Ich weiß, dass meine Urgroßmutter mit den Buchanans in Paris war«, sagte Megan.

»Und wer ist die andere Frau, deiner Meinung nach?«, fragte Lucy.

»Rick glaubt, sie könnte eine ihrer Schwestern sein.«

»Sie hatte drei Schwestern. Und drei Brüder. Über die weiß ich etwas, denn sie sind hier auf der Halbinsel aufgewachsen. Aber die Schwestern wurden in alle Winde verstreut, nachdem ihre Mutter gestorben ist.«

Natasha nahm sich eine zweite Scheibe Brot und pulte daran herum. Sie hörte sehr aufmerksam zu.

»Vielleicht hat Claire in Frankreich eine Freundin gehabt«, sagte Lucy und gab Megan das Handy zurück. »Die Frau könnte irgendwer sein.«

»Das stimmt. Ich habe noch ein Foto, das ich dir zeigen wollte.« Sie scrollte durch die Fotos. »Dies hier wurde vor der Veranda von Spring House aufgenommen. Wie du siehst, war das Winter Cottage noch nicht gebaut.«

Lucy wischte sich die Finger ab und nahm das Handy entgegen. »Sie hat dunkle Haare und helle Augen, genau wie die Frau in Le Havre.«

»Was dafür sprechen würde, dass die Frau Claires Schwester ist.«

»Aber welche?«, fragte Lucy.

Megan wischte auf dem Handybildschirm zu dem nächsten Foto, auf dem die vier Hedrick-Mädchen zu sehen waren. »Ich glaube, es ist die jüngste. Diane.«

Lucy betrachtete das Bild. »Alle vier Hedrick-Schwestern. Und ist das ihre Mutter?«

»Ja, Addie Hedrick«, bestätigte Megan.

»Ich weiß, dass Claire nach dem Tod ihrer Mutter traumatisiert war. Sie wurde bei anderen Leuten in Dienst gegeben«, sagte Lucy.

»Das war sicher bei ihren Schwestern nicht anders«, sagte Megan.

»Wissen wir, wohin die anderen Mädchen geschickt wurden?«

»Jemma und Sarah sind auf Bauernhöfen im westlichen Virginia gelandet, aber von Diane fehlt jede Spur. Ich habe keine Informationen über sie gefunden.«

Natasha stand auf und guckte über Lucys Schulter. »Sie sieht aus wie eine Hexe.«

Megan war überrascht. »Warum?«

Natasha zuckte mit den Achseln. »Die Haare, die Augen, der wilde Schal um ihren Hals. Sie sieht aus wie eine, die das dreieckige Ding von dem Ouija-Brett benutzen würde.«

»Aber das erklärt noch nicht, wie es in den Schreibtisch meines Großvaters gekommen ist«, sagte Lucy. »Er war ja noch nicht mal geboren, als dieses Foto gemacht wurde.«

Natasha schob sich ein Stück Brot in den Mund und wickelte Spaghetti um ihre Gabel. »Können wir das Ouija-Brett einweihen?«

»Iss erst mal auf«, sagte Lucy.

»Und danach?«, fragte Natasha.

»Hast du deine Hausaufgaben fertig gemacht?«, fragte Lucy.

»Ja! Und die Zusatzaufgabe auch«, antwortete Natasha.

Das Mädchen war klug, und für Mathe hatte sie eine besondere Begabung. Sie drohte fast, ihren Lehrer zu überholen. Lucy hatte Megan ihre Befürchtung anvertraut, dass Natasha in Mathematik nicht genug gefordert wurde. Aber Lucy hatte dafür gesorgt, dass Natasha im Herbst Hochbegabtenförderung bekommen würde.

Megan betrachtete das Foto noch einmal. Das fremdartige Gesicht der jungen Frau faszinierte sie. Ihr verschmitztes Lächeln und die Haltung ihres Kopfes sprachen von einer Unabhängigkeit, die für Frauen jener Epoche ungewöhnlich war.

Diane Hedrick. *Was ist aus dir geworden?*

Natasha räusperte sich umständlich. »Handys bei Tisch …«

»Touché.« Megan machte ihr Handy aus und legte es beiseite.

»Also, haben wir uns darauf geeinigt, dass wir einen magischen Spieleabend mit Übernachtungsparty machen?«, fragte Lucy. »Ich kann die Zukunft vorhersagen und das Haus dekorieren, sodass es richtig gruselig wird.«

Natasha war nicht überzeugt. »Ich weiß nicht. Brittany hat eine Pool-Party zu ihrem dreizehnten gegeben, aber dazu ist es noch zu kalt.«

»Wir könnten uns wie die Leute anziehen, die in den Zwanzigerjahren in Winter Cottage gelebt haben«, schlug Lucy vor.

»Oder wie Zombies«, gab Natasha zurück.

»Ich steuere das Essen und Musik aus den Zwanzigerjahren bei, und wir zeichnen Porträts.«

»Ich kenne ein paar tolle Secondhandläden«, sagte Megan. »Ich könnte uns günstig Klamotten aus der Zeit besorgen. Wenn die Mädchen sonst nichts zum Anziehen haben, hätten wir was für sie hier.«

»Klingt gut«, sagte Natasha. »Aber ich trage lieber meine normalen Sachen.«

»Wie wäre es mit einer Schnitzeljagd?«, fragte Megan. »Oder mit einem Mordfall, den ihr selbst löst?«

»Das mit dem Mord hört sich gut an«, fand Natasha.

»Denk einfach drüber nach.« Lucy sagte es beiläufig. Sie hatte gelernt, dass Natasha mehr Widerstand leistete, je mehr man sie drängte. Lucy hatte den Köder ausgeworfen und Natasha war kurz vorm Anbeißen. Jetzt musste Lucy geduldig warten.

Sie saßen noch eine Stunde beim Abendessen und sprachen über Brittanys neues Outfit, Natashas öden Mathelehrer und die morgigen Arbeiten am Spring House.

Nachdem sie den Tisch abgeräumt und die Küche sauber gemacht hatten, holte Megan das alte Ouija-Brett, das sie im Antiquitätenladen gekauft hatte. Die Oberfläche war rissig und die Kanten an einigen Stellen abgestoßen, aber das machte es noch geheimnisvoller.

»Cool«, sagte Natasha.

»Dann lasst uns mal loslegen«, forderte Megan die anderen beiden auf. Sie nahm die erstaunlich schwere Planchette aus dem Holzkistchen. Normalerweise waren Planchetten leichter, damit man sie besser manipulieren konnte. Vorsichtig reichte sie sie Lucy.

»Es ist schon eine Weile her, aber ich glaube, ich weiß noch, wie das geht.« Lucy machte eine Show daraus, ihre Finger zu dehnen und zu strecken. »Wer möchte die erste Frage stellen?«

Megan fühlte sich plötzlich unwohl bei dem Gedanken, mit jemandem im Jenseits zu kommunizieren. Es war eine Sache, das Leben Verstorbener zu recherchieren. Aber ein Gespräch mit einem Toten zu führen, war etwas ganz anderes. Es gab so viele Dinge zwischen Scott und ihr, die ungesagt geblieben waren und die sie irgendwann aussprechen musste. Doch jetzt und unter diesen Umständen war sie nicht dazu in der Lage.

Natasha sah mit großen Augen um sich. »Was kann ich fragen?«

»Was du willst«, sagte Lucy.

»Egal was?«

»Ja.«

Natasha seufzte und dachte angestrengt nach. »Ich weiß nicht.«

»Ich weiß, mit wem ich sprechen würde, wenn ich dran wäre«, sagte Lucy.

»Mit wem?«

»Mit meiner Mom. Ich will nämlich wissen, warum sie mir nie von diesem Ort erzählt hat. Wenn sie es getan hätte, dann hätte ich früher hierherkommen und Samuel kennenlernen können. Und vielleicht sogar deine Mutter.«

»Ja, frag sie, warum sie von hier abgehauen ist«, sagte Natasha. »Vielleicht hatte sie einen guten Grund.«

»Irgendwann«, sagte Lucy gedankenvoll. »Irgendwann mache ich das.«

Megan wurde klar, dass sie nicht die Einzige war, die offene Fragen an die Toten hatte. *Vielleicht sollte jeder dieses Spiel spielen*, dachte sie.

»Frag deine Mutter, ob du ein liebes Baby warst«, schlug Lucy vor.

»Okay«, sagte Natasha. »Los, wir machen das jetzt.«

Lucy nickte mit feierlichem Gesicht. »Natasha, kannst du das Licht ausmachen?«

»Klar.« Eine kleine Lampe über der Spüle tauchte den Raum in ein warmes Schummerlicht. Durch das Fenster sah man die Bucht, die im Silberglanz des Vollmonds funkelte.

»Denkt dran, keine von uns darf die Planchette loslassen«, sagte Lucy.

Das Baby kickte in Megans Bauch. Wahrscheinlich spürte es ihre erwartungsvolle Energie. Natasha sah aufgeregt aus. Ihre jugendliche Vorfreude aufs Gruseln steckte Megan an. Sie fühlte sich wie mit zwölf bei einer Übernachtungsparty, wo sie bis in die Puppen aufgeblieben und sich im Schein einer kleinen Taschenlampe Geheimnisse erzählt hatten.

»Schließt eure Augen und versucht, Natashas Mutter Grace herbeizurufen«, sagte Lucy.

Kaum hatte Natasha die Augen geschlossen, brach sie in ein nervöses Kichern aus. Sie öffnete sie wieder. »Was, wenn niemand zu Hause ist?«

»Das kann man erst wissen, wenn man angeklopft hat«, sagte Lucy.

Alle drei schlossen die Augen. Natasha rief nach ihrer Mutter, als wollte sie ein scheues Tier anlocken. »Mom, ich bin es. Natasha«, beschwor sie sie mit leiser, melodischer Stimme. »Vermisst du mich?«

Die Planchette rührte sich nicht, aber Megan spürte, wie eine merkwürdige Energie ihren Körper durchströmte. Dann zuckte das herzförmige Brettchen fast unmerklich. Natasha erschrak hörbar.

Megan blinzelte unter ihren Lidern hervor. Das Mädchen hielt die Augen fest geschlossen. Lucy wirkte gelassen und heiter.

Das Brettchen rutschte plötzlich zum *Ja*, dann zum *Nein* und schließlich zurück zum *Ja*, wo es liegen blieb. Ein paar Herzschläge später öffnete Lucy die Augen und sah Megan an.

»Natasha, mach die Augen auf«, sagte Lucy.

Das Mädchen blinzelte vorsichtig und riss dann die Augen auf. »Es liegt auf dem *Ja*!«

Lucy nickte. »Stimmt.«

Natasha nahm die Planchette und beäugte sie. »Ihr wart das. Lucy, du hast sie bewegt.«

»Habe ich nicht«, beteuerte Lucy.

»Dann war es Megan.«

Megan hob die Hand wie zum Schwur. »Nein, ich war's nicht. Pfadfinder-Ehrenwort.«

»Das alles ist total unwahrscheinlich«, sagte Natasha.

»Wieso?«, fragte Lucy. »Ich wundere mich nicht, dass deine Mutter dich vermisst. Ich würde dich auch vermissen.«

»Stimmt doch gar nicht«, sagte sie. »Ich gehe dir doch auf die Nerven.«

In Lucys Mundwinkeln zuckte ein Lächeln. »Ja, das stimmt. Aber ich würde dich trotzdem sehr vermissen, wenn du weg wärst.«

Natasha sprang auf, lief um den Tisch und umarmte Lucy. »Ich würde dich auch vermissen.«

»Na, dann ist ja alles gut«, sagte Lucy. Dolly bellte und wedelte mit dem Schwanz. »Es ist schon spät. Sie muss noch mal raus, und du musst ins Bett.«

»Ich lasse sie raus«, sagte Natasha. »Können wir das mit der Planchette noch mal machen?«

»Sicher«, sagte Lucy.

»Es gefällt mir, mit den Toten Kontakt aufzunehmen.«

Natasha und Dolly rannten hinaus. Als die Haustür zugefallen war, fragte Megan: »Warst du das?«

Lucy lächelte. »Das war die Kraft des Universums.«

Der Wind rüttelte an den alten Fenstern. »Ach, komm schon. Du hast selber gesagt, dass du an Halloween in den Kneipen immer so eine Show abgezogen hast.«

»Und ich war gut. Ich hatte Stammkunden, die dachten, ich könnte hellsehen.«

Megan lachte und stand auf. »Alles klar.«

Während Lucy das Spiel einpackte, bereitete Megan die Kaffeemaschine für den nächsten Morgen vor. Vom Küchenfenster aus blickte sie auf das Wasser der Bucht, das im Mondlicht glitzerte. Der Blick von Ricks neuem Haus war ähnlich, nur dass seine kleine Bucht friedlicher wirkte als die Weite der Chesapeake Bay. Er versuchte, Scotts wegen hier in Cape Hudson Fuß zu fassen. Und er passte aus Pflichtgefühl auf sie auf. Aber im tiefsten Inneren war er ein Nomade, genau wie Scott. Er engagierte sich und hatte keine Angst, aber kein Ort und keine Frau konnten ihn auf Dauer halten. Ihr Körper vibrierte, als sie sich vorstellte, wie er jetzt in seinem Haus stand. Sie sehnte sich danach, seine rauen Hände auf der Haut zu spüren.

Am Horizont bewegten sich die Lichter eines Tankers langsam Richtung Süden, weg von Baltimore, hin zum offenen Atlantik.

Dass sie sich so von Rick angezogen fühlte, lag sicher nur an ihren überschießenden Hormonen und an der Tatsache, dass er Scotts bester Freund gewesen war. Die beiden hatten eine gemeinsame Geschichte, und wenn sie etwas mochte, dann war es Geschichte.

7. August 1939
Aus Samuel Jessups Tagebuch
Hafen von Tunis, Tunesien

Mr und Mrs Edward Garrison sahen auf dem verwitterten Kai fehl am Platz aus. Sie waren elegant gekleidet und hätten sich besser auf den Prachtstraßen von New York gemacht als im Gewühl des Hafens zwischen verschwitzten Männern, Viehzeug und Fracht. Die ganze Besatzung war neugierig auf das Paar, das wir an Bord nehmen sollten. Die anderen drängelten sich an der Reling, aber ich hielt mich seltsam nervös im Hintergrund.

Dennoch entdeckte Mrs Garrison mich schon von der Gangway her. Sie erstarrte, als hätte sie ein Gespenst gesehen. Ich kannte die Geschichte von Cape Hudson gut genug, um zu wissen, dass sie früher ihre Ferien dort verbracht hatte. Aber das musste vor meiner Geburt gewesen sein. Erst nach einer Weile bemerkte sie, dass ihr Ehemann mit ihr sprach. Sie wandte sich lächelnd zu ihm um und betrat das Deck an seinem Arm. Der Kapitän begrüßte die beiden wie ein königliches Paar.

Ihre Schwägerin, die jetzige Mrs Claire Buchanan, hatte mich einen Monat zuvor in Norfolk um einen Gefallen gebeten. Es war schön, Miss Claire wiederzusehen, und sie bat mich, Mrs Garrison einen Brief zu überbringen. Im Grunde nichts Außergewöhnliches, wenn Miss Claire mich nicht so eindringlich davor gewarnt hätte, den Brief zu lesen. Was die Geheimniskrämerei sollte, weiß ich nicht, aber reiche Leute sind eben merkwürdig. Ich habe sie nie verstanden, und ich habe auch nie so getan, als würde ich sie verstehen.

Kapitel 11

MEGAN

Dienstag, 6. März 2018
Cape Hudson, Virginia

Megan, Lucy und Dolly brachten Natasha zur Schule und warteten, bis sie im Gebäude verschwunden war. Um Viertel nach acht waren sie wieder zurück am Spring House.

Megan hatte Mühe, sich mit ihrem Babybauch aus dem engen Jeep zu manövrieren. Lucy öffnete den Kofferraum für Dolly, die sofort heraussprang, schnupperte und mit gesenkter Schnauze einer Fährte ins Unterholz folgte.

Auf dem Weg zum Haus bekam Megan eine SMS vom Bauleiter, der sie darüber informierte, dass seine Leute im Stau in Norfolk feststeckten und sich verspäten würden. Den beiden Frauen kam das gerade recht. Lucy holte die Bücher aus den deckenhohen Regalen, Megan saß im Sessel und begutachtete sie. Aus Erfahrung wusste sie, dass sich zwischen Buchseiten oft wichtige Zettel und Briefe versteckten. Sie wollte keinen übersehen.

Eine Stunde später hatte sie einen kleinen Stapel Zettel angesammelt, darunter eine Kinokarte für »Der weiße Hai«, einen Kassenzettel für Lebensmitteleinkäufe von 2005, eine

Broschüre für die Kongresswahlen des Jahres 2000 sowie einen Beleg über die Kfz-Steuer von 1989.

Samuels Büchergeschmack war recht gemischt. Er reichte von militärgeschichtlichen Biografien über Klassiker wie *Oliver Twist* und *Silas Marner* bis zu Monografien über Zeitgeschichte wie die Invasion der Schweinebucht oder den Sturz des Schahs im Iran. Samuel hatte zwar keinen Highschool-Abschluss, doch ein immenser Wissensdurst hatte ihn sein ganzes Leben begleitet.

Um zehn Uhr fuhren die Möbelpacker vor und drei stämmige Männer kletterten aus dem Führerhaus. »Gott sei Dank. Die Kavallerie ist da. Die Burschen sollen alles einpacken und wegschaffen.« Lucy seufzte erleichtert.

Die Bücherstapel standen wie Wachtürme um Megans Sessel, und in den Sonnenstrahlen tanzten aufgewirbelte Staubpartikel. »Wir kommen gut voran. Wenn Bücher und Möbel erst draußen sind, können wir mit den Innenarbeiten beginnen.«

Megan hievte sich aus dem Sessel, navigierte vorsichtig um die Büchertürme herum und ging hinaus. Ein Mann in einer verwaschenen Jeans und einem T-Shirt mit der Aufschrift *Tuckers Umzüge und Bau* kam auf sie zu. Er sah sofort auf ihren runden Bauch und streckte dann erst seine Hand aus. »Ms Buchanan.«

»Ja. Mr Tucker.«

»Sie können mich Ron nennen, und meine beiden Kumpel heißen Dave und Bill.« Er warf einen Blick auf die Veranda mit ihren *Behalten*-Kisten, die schon zum Bersten voll waren.

»Die müssen zuerst aufgeladen werden«, sagte Megan. »Wenn die Veranda leer ist, ist der Weg zum Arbeitszimmer frei.«

»Wird gemacht! Ich habe gehört, dass Mr Jessup über hundert Jahre alt geworden ist.«

»So ist es. Und da drin ist Zeug aus einem ganzen Jahrhundert.«

Er lachte. »Wir sind auf solche Häuser spezialisiert. Unser Werbeslogan heißt schließlich: Kram und Dreck – wir schaffen's weg.«

»Das ist aber nicht alles nur Kram«, sagte Megan defensiv.

»Nein, natürlich nicht, Ma'am.«

Mr Tucker und seine Männer gingen an die Arbeit und bald war die Veranda wieder leer. Lucy kam nach draußen, hielt das Gesicht in die Sonne und streckte sich. Dann ging sie zu ihrem Wagen und holte eine Kühltasche heraus.

»Zeit für eine Pause, Megan.«

»Ich glaube, ich passe lieber auf, dass sie das Mobiliar nicht beschädigen. Einiges ist sehr wertvoll.«

»Es dauert noch mindestens eine Stunde, bis sie das Zimmer so leer geräumt haben, dass sie überhaupt an die Möbel drankommen. Setz dich und iss was.« Sie nahm eine Wasserflasche und ein Sandwich aus der Kühltasche und reichte sie Megan.

»Eigentlich wäre das meine Rolle«, sagte Megan. »Du bist der Boss. Ich bin die Angestellte.«

Lucy holte lachend zwei Klappstühle von der Ladefläche des Trucks und stellte sie auf. Dann streckte sie die Beine aus und nahm einen großen Schluck aus der Flasche. »Richtig. Als dein Boss sage ich dir: Setz dich, gönn dir eine Pause, iss und trink. Sonst muss noch einer von den Burschen Geburtshelfer spielen. Hier auf der Veranda.«

»Ja, Ma'am«, sagte Megan grinsend.

Das Brot war mit Schinken, Käse und einer Scheibe Tomate belegt. Mit Senf, nicht mit Mayonnaise, genau wie Megan es mochte. Lucy merkte sich solche Sachen.

»Ich habe gestern eine Anfrage bekommen wegen einer Hochzeit«, begann Lucy zu erzählen.

»Echt?« Megan trank einen Schluck Wasser und merkte erst jetzt, wie durstig sie war.

»Die Veranstaltung wäre im August.«

»Vier Monate ist nicht viel Vorlauf für einen Veranstaltungsort.«

»Das habe ich auch gehört.«

»Wie heißen die Kunden?«

»Ihr Name ist Zoe Bradford. Sie kennt Winter Cottage von außen und träumt schon lange davon, hier zu heiraten. Und jetzt hat sie sich verlobt.« Lucy dehnte ihre Nackenmuskeln. »Ich habe gehört, dass es hier im Sommer sehr heiß wird.«

»Es ist wunderschön hier, aber du hast recht. Es wird heiß. Und im August ist die Gefahr von Wirbelstürmen relativ hoch. Wenn die Feier abends stattfindet, kann es sich schon etwas abgekühlt haben. Wann kommt sie?«

»Samstag. Ich weiß nicht, ob wir ihre Wünsche umsetzen können. Aber es kann ja nicht schaden, sich zu unterhalten, oder?«

»Im August werden wir mitten in der Übergangsphase sein. Spring House ist dann noch nicht fertig.«

»Ich weiß. Vielleicht klappt es, vielleicht auch nicht. Ein Nebenverdienst wäre jedenfalls nicht schlecht.«

»Und sie hat dich aus heiterem Himmel angerufen?«

»Nicht ganz. Ich habe eine kleine Anzeige auf einer Hochzeitswebsite geschaltet. Platz für ein großes Zelt, reichlich Parkmöglichkeiten, Nutzung der Küche. Dixi-Klos müssen gestellt werden. Sie können ihren eigenen Caterer bringen. Ermäßigung auf den Wein von Beacon Vineyards.«

»Wie viel würdest du dafür verlangen?«

»Weiß ich nicht. Ich muss die Versicherung und alles Mögliche reinrechnen. Vielleicht will Rick sich ja was mit dem Sicherheitsdienst dazuverdienen.«

»Klingt durchdacht«, sagte Megan.

»Ich habe ein paar Veranstaltungen geplant, als ich noch in Nashville war. Der Höhepunkt war ein Musikfestival letztes Jahr. Eine Braut kann auch nicht viel schlimmer sein als ein Haufen durchgeknallter Musiker.«

Megan kicherte. »Ich muss am Freitag meine letzte Kuchenbestellung in Norfolk abliefern. Komm mit, dann kann ich dich der Organisatorin vorstellen. Sie kennt alle, die in der professionellen Hochzeitswelt Rang und Namen haben.«

»Cool. Das mache ich auf alle Fälle.«

Lucy zupfte die Kruste von ihrem Brot. Beide aßen schweigend. Das Knirschen von Reifen auf dem Kies kündigte eine dunkle Limousine mit Nummernschildern aus Virginia an, aus der Helen Jessup stieg.

Helen war eine große, schlanke Frau mit vollem Haar, die sich kaum schminkte. Dennoch war sie eine umwerfende Erscheinung.

Sie trug eine makellos gebügelte Hose, eine weiße Bluse mit einem klassischen Hermès-Tuch und geschmackvolle, bequeme Pumps. Helen sah immer aus wie aus dem Ei gepellt. Ihr grau meliertes Haar war zu einem Pferdeschwanz zurückgebunden, und an ihren Ohren glitzerten dezente Diamantstecker. Ihre blauen Augen erinnerten Megan an Scott. Einen Augenblick lang schnürte sich ihr Herz vor Trauer zusammen.

Ihr ganzer Körper war plötzlich verspannt. Die Leichtigkeit ihres Gesprächs mit Lucy war verflogen.

»Was ist los?«, fragte Lucy.

»Das ist Helen Jessup. Scotts Mutter.«

»Ist das so schlimm?«

»Unsere letzte Begegnung war alles andere als freundlich.« Sie war sichtlich nervös. »Helen, was machst du hier so früh am Morgen?«

Helen schob das Kinn vor. »Ich wollte Scotts Grab besuchen. Das tue ich oft.«

Megan dachte mit einem Kloß im Hals an die frischen Blumen, die sein Grab immer schmückten.

»Deine Mutter hat mir erzählt, dass du jetzt hier arbeitest«, sagte Helen.

»Ja. Ich bin sicher ein Jahr hier.«

»Sag mir bitte, dass du das Baby in Norfolk bekommen wirst und nicht in Cape Hudson.«

»So ist der Plan.«

Helen berührte ihr breites goldenes Armband, an dem ein sternförmiger Anhänger baumelte. Wahrscheinlich stand Scotts Name auf dem Glücksbringer.

Das Baby versetzte Megan einen heftigen Tritt. Sie gestattete sich eine Sekunde, daran zu denken, wie es wäre, ihr Kind zu verlieren. Bei dem Gedanken zog sich alles in ihr zusammen.

Eigentlich hatte Megan von Anfang an gewusst, dass Scott und sie nicht gut zueinander passten. Er war ständig auf Achse, musste immer Motorrad fahren, Schwimmen oder Bergsteigen gehen. Ein Adrenalin-Junkie. Für ihn war es eine Qual, einfach nur still zu sitzen. Im Gegensatz dazu war sie glücklich, sich in einen Sessel zu fläzen und eine neue Biografie zu lesen oder für ein Geschichtsprojekt zu recherchieren. Der einzige Ort, wo sie gut zusammenpassten, war das Schlafzimmer gewesen. Irgendwie hatten sie beide angenommen, dass großartiger Sex gleichbedeutend war mit einer guten Lebenspartnerschaft.

Helens Gesicht wurde weich, und sie sah auf einmal verletzlich aus. Ihr Blick senkte sich auf Megans Bauch. »Wie geht es dir?«, fragte sie schließlich.

»Gut.«

»Und dem Baby?«

»Das Baby ist gesund und munter und tritt mich dauernd.«

Helen hob ihre perfekt gezupften Augenbrauen. Bedauern und Schmerz verdunkelten ihre blauen Augen. »Scott war genauso, als ich mit ihm schwanger war. Im letzten Monat konnte ich kaum schlafen.«

Helen war keine Frau, die sich entschuldigte. Sie umarmte Leute nicht und hatte immer schon Probleme mit jeder Art von Gefühlsäußerungen gehabt. Dass Helen dieses Baby jetzt mit Scott verglich, war aus ihrer Sicht Entschuldigung genug. Sie hatte anerkannt, dass Scott der Vater war.

»Mom sagte, du hättest sie angerufen«, sagte Megan.

»Sie hat mir einen lieben Brief geschrieben und ich wollte mich mal mit ihr in Verbindung setzen und hören, wie es dir geht.«

In Anbetracht der Tatsache, dass ihre Mutter in Australien war, mussten sie den Anruf gut koordiniert haben. »Wie geht es dir, Helen?«, fragte Megan.

»Ich bin rastlos und wütend. Ich habe genug davon, mit der Großmutter meines Mannes zusammenzuleben. Sie ist jetzt fast hundert, aber sie braucht mich trotzdem nicht wirklich.« Sie räusperte sich, als wäre ihr dieser Moment der Ehrlichkeit peinlich. »Es ist wirklich eine Mammutaufgabe, die beiden Häuser zu renovieren.«

Megan konnte den Themawechsel nachvollziehen, wenn sie daran dachte, dass Helen den Albtraum jeder Mutter durchlebte. Scott hatte erzählt, dass Helen nach dem Tod ihres Mannes sehr wütend gewesen war und dass sie ihre Wut an Scott ausgelassen hatte. Megan wusste von Rick, dass Helen jetzt niemanden hatte – abgesehen von der greisenhaften Schwieger-Großmutter.

»Wir haben gerade erst angefangen. Es wird noch Tage dauern, bis alles draußen ist.«

»Und ist es gut, wenn du so viel arbeitest?«

»Ich lasse es langsam angehen.«

Lucy kam dazu und streckte ihre Hand aus. »Ich bin Lucy Kincaid.«

Helen schüttelte ihre Hand. »Sie sind Samuels Enkelin, nicht wahr?«

»Das stimmt. Kannten Sie ihn?«

»Nicht sehr gut. Er war bei Scotts Beerdigung, herausgeputzt in seiner Uniform, gewienerten Schuhen und frisch rasiert. Angeblich hat er kaum noch das Haus verlassen, aber für Scott ist er gekommen.«

Lucy bekam feuchte Augen. »Das ist schön.«

Helen räusperte sich. »Ich kannte auch Ihre Mutter Beth. Wir sind zusammen zur Highschool gegangen.«

»Alle, die meine Mutter kannten, haben eine Anekdote über sie.«

Helen musste lächeln. »Ja, ich könnte auch welche beisteuern. Sie war ein wildes Mädchen. Ich habe gehört, dass sie verstorben ist.«

»Ja.«

»Das tut mir leid«, sagte Helen. »Ich habe meine Mutter auch verloren, als ich in Ihrem Alter war.«

Megan hörte die Traurigkeit und den Schmerz in Helens Stimme. Aber sie konnte sie nicht trösten. Schließlich machte sie Megan für den Tod ihres Sohnes verantwortlich.

Falls Lucy die Spannung spürte, ließ sie es sich nicht anmerken. »Kann ich Ihnen ein Glas Wasser anbieten, Mrs Jessup?«

»Nein danke. Ich will keine Umstände machen. Und wollen wir nicht Du zueinander sagen? Ich bin Helen.«

»Gern.«

Helen sah zum Haus, als suchte sie nach einem Grund zu bleiben. Sie hätte einfach fragen können, doch dafür war sie zu stolz, und trotz ihres Schmerzes wollte sie sich nicht aufdrängen.

Die ganze Wut, die Megan seit dem Herbst mit sich herumgetragen hatte, löste sich in nichts auf. Sie fühlte sich nur noch leer und verletzlich. »Möchtest du dir vielleicht das Haus ansehen?«

Dankbar und sichtlich erleichtert sagte Helen: »Ja, Megan, das möchte ich sehr gern. Danke.«

Mr Tucker und seine beiden Männer trugen Kisten voller Bücher aus dem Haus. »Sagen Sie Bescheid, wenn wir woanders weitermachen sollen.«

»Alles in Ordnung«, winkte Megan ab.

Mit unverhohlener Neugier sah Helen sich um. »Ich nehme an, ihr wisst, dass Samuel der Großonkel meines verstorbenen Mannes war. Samuel ist hier erst Mitte der Neunzigerjahre eingezogen. Er ist viel herumgekommen.«

»Mein Großvater hat sich Zeit gelassen, bevor er geheiratet hat«, sagte Lucy. »Meine Mutter wurde dann ein Jahr nach der Hochzeit geboren.«

»Mein Schwiegervater hat mir erzählt, dass sich Samuel als junger Mann in eine andere Frau verliebt hat, der er mehr oder weniger sein ganzes Leben lang hinterhergetrauert hat. Anscheinend erinnerte deine Großmutter ihn an diese verlorene Liebe. Soweit ich weiß, hat er ihr schon beim zweiten Rendezvous einen Heiratsantrag gemacht.«

»Echt?«, fragte Lucy. »Weißt du, wer diese Jugendliebe war?«

»Nein. Ich habe nie weiter nachgefragt.«

»Weißt du, wo er gewohnt hat, als er verheiratet war?«

»In dem Haus an der Cove Lane.«

»Der Sheriff hat gerade ein Haus an der Cove Lane gekauft«, warf Megan ein.

Helen beugte sich verschwörerisch vor. »Den Tipp habe ich ihm gegeben. Ich hatte gehört, dass es zum Verkauf stand, und wusste, dass er der Richtige war, um es zu neuem Leben zu erwecken.«

»Das war das Haus von Samuel?«, fragte Lucy.

»Samuel hat es für seine Frau und deine Mutter gekauft. Wenn ich das richtig verstanden habe, war er allerdings selten zu Hause.«

»Sprichst du oft mit Rick?«, fragte Megan.

»Ja«, antwortete Helen. »Er ist ein guter Mann. Einer der wenigen, die noch über Scott sprechen. Und ich vermisse das. Ich möchte nicht, dass er vergessen wird. Und ich möchte, dass die Kleine etwas über ihren Vater erfährt.«

»Ich habe Scott nicht vergessen«, sagte Megan sanft.

Helen schwieg. Sie betrachtete ein Foto von Samuel irgendwo in Südostasien. »Ich bin dir nicht böse, Megan. Ich möchte Frieden und mein Enkelkind kennenlernen dürfen.«

Megans Augen füllten sich mit Tränen. Es gelang ihr nicht, sie wegzublinzeln. »Das möchte ich auch, Helen.«

Nach diesem Geständnis legte sich eine peinliche Stille über sie. Wie immer war es Lucy, die die Situation rettete. »Helen, du musst uns helfen. Ich möchte mehr über meinen Großvater herausfinden. Ich weiß nicht, wer ihn sonst noch gekannt haben könnte.«

»Bist du sicher?«, fragte Helen.

»Ja, klar.«

»Ich könnte dich mit Großmutter Jessup bekannt machen«, bot Helen an. »Mit der Großmutter meines verstorbenen Mannes. Sie ist jetzt achtundneunzig. Als sie ihren Mann Aaron geheiratet hat, war Samuel noch jung. Sie haben sich oft getroffen.«

»Das wäre fantastisch!«, rief Lucy.

»Megan, wäre dir das auch recht?«, fragte Helen.

Megan spürte fast körperlich, wie Scott sie anstupste. *Los, Meg, sei doch nicht so.*

Er hatte dasselbe gesagt, als sie aus seiner Wohnung gestürmt war. Kurz davor hatte sie herausgefunden, dass sie schwanger war, und darauf gebrannt, ihm die Neuigkeit mitzuteilen. Doch in seiner Wohnung stieß sie auf ihre Brautjungfer Brandy. Sie trug eines seiner Hemden. Ansonsten war sie nackt.

Scott hatte versucht, mit Megan zu reden, aber sie war weggelaufen. Das war das letzte Mal, dass sie ihn gesehen hatte. Er rief sie an, er schrieb ihr Dutzende Nachrichten, aber sie beantwortete sie nicht.

Stattdessen sagte sie ihrer Mutter Bescheid, dass sie die Hochzeit absagen würde und Urlaub brauchte. Ihre Mutter war fassungslos, und dann zählte sie Megan wütend die Kosten auf. Megan versprach, alles zurückzuzahlen. Es war besser, die flüchtige Braut zu sein als die betrogene Ehefrau.

Sie musste ihren Eltern aber zugestehen, dass sie sich schnell von dem Schock erholten und sie unterstützten. Während sich Megan in den Blue Ridge Mountains verkroch, stornierte ihre Mutter alles, zahlte die Saalmiete und beglich die Hälfte der Cateringrechnung.

Zwei Wochen später war Scott tot.

»Ja, das wäre mir sehr recht, Helen«, sagte Megan. »Wir können mit allem, was im Haus zu tun ist, wirklich Hilfe gebrauchen.« Noch während sie die Worte aussprach, versuchte sie sich vorzustellen, wie es wäre, jeden Tag mit Helen zu tun zu haben. Sie waren vor Scotts Tod höflich miteinander umgegangen, aber ihre Beziehung war immer um die Verbindung zu Scott gekreist.

Helens Gesicht entspannte sich. »Ich bin gut im Organisieren.«

Megan sah Lucy an, die sofort schaltete. »Wir brauchen bestimmt noch eine Woche, um uns durch das Arbeitszimmer zu wühlen.«

Mr Tucker schob sich mit einer Sackkarre voller Kartons durch die Haustür hinaus. Mit jeder Fuhre wurde das Haus luftiger.

Helen sah die Frauen hoffnungsvoll an. Der Tod hatte ihr den Mann und den Sohn genommen. Es war offensichtlich, wie einsam sie war. »Ich muss jetzt nach Norfolk, um nach Großmutter zu sehen. Aber morgen früh stehe ich mit hochgekrempelten Ärmeln auf der Matte.« Ihr Blick war klar und entschlossen. »Sieht ganz so aus, als wäre ich gerade rechtzeitig gekommen. Ihr beiden Mädels braucht meine Hilfe.«

* * *

Um vier Uhr hatten Mr Tucker und seine Männer sämtliche Bücher und die selbst gebauten Regale aus dem Flur geräumt. Mit ihrem voll beladenen Truck wollten sie erst zur Bibliothek, um die Bücher abzuliefern, und dann zur Müllkippe.

Megan untersuchte die Schäden in der fast hundert Jahre alten Täfelung mit offenkundigem Entsetzen. Die Bücherregale waren nur eine von vielen sogenannten Verbesserungsmaßnahmen, die dem Haus über die Jahrzehnte aufgezwungen worden waren.

»Es ist mir völlig unbegreiflich, wie man so eine schöne Vertäfelung mit irgendwelchen Paneelen abdecken kann«, sagte Megan.

»Tief durchatmen«, sagte Lucy. »Wir kümmern uns ja jetzt darum.«

»Aber es ist so überflüssig.«

»Sieh es als Arbeitsbeschaffungsmaßnahme an.«

Als Rick um kurz nach vier vorfuhr, saß Natasha auf dem Beifahrersitz.

»Guck mal, wie sie mit ihm plaudert! Offensichtlich hat sich die Großwetterlage beruhigt«, sagte Megan.

»Sieht ganz so aus. Aber das kann von einer Sekunde auf die nächste umschlagen – wie das Wetter an der Bucht«, erwiderte

Lucy und blickte durch das salzverkrustete Fenster. »Vielleicht hat sie neue Ideen für die Party.«

Megan lächelte, als sie das Mädchen in großen Sprüngen auf das Haus zulaufen sah. Dolly, die die letzte Stunde auf der Veranda geschlafen hatte, sprang auf und schoss auf sie zu.

Sowie Rick ausstieg, spürte Megan wieder dieses Ziehen im Bauch. Sein muskulöser, schlanker Körper bewegte sich mit der Geschmeidigkeit und dem Selbstvertrauen eines Löwen. Ihr Verlangen war in Anbetracht ihres birnenförmigen Körpers schon fast komisch.

Rick kam auf das Haus zu und als er aufsah, trafen sich ihre Blicke. Megan merkte, dass ihre Wangen rot wurden. Ein Lächeln zuckte in seinen Mundwinkeln. Sie konnte sich genau vorstellen, wie lächerlich er sie fand.

»Wow, das sieht hier ja toll aus«, sagte Natasha. »Und es stinkt auch nicht mehr so heftig wie gestern.«

»Alte Bücher haben einen ganz eigenen Geruch«, sagte Megan. »Ich würde ihn allerdings nicht als Gestank bezeichnen.«

Natasha zuckte die Achseln. »Habt ihr verborgene Schätze gefunden? Oder sonst irgendwas Cooles?«

»Nichts als Bücher und noch mehr Bücher«, sagte Lucy. »Wir haben sogar alle ausgeschüttelt. Bis jetzt leider Fehlanzeige. Aber vielleicht haben wir heute noch Glück.«

»Ich mache mit«, sagte Natasha. »Wenn ich einen Schatz finde, darf ich ihn dann behalten?«

Lucy lachte. »Nein. Aber ich sage allen, dass du es warst, die ihn gefunden hat.«

»Und kann ich es den anderen in der Schule erzählen?«, fragte Natasha.

»Auf jeden Fall«, sagte Megan.

»Megan, ist Mr Crawford heute aufgetaucht?«, fragte Rick.

»Nein, leider nicht.«

»Aha. In dem Fall schuldest du mir zwei Apfelkuchen.«

Sie grinste. »Wettschulden sind Ehrenschulden.«

»Das hoffe ich doch.« Rick nahm eine Winston-Churchill-Biografie in die Hand. Beim Durchblättern sagte er so beiläufig wie möglich: »Wie ich höre, ist Helen in der Stadt.«

»Wer ist Helen?«, fragte Natasha.

»Sie ist die Mutter des Mannes, mit dem ich verlobt war«, sagte Megan.

»Der Papa des Babys?«, fragte Natasha.

Als Historikerin hatte Megan schon einige Geheimnisse aufgedeckt. Aber sie hatte sich vorgenommen, dass ihr Kind seine Geschichte ohne Geheimniskrämerei erfahren würde. Sie wollte ihrer Tochter alles erzählen, sobald sie alt genug war. »Genau. Helen ist vorbeigekommen, und sie hat sich bereit erklärt, uns bei der Arbeit zu helfen.«

Rick sah Megan erstaunt an. »Du hast sie um Hilfe gebeten?«

»Ja.« Megan hatte davon gehört, dass werdende Mütter gegen Ende ihrer Schwangerschaft zu Verrücktheiten neigten. Und das mit Helen musste ein Symptom verminderter geistiger Zurechnungsfähigkeit sein. »Sie kann super organisieren und hier gibt es mehr zu tun, als man denken könnte.«

Rick schwieg, aber sie sah seine Kiefer mahlen. »So ein Projekt wie Spring House wird ihr sicher guttun.«

»Weil ihr Sohn gestorben ist?«, fragte Natasha.

»Genau deswegen.« Megan hoffte, Helen würde sie nicht vollends in den Wahnsinn treiben. Und dass sie selbst nach der Geburt wieder vernünftig ticken würde.

»Man kann sehr einsam sein, nachdem jemand gestorben ist«, sagte Natasha. »Ich bin froh, dass sie jetzt uns hat.«

Lucy legte eine Hand auf Natashas Schulter. »Trotz all deiner Sperenzchen bist du ganz schön klasse, Kleine.«

Natasha zuckte mit den Achseln. »Klar.«

Rick räusperte sich. »Ihr habt wieder richtig viel geschafft.«

»Stimmt«, sagte Megan. »Mr Tucker hat gerade die erste Ladung Bücher weggekarrt. Die meisten gehen an die Bibliothek für den Frühjahrsverkauf, und die, die nicht mehr zu retten sind, landen auf der Kippe.«

»Das ist sicher eine ganze Menge«, sagte Rick.

»Wart's ab, bis morgen die Bauarbeiter kommen. Wer weiß, was die finden, wenn sie die Wände einreißen.«

»Eine Leiche, zum Beispiel?«, fragte Natasha.

»Hoffentlich nicht«, sagte Megan.

»Das wäre doch cool.«

»Na los, Kleine«, sagte Lucy. »Hilf mir mit dem Zeug im Schlafzimmer.«

»Okay.«

Megan begann ihnen zu folgen, doch Rick hielt sie sanft am Arm zurück. Die überraschende Berührung elektrisierte sie.

»Es ist sehr lieb, dass du das für Helen tust«, sagte er leise. »Ich weiß, dass sie dir bei Scotts Beerdigung ein paar wirklich schlimme Dinge an den Kopf geworfen hat.«

Verblüfft fragte sie sich, wer das Gespräch zwischen Helen und ihr mitbekommen haben konnte. Sie selbst hatte jedenfalls niemandem davon erzählt. »Ich bitte dich nur um eine Sache: Wenn ich schreiend die Straße runterrenne und mir die Haare ausreiße, dann hindere mich daran, in die Bucht zu springen.«

Ricks Lächeln war viel zu charmant. »Sie kann sehr anstrengend sein. Aber sie braucht dich mehr, als du denkst.«

»Hey!«, rief Natasha. »Wir haben was gefunden!«

Megan und Rick folgten ihr ins Schlafzimmer, wo Lucy gerade ein paar Bücher zur Seite räumte. An der Wand hinter dem Regal war eine kleine Klappe, die mit einem Riegel und einem Vorhängeschloss gesichert war.

»Können wir das Schloss knacken?«, fragte Natasha.

Megan inspizierte das Versteck. Das Fabrikat des Schlosses war Dudley und stammte wohl aus den Zwanziger- oder

Dreißigerjahren. »Rick, meinst du, du bekommst das auf?«, fragte sie.

»Sicher.« Er rüttelte an dem Schloss, und als es nicht aufsprang, zog er ein Klappmesser aus der Tasche und ließ es mit einer geübten Handbewegung aufschnappen. Vorsichtig schob er die Messerspitze unter die Klappe und hebelte die Nägel aus, mit denen sie an der Wand befestigt war. Das morsche Holz splitterte um die Scharniere und gab nach.

Die Klappe ließ sich leicht öffnen. Rick nahm eine Taschenlampe aus dem Holster an seinem Gürtel und leuchtete in die Öffnung.

»Ist da was Aufregendes drin?«, fragte Natasha.

»Ja, ich glaube, wir haben unseren verborgenen Schatz gefunden, Natasha«, sagte Rick.

Kapitel 12

DIANE
IM ALTER VON ZWÖLF JAHREN

Donnerstag, 8. Oktober 1903
Le Havre

Es war schon Nachmittag, aber Madame LeBlanc trug noch ihr Nachthemd. Sie saß am Kamin, rieb mit dem Daumen über die glatte Oberfläche der Planchette und starrte in die Flammen.

Sie hatten das Brot und den Käse aufgegessen. Madame hatte die letzte Flasche Wein ausgetrunken. »Diane, geh zum Weinhändler und gib ihm diesen Brief an Gilbert.«

Dianes Magen knurrte. »Darf ich da auch Brot und Käse kaufen?«

»Aber nicht viel. Und ich brauche noch eine Flasche Wein. Nimm deinen Mantel und beeil dich. In zwei Stunden ist es dunkel.«

Diane sah durch das schmale Fenster zum grauen Himmel hinauf. »Ganz alleine?«

»Du bist ein schlaues Mädchen. Du bist an ein raueres Leben gewöhnt als ich. Du fällst auf diesen Straßen weniger auf. Du kannst diese Besorgungen machen, ohne bemerkt zu werden.«

Dianes Herz klopfte, als Madame LeBlanc sie zur Eile drängte. »Du weißt, welchen Wein ich mag. Du kennst den Laden an der Ecke, an dem wir bei unserer Ankunft vorbeigekommen sind.«

»Nein, Mimi, ich bin mir nicht sicher, welcher es ist.«

»Zur Tür raus und rechts. Das kriegst du schon hin.«

»Darf ich die Briefe an meine Schwester losschicken?« Sie hatte mehrere Briefe während der Überfahrt geschrieben, aber bislang noch keine Gelegenheit gehabt, sie zu versenden.

»Einen«, sagte Madame LeBlanc und schloss ihren Mantelknopf am Kragen. »Das Wichtigste ist der Brief an Gilbert, hörst du?«

Ihre Kehle war wie zugeschnürt vor Angst. Am liebsten hätte sie sich geweigert. »Und wenn Pierre mir auflauert?«

»Das wird er schon nicht.« Sie stand auf und zog sich ihren eigenen Mantel an.

»Aber er ist da irgendwo.«

»Wenn du zu nichts nutze bist, Diane, dann muss ich dich vor die Tür setzen. Für Faulheit ist in meinem Haushalt kein Platz. Du möchtest dein Geld doch nicht wie die Mädchen auf der Straße verdienen, oder?«

Diane wich geschockt zurück. Sie hatte die elenden Geschöpfe gesehen, auf deren ausgehungerten, grell geschminkten Gesichtern eine Mischung aus Tapferkeit und Angst lag. So schwierig das Leben mit Madame LeBlanc auch sein mochte, auf der Straße wäre es noch viel schlimmer.

Madame LeBlanc setzte schnell wieder ein Lächeln auf. »Ich bin müde, Diane. Gib nichts drauf. Und jetzt beeil dich.«

»Ich gehe schon«, sagte Diane.

»Braves Mädchen.«

»Aber was geschieht, wenn Cousin Gilbert nicht antwortet?«

»Gilbert ist ein Ehrenmann«, sagte sie. »Er wird uns aus dieser Notlage retten.«

Mit den Münzen tief in den Taschen eilte Diane an den Straßenmädchen vorbei. Und an den anzüglich grinsenden Männern, die ihr etwas nachriefen. *Mademoiselle, un moment, s'il vous plaît.* Sie zog den Kopf ein und senkte den Blick. Spöttisches Gelächter folgte ihr durch die Gassen. Ihr Herz hämmerte wild, und der Lärm der Stadt dröhnte ihr in den Ohren.

Wie groß war ihre Erleichterung, als sie um eine Ecke bog und die Weinhandlung sah! Beim Betreten des Ladens empfing sie die Wärme eines Kanonenofens. Jetzt merkte sie erst, wie kalt es draußen war. Sie ging zum Ofen und wärmte ihre Hände.

Der schummrig beleuchtete Laden war eigenartig. In den Regalen lagerten Weinflaschen aus fremden Ländern, von der Decke hingen Würste, auf den Theken türmten sich Käselaibe. Der erdige Geruch des alten Mauerwerks vermischte sich mit den Düften von Zimt, schwarzen Johannisbeeren und Lakritze. Ihre Röcke streiften Weinfässer und Kisten, als sie sich einen Weg zu dem Verkaufstresen bahnte, auf dessen grob behauenem Holz man noch die Axtkerben vom Fällen erkannte.

Der Vorhang hinter dem Tresen bewegte sich und ein Mann trat hervor. Nach den wenigen Lachfalten zu urteilen, konnte er nicht sehr alt sein. Seine dunklen Augen leuchteten mit einer fast überirdischen Klarheit.

»Ich muss zwei Briefe aufgeben«, sagte sie.

»Dann lass mich mal sehen.«

Sie gab ihm die beiden Briefe. Er las die Adressen und runzelte die Stirn.

»Stimmt etwas nicht?«, fragte sie.

»Nein.« Er blickte sie an. »New York ist in Amerika.«

»Meine Schwester lebt dort.«

»Ach so.«

Diane fragte nach Brot und einer Flasche Wein. Der Ladenbesitzer tat ihre Einkäufe in ihren Beutel und zählte ihr das Wechselgeld auf den Tresen. Als Diane nach den Münzen griff, fielen ihr Macarons neben der Kasse ins Auge. Sie hatte genug Geld für zwei und bat darum.

Der Mann hob eine Augenbraue, zuckte mit den Achseln und wickelte die beiden größten Macarons in aller Ruhe in Papier. Sie atmete tief den herrlichen Duft von Lavendel und Rosenwasser ein. Ihr lief das Wasser im Munde zusammen. Das eine würde sie schon auf dem Heimweg essen, das andere in ihrem Zimmer verstecken.

»*Bon appétit*«, wünschte er.

»*Merci.*«

Als sie mit ihren Einkäufen auf die Straße trat, hatte sich der Himmel verdunkelt. Donner grollte. Dicke Regentropfen schlugen ihr ins Gesicht und fielen auf den Spitzenkragen, den Claire ihr noch vor ihrer Abreise aus Baltimore geschickt hatte.

Aus dem Augenwinkel bemerkte sie einen jungen drahtigen Hund, der sie aus einem Auge ansah. Er war zwar struppig, wirkte aber gut genährt und freundlich.

»*Bonjour.*«

Der Hund wedelte, kam aber nicht näher.

Wieder donnerte es. »Schnell«, ermahnte sie sich, »der Regen wird nicht auf sich warten lassen.«

Diane lächelte dem Hund zu und spähte in die dunkle Gasse neben der Weinhandlung. Die Abkürzung wäre ein Risiko, aber sie würde ihr fünf Minuten ersparen. Außerdem wäre Madame LeBlanc wütend, wenn der Schauer ihre feinen Schuhe ruinierte.

Diane starrte die enge Gasse hinunter, die sich zwischen den hohen Steinmauern hindurchschlängelte. Zwischen den Häusern waren vollgehängte Wäscheleinen gespannt. Eine Frau guckte aus einem Fenster, sah skeptisch zum Himmel und dann auf sie hinab. Aus einem anderen Fenster drang ein lautstarker Streit. Eine Ratte huschte hinter ein zerbrochenes Fass. Ihr Herz klopfte schneller, als sie jemanden hinter sich bemerkte. Statt sich umzudrehen, eilte sie auf die Helligkeit am Ende der Gasse zu, erreichte die große Straße und atmete aus.

Schließlich sah sie die Arkaden vor Madame LeBlancs Wohnung vor sich. An der Haustür erinnerte sie sich an die Macarons und fischte schnell eines heraus. Sie verschlang es mit zwei Bissen und ärgerte sich sofort, dass sie es nicht richtig genossen hatte. Hinter ihr hörte sie einen Hund bellen und sie drehte sich um. Dort saß der Köter von der Weinhandlung, beobachtete sie aus seinem einen heilen Auge und wedelte aufgeregt.

»Ach, bist du mir nachgelaufen?«, fragte sie und kraulte ihn hinter den Ohren.

Der Hund leckte ihre Hand und schnüffelte an ihrem Beutel.

»Riechst du das Macaron?«, sagte sie. »Kekse sind doch nichts für Hunde.«

Der Hund legte den Kopf schief, als wollte er dieser Aussage widersprechen. Sie holte es heraus, brach es durch und warf dem Hund eine Hälfte zu. Er schlang das Gebäck hinunter und blickte erwartungsvoll auf die andere Hälfte. »Ich dachte, wir teilen es uns.«

Er sah sie traurig mit großen Augen an. Genau wie ihre jüngeren Brüder früher, wenn sie ihre Aufmerksamkeit wollten. Bei dem Gedanken an ihre Brüder überkam sie die Sehnsucht nach ihrer Familie. »Ich frage mich, ob sich die Jungs überhaupt noch daran erinnern, dass sie eine Schwester haben«, sagte sie auf Englisch zu sich selbst.

Der Hund stupste ihre Hand an. Wie bei ihren Brüdern gab sie nach und überließ ihm den Rest des Kekses.

Sie hörte Schritte und richtete sich auf. Ein Mann kam auf sie zu. Alles an ihm war dunkel: der Mantel, das Haar, die grünen Augen und der Bartschatten.

Er musste aus der Wohnung des Vermieters gekommen sein.

»Du fütterst meinen Hund«, sagte er verwundert auf Französisch.

Er war jung, vielleicht Anfang zwanzig. Diane ließ sich nicht einschüchtern. »Er sah hungrig aus.«

Er schien ihren Akzent bemerkt zu haben und musterte sie aufmerksam. »War er aber nicht.«

Sie strich dem Hund schnell über den Kopf, nahm den Beutel, lief die Treppe zu ihrer Wohnung hoch und öffnete die Tür. Madame LeBlanc lag ausgestreckt auf dem Boden. Pierre stand über sie gebeugt.

Diane blieb wie eingefroren stehen. Sie blickte auf Madame LeBlancs bleiches, regloses Gesicht. Ein feiner dunkelroter Ring zog sich um ihren Hals, ihre blinden Augen waren auf Diane gerichtet.

Pierre schien Dianes Fassungslosigkeit zu genießen.

»Was hast du getan?«

»Sie hat gedacht, sie kann mich einfach wegwerfen. Wie Abfall.«

Diane ließ den Beutel fallen. Die Flasche klirrte auf den Steinboden. »Pierre, weißt du überhaupt, was du getan hast?«

Er hielt eine Schlinge aus braunem Seil zwischen den Fingern. »Ich habe euch beide gewarnt. Ich lasse mich nicht verstoßen.«

»Aber ich …«

»Sie hat mir dauernd in den Ohren gelegen, dass sie mich von der Straße geholt hat. Und dass sie mich vor die Tür setzt, wenn ich mich nicht benehme. Ich hatte Angst vor diesem Tag, ich hatte jahrelang Albträume.« Er ließ die Schlinge durch seine

Finger gleiten. »Ich habe ihr eine allerletzte Chance gegeben, aber sie hat nur gelacht. Heute habe ich den Spieß umgedreht. Heute hatte sie Angst vor mir.«

»Was hast du getan?«, fragte Diane.

In seinem finsteren Blick glomm ein amüsierter Funke. »Du bist doch ein kluges Mädchen. Sag es mir.«

»Sie ist tot«, flüsterte Diane.

»Mausetot.«

Die volle Bedeutung seiner Worte traf sie wie ein Blitz. Sie musste fliehen. Sie rannte auf die Tür zu, doch schon nach wenigen Schritten packte er sie und schleuderte sie so brutal ins Zimmer zurück, dass sie dachte, er hätte ihr die Schulter ausgekugelt.

»Wo ist das Geld?« Pierres Atem stank nach Tabak und Fusel.

In ihrer Panik fand sie nicht die richtigen Worte und jammerte auf Englisch: »Ich habe die restlichen Münzen für Kekse ausgegeben.«

»Ich spreche nicht von deinem mickerigen Kleingeld«, sagte er. »Wo ist ihr Vermögen? Ich weiß, dass sie das Geld auf dem Schiff säckeweise eingenommen hat.«

Dianes Atem ging stoßweise und ihre Gedanken kreisten nur noch ums Überleben. Die Wohnungstür hinter ihr war geschlossen, aber nicht zugesperrt. Sie musste raus, draußen würde sie vielleicht Hilfe finden.

Pierre redete weiter auf Französisch auf sie ein. Aber sie war so panisch, dass sie nur noch verstand, dass es ihm ums Geld ging. »Ich weiß es nicht!«

Er packte sie bei den Schultern, zerrte sie an Madame vorbei und stieß sie hart gegen die Wand. Ein scharfer Schmerz schoss ihr durch den Körper und raubte ihr einen Moment jeden Kampfeswillen.

Pierre lächelte. Wie immer, wenn er ihr Schmerzen zugefügt hatte. »Du hast mich dazu gebracht. Es ist alles deine Schuld.«

Er nahm ihr Gesicht in die Hände und zwang sie, ihn anzusehen. Langsam, damit sie jedes Wort verstand, sagte er: »Sie hat mir verboten, dich anzufassen. Sie sagte, sie hätte große Pläne mit dir. Was für Pläne?«

»Ich weiß es nicht«, schluchzte Diane. »Lass mich gehen!«

»Sie hatte ihre Pläne. Ich habe meine«, zischte er, packte ihren Arm und verdrehte ihn, bis sie aufheulte.

Er wirbelte sie herum. Bevor sie wusste, wie ihr geschah, stieß er sie so grob gegen den rauen Stein, dass ihr die Luft wegblieb. Als sie sich loszureißen versuchte, knallte er ihr Gesicht gegen die Mauer.

Sie schrie laut auf.

Er fasste in ihr Haar und zerrte ihren Kopf in den Nacken. Bevor sie noch einmal schreien konnte, hielt er ihr den Mund zu. Er beugte sich ganz nah über sie. Grinsend entblößte er seine weißen Zähne und ließ seinen lüsternen Blick über die beginnenden Rundungen ihrer Brüste gleiten. Er sah sie finster an und leckte sich die Lippen.

»Solange sie mich bezahlt hat, habe ich dich nicht angerührt. Du hast dich vor mir zur Schau gestellt. Aber ich habe mich beherrscht.«

»Lass mich gehen!«, brachte sie hinter seiner vorgehaltenen Hand hervor.

»Ich hätte es kommen sehen müssen, aber Madame ist es immer gut gelungen, mich von irgendetwas zu überzeugen. Jetzt wirst du zurückzahlen, was sie mir schuldet.«

Sie verzog das Gesicht vor Schmerz. »Ich hatte nichts mit all dem zu tun.«

»Natürlich hattest du das. Wahrscheinlich hast du ihr sogar eingeflüstert, dass sie mich in den Wind schicken soll. Ha! Jetzt hole ich mir, was mir zusteht.«

»Pierre! Bitte nicht!«

»Bring mich nicht dazu, dass ich dir wehtun muss.«

Diane ballte ihre freie Hand zur Faust und schlug ihn, so hart sie konnte, ins Gesicht. Ihre Knöchel trafen ihn auf die Nase. Ihr Fausthieb hatte genug Wucht, um ihn zu überraschen. Er japste vor Schmerz. Das Gaslicht flackerte auf seinem zornigen Gesicht, und im selben Moment krachte draußen ein Donnerschlag. Er packte ihre Faust, drückte mit aller Kraft zu und verdrehte ihr das Handgelenk. Seine Nägel gruben sich in ihr Fleisch.

»Hilfe!«, schrie sie. »Zu Hilfe!«

Er presste seinen Mund auf ihren. Sie hatte noch nie so etwas Widerwärtiges geschmeckt. Der einzige Mensch, dem sie vertraut hatte, war tot, und sie war wieder ganz auf sich gestellt. Ihr blieb nichts, als sich in sich selbst zurückzuziehen und die furchtbare Schande über sich ergehen zu lassen.

Zwischen zwei Donnerschlägen glaubte sie, schwere Schritte zu hören. Als Nächstes wurde Pierre von ihr fortgeschleudert. Der Mann aus dem Hof beugte sich über sie. Dann richtete er sich auf. Die Muskeln seiner Oberarme spannten den Stoff seines Mantels, als er sich mit erhobenen Fäusten kampfbereit ihrem Peiniger entgegenstellte.

Pierre hatte sich aufgerappelt. Er musterte ihren Verteidiger und schätzte seine Chancen ab. Im nächsten Moment schoss er zur Tür hinaus, den Hund dicht auf den Fersen.

Der Fremde nahm Diane beim Handgelenk und setzte sie gegen die Wand. »Wer war das?«

»Ich weiß es nicht.« Die Lüge kam ihr leicht über die Lippen. Er würde sie im Stich lassen, wenn er erfuhr, dass sie Pierre kannte.

Sie wischte sich mit dem Handrücken über die geschwollenen Lippen. Dann stand sie auf, ging langsam auf Madame LeBlanc zu und kniete sich neben sie. Sanft berührte sie ihren geschundenen Hals. Er war kalt. Diane musste an ihre starre Mutter im Sarg denken. Madame LeBlanc war tot.

Sie war ihr letzter Rettungsanker gewesen. Dianes Augen füllten sich mit Tränen.

»So schlimm?«

Sie nickte und fasste sich zitternd an den Hals. »Ja.«

»Du bist dumm, Mädchen.« Sein Französisch war stark von einem Dialekt gefärbt, den sie nicht kannte. »Was hast du mit Louise LeBlanc zu tun?«

Diane schluckte. Ihr Rachen brannte. »Sie hat meinem Vater versprochen, sich um mich zu kümmern.«

»Wer ist dein Vater?«

»Isaac Hedrick.«

»Nicht Antoine LeBlanc?«

»Nein.«

Er murmelte etwas vor sich hin. Es klang wie Fluchen. »Pack deine Sachen.«

»Warum?«

»Willst du hierbleiben?«, fragte er barsch.

»Nein!«

»Kluges Mädchen. Denn ich frage mich, wer dich zuerst schnappt: dieser Mann oder die Polizei.«

Sie schwankte ein wenig, als sie wieder auf den Füßen stand. »Polizei! Aber ich habe doch gar nichts getan.«

Er nahm eine von Madame LeBlancs gemusterten Teppich-Taschen. »Das wird der Polizei egal sein. Und wer weiß, was sie mit dir machen, wenn sie dich haben.«

Sie konnte Pierres widerwärtigen Geruch immer noch an sich riechen und wischte sich mit dem Handrücken den Mund ab. »Wer sind Sie? Warum sollte ich Ihnen vertrauen?«

»Ich bin Gilbert Bernard, Monsieur Antoine LeBlancs Neffe.«

Einen bekannten Namen zu hören, tröstete sie ein wenig. »Der Mann, dem Madame LeBlanc geschrieben hat?«

»Ja.« Er nickte zur Tasche hinüber. »Los, pack jetzt.«

Wie betäubt ging sie in ihr winziges Zimmer und steckte ihre paar Habseligkeiten hinein. Unter ihnen war auch das Taschentuch ihrer Mutter. Sie hob es an die Nase und atmete einen fernen Hauch von Heimat ein.

»Wir müssen gehen«, drängte Gilbert.

»Wohin?«

Er schwieg eine Sekunde. »Ich kann dich nicht hier zurücklassen. Du kommst mit.«

»Wohin?«

»Zum Gut meiner Familie. Meine Haushälterin wird wissen, was mit dir zu tun ist. Komm. *Jetzt.*«

Sie umklammerte die Tasche und ging vorsichtig um Madame LeBlanc herum.

»Sieh sie nicht an.«

Es hatte Zeiten gegeben, in denen Madame LeBlanc Diane das Gefühl gegeben hatte, geborgen zu sein und geliebt zu werden. Aber genauso oft hatte sie vor ihr Angst gehabt und sich einsam gefühlt.

»Wenn sie freundlich zu dir gewesen ist, dann nur, weil sie etwas von dir wollte.« Draußen bellte ein Hund. Die Rufe von Männern hallten im Hof des alten Gemäuers. »Nun komm schon.«

Diane dachte an die Planchette, die Madame LeBlanc benutzt hatte, um mit ihrer Mutter zu sprechen. Vielleicht war es Betrug gewesen. Doch wenn sie sie jetzt zurückließ, dann wäre die einzige Chance, vielleicht doch noch einmal mit ihrer Mutter sprechen zu können, für immer verloren. Sie lief zu der Holzschatulle, in der Madame LeBlanc sie aufbewahrte, und stopfte sie in die Tasche. Dann eilte sie hinaus, wo Gilbert nach der Polizei Ausschau hielt.

Er nahm sie bei der Hand und zog sie mit sich fort. Der Hund sprang bellend neben ihnen her.

Sie traute Gilbert Bernard nicht, aber in diesem Moment musste sie wohl oder übel mit ihm gehen. Es war sonst niemand da.

Es fiel ihr schwer, mit ihm Schritt zu halten, als sie über die ausgetretenen Stufen durch den Hof auf die Straße liefen. Ein gellender Pfiff und laute Rufe von Männern, die näher kamen.

Gilbert machte eine Kehrtwende. »Geh langsam und ruhig. Gib ihnen keinen Grund, uns zu verfolgen.«

»Aber wenn wir uns nicht beeilen, sind sie gleich da.«

»Und? Ein Mann und ein Mädchen gehen spazieren.« Er rief dem Hund ein Kommando zu. Dieser rannte voraus und verschwand hinter der nächsten Ecke.

Sie schritten die Straße entlang. »Ganz ruhig«, sagte er. »Benimm dich unauffällig.«

Sie sah zu ihm auf und war erstaunt, wie gelassen seine harten Gesichtszüge wirkten. Hinter der Ecke tauchte die Weinhandlung auf, wo sie vor nicht mal einer Stunde eingekauft hatte. Er öffnete die Tür und zog sie hinein.

»Max«, sagte er.

Der Weinhändler sah zwischen Gilbert und ihr hin und her. »Was willst du denn mit der?«, fragte er erstaunt. »Sie arbeitet für Madame LeBlanc.«

»Das weiß ich. Aber Madame LeBlanc ist tot, und ihr Mörder scheint dem Mädchen die Polizei auf den Hals gehetzt zu haben.«

Max bedeutete ihnen, ihm ins Hinterzimmer zu folgen. »Wie heißt sie?«

»Ich weiß es nicht.«

Max fluchte. »Mädchen, dein Name?«

»Diane.«

Er musterte sie. »Wie alt bist du?«

»Zwölf.«

»Ein Kind«, sagte Max.

»Die Frau hatte kein Herz«, sagte Gilbert.

Max nickte. »Gilbert, wenn ihr zur Hintertür rausgeht und euch am Ende der Gasse grob rechts haltet, kommt ihr irgendwann an den Fluss. Ich nehme an, du bist wie immer mit dem Boot gekommen?«

»Ja.«

»Dann los«, sagte Max. »Jeden, der hier auftaucht, halte ich mit einer mittelprächtigen Flasche Wein auf.«

»Danke«, sagte Gilbert.

»Warte.« Max verschwand hinter dem Vorhang und kam gleich darauf mit einem kleinen Päckchen zurück. Er gab es Diane. »Kekse. Verfüttere sie nicht alle dem Hund. Er würde sie alleine verschlingen.«

»Danke«, flüsterte sie.

Gilbert führte sie so lange durch ein Labyrinth enger Gassen, bis sie die Orientierung verlor. Die Wolken waren immer dunkler geworden, und jetzt fielen dicke Tropfen herab. Sie überquerten nasse Kopfsteinpflasterstraßen voller Menschen, die eilig nach einem Unterstand suchten, und liefen weiter nach Westen, auf den Geruch vom Meer und die Schreie von Möwen zu. Dann waren sie am Hafen, in dem mehrere große Schiffe vertäut lagen. Es regnete so stark, dass sie ungesehen den Pier hinunterlaufen konnten, an dessen Ende der Hund geduldig auf sie wartete.

Ein kleiner Junge stand neben ihm. Gilbert nahm ein paar Münzen aus der Tasche und legte sie ihm in die schmuddelige Hand. »Wenn jemand fragt, sagst du, dass wir nach Osten gefahren sind.«

»Nach Osten«, wiederholte der Junge langsam und ohne Überzeugung.

»Genau.« Gilbert gab ihm sein restliches Kleingeld.

Der Junge umschloss die klimpernden Münzen und sagte fest: »Sie können sich auf mich verlassen.«

Gilbert hob Diane in das Boot, während der Hund japsend wedelte.

»Woher wusste er, dass Sie hierherkommen wollten?«, fragte Diane.

Gilbert lächelte. »Weil er schlauer ist als die meisten Menschen. Geh nach unten in die Kajüte. Niemand braucht dich zu sehen.«

Sie musste sich ducken, um in die Kajüte zu kommen. Regentropfen hämmerten auf das Dach. Der Hund schüttelte sich und setzte sich ruhig neben sie, als wäre es nie anders gewesen. Über ihnen wachte der Motor grummelnd auf, bevor er gleichmäßig vor sich hin tuckerte. Der Junge löste die Taue und warf sie Gilbert zu.

Schweigend beobachtete sie, wie Gilbert das Boot langsam und geschickt an den anderen Schiffen vorbeimanövrierte, genau wie sie es bei den erfahrenen Seeleuten ihrer fernen Ostküstenheimat gesehen hatte.

»Wie heißt der Hund?«, fragte sie.

»Sein Name ist Oscar. Und pass gut auf deine Kekse auf. Er frisst sie sonst restlos und bettelt auch dann noch.«

Aus der Ferne drangen wieder Pfiffe und Rufe zu ihnen herüber. Gilbert sah stur nach vorne und verzog keine Miene. Er war ein sorgloser Mann auf einer kleinen Bootsfahrt.

Kapitel 13

DIANE
IM ALTER VON ZWÖLF JAHREN

Donnerstag, 8. Oktober 1903
Bayeux, Normandie

Diane saß vorne in der Kajüte und sah zu, wie die Lichter an der Küste hinter ihnen kleiner wurden, während Gilbert das Boot auf die Mündung zusteuerte. Obwohl sie die Arme um sich geschlungen und sich eng an Oscar gekuschelt hatte, bibberte sie vor Kälte.

Schließlich erreichten sie das offene Meer. Gilbert nahm Kurs gen Süden. Diane war am Wasser aufgewachsen und kannte alle Sternbilder. In den letzten drei Jahren, als sie bei Madame LeBlanc in Baltimore gestrandet war, war es allerdings immer so hell gewesen, dass sie den Sternenhimmel kaum gesehen hatte.

Die Sonne lugte hinter den Wolken hervor, doch sie verspürte keine Erleichterung. Innerhalb von einer Stunde war ihr Leben auf den Kopf gestellt worden, und die Ungewissheit, die diese Reise mit einem Unbekannten mit sich brachte, jagte ihr Angst ein. Was, wenn er wie Pierre wäre? Madame LeBlanc war nicht immer freundlich gewesen, aber Diane hatte sich an ihre Launen gewöhnt, an ihre merkwürdigen Tinkturen mit den strengen Gerüchen und an die Besucher, die in Baltimore zu ihnen nach Hause gekommen waren, um mit ihren Verstorbenen in Kontakt zu treten.

Ihr Adrenalinpegel war wieder gesunken. Sie schloss die Augen und versuchte, sich nicht von der eisigen Kälte, ihrer Müdigkeit und Verzweiflung unterkriegen zu lassen.

Ein schwerer Stoff, der nach Äpfeln und Tabak roch, legte sich um ihre Schultern. Sie schreckte aus dem Halbschlaf hoch und blinzelte Gilbert hinterher, der wieder am Steuer stand und vor sich aufs Wasser blickte. Er wirkte noch ärgerlicher als vorhin.

Diane zog die wärmende Jacke an, in der sie fast verschwand, und kuschelte sich an Oscar.

Sie fiel in einen rastlosen Schlaf und träumte, dass ihre Mutter und ihre Schwester Claire an der Küste von Virginia standen, während sie selbst in einem Boot von einer starken Strömung erfasst und immer weiter aufs offene Meer getrieben wurde.

»Mama! Claire! Rettet mich!«, schrie sie immer wieder.

Sie streckten die Hände nach ihr aus und sahen ihr verzweifelt nach. Diane versuchte, ihre Hände zu ergreifen, aber sie waren viel zu weit weg. Sie sahen sich hilflos an und konnten einander nicht erreichen.

Plötzlich spürte sie, wie ihr eine warme Zunge übers Gesicht leckte. Sie schrak aus den quälenden Träumen und kraulte Oscar am Kopf. Die Sonne stand mittlerweile tief am Horizont.

Gilbert kam mit einem Stück Käse und Brot zu ihnen in die Kajüte herunter. Er teilte das Essen gerecht zwischen dem Hund und ihr und ging selbst leer aus.

Oscar verschlang alles sofort, und Diane folgte seinem Beispiel, auch wenn sie gern mehr Zurückhaltung geübt hätte. Der Bug des Bootes zeigte jetzt gen Westen.

»Wie weit ist es noch?«, fragte Diane.

»Ein paar Stunden.«

»Wohin fahren wir?«

»Zu mir nach Hause.«

»Madame LeBlanc hat gesagt, dass Sie in einem Schloss wohnen.«

Er machte ein ärgerliches Gesicht, fast so, als würde er es bereuen, sie mitgenommen zu haben. »Woher sollte sie das wissen? Sie ist nie bei uns gewesen.«

»Sie hat gesagt, ihr Mann war ein paar Mal bei Ihnen und hätte ihr oft davon erzählt«, sagte Diane.

»Mein Onkel hat uns nur einmal besucht. Er blieb lieber in Paris.«

»Ja, da haben sie sich verliebt und geheiratet. Madame hat oft davon erzählt.«

»Madame LeBlanc war seine dritte Frau. Ich bezweifle, dass Liebe bei ihrer Ehe im Spiel war. Monsieur LeBlanc ist im Übrigen kein Blutsverwandter – er war in zweiter Ehe mit der Schwester meines Vaters verheiratet.«

Nach dieser Bemerkung herrschte Schweigen. Nur das gleichmäßige Geräusch des Motors war zu hören, und die Sonne versank hinter dem Horizont. Bald setzte eine Abendkühle ein, die Diane noch weiter in ihrem Sitz versinken ließ. Gilbert steuerte das Boot schließlich auf eine Flussmündung zu. Sie fuhren jetzt ins Landesinnere.

Im Licht des Vollmondes navigierte er das Boot mehrere Stunden flussaufwärts, bis sie einen kleinen Hafen erreichten, an dem er anlegte. Gilbert hob erst den Hund und dann ihre Tasche auf den Kai, streckte sich und kletterte aus dem Boot.

Dann reichte er Diane die Hand, um ihr beim Aussteigen behilflich zu sein. Sie blickte um sich.

»Wohnen Sie hier?«, fragte sie.

»Nein. Es ist noch eine kurze Fahrt.«

Sie folgte ihm auf einem dunklen Weg den Fluss entlang. Sie konnte kaum mit seinen langen Schritten mithalten, doch sie traute sich nicht, sich zu beschweren. Vielleicht würde er sie dann hier am Fluss zurücklassen.

Bald tauchte ein Kirchturm vor ihnen auf, und wenig später erreichten sie ein Städtchen. Einige Geschäfte öffneten gerade. Gilbert lief an ihnen vorbei auf eine Scheune zu.

Er hielt vor den großen Holztoren an. »Warte hier.«

»Wohin gehen Sie?«, fragte sie panisch.

»Ich bin gleich wieder da.«

»Sie kommen auch wirklich zurück?«

Er sah sie verwundert an. »Ja, natürlich.«

Sie traute ihm nicht, aber ihr blieb nichts anderes übrig, als zu hoffen, dass er Wort hielt.

Als hätte er ihre Sorge gespürt, sagte er: »Oscar bleibt bei dir.«

Sie schmiegte sich an den Hund. Gilbert verschwand in der Scheune und tauchte schon ein paar Minuten später mit einem Pferdegespann wieder auf. Er hob den Hund auf den Bock, half ihr hoch, setzte sich daneben und nahm die Zügel in die Hand.

Als er die Kutsche durch die Stadt lenkte, nickte er einigen Bewohnern zu, die den beiden mit unverhohlener Neugier hinterherstarrten. Diane kraulte Oscar und überließ sich dem sanften Schaukeln des Gefährts.

Zu beiden Seiten der Straße lagen geerntete Felder, und schließlich passierten sie zwei gemeißelte Steinsäulen und bogen in eine Allee von Apfelbäumen ein.

»Madame LeBlanc hat gesagt, dass Sie Äpfel anbauen.«

»So ist es.«

»Was machen Sie mit den Äpfeln?«

»Ich mache Saft daraus und dann destilliere ich ihn.«

Diane lockerte ihre steifen Schultern, als ein großes, dreistöckiges Haus in Sicht kam. Es hatte hohe Fenster und war von einem Wassergraben und einer Kalksteinmauer umgeben. Das schiefergedeckte Spitzdach wurde an beiden Seiten von breiten Schornsteinen überragt, aus denen sich Rauch kringelte.

»Ist das Ihr Haus?«, fragte Diane.

»Ja«, sagte er nicht ohne Stolz.

»Sieht so ein Schloss aus?«, fragte Diane.

»Nein.«

»Ich finde, es sieht wie ein Schloss aus.« Tatsächlich hatte sie noch nie ein schöneres Haus gesehen.

Wieder half Gilbert ihr beim Aussteigen. Sie ergriff seine Hand dankbar, denn sie konnte vor Müdigkeit kaum noch stehen. Sie gingen auf die Eingangstür aus schwerem Holz und dunklem Eisen zu.

»Sind Sie sicher, dass es kein Schloss ist?«, fragte Diane.

»Ja.«

»Woher wissen Sie das?«

»Schlösser sind riesig und es zieht immer.«

Gilbert klopfte an die Tür, während der Hund bellend in den Wald rannte. Drinnen flackerte ein Licht auf, der Knauf drehte sich und eine kleine Frau erschien in der Tür. Sie hatte ihre grauen Haare zu einem schmalen Zopf geflochten. Ihr blasses Gesicht war von tiefen Falten durchzogen. In ihrer knöchrigen Hand hielt sie eine Kerze. Diane musste an ein Bild aus dem Liederbuch ihrer Mutter denken.

»Ich habe mir schon Sorgen gemacht, Gilbert.« Die alte Frau musterte Diane. »Wer ist das?«

»Das ist ein Mädchen«, sagte er. »Mädchen, das ist Madame Herbert.«

Die Miene der alten Frau wurde säuerlich. »Ich kann selbst sehen, dass es ein Mädchen ist. Hat sie einen Namen? Ist das das Kind, von dem Madame LeBlanc dir geschrieben hat?«

»Das nehme ich an.«

Madame Herbert nahm Diane bei der Hand und führte sie an das warme Kaminfeuer. Dort musterte sie den dünnen Stoff ihres Mantels und den schmutzigen Saum ihres weißen Kleides besorgt. »Sie sieht deiner Tante ähnlich. Besonders die Augen. Herrje, vielleicht hatte diese schreckliche Frau ja recht und dieses Mädchen ist doch deine Cousine.«

»Nein, sie ist keine Cousine«, sagte Gilbert bestimmt.

»Wie alt bist du?«, fragte die Frau.

»Zwölf.«

»Nicht zehn? Bist du sicher?«, fragte Madame Herbert.

»Ja, ich weiß, wie alt ich bin«, sagte Diane leise.

»Du bist noch so klein«, wunderte sich die alte Frau.

»Ich glaube, dass sie bei Madame LeBlanc fast nichts zu essen bekommen hat«, sagte Gilbert. »Das Brot, das ich ihr gegeben habe, hat sie verschlungen, als wäre sie am Verhungern.«

Die alte Haushälterin nahm Diane mit in die Küche, in deren Mitte ein langer Holztisch mit unzähligen Dellen, Kratzern und Brandflecken stand. Der süße Geruch von Hefeteig, Zimt und Äpfeln hing in der Luft. Auf einem schwarzen Herd stand ein Teekessel, zwei gerupfte Hühner hingen an Haken darüber.

Madame Herbert setzte Diane an einen Esstisch vor einem Ziegelofen, in dem ein wärmendes Feuer glühte, wickelte ein duftendes Brot aus einem rot-weiß karierten Küchentuch und schnitt eine Scheibe ab. Sie legte sie mit einem dicken Stück Käse auf einen blau-weiß gemusterten Porzellanteller.

»Hast du Max getroffen?«, fragte sie Gilbert.

»Ja.«

Madame Herbert forderte Diane zum Essen auf. »Wie geht es ihm?«

»Gut.« Gilbert ging zum Eisenofen und griff nach dem Teekessel.

Die alte Frau schob ihn beiseite und brühte ihm Tee in einer alten Steinguttasse auf, die sie auf den Tisch neben Diane stellte. »Und wo ist die abscheuliche Madame LeBlanc?«

»Tot«, sagte Gilbert. »Einer ihrer Büttel hat sie ermordet.«

Die alte Frau schnaubte, doch nach kurzem Zögern bekreuzigte sie sich. »Wie?«

Er nahm einen Schluck Tee. »Er hat sie erdrosselt.«

Bei diesen Worten überkam Diane eine plötzliche Traurigkeit.

»Mädchen, wer war das?«, fragte Gilbert.

»Pierre Laurent. Er war schon bei Madame LeBlanc, als sie mich vor drei Jahren aufgenommen hat.«

Gilbert nahm Dianes Handgelenk und schob den Ärmel hoch, sodass die blauen Flecken zum Vorschein kamen. Die alte Frau fluchte.

»Wie schrecklich«, murmelte sie.

Gilbert ließ Dianes Arm los und schloss die Augen, als ob er die lange Reise jetzt auch in den Knochen spürte. »Weißt du etwas über Pierre?«

Diane schluckte. »Er hat Mimi unterstützt. Madame LeBlanc.«

»Wobei?«, fragte Gilbert.

»Bei allem«, sagte Diane. »Er war immer da, wenn Madame LeBlanc ihren Besuchern geholfen hat, mit ihren verstorbenen Verwandten zu sprechen.«

»Mit Toten?« Die alte Frau bekreuzigte sich wieder. »Was für eine sündige Frau. Und ohne Schamgefühl.«

Gilbert wärmte sich die Hände am Ofen. »Ich konnte das Mädchen nicht ganz alleine in Le Havre zurücklassen.«

»Das war richtig. Die Stadt hätte sie aufgefressen.« Sie warf Diane einen freundlichen Blick zu. »Wenn sie genug gegessen hat, bringe ich sie ins Bett. Alles Weitere können wir morgen besprechen.«

»Kannst du mir Brot und Käse aufs Zimmer bringen lassen?«, fragte Gilbert. »Ich habe seit Tagen nicht geschlafen.«

Die alte Frau half ihm aus dem Mantel. »Ja, natürlich. Leg dich ins Bett. Ich schicke dir auch eine Wärmflasche gegen die Kälte.«

»Danke.«

Er hatte sich schon zum Gehen gewandt, als Diane seine Hand ergriff. »Gehen Sie weg?«

»Ich gehe schlafen.« Und dann fügte er mit sanfterer Stimme hinzu: »Ich wohne hier. Das ist mein Zuhause. Du bleibst so lange hier, bis wir deinen Papa gefunden haben.«

»Mein Papa will mich nicht zurück«, sagte Diane. »Ich habe ihm geschrieben, aber er antwortet mir nicht.«

»Hast du noch andere Angehörige?«, fragte Gilbert stirnrunzelnd.

»Eine Schwester. Ich glaube, sie lebt in New York.«

»Wir finden schon eine Lösung. Wenn ich ausgeschlafen habe.« Er löste ihre Finger vorsichtig von seiner Hand und schenkte ihr die Andeutung eines Lächelns. »Madame Herbert ist eine warmherzige Frau. Sie wird sich um dich kümmern.«

Am liebsten wäre Diane hinter Gilbert hergelaufen, aber sie konnte sich gerade noch beherrschen. Er war zwar ein Fremder, aber er hatte sie beschützt und ihr zu essen gegeben.

Als er gegangen war, schenkte ihr die Haushälterin ein kleines Glas Cidre ein. »Hast du bei Madame LeBlanc nichts zu essen bekommen?«

»Doch. Ich habe einmal am Tag Brot und Wein von Mimi bekommen.«

Die alte Frau goss heißes Wasser in eine Tasse und gab in ein Passiertuch gewickelte Teeblätter dazu. »Warum hast du sie Mimi genannt?«

»Sie hat gesagt, dass Kinder ihre Mutter manchmal so nennen, wenn sie sie lieb haben. Und dass sie wie eine Mutter für mich sorgen würde.«

»Hat sie das getan?« Madame Herbert sah Diane aufmerksam an.

»Nicht immer«, stammelte Diane.

Madame Herbert schnaubte. »Sicher nur, wenn es ihr gepasst hat.«

Diane biss in ihr Brot. Es schmeckte wie das ihrer Mutter. »Kennen Sie Madame LeBlanc?«

»Nein. Vor zwölf Jahren hat Gilberts Tante Émilie Mr LeBlanc geheiratet und ist mit ihm nach Paris gezogen. Zwei Jahre später schrieb er uns, dass sie ein kleines Mädchen zur Welt gebracht hat. Und kurz darauf ist sie an Typhus gestorben.« Madame Herbert strich den Spitzenkragen über ihrem ausladenden Busen glatt. »Und vor neun Jahren hat er uns mitgeteilt, dass er eine gewisse Madame Louise Girard – deine Mimi – geheiratet hat und mit ihr nach Amerika auswandern wollte. Wir haben jahrelang nichts von ihnen gehört, bis Madame LeBlanc uns von ihrem kleinen Mädchen geschrieben hat.«

»Von mir?«

»Ja.« Sie rümpfte die Nase. »Wirklich eine abscheuliche Frau.« Madame Herbert setzte sich Diane gegenüber und musterte sie. »Sie hat kein Schamgefühl. Es wäre ein Schock für sie gewesen, wenn sie erfahren hätte, dass ihre Goldgrube nichts als eine Apfelfarm ist. Deine Mimi hat wohl das ganze Geld ihres Mannes ausgegeben und jetzt brauchte sie mehr. Sie war unersättlich.«

Diane brach noch ein Stück vom Brot ab und belegte es mit Käse. »Oh, sie hat nie gegessen.«

»Kind, ich wollte damit sagen, dass sie alle Menschen ausgenutzt hat, um an Geld zu kommen.«

Diane wusste, dass das stimmte. »Was ist das hier eigentlich? Warum hätte es Mimi nicht gefallen? Wo es doch wunderschön ist.«

Die alte Frau freute sich sichtlich. »Es ist ein Gut. Wir leben von unseren Äpfeln. Und von unserem eigenen Calvados.«

»Was ist das?«

»Das wirst du morgen erfahren.« Die alte Frau betrachtete sie. »Wenn ich dich so ansehe, muss ich an meine süße kleine Émilie denken, an Gilberts Tante. Ich kannte sie von Kindheit an. Sie hatte so erstaunliche lavendelfarbene Augen wie du.«

»Danke.«

»Du sprichst gut Französisch.«

»Mimi hat es mir beigebracht. Sie hat gesagt, dass sie mir die Welt zeigen wollte.«

»Pah.« Madame Herbert schnitt noch eine Scheibe Käse für Diane ab. »Und du hast niemanden mehr außer deiner Schwester?«

»Doch, ich habe drei Brüder und drei Schwestern, aber sie leben alle irgendwo anders.« Sie trank noch einen Schluck Cidre und wollte auf einmal nur noch die Augen schließen und schlafen.

»So kann es kommen«, sagte die alte Frau kopfschüttelnd. »Morgen spreche ich mit Gilbert. Er findet schon jemanden, der dich nach Hause bringt.«

8. August 1939
Aus dem Tagebuch von Samuel Jessup

Heute traf ich Mrs Garrison alleine an. Sie saß mit hochgelegten Füßen auf dem Passagierdeck der ersten Klasse. Sie trug ihren Pelzmantel und lag mit geschlossenen Augen unter einer Decke in der Sonne. Ich war sehr nervös. Ich hätte sie auch nicht angesprochen, wenn mir Miss Claire nicht den Auftrag erteilt hätte, ihr den Brief zu überbringen.

Ich stellte mich neben ihren Deckstuhl, aber sie bemerkte mich erst, als ich mich räusperte.

Sie schreckte hoch und erschrak aus irgendeinem Grund. Sie musste tief geschlafen haben, denn sie nannte mich Jimmy.

»Mrs Garrison, ich heiße nicht Jimmy. Ich heiße Samuel«, brachte ich heraus. Ich war so aufgeregt, als würde ich ins Auge eines Wirbelsturms blicken.

Sie stand schnell auf und betrachtete mich lange. Dann sagte sie: »Ja, natürlich, Samuel. Was kann ich für Sie tun?«

Ich hatte den Brief fast vergessen. Er war übel zugerichtet, weil ich ihn in der Faust zerdrückt hatte. Ich gab ihn ihr. »Von Mrs Claire Buchanan.«

Mrs Garrison wurde blass. Sie zögerte, aber dann entschloss sie sich, ihn anzunehmen. »Ich danke Ihnen, junger Mann.«

Kapitel 14

MEGAN

Dienstag, 6. März 2018
Cape Hudson, Virginia

Natashas erwartungsvolle Miene verdüsterte sich, als sie sah, dass der ›Schatz‹ nur aus einem ledergebundenen Buch und einem Stapel Briefe bestand. »Oh Mann. Bloß langweilige Briefe.«

Megan dagegen platzte fast vor Aufregung. »Nicht langweilig, sondern geheimnisvoll. Warum hätte er sie sonst versteckt?«

»Und wo ist das Gold?« Natasha bückte sich und spähte in die winzige Nische. »Wo sind die Diamanten?«

Megans Herz machte vor Freude einen Satz, als sie das Bündel vergilbter Briefe in den Händen hielt. Ein Band mit einem Seemannsknoten hielt es zusammen. Der oberste Brief war an *Miss Claire Hedrick* adressiert und trug einen Poststempel von Baltimore, Maryland, 1902. Sie blätterte den Stapel durch: Alle Briefe waren an Claire adressiert.

Rick griff noch einmal in das Versteck und zog eine kleine Schachtel hervor. »Vielleicht ist dein Schatz hier drin.«

»Sie ist verschlossen.« Natasha sah missbilligend auf das kleine Vorhängeschloss.

Der Anblick der Schachtel versetzte Megan einen Energieschub. Sie erforschte jetzt schon lange die Familiengeschichten der Buchanans und Jessups, aber es fehlten noch so viele Puzzleteile. Beide Familien hüteten ihre Geheimnisse gut.

Rick ruckelte sein Taschenmesser unter die Messingplatte, die das Schloss hielt, und löste sie vom Holz.

Er zögerte. »Seid ihr sicher, dass ihr sehen wollt, was drin ist?«

Natasha versuchte so zu tun, als sei es ihr gleichgültig, doch die Aufregung stand ihr ins Gesicht geschrieben. Sie war ebenso neugierig wie Megan.

»Ja!«, rief Megan. »Los, mach's auf!«

Rick sah sie amüsiert an und öffnete den Deckel. Gefaltete Ausweispapiere? Megan zog sich Stoffhandschuhe an.

Sie legte zwei deutsche Ausweispapiere auf den Tisch. Eines war auf Elise Mandel ausgestellt. Das Schwarz-Weiß-Foto zeigte eine junge Frau, deren weiche, blonde Locken ein ovales Gesicht umrahmten. Ihre Haut war makellos und sie hatte bemerkenswerte dunkle Augen und hohe Wangenknochen. Elise Mandel war 1909 in Le Havre geboren.

Der andere Ausweis gehörte Alexander Fontaine Mandel, geboren 1938 in Edenkoben in Deutschland. Ein blondes Kleinkind mit Pausbäckchen.

»Was haben die hier zu suchen?«, fragte Lucy.

»Ich habe keine Ahnung«, sagte Megan. »Aber sie waren offensichtlich wichtig für Samuel, sonst hätte er sie nicht so sorgfältig versteckt.«

»Warum hat er sie überhaupt versteckt?«, fragte Natasha. »Warum hat er sie nicht verbrannt oder weggeworfen?«

»Weil sie ihm wichtig waren«, sagte Rick.

»Ich kann heute Abend mal an den Computer gehen«, meinte Megan.

Sie blätterte zum letzten Eintrag, einem Stempel mit dem Vermerk *Einreise verweigert* und einem großen, handschriftlichen *J* quer darüber.

»Warum steht da *Einreise verweigert*?«, wollte Natasha wissen.

»Ich weiß zufällig, dass Edenkoben nicht weit von der deutsch-französischen Grenze ist. Vor dem Krieg konnte man zwischen den Ländern hin- und herreisen. Aber 1939 war die Judenverfolgung in Deutschland bereits in vollem Gang. Siehst du dieses *J*?«

»Ja«, sagte Natasha.

»Die beiden waren Juden und durften das Land nicht verlassen.«

»Warum nicht?«, fragte Natasha.

»Die Nazis hatten es verboten.« Megan betrachtete das niedliche Gesicht des kleinen Jungen. »Erinnerst du dich an die Dreidel?«

»Glaubst du, das waren seine?«

»Vielleicht«, sagte Megan. »Ich nehme an, dass Elise versucht hat, mit ihrem Kind aus Deutschland zu fliehen.«

»Und welche Rolle spielt Samuel bei all dem?«, fragte Lucy.

»Ich habe keinen blassen Schimmer.« Sie dachte an das Foto von Claire und Diane in Le Havre, dreißig Jahre vor der Ausstellung dieser Ausweise. »Diane ist die einzige Hedrick-Schwester, deren Spuren ich nicht zurückverfolgen konnte. Ich weiß nur, dass ihr Vater sie in eine reiche Familie gegeben hat, genau wie seine anderen drei Töchter.«

»Vielleicht findest du in den Briefen eine Antwort«, schlug Rick vor.

»Glaub mir, ich werde sie genauestens lesen.«

* * *

Den ganzen Nachmittag musste Megan an die Briefe denken, und als sie um sechs endlich im Winter Cottage ankamen, konnte sie es kaum noch erwarten. Sie brannte auch darauf, mehr über Elise Mandel und ihren Sohn zu erfahren. Nach einem kurzen Abendessen lief sie in ihr Zimmer und setzte sich an den Laptop. Eine oberflächliche Internetsuche brachte nichts, was nicht erstaunlich war, weil viele historische Dokumente nicht online zugänglich waren. Ihr wurde klar, dass sie Hilfe aus Europa brauchte.

Nach ihrem Collegeabschluss hatte Megan in Frankreich als Touristenführerin gejobbt. Sie hatte fast vier Monate ohne Unterbrechung gearbeitet, um Geld für ihr Leben als Studentin anzusammeln. Die nächsten beiden Sommer war sie wieder dort gewesen und hatte viele Leute kennengelernt. Sie schrieb eine E-Mail an ihre Freundin Chloe, die in einem Vorort von Paris wohnte, und fragte sie, ob sie ihr den Gefallen tun würde, Informationen in den Archiven auszugraben.

Als sie auf die Uhr sah, erschrak sie, wie viel Zeit vergangen war. Wenn sie jetzt nicht anfing, den Teig vorzubereiten, wären ihre hundert Apfeltartes am Freitag nicht fertig.

Sie zog sich eine Jogginghose und ein weites T-Shirt an und band sich die Haare zu einem Pferdeschwanz. Fünfzehn Minuten später stand sie in der Küche und blickte auf das ruhige Wasser der Bucht hinaus, während ihre Gedanken zwischen den Zeitplänen für die Renovierung und den Mengenangaben von Mehl und Zucker hin- und hersprangen.

Sie mischte die Zutaten und knetete die krümelige Mischung, bis sie eine Kugel daraus formen konnte. Wenn sie die Bestellung fristgerecht ablieferte, würde sie gut daran verdienen.

Als sie die erste Kugel in Frischhaltefolie wickelte, wanderten ihre Gedanken wieder zu Elise, ihrem kleinen Jungen und zu der verschollenen Diane Hedrick. Sie wog die Zutaten für den zweiten Teig ab. Warum sollte Samuel die Reisedokumente der Mandels verstecken? Wie hatte er eine junge Frau kennengelernt, die in Deutschland an der Grenze zu Frankreich lebte?

Gegen acht bekam Megan Rückenschmerzen. Sie trat von einem Fuß auf den anderen, um das Gewicht des Babys zu verlagern, aber es half nichts. Sie musste eine Pause machen.

Als sie die Bestellung angenommen hatte, war sie erst im dritten Monat gewesen. Damals hatte sie sich super gefühlt, aber jetzt, wo ihre Muskeln schmerzten und ihre Füße anschwollen, konnte sie diesen Leichtsinn überhaupt nicht mehr nachvollziehen. Wie auch immer, sie würde sich von ihrem dicken Bauch nicht abhalten lassen, die hundert Tartes für das Baugh-Smith-Probeessen zu liefern.

Sie wog das Mehl für die nächste Teigkugel und schüttete es in die Schüssel. Noch zwei oder drei Runden, dann hatte sie genug für die Backsession am Donnerstagabend, die gegen sechs beginnen musste und wohl bis Mitternacht dauern würde. Manche Bäcker produzierten ihre Ware im Voraus und froren sie dann ein, aber ihr Motto war frisch und hausgemacht, und daran wollte sie sich halten. Es war nicht sehr profitabel und nach der Geburt ihres Babys war es wahrscheinlich nicht durchzuhalten, aber im Moment fühlte es sich richtig an.

Sie hörte Schritte. Lucy betrat gähnend die Küche. »Was machst du immer noch auf den Beinen?«

»Ich bereite die Kuchenböden vor. Das dauert höchstens noch eine Stunde.«

Lucy ging zur Kaffeemaschine und goss sich eine Tasse ein. »Und wann gedenkst du, dich auszuruhen und die Füße hochzulegen?«

»Ich schlafe morgen aus.«

»Ich dachte, Helen kommt morgen.«

Megan seufzte irritiert. Wie hatte sie das vergessen können? »Vor hundert Jahren haben schwangere Frauen das Feld gepflügt und sind dann nach Hause gegangen, um eben mal das Baby zu bekommen.«

Lucy wusch sich die Hände. »Vor hundert Jahren vielleicht. Obwohl ich das bezweifele. Wasch dir die Hände, ich übernehme den Job.«

»Ach Quatsch. Ich kann das zu Ende machen.«

»Ich habe nicht gesagt, dass du es nicht kannst. Aber ihr müsst euch jetzt mal hinsetzen, du und dein Kartöffelchen.«

Sie schob Megan sachte mit der Hüfte aus dem Weg. »Setz dich jetzt bitte.«

Das Baby machte einen plötzlichen Purzelbaum und boxte dabei in Megans Organe. Da ihr Rücken immer noch wehtat, gab sie nach, wusch sich die Hände und setzte sich mit einem Glas Eiswasser an den Küchentisch.

Lucy zerkleinerte die kalte Butter mit dem Mixer. »Wer heiratet eigentlich?« An ihren gekonnten Handgriffen war zu erkennen, dass sie eine Zeit lang in einer Großküche gejobbt hatte.

»Jessica Smith und Danny Baugh. Auf einer alten Plantage in der Nähe von Norfolk. Zum Glück ist es ein recht kleines Probeessen. Es kommen nur etwa fünfundsiebzig Leute.«

»Und wie viele Tartes haben sie bestellt?«

»Hundert.« Als der Auftrag vor ein paar Monaten eingegangen war, hatte es nicht nach viel geklungen. Heute Abend fand sie die Anzahl erdrückend.

Lucy war geschockt. »Und wie viel Teig hast du schon gemacht?«

»Genug für vierzig.«

»Weiß Jessica, dass das Wetter am Samstag umschlagen soll? Die alten Farmer, die immer in Arlenes Diner herumhängen, sagen einen Sturm mit Starkregen voraus.«

»Sehe ich etwa wie eine Wetterfee aus? Aber danke, ich schreibe ihr sofort.« Megan trank ein Schluck Wasser, schickte dann aber lieber gleich eine Nachricht an die Hochzeitsplanerin. »Ich habe einer Freundin in Paris geschrieben, die oft ins Elsass reist. Vielleicht kann sie etwas über Elise herausfinden.«

Lucy gab Eiswasser zu dem Teig und knetete es mit den Händen in die Butter-Mehl-Mischung. »Meinst du, Elise hat Samuel gekannt?«

»Ja, ich denke schon. 1939 war er Anfang zwanzig und fuhr mit der Handelsmarine zur See. Er war jung und risikobereit, und es gibt Hinweise darauf, dass er mit den französischen Widerstandskämpfern, der Resistance, zusammengearbeitet hat.«

»Vielleicht ist Elise die Frau, die er geliebt und verloren hat?«, fragte Lucy.

»Absolut nicht auszuschließen.«

»Wie kommt ein Seemann an die Ausweise einer Deutschen und ihres Sohnes? Warum sollte er sie verstecken? Warum waren sie ihm so wichtig?«

»Keine Ahnung. Soll ich dir ein paar Briefe vorlesen?«

»Das wäre klasse. Ich möchte unbedingt mehr über Diane wissen.«

Megan ging die Briefe holen. Als sie wiederkam, war Lucy schon dabei, den Teig in kleinere Kugeln zu teilen.

Megan legte die Briefe vorsichtig auf den Tisch und zählte sie. Es waren insgesamt sechsundachtzig. Sie sortierte sie nach Datum und stellte fest, dass etwa zwei Drittel der Briefe zwischen 1900 und 1903 geschrieben worden waren. Zwischen 1903 und 1905 gab es keinen einzigen, von 1905 bis 1939 folgte das restliche Drittel. Die Schwestern waren in engem Kontakt geblieben.

»Ich habe noch nie einen Brief geschrieben«, sagte Lucy ungläubig.

»Es war das Kommunikationsmittel der Schwestern«, sagte Megan.

»Ich kann mir gar nicht vorstellen, ohne Textnachrichten zu leben.«

»Ich schreibe gern Briefe. In der Schulzeit hatte ich sogar Brieffreundinnen. Eine von ihnen hat mir den Job als Stadtführerin in Paris verschafft und recherchiert jetzt die Ausweise für uns. Sooft wir auch umgezogen sind, ich habe immer Briefe mit ihnen ausgetauscht. Ich fand es aufregend, einen Brief mit einer Marke aus einem fremden Land zu bekommen.«

»Total Old School«, kommentierte Lucy.

»Ich habe auch Scott Briefe geschrieben.«

»Hat er zurückgeschrieben?«

»Nur Textnachrichten.«

Megan nahm den ersten Brief von 1903 aus dem Umschlag. Die breite Handschrift wirkte kindlich. Sie prüfte die Kuverts und stellte fest, dass Diane erst aus Baltimore und später aus Frankreich geschrieben hatte.

»Wenn sie auf Französisch sind, verstehe ich kein Wort«, sagte Lucy.

»Ich spreche es fließend«, sagte Megan.

»Echt?«

»Irgendwann erzähle ich dir mal von meiner Zeit als Reiseführerin in Frankreich.« Es kam ihr vor, als wäre es eine Ewigkeit her.

Lucy grinste. »Warum habe ich das Gefühl, dass es da noch eine geheimnisvolle Seite an Megan Buchanan gibt?«

Megan konnte sich selbst kaum noch an die unbekümmerte junge Frau erinnern, die Hunderte Touristen durch Frankreich geführt hatte. »Ich bräuchte einen guten Wein und viel davon, um über die Zeit zu reden.«

»Abgemacht.«

Megan räusperte sich. Dann begann sie, aus Dianes Briefen über ihr neues Leben in Frankreich vorzulesen. Als sie eine Pause machte, fiel ihr Blick auf einen Brief mit einem Poststempel aus Le Havre.

1. Juli 1939

Liebste Claire,

ich möchte Dich um einen Gefallen bitten. Man erzählt sich Schreckliches über Deutschland. Die Deutschen sind auf dem Vormarsch und es ist nur noch eine Frage der Zeit, bis …

»Liest du jetzt etwa den letzten Brief vor?«, fragte Lucy entgeistert.

»Ja. Ich will wissen, wie es mit Diane ausgeht.«

»Dann fängst du bei einem Roman auch mit dem letzten Kapitel an?«

»Tu ich, ja.«

Megan konnte die nächsten Wörter nicht entziffern und übersprang zwei Zeilen.

Wir haben uns bereit erklärt, unserem lieben Freund Max zu helfen und seine Tochter Elise Mandel und ihren Sohn aufzunehmen. Obwohl seine Tochter Französin ist, hat er Angst, dass sie nicht mehr aus Deutschland herauskommen, wenn sie jetzt nicht schnell handeln. Die Nazis haben ihren Mann inhaftiert und wegen Hochverrats angeklagt. Was natürlich erfunden ist. Wir fürchten jedenfalls, dass Elise und ihr Sohn als Nächstes verhaftet werden.

Behalte uns in Deinen Gedanken und Gebeten.

Deine
Diane

»Was für eine schreckliche Zeit!«, sagte Lucy.

»Allerdings. Und Diane hatte recht. Sie mussten schnell handeln. Hitlers sogenannte Endlösung war da schon auf dem Weg, und 1940 eroberten die Deutschen Paris. Die Front verlief quer durch Frankreich. Sie hätten das Meer nicht mehr erreicht.«

»*Mandel* klingt deutsch«, sagte Lucy.

»Aber Max stammte aus Le Havre, und seine Tochter war Französin. Ein französisches Mädchen heiratet einen deutschen Jungen. Passierte recht häufig.«

»Wenn Max auch Jude war, war er selbst in Gefahr.«

»Vierzehn Monate später marschierten die Deutschen in Le Havre ein«, erklärte Megan. »Die Nord- und Westküste war in der besetzten Zone.«

»Max hat seine Tochter Elise zu Diane geschickt, die wiederum Claire kontaktiert hat.«

»Dank der verschiedenen Zweige der Buchanan Corporation hatte Claire in den späten Dreißigerjahren viele Verbindungen zur Schifffahrt.« Megan gähnte. »Ich muss die Briefe wohl von Anfang an lesen.«

»Ich mache die Kuchenböden zu Ende.«

»Es ist mein Job, die Apfelkuchen zu machen.«

Lucy schüttelte den Kopf. »Ich backe und du liest vor. Ich will wissen, was in den Briefen und in Samuels Tagebuch steht. Die Familiengeschichten der Buchanans und Jessups sind jedenfalls ziemlich verschlungen.«

»Das kann man so sagen. Ich bin es Claire schuldig, die Puzzlestücke ihres Lebens zusammenzusetzen.«

»Und herauszufinden, was mit Diane passiert ist?«

»Genau. Aus irgendeinem Grund ist mir das unheimlich wichtig.«

»Warum?«

»Ich habe das unbestimmte Gefühl, dass uns die Zeit davonläuft.«

* * *

In den nächsten zwei Stunden las Megan Lucy weitere Briefe vor, und sie erfuhren, dass Diane auf einem Apfelhof in der Normandie gelandet war. Doch jetzt war es spät geworden und Megan verschwammen die Buchstaben in der ausgeblichenen Tinte vor Augen. Außerdem tat ihr der Rücken immer noch weh.

Als der ganze Teig in Frischhaltefolie eingewickelt war, ging sie glücklich zu Bett. Ihre Nacht war trotzdem unruhig. Auch das Baby wälzte sich in ihrem Bauch von einer Seite auf die andere, als hätte es eigene Sorgen.

Immer wieder musste sie an den Moment denken, als die vier Hedrick-Mädchen voneinander und aus ihrem Zuhause in Cape Hudson gerissen wurden. Damals mussten Familien oft schwierige Entscheidungen treffen, um zu überleben. Aber das minderte ihre Sehnsucht nach ihrer Heimat und ihre Trauer über das, was hätte sein können, nicht im Geringsten.

Megan wurde bewusst, dass sie in Cape Hudson Wurzeln schlagen und hier ein Leben für sich und ihr Kind aufbauen wollte. Sie wollte nie mehr weg – so wie Claire und Diane.

Der nährstoffreiche sandige Boden der Ostküste war fruchtbar, aber die starken Stürme konnten selbst die ältesten Bäume entwurzeln.

Kapitel 15

MEGAN

Mittwoch 7. März 2018
Cape Hudson, Virginia

Noch vor sieben war Megan hellwach. Sie hätte gern länger geschlafen, aber es ging einfach nicht. Also stand sie auf und machte sich eine kleine Tasse Kaffee – ein Genuss, den sie nicht hatte aufgeben können. Sie rieb sich die Augen und sah aus dem Küchenfenster das Leuchten der aufgehenden Sonne über dem spiegelglatten Wasser.

Als sie den ersten Schluck trank, drückte sie sich die Hand ins Kreuz. Ihr Rücken tat weh, ihre Muskeln waren verspannt. Sie hatte sich gestern übernommen.

»Nur noch ein paar Tage«, flüsterte sie dem Baby zu. »Dann legen wir beide die Füße hoch und schlafen uns mal richtig aus.«

Ihr Handy pingte mit einer Nachricht von ihrer Freundin in Paris, deren Arbeitstag am kunsthistorischen Seminar vermutlich schon halb vorbei war. Du hast meine Neugier geweckt. Ich fahre dieses Wochenende ins Elsass. Melde mich.

Megan lächelte. Chloe würde die Antworten finden.

Oben trampelte Natasha hin und her. »Hat jemand mein grünes T-Shirt gesehen? Vergesst es, ich hab's gefunden.«

Gelassen bereitete Lucy das Frühstück zu und verpackte das Mittagessen für ihre Schwester. Dann kam Natasha in die Küche gestürmt und redete aufgeregt über ihre Hausaufgaben und die Nachmittagsaktivitäten in der Schule. Megan trank ihren Kaffee, und Dolly bearbeitete auf ihrem Hundebett einen Kauknochen.

Es klingelte an der Tür. Megan sagte: »Ich geh schon. Redet ihr zwei nur weiter.«

Als sie die Haustür öffnete, stand Mr Crawfords Truck auf der Einfahrt. Auf dem Anhänger war ein solides blau-weißes Fischerboot festgezurrt.

Mr Crawford begrüßte sie vom Fuß der Treppe. »Ich habe Ihren Tisch mitgebracht.«

»Ich dachte, Sie wollten gestern losfahren.« Unpassenderweise schoss ihr die Frage durch den Kopf, ob sie Rick die Kuchen trotzdem schuldete.

»Ich wurde aufgehalten«, grummelte er.

»Sie gehen auf meinen Preisvorschlag ein?«, fragte sie.

»Es ist ein kostbarer Tisch, aber er gehört ins Winter Cottage.«

Wenn Megan nicht im achten Monat schwanger gewesen wäre, hätte sie vor Freude einen Luftsprung gemacht. Stattdessen lächelte sie höflich.

»Ich habe leider nicht so viel Geld da. Sie müssten sich etwas gedulden.«

»Zahlen Sie es einfach auf mein Konto bei der First National Bank ein.« Er reichte ihr ein Kärtchen mit seiner Bankverbindung.

»Das mache ich.« Ihr ganzer Körper kribbelte vor Aufregung. Ein weiteres Puzzleteil war jetzt am richtigen Platz.

Er kletterte auf die Ladefläche seines Trucks und zog eine Plane beiseite, unter der der Tisch zum Vorschein kam. »Soll ich ihn reintragen?«

»Das wäre super«, sagte Megan. Sie hielt ihm die Tür auf, während er den Spieltisch ins Haus trug.

»Wo soll das gute Stück hin?«

Ohne Zögern sagte sie: »Folgen Sie mir bitte in den Salon. Hierhin.«

Mr Crawford stellte ihn in die Ecke beim Fenster. Es sah aus, als hätte er nie woanders gestanden. »Ich habe meinen Bruder gefragt, wie wir an das Teil gekommen sind. Er weiß es nicht, aber er hat versprochen, meine Tante zu fragen. Wenn ich etwas von ihr höre, rufe ich Sie an.«

»Das wäre großartig. Wissen Sie zufällig, wie lange der Tisch schon im Besitz Ihrer Familie ist?«

»Mindestens fünfundsiebzig Jahre.«

Wenn der Tisch tatsächlich aus Winter Cottage stammte, musste Claire ihn während der Wirtschaftskrise in den Zwanzigern verkauft haben. Mr Crawford holte die Stühle und stellte sie um den Tisch herum. Dann trat er einen Schritt zurück und sagte: »Perfekt. Als ob es nie anders gewesen wäre.«

»Ja, genau das finde ich auch. Vielen Dank.«

Die Stühle erinnerten Megan an die vier Hedrick-Schwestern, die nach dem Tod ihrer Mutter auseinandergerissen worden waren. Vielleicht war das Ensemble gar nicht aus Winter Cottage, sondern hatte den Hedricks gehört. »Ich überweise Ihnen das Geld sofort«, sagte sie.

»Keine Eile.«

Sie folgte ihm nach draußen. »Wenn Sie oder jemand aus Ihrer Familie noch weitere Möbelstücke entdecken sollten, würde ich sie mir sehr gern ansehen.«

Er nahm seine Baseballkappe ab und kratzte sich den kahl werdenden Schädel. »Dann warne ich sie aber erst, wie hart Sie verhandeln.«

Megan lachte. »Machen Sie das.«

Lucy und Natasha waren schon zur Schule losgefahren, also schloss Megan die Haustür ab und fuhr die kurze Strecke zum Spring House. Der Container quoll von dem Müll aus Jahrzehnten fast über. Doch das Haus wirkte erleichtert. Vielleicht freute es sich auf schönere Tage und war bereit, im Gegenzug ein paar Geheimnisse preiszugeben.

Helen fuhr in ihrem Volvo vor. Sie war fast eine Stunde zu früh und trug ein weißes Sweatshirt, Turnschuhe und eine Jeans, die gebügelt aussah. »Ich melde mich zur Arbeit.«

»Es gibt immer noch viel zu tun«, sagte Megan lächelnd.

»Du siehst blass aus. Hast du letzte Nacht gut geschlafen?«, fragte Helen.

»Das Baby macht nachts öfter mal Aerobic. Ich glaube, sie wird eine Turnerin.«

Ein Hauch von einem Lächeln umspielte Helens Lippen. »Daran wirst du dich gewöhnen müssen. Kinder haben es an sich, unser Leben umzukrempeln.«

Ihre bittersüßen Worte erinnerten Megan wieder daran, dass Helen ihr einziges Kind verloren hatte. »Wie geht es deiner Schwieger-Großmutter?«

»Gut. Ein gebrochenes Hüftgelenk ist in ihrem Alter gefährlich. Manchmal heilt es auch gar nicht mehr. Aber sie hat die Ärzte mit ihrem Willen beeindruckt. Sie will unbedingt wieder laufen können. Ich habe ihr gesagt, dass ich hier helfe und ein paar Tage nicht bei ihr vorbeischaue. Das versteht sie. Sobald es geht, möchte sie kommen und das Baby sehen. Sie hat einige Geschichten über Samuel Jessup zu erzählen.«

»Was für Geschichten?«

»Sie hat nichts weiter angedeutet. Adele ist manchmal sehr verschlossen.«

Scott hatte selten über seine Urgroßmutter gesprochen, und Megan wunderte sich jetzt, dass sie ihn nicht nach ihr ausgefragt hatte.

Lucys Jeep rumpelte über die Auffahrt. Megan stieß den Atem aus. Immer wenn sie mit Helen alleine war, schien sie die Luft anzuhalten. Lucy sprang vom Wagen, dicht gefolgt von Dolly, die direkt auf Helen zurannte und an ihr hochsprang. Entgegen Megans Erwartung wich Helen nicht zurück, sondern kraulte den Hund am Kopf. »Wir hatten genauso einen Hund, als Scott klein war. Wie heißt sie?«

»Dolly. Sie gehörte meiner Mutter«, sagte Lucy. »Möchtest du sehen, wie weit wir gekommen sind, seit du das letzte Mal hier warst? Wir sind immer noch am Entrümpeln.«

»Ja, gern«, sagte Helen. »Megan, du hast doch nichts dagegen, oder?«

Helens Sportschuhe sahen nagelneu aus. »Es ist überall sehr schmutzig«, warnte Megan sie.

»Ein bisschen Dreck hat noch niemandem geschadet«, sagte Helen munter. »Mein Mann und ich haben Samuel vor Jahren mal angeboten, ihm zu helfen, hier ein bisschen Ordnung reinzubringen. Aber er wollte davon nichts wissen. Er mochte es so, wie es war.«

»Ich weiß sehr wenig über die Familie meines Großvaters. Die Jessups hatten fünf Jungen, oder?«, sagte Lucy.

»Das stimmt. Stanley, Joseph, Michael, Aaron und Samuel. Aaron und Samuel wurden die irischen Zwillinge genannt, weil ihre Geburt weniger als ein Jahr auseinanderlag.« Helen blieb vor den Fotos stehen, die an der Wand im Flur hingen. Da sie anscheinend niemanden erkannte, ging sie ins Arbeitszimmer.

»Man glaubt kaum, wie viel Ramsch wir hier herausgeholt haben«, sagte Megan.

»Tja, man sieht es auch kaum«, erwiderte Helen spitz.

Wenn ihre Mutter oder Lucy so einen Spruch gemacht hätten, hätte Megan wahrscheinlich darüber gelacht. Aber weil die Bemerkung von Helen kam, fühlte Megan sich daran erinnert, dass sie in Helens Augen nichts richtig machen konnte. »Das Zimmer war bis obenhin vollgestopft.«

»Schlimmer, als ich gedacht hätte.« Helen ging zu den Bücherregalen hinüber. »Ich glaube, dieser Raum ist Teil des ursprünglichen Hauses von 1775.«

Das weckte Megans Neugier. Scott musste seiner Mutter erzählt haben, dass Megan sich nichts aus Diamanten und Rosen machte, aber dass man ihr Herz gewann, wenn man ihr einen Brocken von geschichtlicher Bedeutung vor die Füße warf. »Der ursprüngliche Eigentümer war ein Bohnenfarmer.«

»Ja, aber das ist nur ein Teil der Geschichte«, sagte Helen. »Samuel meinte, der Besitzer hätte sein Vermögen damit verdient, während der amerikanischen Revolution die englische Blockade zu umschiffen.«

»Warum heißt es Spring House?«, fragte Lucy.

»Weil Samuel zehn von zwölf Monaten auf See war. Er war nur im Frühling zu Hause. Die Leute zogen ihn damit auf, dass er Ferien im Frühlingshaus machte.«

»Ich weiß, dass du mit meiner Mutter zur Highschool gegangen bist, aber bist du auch hier an der Ostküste der Bucht aufgewachsen?«, fragte Lucy.

Helen strich sich mit ihren perfekt manikürten Händen die Hose glatt. »Ich war bis zum Highschool-Abschluss hier. Nach dem College bin ich nicht zurückgekommen. Mein Mann und ich haben mehr vom Leben erwartet, als hier auf der Halbinsel zu versauern.«

»Könntest du dir vorstellen, wieder hier zu leben?«

»Für meine Enkelin ja«, sagte Helen wie aus der Pistole geschossen.

Es war Megan aus irgendeinem Grund nie in den Sinn gekommen, dass Helen ja auch nach der Geburt des Babys eine Rolle in ihrem Leben spielen würde.

»Wir haben Briefe von Claires Schwester Diane gefunden. Weißt du irgendetwas über sie?«, fragte sie Helen.

»Nein. Ich habe Claire nur ein paar Mal getroffen. Am besten, ihr fragt Großmutter Jessup. Sie hat Claire gut gekannt.«

»Ich bin sehr neugierig auf Mrs Jessup.«

»Sobald sie transportfähig ist, bringe ich sie her. Wahrscheinlich dauert es noch ein paar Wochen, aber sie ist zäh und unabhängig.«

Megan war auch eher unabhängig. Und im Grunde eine Einzelgängerin. Im Gegensatz zu Scott und seiner Mutter brauchte sie keine gesellschaftlichen Beschäftigungen oder Netzwerke. Und sie brauchte weder Helen noch ihren Segen. Aber ihr wurde bewusst, dass Helen sie brauchte. Für das Wohl des Babys war das vielleicht keine schlechte Ausgangslage.

»Samuel hat immer gern gelesen«, erzählte Helen. »Er war auch sehr talentiert im Schnitzen. Er hat zwar nie seinen Highschool-Abschluss gemacht, aber er war einer der klügsten Männer, die ich kannte.«

»Er hat die Highschool nicht abgeschlossen? Meine Mutter auch nicht«, sagte Lucy.

»Nein, er hat 1931 angefangen zu arbeiten. Es war die Zeit der Wirtschaftskrise, die die Gegend hart getroffen hat. Seine älteren Brüder arbeiteten schon und er wollte sich auch nützlich machen. Damals wurde von einem fünfzehnjährigen Jungen erwartet, dass er anpackt wie ein Mann.«

»Machte es ihm nichts aus, zur See zu fahren?«, fragte Lucy.

»Er hat das Meer geliebt. Eigentlich hat er sich nur dort zu Hause gefühlt«, erwiderte Helen.

»Wie haben sich Samuel und meine Großmutter gefunden? Der Altersunterschied zwischen den beiden war enorm.«

»Samuel ist im Herzen jung geblieben, und er sah zehn Jahre jünger aus, als er war. Er kam sehr gut mit seiner jungen Frau aus, obwohl er viel weg war – oder gerade darum. Als seine Frau starb, war er untröstlich.«

»Meine Mutter auch«, sagte Lucy bitter. »Warum ist er nicht bei meiner Mutter geblieben?«

Helen schwieg einen Moment. »Wenn man trauert, macht man dumme Sachen, Lucy. Sachen, die anderen wehtun. Eine verletzte Seele kann sehr egoistisch sein.«

Kapitel 16

MEGAN

Mittwoch, 7. März 2018
Cape Hudson, Virginia

In der nächsten Stunde sichteten die drei Frauen weitere Bücher. Als Mr Tucker mit seinen beiden Männern vorfuhr, hatte Helen die guten Bücher ordentlich auf der Veranda aufgestapelt und den Rest im Container entsorgt. Sie war fünfzig, doch sie arbeitete mit der Energie einer Fünfundzwanzigjährigen. Bis zum Mittag hatten sie alle Bücher aus dem Arbeitszimmer geräumt. Zurück blieben nur die Möbel und Kuriositäten, darunter ein großer Globus, mehrere Modellschiffe an der Wand und eine bunte, von Hand geschnitzte Galionsfigur, eine Meerjungfrau, die wohl von einem abgewrackten Schiff stammte.

»Ladys, wir sollten uns eine Pause gönnen«, beschloss Helen. »Die Möbelpacker übernehmen den Rest. Sie können alles in den Vordergarten stellen. Frische Luft wird den Sachen guttun, und es soll erst ab Samstag regnen.« Sie zog ein Stofftaschentuch aus ihrer Tasche und wischte sich die Hände daran ab. »In den Kühlboxen in meinem Kofferraum gibt es Proviant für eine ganze Armee.«

»Das klingt ja toll«, sagte Megan. »Vielen Dank.«

Helen spitzte die Lippen. Es wirkte, als wollte sie ihre Emotionen im Zaum halten. Sie ging hinaus und lud die Möbelpacker zum Essen ein.

»Sie ist unglaublich«, sagte Lucy.

»Ja, ich weiß.«

Als sie nach draußen kamen, hatten die Männer auf Helens Geheiß bereits einen Klapptisch aufgestellt. Mr Tucker legte gerade ein weißes Wachstuch darauf, und die beiden Männer brachten die Kühlboxen auf die Veranda. In der einen waren Wasserflaschen, Säfte, Milch und Proteinshakes, aber keine Softdrinks.

In der zweiten Kühlbox waren Sandwiches. »Helen, ich bin schwer begeistert von dir«, sagte Lucy und nahm sich ein Schinken-Käse-Sandwich.

»Jahrelange Übung im Pausenkiosk in Scotts Schule und bei den Spielen seines Fußballvereins«, sagte Helen. »Ich hatte vergessen, wie viel Spaß mir das immer gemacht hat.« Sie nahm ein dreistöckiges Clubsandwich mit Roastbeef und reichte es Mr Tucker. Er grinste so breit, als hätte er einen Goldklumpen gefunden.

»Wahnsinn. Das sieht nach dem leckersten Sandwich aus, das ich je gegessen habe«, rief er.

»Ach, das ist nichts Besonderes«, sagte Helen. »Das ist ruckzuck gemacht.«

»Aber nur, weil Sie so viel Erfahrung haben.« Er nahm sich noch eine Tüte Chips und einen dicken Schokoladen-Brownie und zwinkerte ihr zu. Megan bemerkte, wie eine leichte Röte in Helens Wangen stieg.

* * *

Am Nachmittag standen die staubbedeckten Möbel im Sonnenschein. Für Megan war es offenkundig, dass sie vor rund hundert Jahren handgefertigt worden waren.

»Wo kommen die Möbel denn hin?«, fragte Helen.

»Ich habe einen Lagerraum in Cape Hudson gemietet«, sagte Megan. »Wenn wir mit den Renovierungsarbeiten durch sind, bringen wir die meisten Stücke zurück. Den Rest verkauft Lucy.«

»Denk dran, mir Bescheid zu sagen, bevor du irgendwas verkaufst, Lucy«, bat Helen. »Ich liebe Antiquitäten.«

Mr Tucker und seine zwei Männer trugen einen zusammengerollten Orientteppich nach draußen, der sehr muffig roch. Eine Ecke des Teppichs war von Mäusen angefressen. »Rentiert es sich, den aufzuheben?«, fragte Lucy.

»Es ist ein seltenes Stück«, antwortete Megan. »Schade, dass er beschädigt ist.«

»Könnte man ihn retten?«, fragte Lucy.

»Ich rufe mal Duncan an. Er kennt Restauratoren an der ganzen Küste. Es wird sich herausstellen, ob sich eine Reparatur lohnt oder nicht.«

Die drei Frauen gingen in das ausgeräumte Arbeitszimmer zurück. Es stand sicherlich seit Samuels Einzug zum ersten Mal leer.

Megan besah sich die breiten Dielen aus Kiefernholz, die abgeschliffen und neu lackiert werden mussten. Mr Tucker sah sich den Wasserschaden in der Ecke und die Decke an. »Die Wasserrohre und die Elektrik wurden in den Vierzigerjahren eingebaut. Wahrscheinlich ist beides heute so nicht mehr zugelassen. Aber das wissen wir erst, wenn wir dran sind.« Er sah auf die Uhr. »Jetzt ist es halb vier und zu spät, um mit dem Bad und der Küche anzufangen. Wir machen Schluss für heute und fangen morgen zeitig an.«

»Klingt gut.« Megan sehnte sich danach, ihre geschwollenen Füße hochzulegen.

Helen ging durch das leere Zimmer. »Irgendwie merkwürdig, so ohne Leben.«

»Ich dachte, du magst keine Unordnung«, bemerkte Megan.

»Das stimmt auch. Es ist nur wieder eine Veränderung, und ich hatte zu viele in den letzten Jahren.«

Megans Baby trat sie heftig, und als sie Helens verlorenen Gesichtsausdruck sah, ging sie wie ferngesteuert zu ihr, nahm ihre Hand und legte sie sich auf den Bauch. Das Baby schien einen Salto zu machen. »Veränderung muss ja nichts Schlechtes sein.«

Helen sah sie erstaunt an, ihre Augen füllten sich mit Tränen. »Du lieber Gott! Vermutlich hast du recht! Ich wünschte nur, Scott könnte das alles erleben.«

»Er hätte sein Baby geliebt«, sagte Megan still.

»Oh ja.«

* * *

Megan tat der Rücken weh, als sie die Küche des Winter Cottage betrat. Wieder hatte sie das Bedürfnis, sich hinzusetzen, aber der Liefertermin für ihre Kuchenbestellung saß ihr im Nacken. »Nur noch ein paar Tage, Kleine«, sagte sie. »Dann ruhen wir uns aus und gucken den ganzen Tag *Downton Abbey*.«

Sie holte den Teig aus dem Kühlschrank und legte die Kugeln auf den Tresen. Dann massierte sie ihren Rücken und dehnte die Muskeln. »Mein liebes Baby, es wäre für mich deutlich einfacher, wenn du aufhören könntest, mir auf die Nieren zu drücken.«

»Was machst du denn? Die Abmachung war, dass ich backe und du liest.« Lucys Haare waren noch feucht von der Dusche, und sie hatte sich eine Jogginghose und ein BEACON VINEYARDS-T-Shirt angezogen. Dazu trug sie dicke

Wollsocken. Das bisschen Make-up, das sie normalerweise trug, war der Dusche zum Opfer gefallen.

»Ich dachte, ich fange schon mal an.«

»Wie gesagt, ich backe die Tartes. Du darfst dich setzen. Wenn du magst, kannst du Äpfel schälen.«

»Ich fühle mich wie ein Faulpelz.«

»Warum hast du das nicht abgesagt, als du den Job bei mir bekommen hast?«

»Weil ich dachte, dass der Job hier ja nicht für immer ist. Und weil man einen Plan B braucht.«

»Du kannst planen, so viel du willst, aber das Leben macht, was es will. Vor einem Jahr hätte ich mir all das hier niemals vorstellen können. Du vielleicht?«

»Ganz bestimmt nicht.«

»Na also. Mach dir jetzt keine Gedanken mehr über die Zukunft.« Lucy nahm den Sack Granny-Smith-Äpfel aus der Speisekammer. »Holst du Dianes Briefe an Claire oder Samuels Tagebuch? Ich will unbedingt wissen, wie all das, was da nach und nach ans Tageslicht kommt, zusammenpasst.«

Das Baby trat sie mit so viel Wucht, dass sie das Gewicht verlagern musste, bis der Schmerz nachließ. »So bin ich eigentlich nicht.«

»Das weiß ich. Ich habe gehört, dass eine Schwangerschaft ein bisschen so ist wie der Film *Der Angriff der Körperfresser*.«

»Das stimmt wirklich.«

Lucy band sich eine Schürze um. »Außerdem helfe ich dir nicht ohne Hintergedanken. Wenn wir die Bestellung abliefern, möchte ich der Hochzeitsplanerin meine Idee von Winter Cottage als Hochzeits-Location vorstellen.«

»Das kannst du gern machen.«

»Ich überlege schon lange, wie ich an die Hochzeitsplaner rankomme. Sie scheinen eine eingeschworene Gemeinschaft zu sein.«

»Ja, ein bisschen schon.«

»Woher kennst du diese Organisatorin?«, fragte Lucy.

»Sie hat meine Hochzeit geplant.«

»Oh.« Lucy drehte sich mit gespieltem Entsetzen um und schlug die Hände vors Gesicht.

»Tu dir keinen Zwang an. Frag ruhig.«

Lucy war nicht sicher, ob Megan das ernst meinte. »Ich will ja nicht zu neugierig sein«, sagte sie dann grinsend, »aber ich brenne darauf, es zu erfahren.«

Megan nahm Dianes Briefe aus ihrem Rucksack und setzte sich an den Küchentisch. Sobald sie das Gewicht des Babys nicht mehr tragen musste, entspannte sich ihr ganzer Körper. »Es sollte eine der größten Hochzeiten werden, die diese Koordinatorin jemals gemacht hatte. Sie war total aufgeregt. Meine Mutter war total aufgeregt. Helen war total aufgeregt. Was für ein Dreigestirn!«

»Aber …«

»Ich erzähle es dir, aber bitte sag es nicht weiter. Du bist die Erste, mit der ich darüber spreche.«

Lucy hob die Hand wie zum Schwur. »Ich verspreche dir, dass ich kein Sterbenswort darüber verliere.«

»Als mir der Arzt gesagt hat, dass ich schwanger war, bin ich sofort zu Scott gefahren. Ich habe ihn mit meiner Brautjungfer erwischt. Beide waren nur spärlich bekleidet.«

»Hör auf!«

»Das hat mich völlig aus der Bahn geworfen. Ich hätte ihn nie betrogen, und wenn er sich wegen der Hochzeit nicht sicher war, hätte er zu mir kommen sollen, statt mich zu hintergehen. Ich habe etwas Besseres verdient.«

»Das hast du.«

»Also habe ich den Kontakt zu Scott abgebrochen. Er hat ein paar Mal versucht, mir alles zu erklären, aber ich wollte nichts hören. Ich wollte eine endgültige Trennung. Damit wir beide unser Leben zurückbekommen. Schluss, aus.«

»Nur hat er seins nicht bekommen.«

»Nein.« Trauer überkam sie. Ihr wurde kalt. »Und wenn ich etwas verständnisvoller reagiert hätte, wäre es vielleicht alles ganz anders gekommen.«

»Das weiß man nie. Unfälle passieren nun mal.«

»Besonders wenn ein Pilot abgelenkt ist.«

»Das weißt du doch gar nicht.«

»Doch. Und Helen weiß es auch.« Scotts Nachrichten auf ihrer Voicemail hatten verzweifelt geklungen. »Helen gibt sich Mühe, aber nur wegen des Babys. Sie denkt immer noch, dass ich an allem schuld bin.«

»Helen war heute ziemlich gut drauf«, sagte Lucy.

»Helen versucht, eine Brücke zu ihrem Enkelkind zu bauen. Aber wenn dieses Baby erst mal da ist, gehen die Grabenkämpfe um das Kind los.«

»Ihr werdet schon eine Lösung finden. Es ist doch schön, dass die Kleine eine Familie hat, die an ihrem Leben teilhaben möchte.«

Megan rieb sich den Bauch. »Denk dran, Helen und Rick wissen nichts von Brandy, und ich möchte, dass das so bleibt. Ich will kein weiteres Mitleid.«

»Brandy?«

»Die Frau bei Scott.«

Lucy guckte böse. »Brandy. Ich kenne sie nicht, aber ich kann sie nicht leiden. Sie bekommt nie eine Einladung nach Winter Cottage.«

»Danke.«

»Warum hast du Helen nichts von Brandy erzählt? Sie würde dich besser verstehen, wenn sie es wüsste.«

»Ich hätte es fast getan. Aber je mehr ich darüber nachdachte, desto mehr fand ich, dass Helen diese wunderbaren Erinnerungen an Scott hat, die ich ihr nicht verderben wollte.«

»Du bist zu vernünftig, Megan.«

Megan löste die verblichene rote Schnur von dem Briefbündel. »Ich glaube, du bist die Erste, die mich vernünftig findet.«

»Und wer findet dich unvernünftig?«

»Meine Eltern, Scott, Helen, mein Bruder Deacon.«

»Was ist eigentlich mit deinem Bruder? Kommt er ab und zu an die Chesapeake Bay?«

»Wir haben hier mit unseren Eltern die Ferien verbracht, aber er war seit Jahren nicht mehr hier. Er ist der Goldjunge der Familie und super erfolgreich als Manager der Buchanan Corporation. Das wurde auch von mir erwartet.«

Lucy zuckte mit den Achseln. »Tja, was habe ich über Pläne gesagt?«

»Dein Wort in Gottes Ohr.« Megan lächelte.

»Und wie war dein Verhältnis zu dieser Brandy?«

Megan sortierte die Briefe chronologisch nach Poststempel. »Sie war eine meiner Brautjungfern und meine Zimmergenossin auf dem College.«

»Das ist echt heftig. Hat sie dich seitdem kontaktiert?«

»Mehrfach. Ich habe ihre Nummer schon vor Monaten blockiert.« Sie nahm den ersten Brief aus dem Umschlag.

Lucy griff nach einem Schälmesser und einem Apfel. »Und wo wir schon bei den persönlichen Dingen sind, was läuft da mit Rick?«

»Scott und er waren Freunde.«

»Und Rick weiß auch nichts von Brandy?«, hakte Lucy skeptisch nach.

»Nein. Er hat jedenfalls nie etwas in der Richtung angedeutet, und ich möchte, dass das so bleibt.«

»Es fällt mir schwer, das zu glauben. Die Kerle reden doch über ihre Bettgeschichten.«

»Rick hätte es mir gesagt. Ja, er war Scotts Freund, aber er hat ein ausgeprägtes Ehrgefühl. Wenn er gewusst hätte, dass Scott mit Brandy schläft, hätte er mich nicht vor den Traualtar treten lassen.«

»Du weißt, dass Rick auf dich steht«, sagte Lucy.

Megan kicherte. »Er verhält sich loyal zu Scott, indem er sich um dessen Baby kümmert. Und ich möchte nicht, dass er schlecht über Scott denkt. Dazu besteht keine Veranlassung mehr.«

Lucy füllte eine große Metallschüssel mit Eiswasser und presste mehrere Zitronen aus. »Der Bursche kriegt ganz glasige Augen, wenn er dich ansieht.«

»Er ist immer sehr intensiv. Achte nicht drauf.«

Der erste Brief war auf den 2. Dezember 1902 datiert. Die Handschrift auf dem Umschlag sah verspielt aus, mit den für junge Mädchen typischen geschwungenen Bögen und Schleifen. Diane müsste elf gewesen sein, als sie diesen Brief an Claire schrieb, die damals vierzehn war. Zwei Jahre zuvor, also 1900, war ihre Mutter im Kindbett gestorben. Und sie waren fortgeschickt worden, um bei verschiedenen Familien auf dem Festland zu leben.

Sie las Lucy den Brief der kleinen Diane an ihre Schwester Claire vor.

Ich habe Angst, dass es nie besser wird. Mama ist tot, und Papa hat uns alle weggeschickt. Dich und Jemma und Sarah und die Jungs und mich. Wir werden nie wieder eine Familie sein. Ich bin eine Waise und ganz allein auf dieser Welt. Versprechen sind wie Schmetterlinge.

Wunderschön. Bunt. Und so zerbrechlich. Sie sterben so leicht.

»Claire fand es furchtbar, ihre Geschwister und ihr Zuhause zu verlassen«, sagte Lucy. »Ich habe nie verstanden, warum ihr Vater sie alle weggeschickt hat.«

»Er hat sich bestimmt bessere Chancen für sie erhofft. Indem sie die Halbinsel verlassen haben, steigerte sich die Wahrscheinlichkeit, einen guten Ehemann zu finden.«

»Mag sein. Aber die Jungs hat er behalten.«

»Weil er wusste, dass sie zur See fahren würden, wie alle Männer in der Gegend.«

»Hast du jemals etwas über Addie und Isaac Hedrick herausgefunden?«

»Addies Familie lebte schon vor dem Unabhängigkeitskrieg hier. Isaacs Familie ist in den 1870er-Jahren aus Osteuropa ausgewandert.«

»Also könnten sie Juden gewesen sein?«

»Ja, schon möglich. In Russland wurden Juden zu der Zeit verfolgt.«

»Das wusste ich nicht«, räumte Lucy ein.

Unterdessen las Megan die Briefe, die Dianes Spuren von der Ostküste Virginias über Baltimore und schließlich nach Le Havre folgten.

»Wie alt war Diane, als Madame LeBlanc starb?«, fragte Lucy.

»Zwölf.«

»Ungefähr so alt wie Natasha, als ihre Mutter starb. Nicht auszudenken, was mit ihr passiert wäre, wenn man sie völlig Fremden überlassen hätte. Aber warum konnte sie nicht zurück zu ihrem Vater?«

»Das Leben war hier vor hundert Jahren sehr hart«, erklärte Megan. »Ich möchte gern glauben, dass Isaac eine schwere

Entscheidung zu ihrem Besten getroffen hat. Oder dass er wenigstens dieser Meinung war.«

Megan dachte an die Gefahren, denen ein junges Mädchen vor hundert Jahren auf den Straßen einer Hafenstadt ausgesetzt war. Zwar erwähnte Diane in den Briefen, dass sie Französisch sprach, doch ganz alleine auf sich gestellt musste sie das alles überwältigt haben.

Kapitel 17

MEGAN

Mittwoch, 7. März 2018
Cape Hudson, Virginia

Als Megan beim zwanzigsten Brief angekommen war, hatte Lucy alle Äpfel geschält und in dünne Spalten geschnitten. Sie schwammen jetzt in dem Bad aus Eiswasser und Zitrone, während sie braunen Zucker, Mehl, Salz und Butter in einer anderen Schüssel vermengte.

»Also, wir wissen von dem Foto, dass sich Claire und Diane 1909 in Le Havre wiedergesehen haben. Es war damals höchst ungewöhnlich für zwei Mädchen aus dieser Gegend, sich in einem anderen Land oder sogar auf einem anderen Kontinent zu treffen.«

»Ich war noch nie in Europa. Es steht ganz weit oben auf meiner Wunschliste.«

»In Frankreich ist es jedenfalls toll«, sagte Megan. »Lass uns irgendwann mit Natasha hinfliegen. Ich führe euch herum.«

»Wir binden uns dein Kartöffelchen vor den Bauch und machen eine richtig schöne Reise draus.«

»Das wäre echt klasse.«

Nach und nach legte Lucy zehn Kuchenförmchen mit Teig aus. Dann wischte sie sich die Hände an der Schürze ab, schüttete Zucker, Zimt, Mehl und eine Prise Salz in eine große Schüssel und vermengte genug für zehn Tartes. »Bist du sicher, dass sie nur Apfelkuchen wollen?«

»So lautet die Bestellung. Das Hochzeitspaar hat sich auf einem Apfelhof kennengelernt, wo Cidre hergestellt wird. Über ein paar spritzigen Cocktails sind sie sich nähergekommen. Sie schenken ihn auch bei ihrem Empfang aus.«

Lucy verzog das Gesicht. »Ernsthaft?«

»Bei unserer Hochzeit sollte es auch einen Cocktail geben. Einen Manhattan.«

»Du trinkst Whiskey?«

»Ich liebe guten Whiskey. Ich kann mein erstes Glas kaum erwarten.«

Lucy sah sie erstaunt an. »Es scheint noch viele Seiten an dir zu geben, von denen ich nicht die geringste Ahnung habe.«

Megan strich sich über den Bauch. »Wie gesagt, ich war mal eine eigenständige Frau, Lucy. Und kein Babycontainer.«

Lucy lachte. »Tja, ich war ein lockeres, lebenslustiges Mädchen, bevor ich die Mutter einer vorpubertären Göre wurde und mich in einen Bauern verliebt habe.«

»Vielleicht dauert es noch ein paar Jahre, bis wir es nach Europa schaffen. Aber wenn dieses Kind auf der Welt ist, sollten wir uns mal einen Babysitter gönnen und ausgehen. Wie Erwachsene. Wir trinken Whiskey und hören Livemusik.«

Lucy legte den Kopf schief, als müsste sie nachdenken. »Ich kann mich kaum noch daran erinnern.«

»Für mich ist das auch Ewigkeiten her.«

Lucy nickte. »Also abgemacht. Wann müssen die Tartes abgeliefert werden?«

»Am Freitag.«

»Heute ist Mittwoch. Also wird morgen gebacken.«

»Ich weiß. Es ist alles kurz vor knapp. Als ich die Bestellung angenommen habe, wusste ich ja nicht, dass Mr Tucker uns am Freitag die Pläne für Küche und Badezimmer zeigen will. Es wird chaotisch.«

»Ich kenne kaum Leute, die so hart arbeiten wie du, Megan.«

»Das muss ich auch. Meine Eltern waren nicht begeistert, dass ich Geschichte studieren wollte, aber sie haben den Bachelor bezahlt. Mit dem Masterstudium war der Spaß für sie definitiv vorbei. Und dann auch noch die Promotion. Sie stellten die finanzielle Unterstützung ein. Dad nannte das eine liebevolle Anregung zur Selbsthilfe. Er dachte natürlich, ich würde heulend nach Hause rennen.«

»Aber das hast du nicht gemacht.«

»Ich kann sehr dickköpfig sein.«

Lucy wusch sich kichernd die Hände, goss das Wasser von den Äpfeln ab, schüttete die Mehl-Zucker-Mischung dazu und vermengte alles gut.

»Tu die Füllung noch nicht auf den Teig.«

»Das ist doch nicht mein erstes Rodeo, Schätzchen. Ich weiß. Ruhen lassen, dann den Saft abgeben. Wer mag schon matschigen Kuchenboden?«

»Du hast es drauf.«

Megans Rücken hatte sich erholt. Sie stand auf, wusch sich die Hände und begann, hauchdünne Zitronenschalen mit dem Zestenreißer herauszuschneiden. Lucy rollte die Teigkugeln aus und legte sie in die kleinen Kuchenformen. Dann piekte sie die Böden mit einer Gabel an und stellte sie zehn Minuten in den Ofen.

Eine Stunde später standen überall kleine Tartes zum Abkühlen, aber Lucy war noch immer am Teigrollen.

Megan war dabei, ihnen Tee zu machen, als ihr Telefon klingelte. Eine Festnetznummer aus der Gegend wurde angezeigt. »Megan Buchanan.«

»Hier ist Mrs Appleton von der Historischen Gesellschaft der Ostküste Virginias. Es tut mir leid, dass ich Sie so spät störe, aber ich hatte den ganzen Tag Führungen und keine Zeit für Anrufe.«

»Mrs Appleton. Wie geht es Ihnen?« Megan hatte in den letzten Jahren ab und zu mit ihr zu tun gehabt, während sie an ihrer Dissertation über Winter Cottage schrieb. Die Historikerin war Mitte fünfzig und hatte die Renovierung eines Herrenhauses geleitet, das ein Überseehändler in den 1790er-Jahren in dem Städtchen Onancock gebaut hatte. Mrs Appleton wusste zwar nicht viel über Winter Cottage, aber sie hatte immer versucht, Megan weiterzuhelfen.

»Helen Jessup hat mich heute angerufen. Sie suchen nach Informationen über die Geschichte von Spring House?«

Megan verdrehte die Augen. Sie war nicht gerade begeistert, dass Helen für sie Leute anrief. *Sie will sich doch nur nützlich machen,* sagte sich Megan. »Das stimmt.«

»Ich habe einige interessante Quellen. Sie können sie sich jederzeit ansehen. Helen sagte auch, dass Sie schwanger sind und Ruhe brauchen.«

Megan ärgerte sich jetzt wirklich. Helen mochte sich Sorgen um ihre Schwangerschaft machen, aber sich in ihre Arbeit einzumischen, ging entschieden zu weit. »Ich bin noch ziemlich mobil. Und ich würde sehr gern vorbeikommen, um es mir anzusehen.«

»Ich bin morgen den ganzen Tag da, wenn Ihnen das passt. Es sind Quellen aus erster Hand. Über das Haus und die Menschen, die dort gelebt haben. Die meisten davon Originale, die wir nicht aus der Hand geben, aber Sie können Fotos machen.«

»Fantastisch. Dann sehen wir uns morgen.«

Kapitel 18

MEGAN

Donnerstag, 8. März 2018
Cape Hudson, Virginia

Megan stand sehr früh auf, um die ersten Kuchen in den Ofen zu stellen. Sie wurde das Gefühl nicht los, die Zeit sehr knapp kalkuliert zu haben. Als Lucy Natasha mit Dolly zur Schule brachte, roch das ganze Haus nach Äpfeln und Zimt.

Nachdem Megan die Küche aufgeräumt und die fertigen, mittlerweile völlig abgekühlten Tartes gezählt, noch einmal gezählt und verpackt hatte, fuhr sie zum Spring House. Auf der Veranda standen Mr Tucker und Helen, die anscheinend über die Fenster und Fensterläden sprachen. Megan empfand das als feindliche Übernahme ihres Renovierungsprojekts.

Als sie auf die beiden zuging, bemühte sie sich, nicht zu sehr zu schaukeln. Helen hatte eine Palette mit Farbmustern in der Hand, was Megans Ärger weiter anfachte. Doch dann meinte sie, Scott flüstern zu hören: *Bitte, Meg, sie ist glücklich. Sie lächelt endlich mal wieder.*

Megan gelang es dann doch, ein Lächeln aufs Gesicht zu zaubern. »Wie geht's?«

Helen drehte sich nach ihr um. Zumindest hatte sie den Anstand, ertappt auszusehen. »Megan. Du bist früh dran. Ich wollte nur sicherstellen, dass Mr Tucker ins Haus kommt. Mir ist eingefallen, dass ich noch einen Schlüssel habe. Samuel hat ihn vor Jahren seinem Bruder gegeben. Lustig, dass ich den immer noch hatte.«

»Vielen Dank. Das war sehr aufmerksam von dir.«

»Wolltest du Mr Tucker noch etwas sagen?«, erkundigte sich Helen.

Megan räusperte sich. »Sie haben Ihre Anweisungen offensichtlich bereits bekommen, Mr Tucker.«

»So ist es. Die ganze Außenverkleidung kommt runter, damit wir sehen, womit wir es zu tun haben. Und wir heben alles auf, was historisch aussieht. Im Zweifel aufheben. Das ist die Devise.«

»Es wäre besser, wenn du nicht hier wärst, wenn es so staubt«, sagte Helen.

»Ich bin sowieso auf dem Weg zur Historischen Gesellschaft.«

»Hatte Mrs Appleton was für dich?«

»Ja.« Megan lächelte krampfhaft, während sie den Haustürschlüssel wieder einsteckte. Sie dachte an Scott. Er hätte sie gebeten, sich um seine Mutter zu kümmern. »Möchtest du vielleicht mitkommen?«

»Sehr gern«, sagte Helen. »Ich glaube, Mr Tucker und ich waren hier auch fertig.«

Mr Tucker nickte. »Wir fangen sofort an. Es wird ein paar Tage ungemütlich.«

»Ich schaue heute Abend noch einmal vorbei«, kündigte Megan an.

»Alles klar«, sagte Mr Tucker.

»Soll ich fahren?«, fragte Helen. »Ich weiß, dass du gut fährst, aber so könntest du dich eine Weile entspannen.«

Megan schüttelte die Gedanken an Scott und dessen Erwartungen an sie ab und kletterte auf den Beifahrersitz.

Die makellose Sauberkeit in Helens Wagen war zu erwarten, genauso wie der leichte Geruch nach Lufterfrischer, den Megan aus deren Haus kannte. Auf dem Thermo-Kaffeebecher im Getränkehalter zwischen ihnen stand in großen roten Buchstaben MARINES. Er hatte Scott gehört. Es war sein Lieblingsbecher gewesen. Helens rosafarbener Lippenstift haftete am Rand.

Über gemeinsame Freunde hatte Megan gehört, dass Helen noch mehrere Monate nach Scotts Tod die Miete für seine Wohnung bezahlt hatte. Sie war wohl oft in die Einzimmerwohnung gegangen, um dort stundenlang still auf dem Sofa zu sitzen. Schließlich hatte sie seine Wäsche gewaschen und gebügelt, zusammen mit seinen anderen Habseligkeiten in Kisten gepackt und war damit zum Fairtrade-Kaufhaus gefahren.

Das Mobiliar entsprach einer typischen Junggesellenbude. Ohne sentimental zu werden, hatte Helen einen Secondhandladen beauftragt, alles abzuholen. Alle Dinge, die einer Frau gehörten, hatte sie verpackt und an die Adresse von Megans Eltern geschickt. In dem Paket war keine persönliche Nachricht gewesen, dafür mehrere Armreifen, die Megan unbekannt waren. Sie hatte sie sofort in den Müll gepfeffert.

Nach zwanzig Minuten Fahrt erreichten Megan und Helen ein um 1800 errichtetes Backsteinhaus im Federal Style mit einem von zwei Flügeln flankierten Hauptteil. Sie spähten in den schwach beleuchteten Eingangsflur, von dem aus eine Wendeltreppe in den ersten Stock führte. Unten konnten sie einen großen Salon und einen repräsentativen Speisesaal sehen. Die Gesellschaft hatte das Haus in den 1980er-Jahren gekauft und renoviert, und die Mitglieder finanzierten die laufenden Kosten.

»Ich habe in den vergangenen Jahren immer mal wieder mit Mrs Appleton gesprochen. Sie hat mir wertvolle Hinweise für meine Doktorarbeit gegeben«, erzählte Megan.

»Ich muss zugeben, dass ich deine Besessenheit mit der Vergangenheit langsam besser verstehe. Ich bin jetzt auch sehr neugierig darauf zu erfahren, was aus den Jessups geworden ist.«

Megans Handy pingte. Es war eine Textnachricht von ihrer französischen Freundin Chloe: Ich habe ein offizielles Deportationsschreiben gefunden. Die Familie Mandel wurde nach Auschwitz gebracht. Niemand scheint überlebt zu haben.

Megan musste sich sammeln, bevor sie an die geöffnete Tür klopfte. Das Geräusch hallte im ganzen Haus wider. »Hallo?«

Aus dem Salon näherten sich Schritte, und eine Frau in Jeans, adrettem Polohemd und Tennisschuhen kam auf sie zu. Die grauen, zum Pferdeschwanz zurückgebundenen Haare betonten ihr kantiges Gesicht, das geschmackvoll mit Rouge, dezentem Lidschatten und pfirsichfarbenem Lippenstift geschminkt war.

»Megan Buchanan«, sagte sie lächelnd.

»Alice Appleton. Schön, Sie wiederzusehen.« Megan erwiderte ihren festen Händedruck.

»Wie läuft die Renovierung?«

»Wir haben gerade erst mit Phase eins begonnen. Bisher gut. Mrs Appleton, ich glaube, Sie haben gestern mit Mrs Helen Jessup telefoniert.«

Helens Lächeln war liebenswürdig und offen. »Ich hätte nicht gedacht, dass Sie sich so schnell melden.«

»Zum Glück haben wir vor ein paar Jahren unsere Quellen digitalisiert, was die Suche natürlich enorm erleichtert. Ich musste nur *Spring House* eingeben und habe sofort allerhand überraschendes historisches Material gefunden. Wie Sie wissen, verfügen wir über eine umfangreiche Sammlung von Zeitschriften und Briefen.«

»Ja, ich weiß«, sagte Megan. »Ich habe hier ja auch über Winter Cottage recherchiert.«

»Ich erinnere mich. Wie ist die neue Eigentümerin von Winter Cottage? Das Auftauchen von Ms Kincaid hat für großen Wirbel gesorgt.«

»Sie ist großartig. Und wir wollen im Herbst mit der Restaurierung von Winter Cottage anfangen.«

»Es wäre schön, wenn Sie uns auf dem Laufenden halten könnten. Es ist wirklich ein spannendes Projekt«, sagte Mrs Appleton. »Wir würden gern alle Dokumente, die Sie finden, für unser Archiv einscannen.«

»Momentan sind wir noch dabei, alles zu sichten, aber wenn wir Ordnung geschaffen haben, werde ich mich auf jeden Fall bei Ihnen melden.«

»Also, was haben Sie für uns über das Haus der Jessups?«, fragte Helen.

Megan und Helen folgten Mrs Appleton durch den Salon in einen Anbau, der nicht zu dem architektonischen Stil des Hauses passte. Sie setzten sich an einen sehr modernen Schreibtisch, der alles andere als historisch war. Offensichtlich war auch eine Historische Gesellschaft auf eine gewisse Funktionalität angewiesen. Den Papierstapeln auf dem Tisch nach zu urteilen, hatte Mrs Appleton alle Hände voll zu tun.

Jetzt legte sie einen Artikel über Eric und Sally Jessup und ihre fünf Söhne auf den Tisch. Er war vom 1. Juli 1922 und zeigte die Familie vor Spring House mit einer seitlich angebauten Sommerküche. Der Artikel berichtete davon, dass Eric Seemänner von einem sinkenden Schiff gerettet hatte.

Helen zeigte auf das Gesicht des zweitjüngsten Jungen. »Das war mein verstorbener Schwieger-Großvater. Und das da ist Samuel.« Der Jüngste, Blondeste und Attraktivste.

Mrs Appleton breitete einen zweiten Artikel auf dem Tisch aus. Dieser trug das Datum des zweiten April 1942 und die Überschrift SAMUEL JESSUP RETTET 100 NAVY-MATROSEN.

»Ich wusste gar nicht, dass er ein Held war«, sagte Helen. Sie las laut vor: »Auf dem Rückweg von einer Nachschublieferung nach Großbritannien wurde Handelsmarine-Kapitän Samuel Jessup Zeuge eines deutschen U-Boot-Angriffs auf die *USS Jackson* durch Torpedos. Er versenkte das feindliche U-Boot durch eine Wasserbombe. Danach ruderte er mit seinem Ersten Offizier mehrfach durch das brennende, ölbedeckte Wasser und rettete die Überlebenden der *USS Jackson*.«

Es folgten die Namen von Samuels Mannschaft mitsamt ihren Verletzungen.

»Herrje!«, stieß Helen aus. »Das hätte ich nicht gedacht.«

In all den Jahren, in denen Helen Samuel gekannt hatte, hatte er den Krieg nie erwähnt. »Mrs Appleton«, begann Megan, »wir haben interessante Unterlagen in Samuels Haus gefunden. Briefe zwischen Claire Hedrick, der späteren Buchanan, und ihrer Schwester Diane. Und französische Pässe von einer Elise Mandel und ihrem Sohn aus dem Jahr 1939. Aus den Papieren geht hervor, dass sie Juden waren. Ich nehme nicht an, dass Ihnen der Name schon einmal untergekommen ist? Eine Freundin in Frankreich hat für mich recherchiert und mich gerade benachrichtigt, dass Elises Familie in das Konzentrationslager Auschwitz deportiert wurde. Ich hoffe, dass sie es mit ihrem Sohn bis hierher an die Ostküste geschafft hat.«

Mrs Appleton notierte das Datum und den Namen. »Der Name sagt mir nichts, aber wenn sie in Cape Hudson gewohnt haben, könnte ich vielleicht etwas finden.«

»Vielen Dank. Das wäre großartig.«

Sie unterhielten sich noch ein paar Minuten mit Mrs Appleton, bevor sie die Historische Gesellschaft verließen. Während sich Megan auf den Beifahrersitz zwängte, rief Helen Rick an.

»Helen.« Ricks tiefe Stimme hallte über die Lautsprecher und ließ Megans Körper vibrieren.

»Megan und ich sind auf den Spuren einer gewissen Elise Mandel, deren Reisedokumente wir in Spring House gefunden haben. Mrs Appleton durchforstet die Archive der Historischen Gesellschaft, ob sie vielleicht in Cape Hudson gelebt hat, aber mir fiel gerade ein, dass das Büro des Sheriffs auch ein Archiv hat. Könntest du mir den Gefallen tun und nachsehen, ob es dort etwas über sie gibt?«

»Sicher. Ich kümmere mich drum.«

»Danke dir.«

Megan war frustriert. Warum war sie nicht selbst auf diese Idee gekommen?

»Helen, ich wusste gar nicht, dass du so ein großes Interesse an der Geschichte unserer Region hast.«

»Meine Aufgabe ist es, alles zu tun, damit Megan und ihr Baby so gesund und entspannt wie möglich sind. Also folge ich ihnen auf Schritt und Tritt. Und wenn ich dazu Detektivarbeit leisten muss, kannst du mich Dr. Watson nennen.«

»Alles klar«, sagte er lachend.

»Wenn du möchtest, dass ich das Archiv durchgehe, kann ich das gern machen.«

»Nein, kein Problem.«

»Hervorragend.«

Als sie wieder beim Spring House angekommen waren, fiel Megan das Bild der Jessups mit der Sommerküche im Hintergrund ein. Unbewusst suchte sie das Gelände nach Spuren des Anbaus ab, der Ende der 1930er-Jahre abgebrannt war.

Helen näherte sich mit ihrem Handy, auf dem sie das Foto einer Karte hatte, das sie in der Historischen Gesellschaft aufgenommen hatte.

Megan ging bis an die hochgeschossenen Gräser hinüber, die ihr bis zu den Hüften reichten, und strich ihnen über die grünen Köpfe. Sie ließ den Blick über das Land und bis in die Bucht schweifen.

»Man weiß nicht, was im hohen Gras lauert, Megan«, warnte Helen.

»Bist du denn nicht neugierig, wo die Küche war?«, fragte Megan.

»Doch, natürlich. Aber ich bin praktisch veranlagt. Wollen wir uns nicht auf eine Sache nach der anderen konzentrieren? Erst das Baby. Dann Spring House. Die Sommerküche wird sich etwas gedulden müssen. So wie alles andere auch.«

»Die Grundmauern sind hier irgendwo unter dem ganzen Gestrüpp. Ich würde sie gern lokalisieren, damit ich den Grundriss verstehe. Sie müssen hier in der Nähe sein.«

Helen verstellte ihr den Weg. »Lass mich zumindest vorangehen. Wenn da ein Brunnenloch ist oder ein Schlangennest, falle ich wenigstens zuerst hinein.«

»Aber du ruinierst dir die Schuhe«, warf Megan ein.

»Es sind nur Schuhe, Liebes.«

»Das ist doch sonst nicht deine Art.«

»Meine sogenannte Art geht mir manchmal selbst auf die Nerven. Ich habe Kleiderschränke voller Schuhe, aber nur ein Enkelkind. Also los.«

Helens Detailversessenheit und Bevormundung waren zwar manchmal schwer zu ertragen, aber in Momenten wie diesem konnte Megan verstehen, warum Scott seine Mutter angebetet hatte. »Okay.«

Helen schob das hohe Gras mit den Händen beiseite und tastete sich langsam vorwärts.

Megan folgte ihr wie ein Kind auf Schnitzeljagd. Der Boden war weich von dem Regen der letzten Woche, aber nicht matschig.

»Siebenundzwanzig, achtundzwanzig ...« Helen zählte laut ihre Schritte mit.

Als sie die angenommene Entfernung zurückgelegt hatten, war immer noch nichts von den Grundmauern der Küche zu sehen. Helen hob ihr Handy in die Höhe und versuchte, das Bild mit der Realität abzugleichen. »Ich verstehe es nicht.« Sie schnaubte frustriert.

»Es muss hier in der Nähe sein.« Megan sah zurück zum Haupthaus. Da sie annahm, dass der Winkel nicht ganz stimmte, ging sie ein Dutzend Schritte Richtung Osten. Sie stieß mit dem Fuß gegen eine kleine Mauer, stolperte und verlor das Gleichgewicht. Ehe sie sich's versah, lag sie wie ein Käfer auf dem Boden.

Helen war blitzschnell an ihrer Seite. »Oh Gott! Ist alles in Ordnung?«

Megan fasste sich an den Bauch. Das Baby boxte sie. »Ja, dem Baby geht es gut. Ich bin nur gestolpert. Aber ich glaube, wir haben die Küche gefunden.«

Helen half ihr auf die Beine. »Kannst du stehen? Bist du sicher, dass du dir nichts getan hast?«

Sie wischte sich den Dreck von den Handflächen. »Alles gut.«

Helen war ganz blass und wirkte, als müsste sie sich gleich übergeben. »Mein Gott. Ich dachte, du wärst in ein Brunnenloch gestürzt.«

»Ich wollte dir keinen Schreck einjagen«, entschuldigte sich Megan.

Es war nicht Helens Art, Leute zu umarmen, ihr Stolz war wie eine Rüstung. Es gab also gute Gründe, warum Megan es bei Helen normalerweise auch nicht tat. Aber jetzt nahm sie sie trotz allem in die Arme. Das Baby landete einen Aufwärtshaken – diesmal genau in Helens Magengrube. »Volltreffer.«

Helen riss die Augen auf. »Herrje! Sie hat mich getreten!«

Megan presste Helens Hand gegen ihren Bauch. »Das macht sie oft.« Wie zum Beweis trat das Baby gleich wieder.

Helen traten Tränen in die Augen. »Dieses Baby ist ein Wunder.«

Megan fühlte sich aufgedunsen, unbeholfen und fett, aber sie wusste, dass Helen recht hatte. »Ja, das ist es.«

»Er hat dich so sehr geliebt«, sagte Helen mit der Hand noch immer auf Megans Bauch.

»Ja, ich weiß.« Auf seine Art hatte er das wirklich getan. Aber Scott war wie Samuel. Die Liebe einer Frau wäre ihm nie genug gewesen.

Über ihnen verdunkelten sich die Wolken, und aus der Ferne hörte sie Donnergrollen. Ein dicker Regentropfen fiel Megan aufs Gesicht, dann noch einer. »Komm, gehen wir ins Haus.«

Die Arbeiter hatten die verwitterte weiße Verkleidung abgerissen. Darunter standen zwei miteinander verbundene Blockhütten. Sie waren robust und hielten ewig, wenn sie fachmännisch gebaut waren, aber irgendwann waren sie aus der Mode gekommen. Viele verschwanden unter damals modernen Holzverkleidungen.

Doch Megan liebte das bescheidene Gebäude, das jetzt vor ihr stand. Es musste nicht mehr so tun, als sei es etwas anderes. Es konnte stolz auf seine lange Geschichte sein.

9. August 1939
Aus dem Tagebuch von Samuel Jessup

Mein Erster Offizier Billy kennt die Gewässer vor Frankreichs Küste. Er fährt jetzt seit zehn Jahren nach Le Havre, um Schnaps von einem Ehepaar namens Gilbert und Diane Bernard zu laden. Wie es aussieht, ist Diane Miss Claires jüngere Schwester. Die beiden haben sich auf diesem Weg auch immer Briefe und kleine Geschenke geschickt. Billy bringt den Stoff nach Norfolk zu Miss Claire, die ihn immer gut für seine Arbeit und das Risiko bezahlt hat. Bis vor Kurzem war es in den Staaten ja noch illegal, Alkohol zu verkaufen, aber das hat Miss Claire nicht gekümmert und auch nicht daran gehindert, ordentlich Profit zu machen. Billy hat mir gesteckt, wo man am besten vor Anker geht, wenn man keinen Ärger mit dem Gesetz haben will. Oder mit den Deutschen.

Kapitel 19

DIANE
IM ALTER VON ZWÖLF JAHREN

Dienstag, 3. November 1903
Normandie

Diane stand hoch auf der Klippe und schaute auf das Meer hinaus. Der kühle Seewind blies ihr den Rock um die Beine und wirbelte ihre Sorgen auf.

Seit sie vor einem knappen Monat in der Normandie angekommen war, hatte sie jede Nacht denselben Traum. Uniformierte mit finsteren Gesichtern stürmten ins Château Bernard, legten ihr Handschellen an, führten sie ab und warfen sie in eine dunkle Zelle. Dort wartete Pierre bereits auf sie. Er fixierte sie mit seinem unheimlichen Blick, hob die geballte Faust und kam drohend auf sie zu. Im nächsten Moment würde er sie schlagen. Es gab kein Entkommen.

Wenn sie dann aufschrak, umklammerte sie die Planchette und flehte ihre Mutter an, ihr Kraft zu geben und ein Zeichen des Trostes zu schicken. Nie offenbarte sich ihr irgendein Zeichen. Sie fühlte sich im Stich gelassen. »Du nutzloses Ding. Glitzern kannst du und sonst gar nichts.«

Unter ihr brachen sich die Wellen an den Felsen. Sie streckte den Arm aus und ließ die Planchette über dem Abgrund baumeln. Sie war bereit, sie loszulassen, ihre letzte Verbindung zu Madame LeBlanc zu kappen. Doch sie konnte ihren Griff nicht lockern.

So versucht sie auch war, die Planchette verband sie mit ihrer Mutter. Es wäre zu schmerzhaft, sie hinunterzuwerfen.

Sie steckte die Planchette in die Rocktasche. »Claire, wo bist du?«

Unter dem Heulen des Windes krachten die Wellen unter ihr gegen die Felsen. Möwen kreischten. Claire antwortete nicht.

Sie beschirmte ihre Augen und blickte auf den Horizont. Vielleicht stand Claire in diesem Moment am Strand des Atlantiks und dachte an sie. Es war so schrecklich lange her, seit sie ihre Schwester das letzte Mal gesehen hatte.

Hinter ihr bellte der Hund, und sie musste unwillkürlich lächeln. Oscar war ihr Freund geworden. Genau wie sie hatte er eine Schwäche für alles Süße. Auch wenn Madame Herbert das gar nicht gern sah, warf Diane ihm Kuchenstückchen zu. Mittlerweile saß er nicht nur bei den Mahlzeiten neben ihr, sondern schlich sich nachts in ihre Dachkammer und schlief am Fußende ihres Bettes.

»Dann ist es wohl Zeit fürs Abendessen«, murmelte sie. Wenn es ums Essen ging, hatte der Hund ein hervorragendes Zeitgefühl.

Diane nahm ihren Korb mit den eingesammelten Eiern und lief dem Hund auf dem gewundenen Pfad ins Landesinnere hinterher, wo das Château in die felsigen Hügel eingebettet lag. Als sie die Küche betrat, empfingen sie die herrlichen Gerüche von Madame Herberts selbst gebackenem Brot und von Brathähnchen. Madame saß an dem grob behauenen

Küchentisch und knipste die Enden von grünen Bohnen für das Abendessen ab.

Für Diane hatte es etwas Tröstliches, dass Madame fast immer in der Küche zu finden war. Diane ging zur Spüle, pumpte Wasser mit dem Hebel und wusch die Eier unter dem hervorschießenden Strahl ab. Dann legte sie sie behutsam in die bereitgestellte Schüssel und trocknete sich die Hände an dem rot-weiß karierten Handtuch ab.

Anschließend setzte sie sich zu Madame und half ihr mit den Bohnen.

»Du hast also Eier gefunden«, stellte Madame Herbert fest.

»Heute war es nur ein Dutzend. Die rote Henne hat keines gelegt. Sie ist ziemlich wütend geworden, als ich nachgeguckt habe.«

Die Haushälterin kicherte. »Esme ist immer etwas launisch.«

»Immer? Oder hat sie etwas gegen mich? Wenn Sie Esmes Eier aus dem Nest holen, macht sie nie Theater.«

Madame sah sie über den Rand ihrer Halbbrille an. »Ich habe sie aufgezogen, während sie dich gerade erst kennenlernt. Und genau wie Oscar wird sie bald merken, dass du ihr nichts Böses willst.«

Diane blickte auf den roten Kratzer auf ihrem Handrücken hinunter, ihrem letzten Andenken an Esme. Das Wiehern eines Pferdes kündigte Gilberts Rückkehr von der Plantage an. Morgens brach er vor Sonnenaufgang auf, und bislang war er nicht einmal vor Sonnenuntergang zurückgekehrt.

Aus dem Küchenfenster sah sie, wie er vom Pferd sprang. Seine Stiefel waren matschig, und er blickte mürrisch drein, als er seinen Rappen zum Stall führte.

»Der Junge hat wieder bis zum Umfallen gearbeitet«, bemerkte Madame.

Diane wandte etwas beschämt den Blick ab, weil Madame sie beim Hinstarren ertappt hatte. »Was hat er heute gemacht?«

Madame schnitt die Bohnenspitzen mit einer Geschwindigkeit ab, die Diane an ihre Mama denken ließ. »Es gibt hier immer viel zu tun. Die Arbeit hört nie auf. Heute hat er die Eichenfässer gedreht. Es ist eine Kunst, Cidre und Obstbrände herzustellen. Viele Weinstöcke und Obstbäume sind in den letzten Jahren von Mehltau befallen worden. Auf den Nachbargütern gab es überall so große Ernteausfälle, dass sie ums Überleben kämpfen mussten. Gilbert und sein Großvater haben immer darauf geachtet, dass ihre Apfelbäume stark waren und gesund wuchsen. Und als es keinen Wein mehr gab, haben die Leute angefangen, Cidre zu trinken. Unseren.«

»Hat sein Onkel nicht mitgeholfen? Mr LeBlanc?«, fragte Diane.

Madame Herbert verzog das Gesicht. »Man soll ja nichts Schlechtes über die Toten sagen, sonst besuchen sie einen im Schlaf. Am besten sage ich gar nichts über Monsieur LeBlanc.«

»Die Toten hören uns nicht«, sagte Diane verdrießlich. Sie war noch immer verärgert wegen ihrer nutzlosen Planchette.

»Natürlich hören die Toten unsere Gespräche. Sie sprechen sogar zu uns, nur verstehen wir sie nicht immer.« Sie beugte sich verschwörerisch vor und sah sich um, als wollte sie sichergehen, dass sie kein Geist belauschte. »Monsieur LeBlanc hat die feinen Dinge des Lebens geschätzt. Deshalb hat er sich Gilberts Tante geangelt, als sie in Paris an der Akademie war. Er hat sie mit schönen Worten und großen Gesten für sich eingenommen.«

»Was hat Émilie denn in Paris gemacht?«

»Sie war eine talentierte Malerin. Für das Landleben war sie nicht gemacht. Ihr Vater ließ sich irgendwann erweichen und erlaubte ihr, einen Monat lang in Paris Kunst zu studieren. Nur einen einzigen Monat! Als Nächstes hören wir, dass sie Monsieur LeBlanc geheiratet und bald darauf ihre Tochter Eva bekommen hat. Und dann, dass sie an Typhus gestorben ist. Als Monsieur LeBlanc erfahren hat, dass er von Émilie nichts erben würde, hat er sich bald mit einer anderen Frau getröstet, die dann Madame LeBlanc wurde. Deine Madame LeBlanc.« Madame Herbert putzte sich die Nase. »Der arme Monsieur Bernard. Es hat dem alten Mann das Herz gebrochen, beide Kinder zu verlieren. Gilberts Vater ist gestorben, als Gilbert noch sehr klein war.«

»Und dann hat ihn der Großvater erzogen? Er muss sehr traurig gewesen sein«, sagte Diane. »Er hat seine Gefühle selten gezeigt, aber nachdem Émilie gestorben ist, wurde er noch verschlossener und übellauniger. Obwohl das kaum möglich war. Er ist gestorben, als Gilbert siebzehn war.«

»Wer hat den Hof dann übernommen?«

»Gilbert natürlich.«

»Und wie lange leben Sie schon hier?«, fragte Diane.

»Fast mein ganzes Leben. Ich bin mit meinem Mann hergekommen, da war ich nur ein paar Jahre älter als du. Mein Louis war ein guter Winzer und hat mit Gilberts Großvater zusammengearbeitet. Gilberts Mutter ist bei seiner Geburt gestorben, und ich habe ihn großgezogen. Und nach dem Tod von Louis hat Gilbert mich ins Haus geholt. Und so ist es geblieben.«

»Gilbert konnte Madame LeBlanc nicht leiden. Warum ist er dann trotzdem nach Le Havre gekommen?«

»Deinetwegen natürlich. Sie hatte ihm weisgemacht, du wärst Émilies Tochter, also seine Cousine. Und wenn Gilbert eins wichtiger ist als dieses Land, dann ist es seine Familie.« Sie schüttelte erbost den Kopf. »Madame LeBlanc und ihr Mann waren nicht nur falsch, sondern auch sehr gerissen.«

Diane konnte sich nicht mehr vorstellen, diesen schönen Ort jemals zu verlassen. Hier fühlte sie sich geborgen. »Gilbert hat kaum ein Wort mit mir gesprochen, seit ich angekommen bin. Meinen Sie, er hat mich vergessen?« Sie hoffte es fast.

»Er hat sich jedenfalls ein paar Mal mit Max über dich unterhalten.«

»Warum?«

»Weil er sich Sorgen macht, dass Pierre dich hier finden könnte.«

Sie glaubte zu spüren, wie sich Pierres Finger um ihren Hals schlossen. »Hat er eine Chance?«

»Max hat sich umgehört. Anscheinend hat niemand Gilbert in der Gegend von Madame LeBlancs Wohnung bemerkt. Max hat herumerzählt, dass du Richtung Deutschland geflohen wärst.«

Dianes Erleichterung über diese Nachricht wich schnell der Sorge, dass Gilbert es leid werden könnte, ihr Unterschlupf zu gewähren. »Vielleicht merkt Gilbert gar nicht, dass ich hier bin. Und ich kann einfach bleiben. Ich bin fleißig und kann Ihnen bei der Hausarbeit helfen. Ich lerne schnell und ich glaube, der Hund mag mich schon. Und Sie haben ja selbst gesagt, dass Esme mir irgendwann über den Weg trauen wird.«

Madame warf einen Blick auf den Hund und hob eine Augenbraue. »Oscar merkt gleich, wenn jemand eine Schwäche für ihn und seine Fresslust hat.«

»Aber ich bin Ihnen doch eine Hilfe, oder etwa nicht?«, beharrte Diane.

»Ja, mein Kind. Es ist schön, dich hier zu haben.«

»Wenn Gilbert mich wegschicken will, reden Sie dann mit ihm?«

Madame schnaubte. »Ach, weißt du, Gilbert ist wie du. Er sorgt sich um jedes Wesen, das er unter seine Fittiche nimmt. Und seine Schutzbefohlenen lässt er nicht im Stich.«

»Aber er hat mich nicht unter seine Fittiche genommen. Er will nicht, dass ich hier bin.«

»Das mag sein. Und trotzdem sitzt du hier.« Sie nahm eine weitere Handvoll Bohnen und knipste die Enden mit Daumen und Zeigefinger ab. »Hast du einen Brief an deine Schwester geschrieben?«

»Ja, mehrere Briefe sogar.«

»Gilbert gibt sie für dich auf. Hast du deiner Schwester erzählt, was in Le Havre passiert ist?«

»Ja, in meinem ersten Brief.« Diane hatte nichts ausgespart, damit ihre Schwester sich Sorgen machte und ihrem Vater alles erzählte. Er sollte endlich einsehen, was für einen schrecklichen Fehler er begangen hatte.

»Claire wird sich Sorgen machen, wenn sie das liest.«

»Ich weiß.«

Madame Herbert sah sie wieder über ihre Brillengläser hinweg an. »So schlimm ist es hier nun auch wieder nicht, oder?«

»Nein, gar nicht.«

»Du bekommst genug zu essen.«

»Ja.«

»Oscar weicht dir kaum noch von der Seite.«

»Ja.«

»Vielleicht solltest du ihr einen fröhlichen Brief schreiben. Von den schlimmen Ereignissen kannst du ihr immer noch erzählen, wenn ihr euch das nächste Mal seht.«

Die Tür öffnete sich und Gilbert trat ein. Der kalte Wind hatte seine dunklen Haare zerzaust und seine Wangen gerötet. Der Hund sprang auf und rannte wedelnd zu ihm. Gilbert kraulte ihn hinter den Ohren.

Er nickte den beiden zu, wusch sich die Hände und brach sich ein Stück vom ofenwarmen Brot ab.

»Das ist fürs Abendessen, junger Mann«, tadelte Madame Herbert.

Gilbert küsste sie auf die Wange. »Habe ich mir gedacht. Danke.«

Er setzte sich ans Kopfende des Tisches. Unter seinem prüfenden Blick begannen Dianes Finger, leicht zu zittern. Sie machte sich wieder Sorgen, dass er sie wegschicken würde. Warum sollte er ihr auch erlauben hierzubleiben? Sie gehörte nicht zur Familie. Sie hatte sogar zu einem Plan gehört, ihn zu betrügen.

»Guten Abend«, brachte Diane hervor. Ihre Schwester Claire hatte es immer geschafft, älter zu wirken, als sie war, und daran nahm sich Diane jetzt ein Beispiel.

»Du siehst besser aus«, sagte Gilbert. »Ich glaube, Madame Herbert mästet dich ziemlich.«

»Das Mädchen kann den ganzen Tag essen«, erwiderte die alte Frau lachend.

»Darf ich das nicht?«, fragte Diane erschrocken. »Madame LeBlanc hat mir immer eingetrichtert, dass echte Damen so gut wie nichts essen.«

Madame Herbert schnaubte und grummelte ein paar unverständliche Worte. »Damen vielleicht nicht, aber ich esse für mein Leben gern. Und du doch auch, oder?«

Diana nickte. »Oh ja!«

»Dann iss!« Madame Herbert lachte. »In diesem Haus gibt es keine hungrigen Kinder.«

Gilbert schenkte sich ein Glas Cidre ein. »Wie ich höre, bist du Madame eine große Hilfe.«

»Die Arbeit ist fast die gleiche wie bei meiner Mutter. Als ich noch eine Familie hatte«, sagte sie. »Das war zwar auf der anderen Seite des Atlantiks, aber es ist trotzdem wie zu Hause.«

Gilbert musterte sie, als hätte er ein kaputtes Werkzeug oder ein gebrochenes Wagenrad vor sich. »Was deine Schwester und deinen Vater angeht: Ich muss ihnen schreiben, damit sie wissen, dass du in Sicherheit bist.«

»Schicken Sie mich dann weg?« Diane fiel es schwer, ihre unterdrückten Gefühle zu zügeln.

»Das habe ich nicht gesagt«, antwortete Gilbert. »Aber deine Angehörigen sollten doch erfahren, dass es dir gut geht.«

»Mein Vater ist auf See, soweit ich weiß, aber meine Schwester lebt in New York. Sie arbeitet für die Familie Buchanan. Ich kenne ihre Adresse.«

»Gut. Schreib ihr einen Brief. Ich gebe ihn in Le Havre auf.«

Bei der bloßen Erwähnung der Stadt sah Diane Madame LeBlancs leblosen Körper vor sich. Und Pierres finsteres Gesicht. »Madame Herbert sagt, dass Ihr Freund Max allen erzählt hat, dass ich nach Deutschland geflohen bin.«

Gilbert seufzte. »Genau, und das ist auch gut so. Niemand hat dich mit mir zusammen gesehen, aber mit Madame LeBlanc schon. Die Polizei hat nach dir gesucht, aber sie haben keine Veranlassung, ein junges Ding wie dich bis nach Deutschland zu verfolgen.«

Diane wurde blass. »Und wenn Pierre Max' Lügen nicht glaubt?«

»Max ist sehr geschickt. Wenn er etwas erzählt, kaufen ihm die Leute das auch ab.«

»Hat er Pierre gesehen?«

»Nein, er ist wie vom Erdboden verschluckt.« Er trank einen Schluck Cidre. »Was weißt du über diesen Mann?«

»Sehr wenig. Wenn Madame LeBlanc abends ausging, hat er sie begleitet. In Baltimore kam einmal ein Mann zu uns nach Hause. Er war sehr wütend auf Madame LeBlanc. Pierre hat ihn zusammengeschlagen und rausgeworfen. Er ist nie wiedergekommen.« Sie brach eine Bohne in der Mitte durch.

»Ist er dir gegenüber öfters handgreiflich geworden?« Gilberts Stimme war leise, aber sie hatte einen Unterton von unterdrückter Wut.

»Ja.«

»Er wird es nie wieder tun«, sagte Gilbert fest. »Hier bist du sicher.«

»Dann bleibt sie also hier, bis jemand aus ihrer Familie sie abholt«, beschloss Madame Herbert. »Und es besteht überhaupt keine Eile. In wenigen Wochen ist der Winter hier, und das Reisen im Schnee ist furchtbar beschwerlich. Außerdem habe ich mich schon sehr an sie gewöhnt. Für meine müden alten Knochen ist es ein Geschenk Gottes, Hilfe im Haushalt zu haben.«

»Sie sollte bei ihrer Familie sein«, beharrte Gilbert. »Außerdem steckt in deinen alten Knochen noch jede Menge Energie.«

Madame Herbert schüttelte den Kopf. »Sie gibt ihrer Schwester Bescheid, dass es ihr gut geht. Und im Frühling sehen wir, ob sie nach New York reist oder hierbleibt.«

»Sie kann nicht für immer hierbleiben«, betonte Gilbert.

»Nein, natürlich nicht.« Madame Herbert machte eine ausladende Geste, als wollte sie das Thema vom Tisch wischen. »Aber im Moment ist sie hier am besten aufgehoben.«

Gilbert starrte die alte Frau an. »Es ist nicht an dir, das endgültig zu entscheiden.«

Madame Herbert zuckte mit den Achseln. Sein Blick schüchterte sie nicht im Mindesten ein. »Natürlich nicht. Du bist der Herr des Hauses. Ich brauche noch mehr Holz für den Herd. Würdest du mir welches von draußen holen?«

Er leerte sein Glas. »Ich habe hier das Sagen, Madame Herbert.«

»Selbstverständlich, mein Junge.«

Bei Gilberts Gesichtsausdruck musste Diane daran denken, dass sie einmal eine streunende Katze mit nach Hause gebracht hatte. Ihr Vater war alles andere als begeistert gewesen und hatte verlangt, dass das Tier sofort vor die Tür gesetzt werden sollte.

Und dann hatte er die Gesichter seiner Frau und seiner Kinder gesehen und sofort gewusst, dass er überstimmt worden war.

»Schreib deinen Brief, Mädchen. Ich fahre übermorgen nach Le Havre und nehme ihn mit.« Beim Hinausgehen sah er den Hund an und schnipste mit den Fingern. Oscar saß bei Dianes Füßen und rührte sich nicht vom Fleck.

»Du nicht auch noch«, grummelte Gilbert. »Verdammt.« Er knallte die Tür hinter sich zu.

»Schickt er mich jetzt weg?«, fragte Diane.

Madame Herbert zuckte mit den Schultern. »Im Winter bestimmt nicht. Das wäre unbarmherzig.«

»Und wenn der Frühling kommt?«

Sie widmete sich wieder ihren grünen Bohnen. »Das entscheiden wir, wenn der Frühling da ist. Wer weiß? Vielleicht hast du uns bis dahin schon satt.«

* * *

Diane wollte nicht in die Kirche gehen, aber Gilbert und Madame Herbert bestanden darauf. Die Leute tuschelten schon darüber, dass jetzt ein Mädchen im Château wohnte. Je eher sie Diane im Gottesdienst sahen, desto freundlicher würden sie sie in der Gemeinde aufnehmen.

»Du bist doch katholisch?«, fragte Madame Herbert und strich Diane eine Haarsträhne aus dem Gesicht, während Gilbert die Kutschpferde in einem Stall in der Nähe der Kirche unterstellte.

»Mama hat gesagt, wir sind Methodisten.«

Madame Herbert runzelte die Stirn und sah zum Kirchturm auf. »Ich nehme das als ein Ja. Wenn dich jemand fragt, sagst du einfach ja und bekreuzigst dich. So.« Die alte Frau machte es ihr vor. »Die Leute hier sind fromm und arbeitsam, aber auf dem Land gibt es auch viele, die abergläubisch und misstrauisch sind. Ich bin die Heilerin des Dorfes. Sie respektieren mich, aber manche haben auch Angst vor mir.«

»Warum?«

Madame Herbert nestelte am Kragen ihres Sonntagskleides. »Wer weiß das schon? Vielleicht finden sie es unheimlich, wenn jemand durch meine Behandlung wieder gesund wird.«

»Können Sie es mir beibringen?«, fragte Diane.

»Eine Heilerin zu werden? Warum sollte ein hübsches Mädchen wie du so etwas Schwieriges erlernen wollen?«

»Ich möchte mich nützlich machen. Und ich möchte viel lernen.« Sie wollte sich unersetzlich machen. Dann würde niemand mehr daran denken, sie wegzuschicken.

»Es ist nicht einfach.«

»Ich lerne schnell.«

Madame Herbert lächelte Diane freundlich an. »Ja, das tust du.«

Gilbert näherte sich ihnen mit langen Schritten. Unter seinem offenen Mantel trug er ein Hemd aus feinem Leinen. Seine Stiefel waren auf Hochglanz geputzt. Er sah grimmig aus. Natürlich, denn er sah immer grimmig aus.

Das Läuten der Kirchenglocken hallte von den roten Ziegeldächern wider. Aus den Schornsteinen stiegen weiße Wolken von den Kaminfeuern in den Himmel.

Gilbert knöpfte den Mantel zu und sah an Madame Herbert und Diane vorbei zu dem größer werdenden Grüppchen, das sich vor dem Kirchenportal versammelt hatte. »Sie tratschen schon über Diane.«

»Gerede gibt es immer«, gab Madame Herbert zurück.

»Wer für das Château arbeitet, weiß, dass ich kein Gerede dulde. Aber die anderen lassen sich davon nicht beeindrucken.«

Diane bemerkte, dass mehrere Frauen sie vom Kirchenportal her ungeniert anstarrten. Als sich ihre Blicke trafen, drehten sie sich um und verschwanden in der Kirche.

»Gehen wir hinein«, forderte Gilbert sie auf.

Er hakte Madame Herbert unter und bedeutete Diane, neben ihnen herzugehen. Sie traten unter dem Steingewölbe des Hauptportals in das Innere. An den Wänden der Seitenschiffe war die Leidensgeschichte Christi dargestellt, und der Altarraum war von hohen, bemalten Glasfenstern umgeben. Das einfallende Morgenlicht sprenkelte die dunkel gekleideten Gemeindemitglieder mit roten, grünen und goldenen Tupfern.

Gilbert ließ Madame Herbert vorangehen und schritt mit Diane an seiner Seite zur ersten Reihe. Ein geschnitztes *B* kennzeichnete die Kirchenbank als die der Bernards. Claire hatte Diane davon berichtet, dass die Buchanans ihre eigene Bank in ihrer New Yorker Kirche hatten, aber sie selbst hatte so etwas noch nie gesehen.

Sie stand zwischen Gilbert und Madame Herbert, die ein Gesangbuch aus ihrer Tasche nahm und ein Lied auf einer zerlesenen Seite aufschlug. Als der Pastor oder vielmehr der Priester erschien, begann die Gemeinde ebenjenes Lied zu singen.

»Es ist immer das gleiche«, raunte ihr Madame zu.

Diane sprach zwar Französisch, hatte aber nie gelernt, die Sprache zu lesen. Also orientierte sie sich an Madames etwas schiefer, aber lauter Stimme und an Gilberts Bariton und versuchte, jeweils einen Bruchteil später ähnliche Töne und Wörter herauszubringen. Da sie ganz vorne standen, konnte sie nicht sehen, ob sie angestarrt wurden. Aber sie fühlte die Aufmerksamkeit der Leute in ihrem Rücken.

Der Gottesdienst nahm seinen Lauf. Irgendwann gingen alle nach vorne zum Priester. Diane machte alles nach, was Madame Herbert tat, nahm die Oblate entgegen, aß sie und trank von dem Wein, an dem sie sich fast verschluckte. Mit Mühe unterdrückte sie ihren Hustenreiz. Als die Messe zu

Ende war, hatte Diane sich bestimmt zehnmal bekreuzigt und folgte Gilbert und Madame erleichtert nach draußen.

Der strahlende Sonnenschein wärmte ihr die Wangen, doch der wohltuende Moment war von kurzer Dauer. Zwei alte, korpulente Frauen näherten sich. Ihr Lächeln erinnerte Diane an Wölfe, die sich an ihre Beute pirschen.

»Madame Herbert«, sagte die erste und küsste die alte Frau links und rechts auf die Wange. »Sie sehen wohl aus.«

»Danke. Ich möchte Sie meiner Cousine Diane vorstellen. Sie kommt aus Paris. Diane, dies sind Madame Locard und Madame Claremont.«

»Ihre Cousine?« Madame Locard musterte Diane. »Ich kenne Sie nun seit dreißig Jahren, aber Sie haben noch nie von Ihrer Cousine gesprochen.«

»Ach, wissen Sie, ich habe so eine große Familie, dass ich manchmal selbst den Überblick verliere.« Madame Herbert fasste Gilbert am Arm. »Gilbert ist so freundlich und lässt sie eine Weile bei uns wohnen.«

»Wie lange wird sie bleiben?«, erkundigte sich Madame Claremont.

»Mindestens bis zum Frühling«, sagte Gilbert.

»Ah, wie schön«, sagte Madame Locard. »Wie alt bist du, Diane?«

»Zwölf.«

Die ältere Dame sah Diane noch aufmerksamer an. »Ich werde dich mit meinem Sohn bekannt machen. Er ist fünfzehn. Selbstverständlich nur unter Aufsicht.«

Gilbert sah noch mürrischer drein als sonst. »Wir werden sehen. Im Moment gewöhnt sich Diane noch bei uns ein.«

»Madame Herbert, als wir uns das letzte Mal gesehen haben, haben Sie Dianes bevorstehenden Besuch gar nicht erwähnt.«

»Nein? Dann habe ich es wohl vergessen.«

»Ich hole die Kutsche«, sagte Gilbert. »Ich bin gleich wieder da.«

Die Frauen setzten ihre Unterhaltung über Diane fort. Weitere Frauen gesellten sich dazu. Einige fragten sie über Paris aus, andere fanden, dass ihr Akzent tatsächlich typisch für die Hauptstadt klang. Als Gilbert die Kutsche vorfuhr, war sie unendlich erleichtert. Sie half Madame Herbert beim Einsteigen und nahm zwischen den beiden Platz.

Bei der Abfahrt winkten sie den immer noch neugierigen Kirchgängerinnen zu.

»Deine Cousine?«, fragte Gilbert.

Madame Herbert breitete eine karierte Decke über Dianes und ihre Beine aus. »Das war doch sehr schlau von mir. Sie werden sie schneller akzeptieren, wenn sie denken, dass sie zur Familie gehört.«

»Und wenn sie länger bleibt als bis zum Frühling?«

»Dann wird mein armer, entfernter Verwandter, ihr Vater, eines tragischen Todes sterben, und sie muss länger bei uns bleiben.«

Er knurrte. »Ihr denkt euch besser eine plausible Geschichte aus, denn die weibliche Inquisition wird euch nächsten Sonntag genauestens befragen.«

Madame Herbert lachte. »Ich freue mich schon jetzt auf die Herausforderung.«

Diane entspannte sich zusehends, während sie schweigend durch die hügelige grüne Landschaft fuhren.

Plötzlich durchbrach ein angsterfülltes Wiehern die Stille, auf das ein Schrei folgte. Gilbert war sofort in Alarmbereitschaft und griff die Zügel fester. Madame tauschte einen Blick mit ihm und sah sich wachsam um. Diane musste sofort an Pierre denken. Hatte er Max' Lüge über ihre Reise nach Osten doch nicht geglaubt?

Gilbert trieb die Pferde an. Gleich hinter der nächsten Kurve stießen sie auf einen umgestürzten Karren, unter dem der Fahrer eingeklemmt lag. Das angeschirrte Zugpferd machte nervöse Sprünge, und jedes Mal schrie der Fahrer vor Schmerzen.

»Das ist doch Robert Françoise«, sagte Madame Herbert.

Gilbert brachte seine Kutsche in sicherer Entfernung zum Stehen und zog die Handbremse an.

Dann sprang er vom Bock und eilte zu dem panischen Pferd, das dem Mann gefährlicher werden konnte als seine Verletzung. Er näherte sich dem Tier langsam und redete ihm mit beruhigender Stimme zu. Das Pferd schnaubte, bäumte sich auf und trat nach Gilbert aus, doch er ließ sich nicht beirren und sprach weiter auf das verängstigte Tier ein. Schließlich gelang es ihm, das Zaumzeug zu greifen und das Tier aus dem verhedderten Geschirr zu befreien. Es trottete ein paar Meter die Straße hinunter.

Darauf hatte Madame Herbert nur gewartet. Sie warf die Decke zur Seite und kletterte mit Dianes Hilfe vom Bock.

Diane sah schon aus einiger Entfernung, dass Robert eine stark blutende Kopfwunde hatte. Sein linkes Bein war schrecklich verdreht. »Was können wir tun?«

»Ich habe meine Medizintasche immer dabei. Hol sie mir, sie ist hinten in der Kutsche.«

Diane holte die Tasche und folgte Madame, die auf den Verletzten zueilte.

Gilbert untersuchte den Verletzten. »Wir bekommen dich gleich frei.«

Robert warf den Kopf hin und her. »Diese Schmerzen! Wie Messerstiche!«

Gilbert rannte zu seinem eigenen Pferd und schirrte es ab. Dann knotete er die Zügel an das Wagenrad, das in der Luft hing.

»Was soll ich machen?«, fragte Diane.

»Sprich mit ihm.« Madame hatte ihre Decke ausgelegt und verschiedene Tinkturen und seltsame Gerätschaften darauf ausgebreitet.

Diane rieb sich die feuchten Handflächen an den Oberschenkeln ab und ging zu dem Verletzten. Der metallische Geruch von Blut stieg in ihre Nase. Ihr Herz klopfte so heftig gegen die Rippen, dass sie Angst bekam, es könnte platzen.

Robert drehte ihr den Kopf zu und blickte sie panisch aus seinen grünen Augen an. »Ich sterbe«, keuchte er.

Seine Todesangst gab ihr die Kraft, sich neben ihn zu setzen. Ihre Hände zitterten. Sie brachte es nicht über sich, ihn anzufassen.

»Beruhig ihn«, befahl Gilbert. »Das hier wird wehtun.«

»Ich will nicht sterben. Ich habe eine Frau und Kinder.«

Diane fasste den Mann an der Schulter an und schaffte es irgendwie, ihn anzulächeln. »Sie werden heute nicht sterben«, beteuerte sie.

»Doch! Solche Schmerzen überlebt man nicht!«

Sie erinnerte sich an Madame LeBlanc und daran, wie überzeugend sie ihre Kunden angelogen hatte. Mittlerweile wusste sie, dass das schrecklich falsch gewesen war, aber jetzt war es sicherlich das Beste, was sie tun konnte. »Ich weiß genau, dass Sie heute nicht sterben.« Sie nahm seine Hand und zeichnete mit dem Finger seine Lebenslinie nach. »Diese Linie bedeutet, dass Sie noch ein langes Leben vor sich haben und erst als alter Mann sterben werden.«

Die Anspannung seines Körpers schien ein wenig nachzulassen. »Nur eine Hexe kann so was vorhersagen.«

»Mit Hexen kenne ich mich nicht aus. Aber mit dem Leben. Und Ihres wird sehr, sehr lang sein.«

»Bereit?«, sagte Gilbert.

Diane umfasste Roberts raue Hand, die voller Schwielen und Blasen war. »Ja. Wenn der Karren weg ist, kann dieser nette Mann weitermachen mit seinem Leben.«

»Sie sagt, dass ich nicht sterbe, Gilbert«, ächzte Robert.

»Dann stirbst du auch nicht.« Gilbert nahm sein Pferd am Halfter und ging langsam einen Schritt nach dem anderen voran, bis die Zügel sich anspannten und der Karren schaukelte. Robert schnellte mit dem Oberkörper hoch und schrie. Doch Gilbert ging entschlossen weiter, bis sich der Karren von dem Bein hob.

Diane packte den Mann an den Schultern. »Sie müssen mithelfen, Robert.«

Er schrie wie von Sinnen.

Sie versuchte mit all ihrer Kraft, ihn wegzuzerren. Aber er war zu schwer, sie konnte ihn keinen Zentimeter bewegen. Es war klar, dass ein Bein gebrochen war. Das andere schien unverletzt zu sein. »Drücken Sie sich mit Ihrem guten Bein ab.«

Er stöhnte vor Schmerz und schob sich mit seinem unverletzten Bein vorwärts. Sie half ihm, so gut sie konnte, und dann war er außer Reichweite des Karrens.

»Wir sind weg!«, rief sie.

Gilbert führte sein Pferd weiter vorwärts. Der Karren schwang noch einmal vor und zurück und landete dann krachend auf den drei intakten Rädern. Madame Herbert kniete sich neben Robert und begutachtete seine Verletzungen. Sie lächelte, aber ihre Augen blickten besorgt.

»Das Hexenmädchen sagt, ich hätte ein langes Leben vor mir«, presste Robert hervor. »Gilbert meint das auch.«

»Dann will ich ihnen nicht widersprechen«, sagte Madame Herbert. »Diane, tun wir unser Bestes, dass deine Prophezeiung auch eintrifft.«

»Ja, Madame. Was soll ich tun?«

»Ihr beide haltet ihn an den Schultern fest. Und ich richte sein Bein.«

Gilbert und sie drückten Robert auf den Boden. Madame zog ihm den Schuh und die Wollsocke aus. »Ich zähle bis drei, Robert.«

Er schloss die Augen und biss die Zähne zusammen. »Gut. Bis drei.«

Diane und Gilbert sahen sich an und fixierten ihn mit aller Kraft.

»Eins.« Robert spannte den ganzen Körper an. »Zwei.« Er atmete ein. »Drei.« Im selben Moment zog die alte Frau mit einem kräftigen Ruck Roberts Bein in die Länge. Die verdrehten Knochen schnellten zurück. Robert brüllte wie am Spieß, dann verdrehte er die Augäpfel und verlor das Bewusstsein.

Dianes Atem ging stoßweise. Sie hatte Angst, selbst bewusstlos zu werden. »Ist er tot?«

»Nein«, sagte Madame Herbert. »Aber wir müssen sein Bein schienen, bevor er aufwacht. Such mir dafür zwei lange, gerade Äste.«

Gilbert stand auf und reichte Diane die Hand. »Das hast du gut gemacht.«

Sie ließ sich hochziehen und schüttelte das Laub aus dem Rock. »Danke.«

Er hatte einen geraden Ast gefunden. Als er ihn in zwei Teile brach, sah er sie nachdenklich an. »Hoffen wir, dass Robert vergisst, dass du ihm die Zukunft aus seiner Hand gelesen hast, du Hexenmädchen.«

»Ich bin keine Hexe!«, protestierte sie.

»Ob du eine bist oder nicht, ist mir vollkommen egal. Ich beschäftige mich nicht mit solchen Sachen. Aber die Leute sind fromm, sie können das anders sehen. Ich rate dir, vor der nächsten Sonntagsmesse die Kirchenlieder zu lernen und dir einzuprägen, wann man sich zu bekreuzigen hat.«

* * *

Nach einem langen Winter kam der Frühling. Dianes Prophezeiung wurde wahr. Robert überlebte den Unfall. Und obwohl sie alle Kirchenlieder lernte und manchmal vage über ihre *Familie* in Paris sprach, hielten sich die Gerüchte, dass sie eine Hexe wäre. Niemand hätte es gewagt, ihr das ins Gesicht zu sagen, weil Gilbert ein einflussreicher Arbeitgeber in der Gegend war. Doch nach dem Unfall waren mehrere junge Mädchen zu Madame Herbert gekommen und hatten sich erkundigt, ob Diane auch Liebestränke braute. Madame Herbert hatte sie fortgejagt.

Als im April ein Brief von Claire ankam, strahlte Diane. Ihre große Schwester Claire schrieb, dass die Buchanans Diane als ihre Assistentin in Dienst nehmen wollten. Claire würde ihr das Geld für die Überfahrt zusenden.

Zuerst war Diane begeistert. Doch als sie abends auf dem Bett saß und Oscar den Kopf kraulte, spürte sie, dass sie tief im Inneren gar nicht aus dem Château wegwollte. Sie wollte Claire nicht dabei helfen, die verwöhnte und selbstsüchtige Victoria Buchanan einzukleiden.

Sie liebte diesen Hof. Mittlerweile ging sie Madame mit allen Arbeiten im Haushalt zur Hand. Und wenn die alte Frau an regnerischen Tagen Gelenkschmerzen hatte oder ihre Hände so wehtaten, dass sie den Teig nicht kneten konnte, dann nahm Diane ihr wortlos die Arbeit ab. Anfangs war Dianes Brot noch etwas schwer zu kauen, aber mit den Wochen gelang es ihr immer besser.

»Ich fahre morgen nach Le Havre«, verkündete Gilbert an einem Aprilnachmittag. »Du wolltest doch an deine Schwester schreiben.«

Sie zog die Schultern hoch und wagte nicht, ihren Blick von dem Brett zu heben, auf dem sie Teig knetete. »Am liebsten würde ich hierbleiben«, sagte sie dann leise.

Madame Herbert öffnete den Mund, als wollte sie etwas sagen. Aber niemand brach das lange Schweigen. Gilbert sah sie nur unverwandt an. Nach einer halben Ewigkeit nahm er sich ein Stück Apfelkuchen und sagte: »Dann bleibst du hier.«

»Wirklich?«

»Wenn es dir hier nicht mehr gefällt, kannst du jederzeit fortgehen«, erklärte er.

Die Äpfel reiften in der Wärme des Sommers. Zwei Monate später begann die Ernte. Und jeden Tag brachte Diane Gilbert und seinen Landarbeitern das Mittagessen, so wie Madame Herbert es jahrzehntelang getan hatte.

In ihren Briefen bat Claire ihre Schwester immer inständiger, nach Amerika zurückzukommen. Doch mit jeder Woche, die verging, fiel es Diane leichter, die Angebote ihrer Schwester auszuschlagen.

Das Leben ging seinen gewohnten Gang. Diane sah wenig von Gilbert. Sie kümmerte sich um das Haus, backte und kochte und half Madame bei allen Arbeiten. Und irgendwann hatte sie die Leitung des Haushalts übernommen, ohne dass es jemand ausgesprochen hätte.

Claire drängte sie immer beharrlicher, doch Diane fand jedes Mal eine Ausrede, warum es gerade unmöglich war. Schließlich fasste sie sich ein Herz und schrieb Claire, dass sie nicht zurückkehren wollte. Und Claire akzeptierte ihre Entscheidung.

Madame LeBlancs Ermordung, die sie so aufgewühlt hatte, war in ihrer Erinnerung verblasst. Ab und an träumte Diane noch von Pierre, und dann schreckte sie angsterfüllt aus ihren Träumen auf. Sie hatte Pierre nicht vergessen und befürchtete, dass auch Pierre sie nicht vergessen hatte.

Kapitel 20

MEGAN

Freitag, 9. März 2018
Cape Hudson, Virginia

Lucy lud die Kühltaschen mit den Kuchen, die Megan und sie am Vorabend bis um elf Uhr gebacken hatten, auf die Ladefläche von Megans Truck und setzte sich ans Steuer. »Helen weiß Bescheid, dass wir heute nicht im Spring House sind, oder?«

»Ja.« Megan massierte sich die Schläfen. »Anscheinend musste sie zurück nach Norfolk, um sich um Großmutter Jessup zu kümmern. Aber sie ist übermorgen wieder da, um Mr Tuckers Arbeit zu inspizieren.«

»Du hast ihr den kleinen Finger gereicht und sie hat die ganze Hand genommen«, fasste Lucy zusammen. »Wie kommst du damit klar?«

»Von Scott weiß ich, dass sie schon immer so war. Eine typische Helikopter-Mutter eben. Es hat ihn verrückt gemacht.«

»Jetzt ist sie die Helikopter-Großmutter.«

»Sie hilft uns ja auch. Aber manchmal ist es echt zu viel. Ich hoffe, dass sie mit der Zeit etwas gelassener wird.«

»Du bist das genaue Gegenteil von Helen.«

»Vielleicht war Scott deshalb mit mir zusammen.«

Das Baby rollte auf Megans rechte Seite, sodass sie sich auf ihrem Sitz nach links neigte. Die Maisfelder endeten und gleich begannen die siebenunddreißig Kilometer des Chesapeake Bay Bridge-Tunnels. Dichte Wolken türmten sich am Horizont auf und verdunkelten den Himmel.

»Und Natashas Party ist wie geplant morgen Abend?«, fragte Megan.

»Wie geplant. Um sechs geht's los.«

»Für welches Motto hat sie sich entschieden?«

»Deine Idee war spitze, Megan. Die Mädchen freuen sich auf die Brettspiel-Klassiker und aufs Wahrsagen. Sie haben beschlossen, sich nicht zu verkleiden. Stattdessen kommen sie in Schwarz und Weiß.«

»Sehr geheimnisvoll.« Megan lächelte.

»Hank und Rick kommen auch. Sie haben Natasha angeboten, die Jungs zu vertreiben, die vielleicht ungebeten zur Party auftauchen.«

»Das war Natasha bestimmt unheimlich peinlich.«

»Sie ist im Boden versunken. Die Familie trifft sich also um kurz vor sechs. Hast du ein schwarz-weißes Umstandskleid?«

Megan war gerührt, dass Lucy sie zur Familie zählte. »Ich finde schon was.«

Die Zufahrt zum Veranstaltungsort der Hochzeit wurde von zwei großen Säulen markiert, auf denen PINEHURST stand. Es war eine Plantage aus den 1840er-Jahren und lag an dem Fluss James. Wie einige andere ältere Bauwerke war sie als historisches Museum und Hochzeits-Location zu neuem Leben erweckt worden.

Lucy hielt an, um Fotos zu machen. Die Zufahrt war von majestätischen Bäumen gesäumt, die einen anmutigen Baldachin über die unbefestigte Straße breiteten.

Hinter der letzten Kurve stand ein weißes Veranstaltungszelt auf dem Rasen, in dem runde Holztische eingedeckt wurden.

Neben dem Zelt parkte ein pinkfarbener Imbisswagen mit der Aufschrift KIERNAN'S KAKES.

Megan dachte an das letzte Mal, als sie hier gewesen war. Ein dumpfer Schmerz lastete auf ihrer Brust. »Okay. Zeit der Wahrheit: Meine Hochzeit sollte auch hier stattfinden.«

»Echt? War euch das nicht ein bisschen zu spießig? Hat Helen die Location ausgesucht?«

»Unsere beiden Mütter. Ich war auf einer Ausgrabung in Alexandria und hatte keine Zeit, deswegen haben sie die Planung übernommen. Du hättest sie sehen sollen! Sie waren so stolz, dass sie so einen tollen Ort gefunden hatten.«

Lucy schüttelte den Kopf. »Es ist ja sehr schön hier, aber es passt überhaupt nicht zu dir.«

»Das fand ich auch. Ich habe versucht, mich anzupassen, aber es war so gar nicht meins.« Die Enttäuschung ihrer Mutter über die abgesagte Hochzeit ging Megan immer noch nah.

»Ich bin froh, dass du zu uns an die Ostküste gekommen bist«, sagte Lucy. »Keine Ahnung, was ich ohne dich mit Winter Cottage oder Spring House gemacht hätte.«

»Claire Buchanan und ihr Testament haben mich gerettet.«

»Und mich auch.« Lucy parkte den Truck und hievte eine Kühltasche von der Ladefläche. »Die anderen hole ich gleich. Sag mir nur, wohin.«

»Geradeaus zum Imbisswagen.«

Lucy setzte sich in Bewegung. Megan hatte Kiernan, die nomadische Bäckerin und Hochzeitsplanerin, bei einer Veranstaltung in Richmond kennengelernt, als sie einen Caterer suchte. Ihr hatte Kiernans unaufgeregte Art auf Anhieb gefallen, und sie hatte ein Angebot eingeholt. Ihre Mutter war nicht gerade begeistert, aber dieses Mal hatte Megan nicht nachgegeben. Nach dem Abblasen der Hochzeit erfuhr sie, dass Kiernan so großzügig gewesen war, nur die Deckung der entstandenen

Kosten zu verlangen. Dadurch hatten Megans Eltern rund zehntausend Dollar gespart.

Lucy stellte die erste Tasche am Imbisswagen ab. »Bin gleich wieder da.«

Megan spähte hinein, aber es war niemand da.

Hinter sich hörte sie Stimmen. Kiernan unterhielt sich mit einem bulligen Mann, der gerade ein zweites Zelt aufbaute. Ihre roten Haare waren auf dem Kopf zu einem losen Haarknoten gebunden, und sie trug ein schwarzes Firmen-T-Shirt, auf dem K K prangte. Sie trug Bootsschuhe zu einer Jeans, die ihre runden Hüften und schmale Taille betonte.

»Kiernan«, rief Megan.

Die Frau drehte sich um. »Du hast es geschafft!«, rief sie erfreut und offensichtlich erleichtert.

»Ich konnte dich doch nicht im Stich lassen.«

Kiernan umarmte Megan und tätschelte ihren runden Bauch. Megan war überrascht gewesen, als ihr Babybauch in öffentliches Eigentum übergegangen zu sein schien, den Freunde, Angehörige und manchmal sogar Fremde glaubten, ungeniert bestaunen und betatschen zu dürfen.

»Siehst gut aus, Mama«, sagte Kiernan.

»Danke, ich bin auch schon auf der Zielgeraden.«

»Ich kann es kaum erwarten, dein süßes Baby zu sehen.«

Megan freute sich auch, aber die Idee, dass in ihr ein Kind heranwuchs, das sie großziehen durfte, war ihr immer noch nicht ganz geheuer.

»Danke für den Auftrag.«

»Als die Braut gesagt hat, dass ihr Mann Apfelkuchen liebt, habe ich sofort an dich gedacht.«

»Wirklich, vielen Dank. Ich möchte dich einer Freundin vorstellen, die mir geholfen hat.«

Lucy schleppte gerade die zweite Kühltasche heran. »Lucy gehört ein Anwesen an der Ostküste. Vielleicht hast du schon mal von Winter Cottage gehört. Sie überlegt, es zu einer Hochzeits-Location umzuwandeln.«

Kiernan reichte Megan den Scheck. »Klingt spannend. In der Gegend gibt es kaum gute Veranstaltungsorte. Hast du eine Visitenkarte, Lucy? Ich suche immer nach neuen Locations.«

»Noch nicht, aber bald.«

Kiernan fischte eine Karte aus ihrer Gesäßtasche. »Schick mir ein paar Fotos, auf denen ich das Besondere erkennen kann.«

»Mach ich.«

»Es heißt zwar Kiernan's Kakes, aber wir machen nicht nur Kuchen, sondern planen die ganze Veranstaltung, einschließlich Catering. Von der Suppe bis zum Knabberzeug.«

»Im Moment sind wir noch bei der Renovierung der Gebäude. Es ist längst noch nicht fertig, aber die Außenanlagen sind jetzt schon wunderschön.«

»Super. Es wäre nett, mal an die Ostküste rauszufahren.«

»Perfekt.«

Megan steckte den Scheck in ihre Handtasche. Die Einnahme kam ihr sehr gelegen. »Noch mal vielen Dank für den Auftrag.«

»Gegen den Regen seid ihr gewappnet?«, fragte Lucy.

»Als ich Megans Nachricht bekommen habe, habe ich sofort ein zweites Zelt bestellt.« Sie sah zu den dunklen Wolken auf. »Laut Vorhersage soll es über uns hinwegziehen.«

»Die Alten im Diner schwören, dass ein ausgewachsener Sturm auf uns zukommt«, wandte Lucy ein.

Kiernan öffnete eine Wetter-App auf ihrem Handy. »Blauer Himmel.«

Lucy hob die Hände. »Die Typen bei Arlene täuschen sich eigentlich nie.«

Kiernan schaute zum Zelt hinüber. »Man kann die Seitenwände runterlassen, für alle Fälle.«

Megan umarmte sie und ging mit Lucy zum Truck. Auf dem Rückweg spürte Megan, wie erleichtert sie war. Sie hatte etwas erfolgreich beendet. Und wenn es auch nur ein Auftrag über hundert Apfeltartes war.

»Wie läuft es für Kiernan?«, fragte Lucy. »Kann sie von dem Geschäft leben?«

»Ich glaube schon. Das Honorar für ihre Veranstaltungsplanung fängt bei fünf Riesen an.«

»Fünf Riesen? Wow!«

»Aber sie hat jeden Cent verdient. Es gibt immer irgendwelches Theater in letzter Minute, selbst bei den teuersten Hochzeiten.«

Megans Handy klingelte. Als sie Ricks Namen auf dem Display las, strich sie sich unwillkürlich die Ponyfransen aus dem Gesicht. »Rick, was gibt's?«

»Ich habe nichts über Elise Mandel gefunden, aber ich grabe weiter. Sehen wir uns morgen Abend bei Lucy?«

»Ja.«

»Hoffentlich kann ich dir dann mehr sagen. Ich bin auf dem Weg nach Norden. Sam Denvers Boot ist gesunken und ich will ihm helfen, es wieder hochzuholen.«

»Sein Boot ist gesunken? Aber wir hatten doch gar keinen Sturm?«

»Ja, aber er hat das Boot so idiotisch vertäut, dass es vollgelaufen ist, als die Flut kam.«

»Ach komm!«

»Jetzt geht's ihm richtig dreckig. Er hat sein ganzes Geld in das Baby gesteckt.«

»Na, dann lass uns lieber Schluss machen. Gut, dass du uns die Gangster vom Leibe hältst!«

Er lachte leise. »Man tut, was man kann, Ma'am.«

Megan beendete den Anruf und lächelte verträumt.

»Megan ist verlie-hiebt«, sang Lucy.

Megan zog den Kopf ein. Ihre Wangen waren erhitzt. »Lucy, ich bin im achten Monat schwanger. Er ist nur wegen Scott nett zu mir.«

Lucy lachte. »Ja, klar. Wer's glaubt, wird selig.«

* * *

Nachdem sie Megan am Winter Cottage abgesetzt hatte, fuhr Lucy weiter, um Natasha von der Schule abzuholen. Megan machte es sich im Schaukelstuhl vor den großen Fenstern zur Bucht gemütlich. Sie las in Dianes Briefen, hatte sich aber in den letzten Tagen so übernommen, dass ihr bald die Augen zufielen.

Dollys Gebell weckte sie. Dianes Briefe waren ihr vom Schoß gerutscht und auf den Boden gefallen. Stöhnend beugte sie sich vor, um sie einzusammeln. Sie drehte den Kopf von einer Seite auf die andere, um ihre verspannten Nackenmuskeln zu lockern, und verstaute die Briefe in der Mappe. Als sie auf die Veranda trat, fuhr Helens Wagen vor.

»Helen, das ist aber eine Überraschung«, begrüßte Megan sie.

»Ja, ich hätte anrufen sollen. Ich wollte auch nur sichergehen, dass dein Sturz keine Nachwirkungen gehabt hat.«

»Ich bin gestolpert. Nicht gestürzt. Und es geht mir gut.«

»Prima.«

»Warum strahlst du denn so?«, fragte Megan.

»Weil ich mich über mich selbst freue. Und so begeistert bin, dass ich dir meine Überraschung gleich vorbeibringen musste.«

»Was ist es denn?«

»Warte, erst muss ich noch was anderes loswerden, eine Idee, die mir auf der Fahrt gekommen ist. Ich habe den Namen für das Baby gefunden.«

»Ach ja?«

»Scottie. Das ist doch ein süßer Name für ein Mädchen, findest du nicht?«

»Ist das eine Abkürzung?«

»Vielleicht für Scarlet oder Scotlyn. Klingt doch beides schön. Ich sehe ihren Namen schon auf einer Visitenkarte, natürlich mit ihrem Titel … Direktorin oder Präsidentin.«

»Gut, dass du vorausplanst«, sagte Megan. »Scottie Buchanan klingt wirklich süß.«

Helen öffnete den Kofferraum. »Wird sie nicht Jessup heißen?«

»Doch, als Mittelname. Ihr Nachname ist Buchanan.«

Helen runzelte die Stirn. »Ein Baby sollte den Namen seines Vaters tragen.«

»Jessup ist ja ihr Mittelname.«

»Du kannst dein Baby natürlich nennen, wie du willst. Aber ich rate dir, dir das mit dem Nachnamen noch einmal gut zu überlegen.«

»Das brauche ich nicht, Helen.« Megan wurde wütend. Sie würde sich nicht reinreden lassen, weder von Helen noch von sonst irgendwem.

»Scott ist ihr Vater.«

»Und ich bin ihre Mutter.« Megan war normalerweise nicht so leicht aus der Ruhe zu bringen, aber ihre Gelassenheit hatte Grenzen. Sie konzentrierte sich auf ihren Atem. Sie wollte sich jetzt nicht streiten. »Hast du nicht gesagt, du hättest mir etwas mitgebracht?«

»Stimmt ja. Eine wirklich schöne Überraschung. Und ich bin sicher, dass wir uns darüber einig sind.«

Helen zog eine Decke von einer antiken Schaukelwiege aus Teakholz. Sie war etwa einen Meter lang und auf einer Seite überdacht. Auf der Stirnseite waren die Initialen *H* und *J* eingeschnitzt.

»Das war Scotts Wiege«, erklärte Helen still. »Sie wird bei den Jessups von einer Generation zur nächsten weitergegeben und ist über hundert Jahre alt. Isaak Hedrick hat sie gebaut. Er hat sie den Jessups geschenkt, als er ihnen seine drei Söhne, darunter den neugeborenen Michael, in Obhut gegeben hat.«

»Ich wusste gar nicht, dass du diese Wiege hast.«

»Meine Schwiegereltern haben sie mir zu Scotts Geburt gebracht. Wir haben sie ein paar Monate benutzt. Ich habe ihn nachts hineingelegt oder wenn ich gekocht oder die Wäsche gemacht habe. Irgendwann ist er zu groß dafür geworden. Schau dir mal das Kopfende an. Siehst du die Buchstaben *H* und *J*? Das *H* steht für Hedrick. Deine Claire vom Winter Cottage und all ihre Geschwister haben als Babys in ihr gelegen.«

Als Megan über das glatte Holz strich, durchströmte sie ein Gefühl von Frieden. »Sie ist wunderschön.«

Helen lächelte erfreut. »Ich dachte mir, dass du sie zu schätzen weißt. Bei deinem Faible für Geschichte. Als Scott sich mit dir verlobt hat, habe ich die Wiege mal erwähnt, aber er wirkte nicht besonders interessiert.«

Vor einer Minute war sie furchtbar genervt von Helen gewesen. Jetzt war ihr Ärger verflogen. Sie war stolz, so ein altes Familienstück benutzen zu können. »Sie ist wirklich wunderbar.«

Der Sheriff fuhr vor. »Ich habe Rick gebeten, vorbeizukommen und sich die Wiege einmal anzusehen, bevor wir dein Baby hineinlegen. Man kann nicht vorsichtig genug sein, und er ist handwerklich so geschickt.«

Rick nickte zur Begrüßung. Seine Haare waren feucht, und aus seinem frischen Hemd lugten ein paar Brusthaare hervor. Gerade genug, um Megan schmutzige Gedanken einzuflüstern. Seine Jeans war abgetragen und saß perfekt.

Er sah Megan an. Sie hielt seinem Blick stand, bis er sich räusperte und Helen zuwandte. Megan schoss das Blut in die Wangen, ihre Haut prickelte.

»Scott konnte kaum einen Nagel in die Wand schlagen«, sagte Helen. »Wenn er etwas aufgehängt haben wollte, hat er immer Rick angerufen. Also habe ich das jetzt auch gemacht.«

Rick küsste Helen auf die Wange. »Jedes Mal, wenn ich dich sehe, siehst du jünger aus.«

»Jedes Mal, wenn ich dich sehe, lügst du schlechter.«

Rick fuhr über das glatte Teakholz und schaukelte die Wiege sanft. »Die sollte ich mir angucken?«

»Ja«, sagte Helen. »Wie du siehst, ist sie sehr alt. Ich möchte nur, dass dem Baby nichts passiert.«

»Sie ist sehr schön«, sagte er, ging in die Hocke und überprüfte die Verarbeitung. »Und sehr solide. Kein Problem.«

»Fantastisch. Das hatte ich gehofft. Könntest du sie vielleicht ins Haus tragen?«, bat Helen.

Rick legte die Decke weg und zog die schwere Wiege heraus, trug sie lässig zum Haus und in den Flur. »Wo soll sie denn hin?«

»Erst mal in den Salon«, sagte Megan. »Neben den Schaukelstuhl.«

Als er die Wiege vor dem Kamin abgestellt hatte, wurde Megan ganz ruhig. Sie stellte sich eine summende Frau in dem Schaukelstuhl daneben vor. Sie glaubte, den Duft von frisch gebackenem Brot einzuatmen und das Lachen spielender Jungen zu hören.

»Was für eine wunderschöne Überraschung, Helen«, sagte Megan.

»Hast du das hier am Kopfende gesehen?« Helen deutete auf kleine, in das Holz gekerbte Fische. »Es sind zwölf. Alle zu unterschiedlichen Zeiten dort hineingeschnitzt. Einer für jedes Kind, das in dieser Wiege geschlafen hat. Mit Ausnahme von Scott. Leider habe ich meinen Mann nie dazu bringen können, einen Fisch für Scott hinzuzufügen. Das bereue ich wirklich.«

»Ich kann das machen«, bot Rick an. »Und einen für das Baby.«

»Das wäre toll!« Helen sah ihn mit einem warmen Lächeln an.

Megan kniete sich vor die Wiege und berührte die Fische mit dem Zeigefinger. Sie dachte an den Stammbaum, den sie für die Hedricks und die Jessups angefertigt hatte. Die kleinen Fische schwammen um das *H* herum. Der oberste Fisch war sehr kunstvoll gearbeitet, die beiden folgenden waren etwas einfacher, und der vierte Fisch war kaum noch zu sehen. Nummer fünf, sechs und sieben zeugten wieder von größerer Sorgfalt.

Megan dachte an das vierte Kind der Hedricks. Diane, das kleine Mädchen, deren Spuren sie erst vor Kurzem aufgenommen hatte. Sie befühlte den rauen Rand ihres Fisches.

»Als ich die Wiege von Scotts Großmutter bekommen habe, war ich mir ganz sicher, dass ich sie nicht benutzen würde«, sagte Helen. »Sie schien so alt und unnütz inmitten meiner ganzen modernen Dinge, Trage, Bettchen, Babywippe und all dem. Aber als Scott vielleicht zwei Wochen alt war, wollte er eines Nachts partout nicht einschlafen. Ich hatte ihn gestillt, ihm die Windeln gewechselt und was vorgesungen, war mit ihm auf und ab gegangen. Nichts half. Irgendwann war ich so müde und verzweifelt, dass ich ihn in die Wiege gelegt und mich daneben auf den Boden gesetzt und ihn sanft geschaukelt habe. Er hat noch ein paar kleine Laute von sich gegeben, und dann war er plötzlich mucksmäuschenstill. Er schlief tief und fest.«

Megan glaubte, die Energie der anderen Mütter zu spüren. Addie, Sally und Helen hatten ihre Ruhe und Liebe auf die Wiege übertragen.

»Gut gemacht, Helen«, sagte Rick.

In seiner rauen Stimme lag etwas, das Megan wünschen ließ, er würde sich nicht nur aus Pflicht und Verantwortungsgefühl um sie kümmern. Sie wollte, dass er sie um ihrer selbst willen begehrte.

»Helen, wir geben morgen Abend eine Party für Natasha«, sagte Megan. »Es wäre schön, wenn du auch kämst.«

»Oh nein, das geht nicht. Das ist doch ihre Party. Da gehöre ich nicht hin.«

»Doch«, sagte Megan. »Rick und ich sind auch da. Es wird bestimmt lustig. Lucy hat mich überredet, die Wahrsagerin zu spielen. Du könntest helfen.«

»Bist du sicher?«, fragte Helen.

»Hundertprozentig«, sagte Megan. »Bitte komm. Es beginnt um sechs.«

»Gut, dann komme ich. Jetzt muss ich aber los. Ich muss Großmutter Jessup zum Arzt bringen. Bis morgen Abend!«

»Super, bis morgen.«

Rick sah Helen nach. »Du machst das sehr gut. Es ist bewundernswert, wie nett du zu Helen bist. Ich weiß, dass sie manchmal etwas übergriffig ist, aber sie meint es nie böse.«

»Sie möchte, dass ich das Baby Scottie nenne.«

»Wie findest du das?«

»Ganz nett, aber ich bin mir nicht sicher.«

»An welchen Namen hast du denn gedacht?

Sie sah auf das Kopfteil der Wiege, auf den vierten Fisch. »An Diane.«

»Diane? Wie das Mädchen, das die Briefe geschrieben hat?«

»Ja. Ich weiß nicht, ob es noch jemanden gibt, der sich an sie erinnert.«

»Ich find's schön.«

»Wirklich?«

»Ja, wirklich.«

Sie holte tief Luft. »Wenn du mich anguckst, was siehst du dann?«

»Ich sehe Megan Buchanan.«

Sie schüttelte den Kopf. »Du siehst Scott. Du siehst Pflicht und Ehre.«

Er nahm ihre Hand und strich sanft mit dem Daumen über ihre Handinnenfläche. »Nein, Megan. Ich sehe dich.«

Ihr wurde am ganzen Körper warm. »Mein dicker Bauch und mein rundes Gesicht sind auch schwer zu übersehen.«

Er blickte ihr in die Augen. »Ich sehe eine sehr schöne Frau.«

»Ach, komm schon, du willst nur nett sein.«

Er hielt ihren Blick und beugte sich langsam vor. Gleich würde er sie küssen. Ihr Körper lud sich mit einer ungeheuren Energie auf. Doch bevor sie ihm entgegenkommen konnte, quakte eine Stimme aus seinem Funkgerät. Rick seufzte. Er biss die Zähne zusammen, als er der Leitstelle zuhörte und versprach, sich sofort auf den Weg zu machen.

»Ich muss los.«

»Rettung in letzter Sekunde«, scherzte sie.

Er blickte ihr tief in die Augen. »Diese Diskussion ist noch nicht beendet, schöne Lady.« Und damit wandte er sich zum Gehen.

Kapitel 21

MEGAN

Samstag, 10. März 2018
Cape Hudson, Virginia

Als Megan um zehn aufwachte, regnete es. Sie hatte bis in die frühen Morgenstunden Dianes Briefe gelesen. Lucy und Natasha lehnten ihr Angebot ab, ihnen beim Schmücken für die Party zu helfen. Sie schickten sie wieder in ihr Zimmer, damit sie die Füße hochlegte und sich ausruhte.

Megan durchforstete ihren Schrank nach etwas Passendem für die Party, in dem sie nicht wie eine Matrone aussah. Sie spielte mit dem Gedanken, nach Norfolk in den Laden für Umstandsmode zu fahren. Doch die Aussicht auf starken Regen auf der endlos langen Brücke hielt sie schließlich davon ab.

Stattdessen fuhr sie nach Cape Hudson. In einer Touristenboutique fand sie ein extragroßes schwarzes T-Shirt mit einem blauen Stern, der zu ihrer Rolle als Wahrsagerin passte. Es regnete nicht mehr, und so spazierte sie Richtung Stadtzentrum. Doch bald fielen ihr dicke Tropfen ins Gesicht, und kurz darauf brach ein heftiger Schauer aus. Sie rettete sich in Arlene's Diner.

Glöckchen kündigten sie an, als sie das leere Café betrat und sich das Gesicht abtrocknete. Es war früher Nachmittag, und ihr Magen knurrte. Obwohl sie erst vor zwei Stunden gefrühstückt hatte, hatte sie riesigen Appetit.

»Hallo?«

Arlene erschien hinter den doppelten Schwingtüren und strahlte ihr entgegen. Ihre roten Haare waren zu einem Knoten zusammengebunden und ihr Diner-T-Shirt spannte sich über ihrem üppigen Busen. »Megan, dich habe ich ja seit Ewigkeiten nicht gesehen. Wo hast dich denn rumgetrieben, Mädchen?«

Megan hievte sich auf einen Barhocker am Tresen und dachte an die vielen Sommer, in denen sie hier mit ihrer Familie Hamburger und Eis gegessen hatte. »Ich habe gearbeitet. Das Leben ist schon verrückt.«

»Ich kann es nicht erwarten, das kleine Ding zu schaukeln. Ist lange her, dass ich ein Baby auf dem Arm hatte.«

»Alles zu seiner Zeit.« Megan fischte ein Zuckerpäckchen aus dem Halter und spielte nervös damit herum. »Sie kommt schon früh genug.«

Arlene schenkte ihr ein Glas Limonade ein. »Bist du sicher? Das Baby sitzt ganz schön tief.«

Sie trank. »So eilig habe ich es auch nicht, Mutter zu werden.«

»Wie immer? Ein Sandwich mit gegrilltem Hühnchen und Pommes?«

Megan wirbelte das Zuckerpäckchen herum. »Wie immer.«

»Du hast meine Pommes schon als Kind geliebt.«

»All die Sommerferien hier … Kommt mir vor, als wäre es tausend Jahre her.«

»Deine Eltern kommen doch bald wieder, oder?«, fragte Arlene.

»In zwei Wochen.«

»Und wie geht's Deacon? Was treibt der Bengel denn so?«

»Scheffelt Millionen als Firmenanwalt. Ein richtig hohes Tier.«

Arlene legte eine halbe Hähnchenbrust auf den Grill und warf frisch geschnittene Kartoffeln in die Fritteuse. »Hast du was dagegen?«

»Nein. Warum?«

»Es klingt so.«

Megan trank von ihrer Limonade. »Ich liebe meine Arbeit. Ich kann mir nichts Besseres vorstellen. Aber er ist natürlich der Liebling. Deacon hat den geraden Weg genommen, und unsere Eltern himmeln ihn an.«

»Jede Wette, dass sie auf dich auch stolz sind.«

Megan strich sich über den Bauch. »Zurzeit bin ich mir da nicht so sicher.«

Arlene wendete die Hähnchenbrust und legte zwei Brötchenhälften auf den Grill. »Ich habe gehört, dass Helen ein Haus in Cape Hudson gekauft hat.«

Megan verschluckte sich. »Sie hat was …?«, brachte sie dann hustend heraus.

»Was? Sie hat es dir nicht erzählt?«

»Sieht es so aus?«

»Ach, du kennst Helen doch. Sie hat ein Herz aus Gold, aber sie benimmt sich manchmal wie ein General.«

* * *

Megan zog ihre schwarze Stretchhose und das neue T-Shirt an. Sie fand sich alles andere als attraktiv und konzentrierte sich auf ihre Frisur. Irgendwie musste es doch möglich sein, etwas weniger schwanger auszusehen. Sie bürstete ihren Pony zurück und band die Haare zu einem hohen Pferdeschwanz. Dann starrte sie frustriert in ihr Vollmondgesicht im Spiegel.

»Was soll's?«, murmelte sie. »Das ist sowieso albern.« Sie zeigte dem Spiegel die kalte Schulter und ließ sich von Lucy die Haare mit Glitter besprenkeln.

»Du siehst richtig gut aus.«

»Echt jetzt?«

»Echt jetzt. Eine wunderschöne Wahrsagerin«, beteuerte Lucy. »Und ich bin die Eventmanagerin, Natashas Stylistin und Bespaßerin von sechs vorpubertären Mädchen.«

»Lu-cyyy!«, brüllte Natasha, »ich habe mein Kleid kaputt gemacht.«

Lucy warf Megan einen vielsagenden Blick zu. »Ich würde ja mit dir tauschen, aber ich mag dich zu gern.«

»Ich stehe zu Diensten. Du darfst mich Madame LeBlanc nennen.«

»Die Frau aus den Briefen?«

»Warum nicht? Klingt doch mysteriös und gefährlich genug.«

»Und hat natürlich einen historischen Bezug. Wie sollte es bei dir anders sein?«

Lächelnd ging Megan die große Treppe hinunter, an deren Geländer weiße und schwarze Luftballons gebunden waren.

In der Eingangshalle wiesen weitere Ballons den Weg zum Salon. Dorthin, wo Megans Urgroßeltern Julia und George nach dem Essen mit ihren Freunden die Abende bei Drinks, Musik, Kartenspielen oder Diskussionen ausklingen ließen. Es machte ihr Spaß, sich vorzustellen, wie sie wohl auf ein halbes Dutzend herumrennender, kichernder Mädchen reagiert hätten.

Neben dem Salon befand sich kleines Hinterzimmer, das sie mit einem runden Tisch und schummerigem Licht ausgestattet hatten. Madame LeBlancs Reich.

Es klingelte und Megan ging, um Rick und Hank zu begrüßen. Beide Männer trugen Chinos und Hemden und hatten Kühltaschen dabei.

»Hey, ihr seid ja im Partnerlook«, sagte Megan.

»Na, wie geht's dem Party-Girl?«

»Sie hatte gerade einen Notfall. Ein kaputter Reißverschluss. Lucy kümmert sich drum. Bislang gab's weder Tränen noch Geschrei.«

Hank schüttelte den Kopf. »Lucy ist ein Engel.«

»Auf alle Fälle. Sind das die Eiswürfel?«

»Ja«, sagte Hank.

»Und ich hab Lucys Torte und Eiscreme«, sagte Rick.

»Wunderbar. Meine Herren, folgen Sie mir unauffällig in die Küche.« Der Küchentisch bog sich unter Softdrinks und Punsch. »Die Eiswürfel kommen hierher, den Kuchen kannst du gleich auf den Tisch stellen.«

»Zu Befehl, Ma'am«, sagte Rick.

Megan verstaute das Eis in der Kühltruhe. Als sie sich umdrehte, hatte Rick die Torte auf den Tisch gestellt. Um die Worte *Für immer* und ein Foto von Natasha, Lucy und Dolly waren Kerzen gesteckt.

»Wie hat sie das geheim halten können?«, fragte Megan.

»Sie ist nachts noch zu mir gekommen und hat lange daran gewerkelt«, sagte Hank. »Ich glaube, sie hat nur ein paar Stunden geschlafen.«

»Bitte, bitte, lass es ihr Schokoladenkuchen sein.«

»Du hast Glück. Natashas Lieblingskuchen«, sagte Hank. »Ich habe noch ein Geschenk für Natasha im Auto. Bin gleich wieder da.«

»Mir gefällt der Glitter«, bemerkte Rick.

»Heute Abend bin ich Madame Megan LeBlanc, die weltberühmte Wahrsagerin.«

»Klingt geheimnisvoll. Und wie willst du das machen mit dem Wahrsagen?«

»Mit der Planchette, die wir bei Samuel gefunden haben. Und mit einem Partytrick, der früher immer gut angekommen ist. Die Leute geben mir einen Gegenstand, und dem entlocke ich Geheimnisse.«

»Hört sich spannend an.« Er löste einen Schlüssel von seinem Bund. »Zeigen Sie mir, was Sie können, Madame LeBlanc. Was sagt dieser Gegenstand über mich aus?«

Sie lachte und schloss die Faust um den Schlüssel. Dann befühlte sie die glatte, flache Metalloberfläche. »Du bist der nostalgische Typ«, sagte sie. »Dieser Schlüssel hat einen emotionalen Wert.«

Er zog eine Augenbraue hoch. »Das war's schon, Madame LeBlanc? Wenn du die Mädchen beeindrucken willst, solltest du noch etwas mehr zu bieten haben.«

Megan ließ sich nicht beirren. Sie atmete tief ein und tief aus und erinnerte sich an den Abend, an dem sie Rick und Scott kennengelernt hatte. Die Männer waren gerade von einem Pokerspiel gekommen, und sie hatte Rick erzählen hören, dass er eine Hütte gewonnen hatte. »Du hast diesen Schlüssel gewonnen.« Wie jede gute Kartenleserin achtete sie genauestens auf seine Körpersprache und Mimik.

Er sah sie interessiert an. »Weiter.«

Also hatte sie richtig geraten. »Du hast diesen Schlüssel bei einem Pokerspiel gewonnen. In Atlantic City. Nein, in Norfolk. Er gehört zu dem Schloss einer Hütte.« Sie dachte daran, was er über Glück gesagt hatte. »Der Schlüssel soll dich daran erinnern, dass du dein Glück selbst in der Hand hast.«

Er starrte sie an und nahm den Schlüssel wieder an sich. »Das hast du alles durchs Anfassen herausgefunden?«

»Natürlich. Ich bin Madame LeBlanc. In meiner Welt ist alles möglich.«

»Es ist jedenfalls verdammt nah an der Wahrheit«, bestätigte er leise.

Sie lachte. »Ich kann mich einfach an alle möglichen Kleinigkeiten erinnern. Bestimmt hat mir Scott mal etwas über den Schlüssel oder die Hütte erzählt. Gute Detektivarbeit und ein noch besseres Gedächtnis.«

Er spielte mit dem Schlüssel. »Wie ein Elefant.«

»Genau.«

Er befestigte den Schlüssel am Bund. »Nur dass ich Scott nie etwas davon erzählt habe.«

»Wahrscheinlich hast du's nur vergessen.« Sie war sicher, dass er in der Bar mit jemandem über die Hütte gesprochen hatte, und war davon ausgegangen, dass es Scott gewesen war.

Er schüttelte den Kopf. »Nein. Ich bin mir hundertprozentig sicher. Weil ich nämlich vorhatte, dich in die Hütte einzuladen.«

»Wann?«

»Gleich nachdem du mir deine politische Weltanschauung um die Ohren gehauen hast. Ich hatte gerade ein Wochenende in der Hütte beim Pokern gewonnen. Und ich habe mir uns beide dort vorgestellt. Du hattest nur mein Hemd an.«

Ihr wurde sehr warm. »Dann hat es zwischen uns gefunkt – oder eher geblitzt und gedonnert. Du bist abgehauen.«

»Du hast mich herausgefordert. Aber später habe ich lange darüber nachgedacht, was du gesagt hast. Und ich stehe auf Herausforderungen. Ich wollte dich unbedingt wiedersehen. Aber Scott war schneller. Und das war's. Ich habe die Hütte nie benutzt.«

»Oh.« Sie räusperte sich. »Warum hast du den Schlüssel noch?«

»Um mich daran zu erinnern, dass man das Eisen schmieden sollte, solange es heiß ist.«

Sein Gesicht war nur Zentimeter von ihrem entfernt. Das Baby drückte ihr auf die Blase, als wollte es ihr klarmachen, dass sie nicht mehr die Frau war, die er kennengelernt hatte.

Als es an der Tür klingelte, unterbrach sie ihren intensiven Blickkontakt. »Ich mache auf.«

Mit geröteten Wangen ging sie zur Tür. Helen stand davor und hielt ein buntes Päckchen mit einer rosa Schleife in die Höhe. »Willkommen, Helen.« Megan konnte nur hoffen, dass sich ihre Wangen abgekühlt hatten. »Hier herrscht die Ruhe vor dem Sturm.«

»Du siehst gut aus.«

»Danke.«

»Konntest du dich heute ein bisschen ausruhen?«

»Ich habe den ganzen Nachmittag auf dem Sofa gesessen und Luftballons aufgeblasen.«

»Oh ja, das sieht man.«

Hank kam hinter Helen herein.

Die beiden Männer begrüßten Helen mit einem Küsschen und machten ihr Komplimente.

»Schön, dass du gekommen bist«, sagte Megan.

»Es war sehr lieb von euch, mich einzuladen.« Sie hielt ihr Geschenk hoch. »Ich habe noch nie etwas für ein Mädchen gekauft. Ich hoffe, es gefällt ihr.«

Megan nahm ihr das Päckchen ab und legte es auf den Gabentisch. »Bestimmt.«

Lucy und Natasha kamen die Treppe herunter. Lucy trug ein langes, eng geschnittenes Kleid, das ihre schmale Taille betonte. Selbst zu ihren besten Zeiten war Megan nicht so schlank gewesen. Lucys Haare fielen offen um ihre Schultern und ließen silberne Ohrringe durchschimmern. Natasha hatte ein kürzeres schwarzes Kleid mit Flügelärmeln und einem herzförmigen Dekolleté an. Ihre Haare waren elegant hochgesteckt, sodass die glänzenden Perlenohrringe zur Geltung kamen, die ihr Megan für den Abend geliehen hatte.

Hank pfiff. »Alle Achtung! Ihr Ladys seht umwerfend aus.«

Lucy lächelte und küsste ihn auf die Lippen, gerade lang genug, um ihm ihre Liebe zu bekunden und einen Vorgeschmack auf später zu geben.

Natasha blickte erwartungsvoll die Geschenkpäckchen an. »Sind die für mich?«

»Allerdings«, gab Megan zurück.

»Darf ich sie jetzt aufmachen?«

»Nein«, sagte Hank. »Ich muss die Hamburger grillen und du hilfst mir dabei.«

Natasha verdrehte die Augen, aber sie tat nur genervt. »Na gut. Dann spiele ich eben die perfekte Gastgeberin.«

Lucy ging das Hackfleisch aus der Küche holen. Hank und Natasha standen bereits am Gasgrill, als sie nach draußen kam, während die anderen die Aussicht bewunderten.

Vor ihnen erstreckte sich die Bucht. Die Sonne stand tief am Horizont und würde gleich im Wasser versinken. Der Rasen war vom Regen am Nachmittag noch nass. Das Wetter konnte in dieser Jahreszeit sehr wechselhaft sein. Doch an diesem Abend war es perfekt.

Megan ließ sich in einen Liegestuhl sinken und streckte die Beine aus. Sie setzte sich jetzt immer öfter. Eine Schwangerschaft hatte sie sich definitiv weniger anstrengend vorgestellt.

»Also, wenn du mal eine Babysitterin brauchst, kannst du mich fragen«, sagte Natasha und reichte Megan ein Glas Limonade. »Die Feuerwehr bietet gerade Erste-Hilfe-Kurse an und ich habe mich angemeldet. Nur für alle Fälle.«

Mittlerweile hatte Megan das Nötigste für das Baby besorgt. Den Rest wollte sie kaufen, wenn ihr Geburtsvorbereitungskurs in der folgenden Woche beginnen würde. »Das ist sehr verantwortungsbewusst. Vielleicht sollte ich auch einen machen.«

»Wahrscheinlich. Babys sind verzwickte kleine Dinger«, sagte Natasha.

»Meinst du?«

»Ja, bestimmt«, bestätigte Natasha altklug. Sie setzte sich neben Megan. »Hast du diesen Entbindungskurs schon angefangen?«

»Der beginnt erst nächsten Monat.« Irgendwie schien sie allem hinterherzuhecheln. »Ich habe ja noch Zeit.«

»Lucy und ich sind für dich da. Du bist nicht alleine.«

»Danke.«

Hank wendete die Hamburger auf dem Grill und lachte mit Rick über einen Witz, den sie nicht verstanden hatte. Rick nahm einen langen Schluck aus seiner Bierflasche. Sie dachte an diese Hütte im Wald und wie es gewesen wäre, dort das Wochenende mit ihm zu verbringen.

»Helen sagt, dass das Baby Scottie heißen soll.« Natashas Worte brachten sie in die Gegenwart zurück.

»Das ist noch nicht entschieden.« Es klang irritierter als beabsichtigt, also sagte Megan beiläufig: »Ich habe eigentlich an Herzogina Alwine Bachsonata gedacht.«

Lucy lachte. »Wie wäre es mit Prinzessin Patatina Lilotta?«

Natasha klang auf einmal ernst. »Was haltet ihr von Diane?«

»Komisch«, sagte Megan. »Daran habe ich vor Kurzem auch gedacht.«

Natasha grinste. »Hört sich doch gut an, oder?«

»Ja.« Der Name schien Megan immer passender. »Sehr gut sogar.«

»Hast du schon rausgefunden, was aus Diane geworden ist?«, fragte Natasha.

»Nein.«

»Unwahrscheinlich, dass sie einfach aufgehört haben sollte zu schreiben.«

»Ich nehme an, dass es noch mehr Briefe gibt. Wir haben sie nur noch nicht gefunden.«

»Aber warum waren sie nicht alle zusammen?«, fragte Natasha.

»Vielleicht wollte jemand ein Geheimnis bewahren.«

»Die Hamburger sind fertig!«, rief Hank.

Megan versuchte vergeblich, aus dem tiefen Liegestuhl aufzustehen. Aber das Baby lag seit ein paar Tagen irgendwie anders. Natasha war schon aufgesprungen, während Megan sich wie eine umgedrehte Schildkröte vorkam, die noch so verzweifelte Anstrengungen machen konnte, ohne aus eigener Kraft wieder auf die Beine kommen zu können.

Rick griff ihr unter die Arme und zog sie mühelos aus dem Sessel.

»Ich weiß«, sagte sie. »Ein komischer Anblick, stimmt's? Der Weg in die Mutterschaft ist mit Peinlichkeiten gepflastert.«

»Ein herrlicher Anblick«, sagte er.

»Sagt der Mann mit der schlanken Taille und den nicht geschwollenen Beinen.«

Er ließ ihre Hand nicht gleich los. Sie taten beide so, als wäre sie weiter auf seinen Halt angewiesen.

Schließlich löste sie ihre Hand. »Danke.«

»Aber immer. Alles in Ordnung bei dir?«

»Abgesehen davon, dass ich den größten Job meines Lebens und die Schwangerschaft unter einen Hut bringen muss, geht es mir ganz wunderbar.«

»Du übernimmst dich.«

»Kann sein. Aber ich möchte erstklassige Arbeit leisten. Ich will ja auch nach diesem Projekt hier im Job bleiben. Wenn das Baby was essen möchte, muss seine Mama arbeiten.«

»Übrigens, ich habe nichts über Elise Mandel herausgefunden. Ich habe sogar Kumpels bei den übergeordneten Dienststellen in Virginia und Maryland kontaktiert. Nirgends war was zu finden.«

»Wirklich?«

»Keine Spur, nichts.«

Sie gingen zum Büfett, wo verschiedene Salate, frisch gegrillte Hamburger und Würstchen auf sie warteten. Megan tat sich von allem etwas auf und setzte sich an den Tisch. Rick besetzte sofort den Platz neben ihr. Sie plauderten und hörten Natasha zu, die von der Schule und den Mädchen erzählte, die gleich da sein würden.

Lucy sah auf die Uhr. »Wir haben noch eine halbe Stunde, bevor die Gäste kommen. Bitte begebt euch freundlicherweise ins Esszimmer und lasst euch überraschen.«

Natasha bekam leuchtende Augen, bemühte sich aber, cool zu tun und sich ihre Aufregung nicht anmerken zu lassen. Sie stellten sich um den langen Esstisch auf, der so alt war wie das Haus. Lucy verschwand in der Küche. Dann trat sie mit der Geburtstagstorte ein, auf der Dutzende Kerzen brannten.

Sie stellte sie vor Natasha auf den Tisch. »Kleine, ich habe heute die offizielle Nachricht bekommen: Du bist jetzt eine Kincaid.«

»Ernsthaft?« Natasha konnte vor Aufregung nur flüstern.

»Ernsthaft«, bestätigte Lucy mit einem strahlenden Lächeln.

»Heißt das, du bist jetzt meine Mutter?«, fragte sie.

»Theoretisch schon. Aber auch deine Schwester.«

»Das ist echt krass.«

»Tja, wenn jemand fragt, müssen wir wohl etwas weiter ausholen. Aber egal ob Mutter oder Schwester, wir sind jetzt in jeder Hinsicht eine Familie.«

Natasha stiegen Tränen in die Augen. Megan schoss Fotos mit ihrem Handy. Das Mädchen rannte zu Lucy und drückte sie schluchzend an sich.

Lucy küsste sie auf die Stirn. »Jetzt puste mal deine Kerzen aus.«

Natasha schniefte und rieb sich die Augen. Dann blies sie alle Kerzen auf einmal aus. Megan nahm die Kerzen heraus und schnitt den Kuchen in große Stücke. Nachdem alle Teller leer waren, räusperte sich Hank. »Wie wär's mit Geschenken?«

»Yippie!«, rief Natasha.

Hank reichte ihr zuerst Helens Päckchen über den Tisch. »Fang hiermit an.«

»Was ist da drin?», fragte Natasha.

»Mach es auf«, sagte Helen.

»Was sagt man?«, erinnerte sie Lucy.

»Danke schön, Mrs Jessup.«

»Sehr gern geschehen, Liebes.«

Natasha riss die Schleife auf. In der Schachtel lag ein antiker Handspiegel. Natasha hielt ihn vor sich und bewunderte ihr Spiegelbild. »Er ist sehr schön.«

»Jedes junge Mädchen braucht einen, in dem sie sich bewundern kann«, sagte Helen. »Meine Großmutter hat ihn mir gegeben, als ich in deinem Alter war. Mir kam es albern vor, ihn noch weiter aufzuheben. Was zählt, ist das Hier und Jetzt.«

»Er ist sehr schön, Helen«, sagte Lucy.

»Ich hoffe, dass sie ihn irgendwann ihrer Tochter vererben kann«, sagte Helen. »Ach so, wenn du in diesen Spiegel guckst, solltest du immer lächeln.«

»Warum?«, fragte Natasha.

»Selbst wenn du dich schrecklich mies fühlst«, sagte Helen, »wird dich dein Lächeln immer beschützen.«

Natasha sah in den Spiegel und lächelte breit und vollkommen ungezwungen. Dann streckte sie sich die Zunge raus und wackelte mit den Augenbrauen, bis sie kichern musste.

»Siehst du?«, sagte Helen. »Es ist wie Zauberei.«

»Noch mal vielen Dank, Mrs Jessup«, sagte Natasha.

Natasha widmete sich ihrem nächsten Geschenk. Sie riss das Papier auf, warf es auf den Boden und öffnete die kleine Schmuckschatulle, die zum Vorschein kam. Sie war leer. Natasha hielt sie entgeistert in die Höhe. »Was hat das zu bedeuten?«

»Da gehören die Ohrringe rein, die du trägst«, sagte Megan.

Natasha fasste sich an die Ohrläppchen. »Echt? Ich darf sie behalten?«

»Sie gehören dir«, sagte Megan. Natasha fiel Megan glücklich um den Hals.

Ricks Geschenk steckte unverpackt in einer Papiertüte. Natasha nahm sie kichernd entgegen und zog ein Taschenmesser hervor. Sie begutachtete es mit großen Augen, während Rick ihr klare Anweisungen für die Benutzung gab und sie warnte, es niemals mit in die Schule zu nehmen. Sie versprach es hoch und heilig.

Schließlich gab Hank ihr einen braunen Pappkarton, der mehrfach mit Klebeband verschlossen war. Prompt nahm Natasha ihr Taschenmesser und schnitt ihn auf. Im Karton war ein Fahrradhelm.

Natasha setzte ihn sofort auf und besah sich in Helens Spiegel. »Sieht supercool aus! Danke, Hank.«

»Der Rest steht vorm Haus«, sagte er.

»Der Rest?«, fragte sie.

Hank machte ein Pokergesicht. »Schau mal nach.«

Natasha verschloss den Helm unterm Kinn und rannte zur Tür. Vor dem Haus lehnte ein neues rotes Rad mit Zehngangschaltung. Sie sah Hank staunend an. »Ist das für mich?«

»Für dich, Kurze.«

Natasha rannte zu Hank und umarmte ihn. »Ich kann es jetzt nicht ausprobieren, sonst bin ich ganz verschwitzt. Aber morgen, und dann fahre ich für immer damit.«

Er löste den Kinnriemen und nahm ihr den Helm ab. »Klar. Du willst ja für deine Party toll aussehen.«

Natasha fasste sich an die Haare. »Wie sieht meine Frisur aus?«

»Perfekt«, sagte Hank.

Megan klopfte Hank auf die Schulter. »Gut gemacht, Cousin.«

»Freut mich. Habe auch lange genug drüber nachgedacht.«

»Ich lese gerade Samuel Jessups Tagebuch. Wusstest du, dass er Victoria Garrison kennengelernt hat, als er erwachsen war?«

»Soweit ich weiß, hat Urgroßmutter eine Zeit lang in Afrika gelebt.«

»Ja. Und wie es scheint, hat Samuel unsere Urgroßeltern 1939 zurück in die Staaten gebracht.«

»Da war sie Anfang vierzig. Ich glaube, sie hat etwa in der Zeit meinen Großonkel Jeb bekommen«, sagte Hank.

In seinem Tagebuch hatte Samuel keinen kleinen Jungen erwähnt. Das Baby wäre sicherlich mit seinen Eltern gereist, aber es war natürlich möglich, dass Samuel es auf der Überfahrt nicht zu Gesicht bekommen hatte.

Mehrere Autos näherten sich dem Haus. »Jetzt kann die Party starten«, sagte Lucy. »Auf die Plätze, fertig, los!«

»Wo soll ich hin?«, fragte Helen.

»Du hilfst Madame LeBlanc«, erklärte Lucy. »Die Männer sind die Türsteher und machen die Security.«

»Kein Junge wird diese Schwelle übertreten«, versicherte Hank mit gespieltem Ernst.

Natasha verdrehte Augen. »Ha, ha, ha.«

»Wer ist Madame LeBlanc?«, fragte Helen.

»*Moi.*« Megan lächelte und winkte sie mit gebogenem Zeigefinger zu sich heran. »Hier entlang.«

»Und was soll ich machen?«, fragte Helen.

»Ich sitze im Hinterzimmer und du führst die jungen Damen herein. Sie geben mir einen persönlichen Gegenstand, und ich offenbare dessen Geschichte.«

»Klingt spannend. Aber nicht so unheimlich, dass die kleinen Mädchen deswegen hysterisch werden würden.« Als sie den Salon durchschritten, blickte Helen sich neugierig um. »Ich bin so viele Jahre an diesem Haus vorbeigefahren und war noch nie hier.«

»Dann gebe ich dir eine kurze Führung.«

»Das wäre aber schön!«

Hinter dem Salon führte ein Flur in das ehemalige Esszimmer der Dienerschaft und George Buchanans Waffenkammer und Arbeitszimmer. Im ersten Stock zeigte Megan Helen die verschiedenen Zimmer und berichtete ihrer aufmerksamen Zuhörerin, wer in welchem gewohnt hatte.

»Dieses Projekt ist viel größer, als ich gedacht hätte. Die Renovierung der beiden Häuser kann ja Jahre dauern. Und dann ist da auch noch der Leuchtturm. Du wirst mit deinem Baby noch eine ganze Weile hierbleiben.«

»Es ist ein schöner Ort für ein Kind«, bemerkte Megan.

»Ich habe mir schon Gedanken über die Schule gemacht. Mark, mein verstorbener Mann, hat immer gesagt, seine Schule wäre nicht gut genug gewesen. Er konnte jeden Motor reparieren, aber Lernen war nicht seine Sache.«

Megan hob abwehrend die Hand. »Warte mal, Helen! Lass mich das Baby erst mal zur Welt bringen. Wir brauchen uns jetzt wirklich noch keine Gedanken über ihre Schule zu machen.«

Helen musterte sie genauso, wie sie Scott immer gemustert hatte, wenn er es gewagt hatte, ihr zu widersprechen. Selbst wenn es aussah, als lenkte sie ein, war das nur ein Ausweichmanöver. Sie war es gewohnt, ihren Willen durchzusetzen. »Ja, du hast recht. Und bald sind deine Eltern ja wieder da und du hast mich, also hast du immer wen zum Babysitten.«

»Das stimmt.«

Sie gingen in das kleine Hinterzimmer. Megan bereitete sich auf ihre Rolle als Wahrsagerin vor und nahm die Planchette aus ihrer Schachtel. Helens Interesse war geweckt.

»Das hast du in Samuels Schreibtisch gefunden?«, erkundigte sie sich.

Megan reichte es ihr. »Ja. Ziemlich einzigartig.«

»Und schwer.« Helen befühlte die roten und weißen Glassteine. »Hast du es schon schätzen lassen?«

»Noch nicht. Aber es steht auf der Liste.«

»Und was macht man damit?« Die Steine glitzerten in der Abendsonne.

»Man benutzt es, um die Geister der Toten heraufzubeschwören.«

Helen gab ihr die Planchette zurück. »Ich würde den Toten keine Fragen stellen. Ich fürchte mich vor ihren Antworten.«

9. August 1939
Aus dem Tagebuch von Samuel Jessup

Man hört jetzt immer öfter, dass die Nazis aufrüsten und Truppen mobilisieren. Es gibt ein paar polnische Matrosen an Bord, die erzählen, dass in Polen die Angst vor einem Angriff umgeht. Wie 1914. Man sollte glauben, dass die Deutschen ihre Lektion gelernt haben, als wir das letzte Mal eingegriffen haben. Wahrscheinlich sind sie stur. Ich würde meinen letzten Dollar darauf wetten, dass sie nächstes Jahr die Atlantikküste einnehmen und dichtmachen. Wenn ich an ihrer Stelle wäre, würde ich das Gleiche tun. Ohne Schiffe wie meins ist Europa von der restlichen Welt abgeschnitten. Und ohne Treibstoff kann Europa nicht lange überleben und würde bald in die Knie gezwungen werden.

Ich habe meine Leute in Alarmbereitschaft versetzt. Jeder trägt eine Waffe bei sich, solange wir im Hafen von Le Havre liegen und bis wir wieder auf offener See sind.

Kapitel 22

DIANE
IM ALTER VON ACHTZEHN JAHREN

Mittwoch, 1. September 1909
Normandie

Diane zog die grobe Wolldecke bis über die Schultern. An diesem kalten Morgen fühlte man den nahenden Winter. Die letzten beiden Wochen hatte sie von früh bis spät mit Gilbert auf der Plantage gearbeitet, weil Madame Herbert sie vor einem Wetterumschwung gewarnt hatte. Es war ein Wettlauf mit der Zeit gewesen. Sie mussten die Äpfel pflücken, bevor die drohenden kalten Regengüsse die Ernte zerstörten.

Am Vorabend hatten sie die letzten Äpfel in die Scheune gebracht, wo Gilbert sie entsaften würde.

In den vergangenen sechs Jahren war Diane hochgeschossen, und ihre Hüften und Brüste hatten sich gerundet. Madame Herbert hatte sie in der Kunst des Heilens unterrichtet. Jetzt ging Diane ins Dorf und sah nach den Kranken. In der vergangenen Woche waren Diane und Madame Herbert zur Geburt des Babys der Locards gerufen worden. Es war eine schwere Geburt gewesen, und das Neugeborene war klein, atmete nicht und war schon blau. Die Hebamme übergab es Diane, die das Brustbein des Babys massierte und ihm ihre Atemluft in den Mund blies. Mehrere Minuten lang war es still im Raum. Dann öffneten sich die Augen des Kleinen und er schrie. Ein Raunen ging durch die wartenden Frauen im Zimmer.

In dem Dorf wurde immer noch über ihre Heilkräfte geflüstert. Hinter vorgehaltener Hand nannten manche sie eine Hexe. Aber alle waren sich einig: Falls sie eine Hexe war, dann war sie wenigstens ihre.

Diane bemerkte, wie sie jetzt von einigen Männern angestarrt wurde, wenn sie mit Gilbert und Madame zur Messe ging. Auch Gilbert war das nicht entgangen, und es war deutlich, dass ihm das sehr gegen den Strich ging.

Oscar grummelte. Ihm war es vollkommen egal, wie viel Kraft ihr die Apfelernte abverlangt hatte. Er wollte raus. Er konnte auch nicht mehr so geduldig warten wie früher. Sie nahm sich zusammen und schlug die Decke zurück. Seine Schnauze war ergraut, und ihm machten feuchtkalte Tage ebenso zu schaffen wie Madame Herbert. Und beide mussten sich auf einen frühen harten Winter gefasst machen.

Diane kraulte ihm kurz den Kopf und zog sich schnell an. »Ich beeile mich ja schon, Oscar.«

Sie hielt Oscar jetzt immer am Halsband fest, wenn sie die steile Treppe hinuntergingen, denn auch wenn er etwas wackelig auf den Beinen geworden war, führte er sich manchmal wie ein junger Hund auf und machte unbedachte, schnelle Bewegungen. Diane wollte verhindern, dass er die Treppe hinunterfiel.

Das Haus war noch still, als sie die Küche durchquerte und das schwere Eisenschloss der Hintertür öffnete. Ein kalter Windstoß fegte ihr entgegen und drang durch ihr Wollkleid. Der Himmel war dunkel und bedrohlich. Oscar ließ sich auch von dem einsetzenden Regen nicht davon abhalten, in aller Ruhe herumzuschnüffeln.

Diane stocherte mit dem Schürhaken in der noch glühenden Asche und ließ das Feuer auflodern, bevor sie weitere Holzscheite obenauf legte. Der Korb mit dem Feuerholz war voll. Gilbert musste ihn gestern Nacht in Erwartung des Regens noch aufgefüllt haben. Er war immer so vorausschauend.

Sie setzte Wasser auf und mahlte Kaffeebohnen. Dann schlug sie zwölf Eier in eine Form, mischte Ofengemüse vom Vortag und etwas Käse darunter und stellte alles in den Ofen. Als der Wasserkessel pfiff, goss sie das Wasser über den Kaffee in eine Messingkanne. Sie liebte diese Zeit des Tages, wenn das Haus gerade erwachte. Der Hund kratzte an der Hintertür. Sie ließ ihn ein und nahm schnell das Handtuch von ihrer Schürze, um ihm das nasse Fell zu trocknen. Sie wich ein paar Schritte zurück, als er Anstalten machte, sich zu schütteln.

»Das sollst du doch draußen machen, du Racker!«, tadelte sie ihn.

Sie füllte seinen Napf mit frischem Wasser und zerkleinerte Fleisch und Ofengemüse für ihn. Während er fraß, humpelte Madame Herbert herein, schwerfällig auf ihren Gehstock gestützt.

»Das wird ein echter Landregen«, meinte sie.

»Sie hatten recht, wie immer. Es ist auch viel zu kalt für September.« Diane zog der alten Frau ihren Stuhl heran.

Madame ließ sich langsam auf das weiche Kissen sinken. Ihre Arthritis hatte sich im letzten Jahr deutlich verschlechtert. Es war für sie schon eine Anstrengung, sich im Haus zu bewegen.

Diane nahm drei Porzellantassen aus dem Schrank und schenkte ihnen beiden Kaffee ein. In Madames Tasse gab sie auch Sahne und Zucker, bevor sie sich setzte. »Haben Sie gut geschlafen?«

»Ach, nein. Aber ich schlafe immer schlecht. Alt zu werden, ist gar nicht schön, Diane.«

»Ich will auch gar nicht alt werden, Madame Herbert.«

Die alte Frau überhörte die naive Bemerkung der jungen und trank ihren Kaffee.

»Wir haben es mit den zusätzlichen Männern gerade noch geschafft, alle Äpfel zu pflücken. Aber es war ziemlich knapp.«

»Gilbert ist erst um ein Uhr nachts ins Haus gekommen. Du weißt, dass ich jedes Dielenknarren im Haus höre. Und ich kann erst einschlafen, wenn er die Tür hinter sich zugesperrt hat.«

Auch Diane hatte sich an Gilberts Anwesenheit gewöhnt und war erstaunt, dass sie ihn in der vorigen Nacht nicht bemerkt hatte. »Ich habe nichts gehört.«

»Du warst erschöpft. Junge Leute brauchen mehr Schlaf als alte.«

»Gilbert sagt, dass die Ernte dieses Jahr eine der besten ist, die er je gesehen hat. Sie wird uns einen ordentlichen Ertrag einbringen.«

»Das wäre beruhigend.«

Mit ihren gekrümmten Fingern umfasste Madame Herbert die warme Tasse und atmete den Kaffeeduft ein, bevor sie zwei Schlückchen trank. »Gestern ist ein Brief für dich angekommen. Ich wollte es dir gleich sagen, wenn du nach Hause kommst, aber ich war eingenickt, und dann habe ich es vergessen.« Sie zog den Brief aus ihrer Schürzentasche.

Er war von Claire. Wie immer erfüllte sie der Anblick mit großer Vorfreude. Claire reiste schon seit Jahren mit der Familie Buchanan durch die Welt und hatte viele Sehenswürdigkeiten zu Gesicht bekommen. Diane hatte Postkarten aus London, Rom und Moskau und vielen anderen Städten erhalten.

Vorsichtig zog sie den Brief aus dem Umschlag. *Liebe Diane.* Claires klare Handschrift erinnerte sie an die ihrer Mutter. Wenn sie die Briefe ihrer Schwestern las, bekam sie stets ein leises Heimweh. Besonders bei Claires Briefen. Jemma und Sarah schrieben ihr auch, aber nicht so häufig. Und ihr Leben war nicht annähernd so aufregend wie das von Claire.

Madame hatte Diane nie ausgefragt, doch mit der Zeit hatte Diane die alte Frau lieben gelernt und erzählte ihr gern, was darin stand, sodass Madame sich auch auf Claires Briefe freute.

> *Ich bin gerade mit den Buchanans in England angekommen. Glücklicherweise war die Überfahrt ruhig, sodass wir den Atlantik in Rekordzeit überquert haben.*

Claire beschrieb einige Städte, vor allem aber die Kleider, die sie für Victoria Buchanan geschneidert hatte. Sie berichtete Diane, wie sie die vierzehnjährige Victoria zügeln musste, da das Mädchen gesellschaftliche Zwänge hasste und sich über Regeln hinwegsetzte. Was ihre Kleider anging, wurde sie immer anspruchsvoller und verlangte oft von Claire, sie mühsam umzuarbeiten. Claire berichtete auch von ihren Geschwistern.

»Sie schreibt, dass George Buchanans Jagdhaus in der Nähe von Cape Hudson fertiggestellt ist. Angeblich ist es größer, als zwanzig normale Wohnhäuser zusammengenommen. Es heißt Winter Cottage, weil sie es nur in den kalten Monaten benutzen, wenn sie auf Entenjagd gehen.«

»Sie jagen nur Enten?«, erkundigte sich Madame verächtlich.

»Die aus der Bucht sind wohl eine echte Delikatesse.«

Sie schnaubte. »Eine Ente ist eine Ente. Nur Reichen kann es einfallen, manche für wohlschmeckender zu halten als andere.«

Diane war damals mit Claire und ihrer Mutter zur Eisenbahnstation gegangen, um zuzusehen, wie das erste Baumaterial für das Jagdhaus abgeladen wurde.

Im letzten Absatz schrieb Claire, dass sie Mitte September nach Paris käme. Sie sollte den Buchanans vorausreisen und zwei Tage in Le Havre bleiben. Sie hoffte, dass sie Diane dort sehen könne.

»Meine Schwester kommt nach Frankreich. Sie möchte mich in Le Havre treffen.« Seit sie damals mit Gilbert aus der Stadt geflohen war, war sie nicht mehr dort gewesen. Selbst nach all den Jahren erfüllte sie der Gedanke an eine Rückkehr in die Hafenstadt mit Schrecken.

»Als ich jünger war, bin ich mit meinem Mann gern nach Le Havre gefahren. Wir sind durch die feineren Gegenden spaziert, und ich habe mir angesehen, was die eleganten Damen trugen. Für mein Leben waren die Kleider viel zu unpraktisch, aber ich habe es trotzdem genossen.« Madame Herbert rührte in ihrem Kaffee, wie sie es oft tat, wenn sie nachdachte. »Natürlich musst du deine Schwester treffen.«

Es war fast neun Jahre her, seit Diane jemanden aus ihrer Familie gesehen hatte. Ihre Wut auf Claire und selbst auf ihren Vater war mit der Zeit erloschen. Sie verstand inzwischen, warum sie sich so und nicht anders entschieden hatten. Diane hatte jetzt ein gutes Leben. Wenn sie sich zu etwas anderem entschlossen hätten, wäre Diane wahrscheinlich nicht so zufrieden geworden wie hier. »Das wäre sehr schön.«

»Gilbert muss sowieso geschäftlich nach Le Havre. Er kann dich mitnehmen. Und ich bin sicher, dass er eine Kiste seines besten Calvados einpacken wird. Für die Buchanans. Der Kontakt zu einer reichen Familie kann das Geschäft beleben.«

»Gilbert wäre zu stolz, irgendwem seinen Calvados aufzuschwatzen.«

»Da hast du natürlich recht. Das ist dein Job. Du könntest bei Claire ein gutes Wort für unseren Apfelbrand einlegen und sie bitten, ihn dem Chefbutler der Buchanans zu empfehlen. Es wäre nicht schlecht, einen reichen amerikanischen Kunden zu haben.«

Weil sie sich so auf die Aussicht freute, Zeit mit Claire zu verbringen, und weil sie stolz auf Gilberts Calvados war, sagte sie: »Claire wird ihn mir bestimmt abkaufen.«

Madame Herberts Lächeln hatte einen Anflug von Gerissenheit. »Du bist ein schlaues Mädchen. Das habe ich von Anfang an gewusst.«

Diane blickte auf die schöne Handschrift ihrer Schwester. »Ich kann Claire einen Brief schreiben. Sie müsste jetzt in London sein.«

Madame schlürfte zufrieden ihren Kaffee. »Wir profitieren ja alle davon. Gilbert verkauft seinen Calvados, du siehst deine Schwester und der Betrieb macht ein bisschen Gewinn.«

Noch am selben Morgen schrieb Diane an Claire. Madame schickte einen Dorfjungen mit dem Brief zur Post. Claires Antwort ließ nicht lange auf sich warten. Als Treffpunkt nannte sie Diane ein Café nicht weit von Max' Geschäft. Madame lieh Diane einen roten Schal, der normalerweise sein Dasein in Papier eingeschlagen in ihrer Kommode fristete. Dazu einen Hut mit breiter Krempe und passende Handschuhe.

Am Tag der Reise wartete Diane aufgeregt darauf, dass Gilbert mit seinem Kleinlaster vorfuhr. Er sah bedrückt aus – genau genommen schien er bedrückt, seit Madame Herbert ihm ihren Plan verkündet hatte.

Diane umarmte Madame Herbert, kraulte Oscar hinter den Ohren und stieg ein. Eine leichte Sorge mischte sich unter ihre Vorfreude über das Wiedersehen mit ihrer Schwester. Schließlich hatte sie sich in den letzten neun Jahren sehr verändert. Und Claire bestimmt auch. Sie strich sich mit ihren von der Ernte schwieligen Händen über den geliehenen Schal und ihr Kleid. Wenn der Stoff doch etwas feiner wäre!

Gilbert ließ den Motor an, und sie machten sich auf den langen Weg nach Le Havre, wo sie am späten Nachmittag in ihrem Gasthaus eintrafen. Hier hatte sich nichts verändert seit dem Tag, an dem Madame LeBlanc ermordet wurde und sie der Polizei so knapp entkommen waren. Dieselben hohen Steingebäude, dieselben Häuserschluchten.

Angespannt sah sie in die Gesichter der Passanten. Natürlich kannte sie niemanden, doch auch die Typen – die Ladenbesitzer, die zwielichtigen Gestalten, sogar die Mädchen auf der Straße – waren gleich geblieben. Was war aus Pierre geworden? Hatte die Polizei ihn erwischt oder war er entkommen?

»Er ist nicht hier«, sagte Gilbert.

Sie musterte sein grüblerisches Gesicht. »Wie kannst du das wissen?«

»Männer wie er sind alle gleich. Wenn es Probleme gibt, verziehen sie sich in dunkle Ecken. Wie Kakerlaken. Außerdem hätte Max mir berichtet, wenn er aufgetaucht wäre.«

»Es ist lange her. Er kann doch zurückgekommen sein. Madame LeBlanc meinte, dass er ursprünglich aus dieser Gegend kommt.«

»Selbst wenn. Du hast dich so verändert, dass er dich nicht wiedererkennen würde.«

»Hoffentlich.«

»Ganz bestimmt. Geh in dein Zimmer und schlaf dich aus. Wir treffen uns morgen früh hier unten und ich begleite dich zu dem Café. Während ihr euch unterhaltet, gehe ich zu Max und erkundige mich nach Pierre Laurent.«

Sie wusste, dass sie auf Gilbert hören sollte. Sie ließ sich von ihrer Angst lenken, während er auf Vernunft baute. Trotz seiner Versicherungen schlief sie schlecht. Sie träumte von Pierre. Seine Hände schlossen sich um Madames Hals. Und dann um ihren eigenen.

* * *

Diane wachte früh auf. Sie wusch sich das Gesicht und gab sich große Mühe, ihre Haare so zu frisieren, wie sie es am Vortag bei einigen Damen gesehen hatte. Dann band sie den roten Schal um und setzte sich den Hut sorgfältig auf. Als sie sich in dem kleinen Spiegel betrachtete, blickte ihr eine junge Frau entgegen.

Gilbert wartete schon auf sie. Als er sie herunterkommen sah, wurde seine ernste Miene noch missgelaunter.

»Wie sehe ich aus?«, fragte sie.

»Sehr schön«, grummelte er. »Du siehst aus, als ob du in die Stadt gehörst.«

Sie beachtete seinen grantigen Tonfall nicht weiter und hakte sich bei ihm unter. Dann gingen sie zu Fuß zu dem vereinbarten Café. Claire stand bereits davor und suchte die Menschenmenge nach ihrer Schwester ab. Sie schien offensichtlich das kleine Mädchen zu erwarten, das sie zuletzt in Cape Hudson gesehen hatte. Die schöne junge Frau bemerkte sie erst, als sie schon fast vor ihr stand.

»Diane?«

Claire trug eine weinrote Jacke und einen brokatbesetzten Rock. Sie hatte makellose, rosige Haut und die klaren, hellwachen Augen ihres Vaters. Ihr Gesicht war oval mit hohen Wangenknochen und vollen Lippen. Wenn die roten Haare und blauen Augen nicht gewesen wären, hätte Diane sie vielleicht gar nicht erkannt.

»Claire?« Diane löste sich von Gilbert.

Die Schwestern fielen sich in die Arme.

»Deine Augen sind einfach unverwechselbar«, sagte Claire.

Diane drückte sich an ihre Schwester. Gefühle, die sie so lange weggesperrt hatte, sprudelten hoch und ergossen sich als Tränen über ihre Wangen. Seit sie vor neun Jahren weggeschickt worden war, hatte sich nichts so sehr nach Heimat angefühlt. Alle Erinnerungen wurden wach, und das war so schön, dass es wehtat.

»Du riechst nicht nach der Bucht«, sagte Diane.

»Ich war ja auch lange nicht mehr in Cape Hudson. Wie ich es vermisse! Du riechst nach Meer.«

»Die Apfelplantage liegt an einem Hügel über dem Meer. Das Land ist viel rauer als zu Hause, aber es ist nah am Atlantik und es riecht wie unsere Heimat.«

Claire trat einen Schritt zurück und wischte sich eine Träne aus dem Gesicht. Und dann eine von Dianes Wange. »Das ist alles so lange her.«

»In diesem Augenblick kommt es mir wie gestern vor.« Diane hatte ganz vergessen, dass Gilbert neben ihr stand. »Ich möchte dir Monsieur Gilbert Bernard vorstellen. Ihm gehört der Apfelhof, wo ich arbeite.« Auf Französisch fügte sie hinzu: »Gilbert, das ist meine Schwester Claire.«

Claire gab Gilbert die Hand, aber ihr Lächeln war nicht so unvoreingenommen wie für Diane. Die ältere Schwester musterte ihn wie eine Herzogin einen Lakaien. Gilbert hielt ihrem Blick stand, als hätte er nichts anderes erwartet. Er schien ihren gesunden Argwohn sogar zu schätzen.

»Es freut mich, Sie kennenzulernen«, sagte Claire auf Französisch. »Diane erzählt viel Gutes über Sie, Madame Herbert und Oscar.«

Die Erwähnung des Hundes entlockte Gilbert ein kleines Lächeln. »Diane leitet den Haushalt und Teile des Betriebs. Ohne sie wären wir verloren.« Gilbert sah die beiden Schwestern an. »Ich denke, es ist Zeit für euch, einen Kaffee zu trinken.«

»Möchten Sie uns Gesellschaft leisten?«, fragte Claire höflich.

»Nein danke. Sie haben sich bestimmt viel zu erzählen. Diane, wann soll ich wiederkommen?«

»Ich weiß nicht.«

»Ich passe gut auf sie auf, Monsieur Bernard«, sagte Claire. »Ich bringe sie vor Einbruch der Dunkelheit zum Gasthaus zurück.«

Er zögerte, als fiele es ihm schwer, Diane zurückzulassen. »Gut.«

»Danke, Gilbert«, sagte Diane.

Förmlich zog er den Hut, verbeugte sich und ging seiner Wege. Einen Moment fühlte Diane sich unsicher ohne ihn in der großen Stadt, doch als Claire ihr eine Locke hinter das Ohr strich, so wie es ihre Mutter früher immer getan hatte, beruhigte sie sich.

»Du bist erwachsen.«

Diane warf einen Blick hinter Gilbert her, doch er verschwand in der Menschenmenge.

»So viel Zeit ist vergangen. Mama hätte das nicht gewollt.« Traurigkeit überschattete Claires Augen wie Wolken die Sonne. Doch sie fasste sich schnell. »Aber es hat keinen Sinn, sich darüber zu grämen. Wir haben nur das Jetzt.«

Diane bemerkte, dass sie von mehreren Leuten unverhohlen angestarrt wurden. Offensichtlich fragten sie sich, wer diese beiden Frauen waren. »Ich glaube, wir missfallen einigen Herrschaften.«

»Dann haben sie Pech gehabt«, sagte Claire. »Ich habe dich so lange nicht gesehen. Warum sollte ich mich jetzt um Konventionen scheren?«

Diane kicherte ausgelassen. Neben Claire fühlte sie wieder die Leichtigkeit von früher, als sie zusammen am Strand der Ostküste getobt hatten. »Irgendwer muss den Leuten ja was zum Tratschen geben.«

Claire lachte und hakte sich bei Diane unter. »Vielleicht sollten wir uns trotzdem wie Damen benehmen, sonst schicken sie uns noch die Gendarmen auf den Hals.«

Bei der Erwähnung der Polizei erschrak Diane. »Das wäre gar nicht gut.«

»Wir können es uns nicht leisten, allzu sorglos aufzutreten. Schließlich sind wir immer im Dienst.«

Doch selbst die ernüchternden Worte ihrer Schwester konnten Dianes Hochstimmung kaum dämpfen. Es war so schön, ihre Schwester bei sich zu haben und sich ein bisschen wie früher zu fühlen. Das wollte sie sich von keiner Sorge trüben lassen.

Claire führte sie in das Café und bat den Oberkellner mit der Anmut einer feinen Dame um einen ruhigen Tisch.

Es war offensichtlich, dass er sie für eine hochgestellte Persönlichkeit hielt. Ihr hervorragend geschneidertes Kleid und ihr würdevolles Auftreten gaben ihr den Anschein einer Dame von Welt.

Diane zupfte an Madame Herberts rotem Schal. Heute Morgen war sie sich noch so elegant vorgekommen, aber im Vergleich zu Claire fühlte sie sich unscheinbar und provinziell.

Die Schwestern setzten sich an einen Tisch in der Ecke, und der Kellner eilte mit zwei Tassen Kaffee und einem Schälchen mit Macarons herbei. Von Madame Herbert hatte Diane gelernt, wie man Brot und Kuchen backte, aber die feine Kunst der Zuckerbäckerei überstieg ihre Fähigkeiten. Das Frühstück würde Diane das ganze Geld kosten, das sie sich in die Tasche gesteckt hatte. Aber es war es wert.

Claire lehnte sich zurück und betrachtete Diane, die an dem wunderbaren Kaffee nippte. In diesem Moment lag so viel Glück, dass sie wünschte, sie könnte es aufbewahren, um es später wieder hervorzuholen, wenn es ihr einmal schlecht ging.

»Du bist schön«, sagte Claire bewundernd.

Diane hob den Kopf und leckte sich die Sahne von der Oberlippe. »Nein, du siehst schön aus. Ich dachte einen Moment lang, du wärst eine der Buchanan-Damen.«

»Ach, ich habe nur gelernt, eine Illusion zu schaffen und das Beste aus mir zu machen. Während du wirklich außergewöhnlich schön bist.«

Diane nestelte an ihrem roten Schal herum. Er hatte ein kleines Loch. Sie konnte nicht länger widerstehen und nahm sich ein Stück von dem luftigen Gebäck.

»Wenn ich dich einkleiden könnte, würden dich alle für die wohlhabendste Frau der Stadt halten. Alle würden deine Gesellschaft suchen und dir zu Füßen liegen.«

»Bis ich den Mund aufmachen würde. Dann würden sie merken, dass ich von nichts eine Ahnung habe.«

Claire beugte sich vor. »Madame LeBlanc hat mir versprochen, sich um deine Bildung zu kümmern. Sie hat Papa von den hervorragenden Schulen in Baltimore und Paris vorgeschwärmt.«

»Es wurde wohl in Erwägung gezogen, mich auf eine Schule zu schicken. Aber letztlich hatte ich nur sehr wenig Zeit zum Lernen. Madame hat mich selbst ein bisschen unterrichtet. Sicherlich wurdest du von den Buchanans besser behandelt.«

Claire runzelte die Stirn. »Ich habe meine Tage mit Nähen verbracht. Und auf Victoria aufgepasst.«

»In deinen Briefen klang alles immer so wunderbar.«

»Ich beschwere mich auch gar nicht. Ich habe so viel erlebt und gesehen. Das wäre sehr anders gewesen, wenn ich in Cape Hudson geblieben wäre. Aber ich habe auch erfahren, dass das Reisen und die Entdeckung der großen weiten Welt nicht ganz so großartig ist wie in den Büchern, die uns Mama vorgelesen hat.«

»Na ja, die Mädchen in den Geschichten ließen ihr armseliges Leben hinter sich und fanden Reichtum und Glück.«

»Wahrscheinlich gibt es einfach nicht genug Prinzen für Mädchen wie uns.«

Diane biss genussvoll in den Keks. Doch selbst der süße Geschmack konnte ihre aufkommende Bitterkeit nicht vertreiben. »Was ist mit Jemma, Sarah und den Jungs? Ich bekomme nicht viele Briefe von ihnen.«

»Die Jungs schreiben mir auch so gut wie nie. Von Jemma und Sarah habe ich ein paar Briefe bekommen. Sie leben noch auf demselben Bauernhof im Shenandoah Valley und versichern mir immer, dass ihr Leben gut wäre. Unseren Brüdern geht es allen gut. Sally Jessup schreibt mir oft. Stanley ist jetzt elf, Joseph zehn und Michael neun. Sie gehen Mr Jessup zur Hand und lernen nach und nach alles, was man als Seemann wissen muss. Wenn Papa an Land ist, besucht er sie immer. Während Sarah und Jemma ihn nicht mehr zu Gesicht bekommen haben, seit er sie weggeschickt hat.«

Es tat weh, dass sich ihr Vater für seine Söhne interessierte, aber nicht für seine Töchter. »Jemma und Sarah erinnern sich doch noch an Mama, oder?«

»Ja. Und sie haben mir immer mal wieder etwas über ihre schönsten Erinnerungen geschrieben. Stanley weiß noch ein paar Einzelheiten. Aber Michael und Joseph erinnern sich gar nicht mehr an sie. Wenn sie mal schreiben, nennen sie Sally ihre Mutter. Und man muss schon sagen, dass Sally die Jungs wirklich liebt.«

Es war irrational, aber Diane nahm es ihren Brüdern übel, dass sie diesen schrecklichen Verlust nicht bewusst erlebt hatten und dass es ihnen erspart geblieben war, ohne Mutter aufzuwachsen. »Hast du dich mit Papa mal getroffen?«

»Nein. Einmal war die Rede davon, dass wir zum Winter Cottage reisen würden. Du weißt doch, das ist das neue Jagdhaus der Buchanans ganz in der Nähe von unserem alten Haus. Aber dann hat sich Victoria anders entschieden.«

»Du versuchst immer noch, die Hedrick-Küken zusammenzuhalten, genau wie du es schon zu Mamas Lebzeiten gemacht hast.« Ihre Mutter war während ihrer letzten beiden Schwangerschaften viel krank gewesen, und Claire hatte sie als Mutterhenne vertreten. Doch sosehr sie es sich auch gewünscht hatte, sie hatte die Küken nicht beisammenhalten können.

Eine Weile saßen sie schweigend da. Dann sagte Claire: »War es schlimm für dich, als Madame LeBlanc starb?«

Diane war froh, dass sie Claire den brutalen Mord an Madame LeBlanc verheimlicht hatte. Warum hätte sie sie mit den Umständen ihres Todes belasten sollen? »Sie war nicht besonders herzlich zu mir. Aber ich hatte Glück, dass sie mich zu Gilbert und Madame Herbert geschickt hat.«

»Mrs Lawrence war sehr traurig, als sie von ihrem Tod gehört hat. Die beiden waren befreundet.«

Diane horchte auf. »Wie hat sie es erfahren?«

»Über einen alten Bekannten von Madame LeBlanc. Pierre Laurent.«

Diane stellte klirrend die Kaffeetasse ab. »Ich wusste nicht, dass er Kontakt mit ihr hatte. Hat er nach mir gefragt?«

»Nein. Wenn Madame LeBlanc gewollt hätte, dass er über ihre Pläne für dich Bescheid weiß, hätte sie es ihm sicher selbst gesagt.«

Diane wurde sehr still. Madame LeBlanc hatte oft über den französischen Cousin ihres Mannes gesprochen, aber sie hatte seinen Namen nie in Pierres Beisein erwähnt. Vielleicht hatte sie von langer Hand geplant, Pierre zurückzulassen. »Also weiß er nicht, dass ich im Château Bernard lebe?«

»Nein.« Claire musterte sie besorgt. »Du bist ja so blass geworden.«

»Es ist alles in Ordnung.«

»Sollte ich mehr über diesen Pierre Laurent wissen?«

Diane lehnte sich zurück. Es hatte in den letzten sechs Jahren kein Lebenszeichen von Pierre gegeben, also gab es eigentlich keinen vernünftigen Anlass zur Sorge. »Nein. Er gehört zur Vergangenheit, genau wie Madame LeBlanc.«

Claire schwieg eine Weile und betrachtete Diane. »Angeblich wollen Mrs Lawrence und Mr Buchanan irgendwann heiraten«, wechselte sie dann das Thema. »Aber die jetzige Mrs Buchanan gibt ihren Mann nicht frei. Und sie ist noch sehr lebendig.«

Diane hob eine Augenbraue. »Hat Mrs Lawrence dir das gesagt?«

»Frauen erzählen ihren Schneiderinnen so manches. Allerdings bist du die Einzige, der ich dieses Geheimnis anvertraut habe. Bitte sprich zu niemandem darüber. Mrs Lawrence schätzt mich besonders für meine Diskretion.«

»Und Victoria?«

»Ihr gegenüber darf man das Thema nicht erwähnen. Schon bei der leisesten Andeutung, dass eine andere Frau die Stelle ihrer Mutter einnehmen könnte, kriegt sie einen Anfall.«

»Hat unser Papa eine neue Frau gefunden?«

»Nein. Sagt zumindest Sally Jessup. Er ist zufrieden, solange er mit der Handelsmarine unterwegs ist.«

»So wie früher.«

Ihre Mutter hatte die Familie zusammengehalten. Sie hatte sich um die Kinder, den Haushalt und den Gemüsegarten gekümmert, während ihr Vater meistens auf See gewesen war.

»Mrs Lawrence würde mir nach wie vor eine Assistentin zur Seite stellen. Auch wenn du das Angebot schon mehrfach abgelehnt hast, muss ich dich heute trotzdem noch mal fragen«, sagte Claire. »Willst du nicht doch mitkommen und mit mir zusammenarbeiten?«

»Um Kleider für die Damen zu nähen und dir bei allem anderen zu helfen?«

»Du bist einer der wenigen Menschen, denen ich vertraue. Und es wäre himmlisch, wieder jemanden von der Familie um mich zu haben.«

»Selbst wenn ich mit Nadel und Faden total ungeschickt bin? Meine Handarbeitskünste haben sich keinen Deut verbessert.« Trotzdem bedeutete es ihr unendlich viel, gefragt zu werden, selbst wenn sie sich in einem anderen Haushalt einfinden müsste und in einer Stellung, die eigentlich nicht zu ihr passte.

Claire lächelte sie über den Rand ihrer Kaffeetasse an. »Ich bin sicher, dass wir eine Lösung finden würden. Die Buchanans haben genug Geld für so viel Personal, wie sie wollen.«

»Ich habe mich an die Apfelplantage gewöhnt und fühle mich wie gemacht für die Landwirtschaft. Ich scheine einen grünen Daumen zu haben. Und ich mache nichts lieber, als den fruchtbaren Boden umzugraben.«

»Aber mit mir könntest du um die Welt reisen.«

»Ich bin schon ein paar tausend Kilometer von Cape Hudson hergereist. Mir scheint, die Welt ist überall ziemlich ähnlich. Ich habe kein Bedürfnis, noch mehr zu reisen.«

»Dickköpfig wie immer. Sag mir aber nicht, du lehnst es ab, nur weil ich es dir angeboten habe. Ich weiß, dass es nicht so gekommen ist, wie ich es bei Mamas Beerdigung versprochen hatte. Aber diesmal wäre es anders. Wenn du mit den Buchanans reist, siehst du fremde Länder und Leute, die du niemals in einer Kleinstadt in Amerika oder in Frankreich sehen würdest. Und ich verspreche dir hoch und heilig: Ich werde dich nie wieder wegschicken.«

Die letzten Worte waren nur ein Flüstern, halb erstickt von Trauer und Bedauern.

»Ich weiß, dass du es lieb meintest – und auch jetzt willst du nur das Beste für mich. Aber keine von uns beiden hat wirklich Kontrolle über ihr Leben.«

»Das stimmt nicht«, widersprach Claire.

»Und wenn Mrs Lawrence dein Beschäftigungsverhältnis beenden würde, was würdest du dann machen?«

»Dann würde ich mein bestes Kleid anziehen und zum Gottesdienst der größten Kirche in New York gehen. Ich kann dir sagen, innerhalb eines Monats hätte ich mehr als genug Aufträge, Kleider für die Damen der Gesellschaft zu schneidern. Ich habe einen sehr guten Ruf. Und ich kann dir alles beibringen. Vielleicht machen wir dann sogar eines Tages unser eigenes Geschäft auf.«

Die Idee war sehr verlockend. Ein eigenes Geschäft in Amerika zu besitzen, das Geld zu haben, nach Virginia zu reisen und ihre Geschwister zu besuchen. Aber wenn sie mit Claire mitginge, müsste sie Château Bernard verlassen, die Apfelbäume, Madame Herbert, Oscar und sogar den griesgrämigen Gilbert.

»Was würdest du machen, wenn Mr Bernard dich vom Château wegschicken würde?«, fragte Claire.

Darauf hatte Diane keine Antwort. Die Vorstellung, vom Apfelhof wegzugehen, ließ eine Traurigkeit in ihr aufsteigen, die sie seit dem Tod ihrer Mutter nicht mehr gefühlt hatte. »Er schickt mich nicht weg.«

»Woher weißt du das?«

»Ich weiß es einfach. Er ist treu bis ins Mark.«

»Ist da mehr zwischen euch?«

Diane wurde rot. »Nein. Er ist ein Ehrenmann, das habe ich dir doch gerade gesagt.«

»Ein Ehrenmann ist auch ein Mann.«

»Aber es ist nicht so, wie du denkst.« Sie war ärgerlich. »Wie lange bist du in Le Havre?«, fragte sie dann.

»Zwei Tage. Ich warte auf das Gepäck von Mrs Lawrence und Victoria und fahre dann mit dem Zug nach Paris. Komm doch mit! Dann kann ich dir die beiden Damen vorstellen und wir fangen an, unser eigenes Geschäft zu planen.«

»Ich hatte noch nie den Wunsch, Paris zu sehen.«

»Du weißt ja gar nicht, was du verpasst. Du sagst Mr Bernard, dass du mich besuchen willst. Vielleicht bleibst du ein paar Tage, vielleicht auch ein paar Wochen. Und dann sehen wir weiter.«

»Ich bin achtzehn, Claire. Und ich würde sagen, du hast lange genug auf mich aufgepasst.«

Claire beugte sich vor. »Du und deine Geschwister, ihr seid meine Kinder. Mein Leben«, sagte sie mit einer Stimme, der ihre aufgewühlte Verfassung deutlich anzumerken war. »Ich würde alles für euch tun. Es ist mein größter Wunsch, dass wir alle wieder zusammen sind.«

Diane wusste schon lange, dass eine Vereinigung der Hedrick-Geschwister unmöglich war. »Mama hat dir zu viel abverlangt, als sie dich gebeten hat, auf uns aufzupassen.«

»Ich habe es ihr versprochen.«

»Sie hätte dir dieses Versprechen nicht abnehmen dürfen. Du warst doch selbst noch ein Kind.«

Claire legte ihre Hand auf Dianes. »Du weißt, dass sie uns nicht aus freien Stücken verlassen hat.«

»Sie hat Papa vier Töchter und zwei Söhne geschenkt, und das war ihr noch nicht genug. Dabei war ihr da schon klar, dass eine weitere Schwangerschaft ein Risiko war. Sie wusste um die Gefahren, und trotzdem wollte sie noch ein Baby.«

»Sie hat uns geliebt.«

Ein bitterer Funke, der seit Langem in Diane loderte, flammte jetzt auf. »Ach, wirklich?«

Claire zögerte. Vielleicht spürte sie, dass etwas an dem dran war, was Diane sagte, aber sie hatte immer davor zurückgescheut. »Wie kannst du so etwas sagen?«

»Du weißt es genauso gut wie ich. Sag mir nicht, dass du ihr nicht auch die Schuld gibst.«

Claire senkte den Blick und fuhr mit ihren behandschuhten Fingern über den Brokat an ihrem Ärmel. »Sie hat uns geliebt.«

»Ich sage nicht, dass das nicht stimmt. Aber sie wollte Papa unbedingt alles recht machen, und er war nie glücklicher, als wenn er einen Sohn in seinen Armen hielt. Die Jungen behielt er in der Nähe. Uns Mädchen wollte er loswerden.«

»Zu unserem eigenen Besten.«

»Oder zu seinem eigenen Besten. Aus den Augen, aus dem Sinn.«

»Das kann ich nicht glauben.«

»Dann bist du ein besserer Mensch als ich, Claire.«

Claire starrte sie wütend an. Diane kannte diesen Blick aus ihrer Kindheit. Aber im Gegensatz zu damals würde sie sich von Claire nicht mehr herumkommandieren lassen.

Diane schaute auf die Kekse, die sie kaum angerührt hatte. »Ich habe mich so auf dich gefreut! Es war nie meine Absicht, einen Streit mit dir anzufangen.«

»Dann ist es doch genauso, wie es früher immer war, oder nicht?« In Claires Stimme schwang große Zuneigung.

»Ich dachte, ich wäre da rausgewachsen. Nicht zuletzt, weil ich auf dem Apfelhof so glücklich bin.«

»Von allen Geschwistern hast du dich am meisten gegen mich aufgelehnt. Wir haben vielleicht gedacht, wir hätten uns verändert, aber anscheinend sind wir genauso wie früher.«

Diane musste lachen. Claire hatte so recht. Sie stellte sich vor, wie sie sich mit achtzig immer noch über irgendetwas in die Haare kriegen würden.

Claire bestellte Kaffee nach. Die Missstimmung war verflogen und sie fühlten sich so wohl miteinander, als wären sie nie getrennt gewesen.

»Ich habe eine Überraschung für dich«, verkündete Claire.

»Eine Überraschung?«

»Um die Ecke ist ein Fotograf. Er hat sich bereit erklärt, ein Foto von uns zu machen.«

»Ein Foto?«

»Ja.«

Claire holte das Bild von den vier Schwestern mit ihrer Mutter hervor. Ihre Mutter saß in einem Sessel mit der kleinen Diane als Baby auf den Armen, Jemma und Sarah standen zu beiden Seiten und Claire dahinter. Sie hatte ihrer Mutter ihre kleine Hand auf die Schulter gelegt. Als sie das Foto sah, stiegen Diane die Tränen in die Augen.

»Erinnerst du dich noch daran?«, fragte Claire.

Diane betrachtete aufmerksam das Gesicht ihrer Mutter. Wie jung sie gewesen war! »Ich hatte vergessen, wie sie aussah«, flüsterte sie.

»Ich kann mich auch nicht mehr an ihre Stimme erinnern«, sagte Claire.

Diane wollte ihr das Bild zurückgeben. Es war schmerzhaft, an das, was für immer verschwunden war, erinnert zu werden.

»Behalt es. Ich habe noch andere Andenken an sie.«

Diane schob ihrer Schwester das Bild zu. »Nein, behalte du es. Du wirst dafür sorgen, dass uns die Welt nicht ganz vergisst.«

»Ich verspreche es.« Claire zog mehrere Geldscheine aus ihrem Portemonnaie. Als Diane nach ihren Münzen kramte, wiegelte sie ab. »Nein, lass mich dich einladen.«

Arm in Arm schlenderten sie die Kopfsteinstraße entlang, und obwohl sie wieder die Blicke der Passanten bemerkten, lachten sie.

Das Studio des Fotografen lag in einer Seitenstraße zwischen einer Bäckerei und einem Hutmacher. Die Wände des kleinen Ateliers waren mit schweren Stoffen behängt. Aus einem Dutzend Gaslampen flackerte Licht, das den ansonsten düsteren Raum erhellte.

Claire stellte sie beide vor. Der Fotograf hatte sie schon erwartet und ließ sie nebeneinander auf einem Sofa Platz nehmen. Sein Kopf verschwand unter einem dicken schwarzen Stoff hinter seinem Fotoapparat. Dann tauchte er wieder auf und richtete sie zur Kamera aus. »Sehen Sie mich an, meine Damen. Und bitte freundlich lächeln. Sie sind doch viel zu hübsch und jung für solche ernsthaften Mienen.«

Sie lächelten und regten sich nicht, während er die Linse öffnete und bis fünfzehn zählte. Dann steckte er eine zweite Glasplatte in den Apparat und machte noch ein Bild.

Als die Sitzung beendet war, umarmten sich die beiden Frauen und beschlossen, das Bild ihrem Vater zu schicken, damit er sie nicht ganz vergaß.

Claire winkte eine Kutsche heran. Die Schwestern saßen ganz dicht beieinander und hielten sich bei den Händen, während die Kutsche über das Kopfsteinpflaster rumpelte. Sie schwiegen, als wüssten sie beide, dass es sinnlos war, über die gemeinsame Arbeit oder einen eigenen Laden zu sprechen. Es wäre nur so dahingesagt. Sie ahnten, dass das Leben sie wieder in unterschiedliche Richtungen treiben würde.

Sie küssten sich zum Abschied. Claire lehnte sich weit aus dem Fenster, und Diane winkte der Kutsche hinterher, bis sie um die Ecke verschwand.

Beim Betreten ihres Gasthauses fühlte Diane eine Leichtigkeit und Unerschrockenheit, die sie seit dem Tod ihrer Mutter nicht mehr gekannt hatte. Gilbert saß in der kleinen Lobby mit einem Glas Wein vor dem Kamin. Es war unangerührt.

Sie lächelte, während sie an den Spitzen ihrer Handschuhe zog, um sie abzustreifen, und setzte sich ihm gegenüber. »In ganz Le Havre habe ich keine düsterere Miene gesehen als deine.«

»In dieser Stadt stinkt es«, grummelte er.

Sie zog eine Grimasse und nahm einen Schluck von seinem Wein. Er war zu süß und hinterließ einen unangenehmen Nachgeschmack. »Unser Cidre ist tausendmal besser.«

»Stimmt.« Er sah sie an. »Wann brichst du auf?«

»Aufbrechen? Wohin?«, fragte Diane.

»Zu deiner Schwester und dieser reichen Familie. Ich habe ja gewusst, dass du nicht für immer bei uns bleibst und dass dieser Tag irgendwann kommen würde.«

»Freust du dich, dass es jetzt so weit ist?«, fragte sie.

»Ich erlaube mir dazu keine Meinung.«

»Du hast doch zu allem eine Meinung, Gilbert. Möchtest du, dass ich weggehe?« Sie atmete mit Mühe. Seine Antwort ließ lange auf sich warten.

Er kippte das halbe Glas hinunter und verzog das Gesicht. »Nein. Ich möchte nicht, dass du weggehst.«

Wenn ihr dieser Tag mit Claire etwas verdeutlicht hatte, dann, dass ihre eigene Zukunft tatsächlich nicht gesichert war. Sie liebte das Leben auf dem Château Bernard, aber sie war von Gilbert und Madame Herbert abhängig. »Und was soll ich tun, wenn ich zum Château zurückkehre?«

»Was meinst du?«

»Ich denke, es ist an der Zeit, meine Zukunft abzusichern.«

Er sah sie verwundert an. »Deine Zukunft ist abgesichert.«

»Nein, das ist sie nicht. Der Sohn des Bäckers hat mir Avancen gemacht. Und der Müller hat mich mehrfach nach der Kirche angesprochen. Vielleicht könnte ich einen der beiden heiraten. Oder den Sohn des Gerbers. Dann wüsste ich, wo ich hingehöre.«

»Das sind doch alles Idioten. Und du würdest dich innerhalb kürzester Zeit zu Tode langweilen«, knurrte er.

»Vielleicht. Aber ich hätte mein eigenes Heim.«

Er sah sie eindringlich an. »Du hast ein Heim. Du gehörst zum Château Bernard.«

»Als was? Magd? Köchin? Krankenschwester? Apfelpflückerin?«

»Wir sollten nach Hause fahren. Die Stadt macht dich ganz verrückt.« In seinem Blick lag ein Gefühl, das sie noch nie gesehen hatte.

Sie atmete tief ein und versuchte in seinem Gesicht zu lesen, ob er ernst meinte, was er von ihr zu verlangen schien. »Nein, nicht verrückt. Neugierig.«

»Du fragst nach deiner Stellung auf dem Hof? Du bist doch der Hof. Ohne dich würde er gar nicht mehr existieren. Und ich wäre vor zwei Jahren gestorben, wenn du mich nicht so gut gepflegt hättest.«

Sie hatte noch nie zuvor solche Angst gehabt wie in den dunklen Tagen, als das Fieber von ihm Besitz ergriffen hatte. Was hätte sie ohne ihn tun sollen?

Gilbert holte tief Luft. »Heirate mich«, stieß er dann hervor.

Sie lachte, weil sie es für einen Scherz hielt. Doch in seinem Blick lag nicht die geringste Spur von Humor. Ihr Lächeln verflog. »Warum?«

Seine Augenbrauen zogen sich zusammen. »Ich glaube, wir würden gut zusammenarbeiten.«

Ihr Gilbert war pragmatisch und kein Freund schöner Worte. Er war immer schnörkellos und direkt. Doch in einer Welt voller belangloser Worte konnte sie nichts Schlechtes an Geradlinigkeit finden.

Der Gedanke, ihn zu heiraten, war ihr auch schon viele Male gekommen. Als er krank gewesen war und sie ihn mit kühlen Tüchern gewaschen hatte, war ihr nicht entgangen, dass er ein Mann war. Als der Müller vor einem Monat nach der Kirche ihre Hand ergriffen hatte, hatte sie sich gewünscht, es wäre Gilbert gewesen. Als der Gerber sie küssen wollte, hatte sie ihm die Wange hingehalten und war verärgert, dass Gilbert nie Anstalten gemacht hatte, sie zu küssen. Welcher Mann sich ihr auch näherte, sie dachte immer an Gilbert. »Einfach so. Jetzt willst du mich einfach so heiraten?«

»Ja, so ist es.« Er zog einen kleinen Beutel aus seiner Hosentasche und öffnete ihn. Ein schmaler goldener Ring kam zum Vorschein. »Dieser Ring hat meiner Mutter gehört«, sagte er.

»Und seit wann trägst du ihn mit dir herum?«

»Seit Wochen.«

Sie streckte ihre Hand aus, und er legte ihn ihr behutsam auf die Handfläche. Sie schloss die Hand um den Ring. »Und wenn wir verheiratet sind, was mache ich dann? Weiter wie bisher?«

Er räusperte sich. »Ich nehme an, es kommen Kinder.«

Ihre Wangen wurden warm. »Und wenn ich keine Kinder will?«

Er sah sie an, eher erstaunt als besorgt. »Warum solltest du keine wollen?«

Sie träumte davon, mit Gilbert ein Bett zu teilen, aber der Gedanke daran, ein Kind zur Welt zu bringen, machte ihr schreckliche Angst. »Meine Mutter hatte sieben Kinder. Sie ist bei der Geburt des letzten gestorben.«

»Das ist lange her. Und es gibt hier einen Arzt. Ich hätte gern Kinder, besonders ein Mädchen. Am besten eins, das so aussieht wie du.«

Die Vorstellung, ein Baby im Arm zu halten, reizte sie schon. Doch gleich waren die Erinnerungen wieder da: eine abwesende Mutter, die Enttäuschung des Vaters, die jüngeren Brüder, die fast die ganze Aufmerksamkeit bekamen. Sie umschloss den Ring noch fester.

»Vielleicht nicht gleich. Aber irgendwann möchte ich ein Kind.«

»Vielleicht eins oder zwei. Aber bis dahin müsstest du mit mir vorliebnehmen. Ginge das?«

»Ja«, flüsterte er. Dann räusperte er sich. »Das ginge ausgesprochen gut.«

Sie steckte sich den Ring auf den Finger. Er passte perfekt. Sie beugte sich zu ihm hinab, griff den rauen Kragen seiner Jacke, zog ihn an sich und küsste ihn. Er saß stocksteif da. Doch seine Lippen waren weich und er roch nach Seife und frischer Luft. Einen Moment später stand er auf und umfasste ihre Taille. Er drückte sie an sich und küsste sie innig.

Ihre Sinne explodierten. Die vielen Nächte, in denen sie wach gelegen und sich vorgestellt hatte, ihn zu berühren, gipfelten jetzt in einem Verlangen, das ihr den Atem verschlug.

»Ist eine Heirat verrückt? Ich bin viel älter als du«, sagte Gilbert.

»Zehn Jahre sind kein so großer Unterschied.« Sie nahm sein Weinglas und trank es aus. »Gut, ich heirate dich. Wann?«

»Jetzt. Heute. Und dann bringen wir den Obstbrand zu deiner Schwester und verschwinden aus dieser Stadt.«

Sie lächelte und küsste ihn wieder auf den Mund. Es war ihr egal, ob andere Gäste ihnen zusahen oder nicht.

Am nächsten Tag brachten sie die Kiste mit dem Calvados zu Claires Hotel. Claire begrüßte sie mit einem Lächeln, das verschwand, als sie den goldenen Ring an Dianes Finger entdeckte.

Claire nahm Dianes Hand, betrachtete den Ring und sah ihr dann in die Augen. »Das war unüberlegt.«

»Vielleicht.« Diane machte sich Sorgen. Sie wollte die Zustimmung ihrer Schwester. »Habe ich deinen Segen?«

»Monsieur Bernard, geben Sie gut auf meine Schwester acht.«

Er erwiderte ihren Blick offen und nickte. »Darauf können Sie sich verlassen.«

»Dann wünsche ich euch beiden ein langes und glückliches Leben zusammen«, sagte Claire.

* * *

Pierre hatte ein paar Tage in einer Pariser Gefängniszelle gesessen. Er war festgenommen worden, nachdem ihn eine Frau angezeigt hatte, weil er sie geschlagen hätte. Letzten Endes konnte er dem Untersuchungsrichter weismachen, dass die Frau hysterisch war. Sein feiner dunkler Anzug und die Seidenweste hatten den Richter davon überzeugt, dass Pierre ein vermögender Herr war, mit dem man sich besser nicht anlegen sollte.

Nach seiner Entlassung nahm er den ersten Zug zurück nach Le Havre. Er hatte erfahren, in welchem Gasthaus Claire Hedrick logierte. In den vergangenen Jahren hatte er immer wieder an Mrs Lawrence geschrieben, und irgendwann hatte sie begonnen, ihm kurz zu antworten. Und in ihrer letzten Antwort hatte sie Claires Reise nach Frankreich erwähnt.

Wenn er sich nicht so dumm angestellt hätte, wäre er nicht zu spät in der Hafenstadt angekommen. Er ging in das Gasthaus und erkundigte sich bei dem Besitzer nach Claire. Pierre musste ihm erst vorlügen, sie wären Geschwister, bis er in Erfahrung brachte, dass sie vor einigen Tagen nach Paris abgereist war.

Der Wirt erinnerte sich auch an Diane, aber er konnte ihm keine Auskunft geben, wohin sie gereist war. Ach, er war so dumm gewesen!

Es war reiner Zufall, dass er an dem Atelier des Fotografen vorbeikam und das Bild der beiden jungen Frauen entdeckte. Pierre hatte Diane vor sechs Jahren das letzte Mal gesehen, aber ihm reichte ein Blick auf das Foto, um sie zu erkennen. Diese Augen.

In den letzten sechs Jahren war kein Tag vergangen, an dem er nicht darüber gegrübelt hatte, wie Madame LeBlanc und Diane ihn hintergangen hatten. Madame LeBlanc war tot. Sie konnte ihm nicht mehr sagen, was sie mit den Edelsteinen gemacht hatte, die sie ihren Kunden auf dem Ozeandampfer gestohlen hatte. Aber Diane konnte es. Er hatte längst erkannt, dass es eine glückliche Fügung gewesen war, die ihn davon abgehalten hatte, das junge Mädchen umzubringen.

Der Fotograf war so geschmeichelt von Pierres Interesse, dass er ihm einen Abzug für drei Francs verkaufte.

Mithilfe der Fotografie erkundigte sich Pierre überall, ob jemand die beiden Frauen gesehen hatte. Er fand einen Kellner, der sie bedient hatte. Aber Diane fand er nicht.

Pierre stellte das Bild auf den Kaminsims in seiner kleinen Wohnung, sodass es das Erste war, was er sah, wenn er seine Wohnung betrat und wenn er morgens aufwachte.

In den folgenden Jahren starrte er das Bild oft stundenlang an. Manchmal sprach er mit dem Bild und malte sich in allen Einzelheiten aus, was er mit Diane tun würde, wenn er sie aufspürte. Manchmal sagte er ihr süße Worte, als wäre sie seine Geliebte. Einmal wurde er so wütend, dass er das Foto fast ins Feuer warf. Aber er konnte es nicht vernichten. Es war seine Obsession.

Diane mochte ihn vergessen haben, aber er vergaß sie nie.

Kapitel 23

DIANE
IM ALTER VON DREIUNDZWANZIG JAHREN

Dienstag, 15. September 1914
Normandie

Die vergangenen fünf Jahre waren für Diane und Gilbert voller Freude gewesen. Sie lernten sich körperlich kennen, erforschten jede Rundung und jeden Zentimeter des anderen. Ihre Lust wuchs mit jeder Nacht, die sie zusammen verbrachten. Zuerst hoffte Diane, keine Kinder zu bekommen. Sie wollte Gilbert für sich selbst haben, und sie wollte die Zeit nutzen, um mehr über die Apfelbäume und die Herstellung von Cidre zu lernen. Gilbert war ein geduldiger Lehrer und sie lernte schnell. Inzwischen war sie in jeder Hinsicht seine Partnerin geworden.

Doch mit der Zeit wurde sie melancholisch, wenn sie ihre Monatsblutung bekam. Vielleicht strafte Gott sie, weil sie keine Kinder gewollt hatte. Oder weil sie Madame LeBlanc bei ihren düsteren Machenschaften geholfen und Pierre nie angezeigt hatte. Welche Gründe es auch geben mochte, es war am besten, nicht viel darüber nachzudenken. Sie tröstete sich mit der

Tatsache, dass die Apfelbäume gediehen und jedes Jahr eine bessere Ernte abwarfen.

An einem Wintermorgen vor zwei Jahren war Madame Herbert im Schlaf gestorben. Einen Tag später folgte Oscar ihr. Gilbert ließ sie neben Madame Herberts geliebtem Mann auf dem Familienfriedhof begraben.

In jener Nacht liebten Diane und Gilbert sich. Sie brauchten sich und wollten den süßen Geschmack des Lebens kosten. Ihr Leben verlief in friedlichen Bahnen. Sie hatten es sehr gut miteinander.

Gilbert las jede Woche die Zeitungen. Seine eigene Stimmung und die seiner Männer wurde zunehmend vom Pflichtgefühl ihrem Land gegenüber bestimmt. Die Bäume standen voller süßer Äpfel. Die Ernte konnte die beste seit langer Zeit werden. Trotzdem fürchtete sich Diane davor, dass der Krieg ihr Gilbert wegnehmen könnte.

»Die Rekrutierung hat begonnen«, sagte er.

Sie stand in der Küche und knetete Teig. Es fiel ihr nicht leicht, ruhig zu bleiben. »Du bist zu alt. Überlass das Kämpfen den jüngeren Männern.«

Er faltete die Zeitung sorgfältig zusammen. »Ich bin dreiunddreißig und in der Blüte meines Lebens. Jedenfalls sagt das meine Frau.«

Wütend drückte sie die Handballen in den Teig. Wie konnte er scherzen, wenn sie vor Angst fast gelähmt war? »Ich will nicht, dass du gehst. Ich brauche dich hier.«

Er trat hinter sie, schlang seine Arme um ihre schlanke Taille und küsste sie zärtlich hinters Ohr. »Du hast hier alles genauso gut im Griff wie ich. Und ich komme ja bald wieder. Sie sagen, dass der Spuk vor der Ernte vorbei ist.«

Sie wischte sich die Hände an der Schürze ab und drehte sich zu ihm um. »Wie können sie so etwas sagen? Kriege sind wie Wirbelstürme. Mächtig, zerstörerisch und verdammt unvorhersehbar.«

Er legte die Hände um ihre Hüften und zog sie zu sich heran. »Ich komme zu dir zurück.«

Gilbert hatte ihr allerdings auch versprochen, dass er sie nie verlassen würde. Diane legte ihm die Hand auf die Brust. Sie fühlte seinen kräftigen, ruhigen Herzschlag unter ihren Fingern. Er war ihr Ein und Alles. Sie konnte nicht ohne ihn leben. »Wenn du in den Krieg ziehst, gehe ich vielleicht zurück nach Amerika.«

Er zog eine Augenbraue hoch. Die Drohung beeindruckte ihn nicht. »Du würdest hier weggehen? Unser Zuhause verlassen?«

Sie musste sich abwenden. Sie konnte ihm nicht in seine geliebten Augen sehen. »Vielleicht.«

Er lachte und drückte sie an sich. Trotz ihrer Ängste erwiderte sie die Umarmung. »Du liebst mich. Du liebst unsere Apfelbäume.«

»Aber du gehst weg«, sagte sie.

»Ich komme sehr bald zu dir zurück.« Er klang so sicher. So überzeugt. Aber es gab keine Gewissheit.

»Schwör es.«

»Ich schwöre.«

Ihr blieb nichts, als daran zu glauben, dass er Wort halten würde. Als er am nächsten Tag den Zug nach Osten bestieg, zwang sie sich zu einem Lächeln. Sie stand auf dem Gleis, bis der Zug in der Ferne verschwand und das Pfeifen verstummte.

Es sollte Jahre dauern, bis er sein Versprechen hielt und zu ihr zurückkehrte. Und als er zurückkam, war er nicht mehr der Alte.

10. August 1939
Aus dem Tagebuch von Samuel Jessup

Wir haben heute vom Hafenmeister von Le Havre eine Nachricht von Gilbert Bernard erhalten. Gilbert will in der Nacht am Hafen auf uns warten. Er hat mehrere Passagiere für uns und hat uns gewarnt, dass es für uns gefährlich ist, sie an Bord zu nehmen. Mir soll es recht sein.

Kapitel 24

MEGAN

Mittwoch, 11. April 2018
Cape Hudson, Virginia

»Schlechte Neuigkeiten«, sagte Mr Tucker.

Die Arbeiten am Spring House waren im letzten Monat gut vorangekommen. Die Wände waren eingerissen oder neu verputzt worden. Obwohl es noch sehr viel zu tun gab, sollten die Trockenwände am folgenden Tag eingezogen werden. Die Renovierung nahm langsam Gestalt an.

»Und ich habe gedacht, wir wären durch mit den schlechten Neuigkeiten«, sagte Megan.

»Die Männer haben den Wildwuchs um das Haus entfernt. Dabei sind sie auf eine alte Klärgrube gestoßen.«

»Ich wusste gar nicht, dass es hier noch ein Abwassersystem gab.«

»Niemand wusste das. Wir müssen die Klärgrube auspumpen und das Loch zuschütten. Aus Umweltschutzgründen und auch wegen der Sicherheit. Wir wollen ja nicht, dass da mal einer reinfällt.«

»Nein, das wollen wir nicht.«

»Ich habe mich auch gründlich bei der alten Außenküche umgesehen. Dabei bin ich auf die Tür zu einem Keller gestoßen.«

»Man hat früher oft Gemüsekeller benutzt.«

»Kann sein, aber wir müssen auch da graben und uns die Situation genauer ansehen. Auch eine Frage der Sicherheit.«

»Okay. Schütten Sie den Klärbehälter zu und sagen Sie mir Bescheid, wenn Sie den Keller geöffnet haben.« Sie sah auf die Uhr. »Ich muss los. Helen holt mich gleich ab. Wir wollen das zweite Mal zum Geburtsvorbereitungskurs.«

»Sind Sie nicht beim letzten Mal aneinandergeraten?«

Das stimmte. Eigentlich war Lucy ihre Geburtsbegleiterin, aber Helen hatte darauf bestanden mitzukommen. Die Kursleiterin hatte Megan eine Babypuppe zum Üben gegeben. Nach einer Minute hatte Helen ihr die Puppe abgeluchst. Das ging Megan entschieden zu weit. Die beiden gerieten in Streit und zerrten so sehr an der Puppe, dass sie einriss.

Mr Tucker ging zum Haus, das jetzt von elektrischem Werkzeug in allen Größen und Formen umringt war. Megans Bauch verhärtete sich. Sie rieb ihn gedankenverloren, wie sie es schon in den letzten beiden Nächten getan hatte. Dann wählte sie Lucys Nummer und entfernte sich vom Maschinenlärm.

Am anderen Ende der Leitung quiekten Mädchen im Hintergrund. »Sicher hast du Neuigkeiten von der Baustelle.«

»Stimmt.« Megan streichelte über ihren Bauch und verlagerte ihr Gewicht.

»Wie viel Kohle müssen wir diesem Moloch diesmal opfern?«, fragte Lucy.

»Meiner Schätzung nach etwa fünftausend.« Sie brachte Lucy auf den neuesten Stand.

Lucy seufzte. »Na ja, du hast mich ja gewarnt, dass es ein paar unangenehme Überraschungen geben würde.«

»Ich hoffe, dass wir jetzt damit durch sind.« Sie konnte nur die Daumen drücken, dass das stimmte. »Wir sollten im

September oder spätestens im Oktober ein funktionstüchtiges Haus haben.«

»Gut. Ich kann es kaum erwarten, bis das Haus bezugsfertig ist und wir endlich einen vernünftigen Alltag haben.« Der Busmotor dröhnte im Hintergrund.

»Wie läuft's bei dir?«, fragte Megan.

»Die erste Stunde war super. Die Kinder sind ganz friedlich. Jetzt sind wir kurz vor Richmond und die kleinen Monster werden immer lauter. Es wird auf alle Fälle ein anstrengender Tag.«

»Immerhin soll es schön bleiben und eurem Kanalspaziergang steht nichts im Weg. Und die Villa des Gouverneurs ist immer einen Besuch wert.«

»Ja, das sagtest du bereits. Ich freue mich jedenfalls jetzt schon auf ein Glas Wein, wenn ich nach Hause komme.«

Megan kicherte. »Schick mir ein paar Fotos.«

»Mache ich. Wie geht's mit dem Baby?«

»Noch im Ofen.«

»Gut. Dann bis später. Natasha und ich sollten gegen sieben zurück sein.«

Als Megan zum Auto ging, hatte sie wieder einen Krampf im Bauch. Diesmal zogen die Schmerzen bis zum Rücken. Sie atmete tief durch, bis sie endlich nachließen. Ihr Arzt hatte gesagt, dass sie sich wegen der Wehen keine Sorgen machen sollte, solange sie nicht mehr als vier in einer Stunde hatte. Aber war das jetzt eine Wehe? Fühlten die sich so an, oder waren sie schlimmer? Die Rückenschmerzen von gestern Nacht zählten aber nicht, oder? Sie versuchte sich an den Geburtsfilm zu erinnern. Helen hatte ihr die DVD mitgebracht und darauf bestanden, dass sie sie anschaute.

Beim nächsten Schritt schossen ihr wieder Schmerzen durch den Bauch. Als sie abebbten, sah sie auf die Uhr. Es waren nur dreißig Sekunden zwischen den Schmerzanfällen vergangen.

Aber zwei waren ja nicht vier. Also waren es wahrscheinlich diese Braxton-Hicks-Kontraktionen, von denen ihr Arzt gesprochen hatte. Sie spielte mit dem Gedanken, ihre Mutter anzurufen, aber in Australien war es mitten in der Nacht. Und was sollte ihre Mutter machen?

Sie wollte ihr am anderen Ende der Welt auch keinen Schrecken einjagen. Alle sagten, dass das erste Baby später kam und nicht früher. Es war sehr unwahrscheinlich, dass die Wehen jetzt schon anfingen. Oder?

Megan setzte sich hinters Steuer und fühlte sich sofort besser. Sie lehnte den Kopf zurück und schloss die Augen. »Baby, du kannst jetzt noch nicht kommen. Ich bin noch nicht bereit, Mutter zu werden. Ich bin einfach noch nicht so weit.«

Das Baby machte einen Salto. Ein Klopfen an der Scheibe ließ sie aufschrecken.

Helen sah sie mit sorgenvollem Gesicht an. »Geht es dir gut?«

Megan setzte sich auf. Das Atmen fiel ihr schwer. »Ich bin mir nicht sicher.«

»Was soll das heißen, du bist dir nicht sicher?« Helen öffnete die Autotür und legte ihre Hand auf Megans Bauch. »Dein Bauch ist ja steinhart. Also hast du gerade eine Wehe.«

»Ich hatte erst ein paar.«

Helen fischte gerade in ihrer Tasche nach dem Handy, als Rick vorfuhr. Er sah auf den ersten Blick, dass etwas nicht stimmte.

Megan konzentrierte sich auf ihre Atmung und lächelte Helen an. »Ich glaube, es ist jetzt okay.« Sie entspannte sich und fühlte sich wohler. »Ja, definitiv besser.«

»Alles in Ordnung?«, fragte Rick.

»Wenn ich ›schlechte Neuigkeiten‹ und ›Spring House‹ noch einmal im gleichen Satz höre, werde ich wahnsinnig«, sagte Megan.

Ihre gespielte Gelassenheit überzeugte die beiden nicht.

»Die Wehen haben eingesetzt«, sagte Helen.

»Nein, ehrlich, es muss ein falscher Alarm sein«, protestierte Megan. »Es sind noch mindestens zwei Wochen bis zur Geburt.« Ihr Bauch verkrampfte sich. Zum vierten Mal in zehn Minuten. Verdammt.

»Geht's dir gut?«, fragte Rick.

»Nein, es geht ihr nicht gut«, entgegnete Helen.

Megan stöhnte. Sie konnte es nicht aufhalten. Ob sie es wollte oder nicht, ihr Leben würde sich jetzt von Grund auf verändern. »Vielleicht hat Helen recht. Es könnten wirklich Wehen sein, aber ich bin mir nicht sicher.«

»Ich bin mir sicher«, sagte Helen.

»Es sind bestimmt diese Braxton-Hicks-Kontraktionen. Ich habe alles darüber gelesen. Das sind Vorwehen, aber sie sind unangenehm genug.«

»Schon mal gehört«, sagte Rick. »Aber Helen könnte recht haben, und es sind richtige Geburtswehen. Könnte eine Frühgeburt sein.«

»Was weißt du schon von Frühgeburten?«

»Ich bin der Sheriff und offiziell für alles zuständig.«

»Und ich habe ein Kind geboren«, sagte Helen. »Mütter erkennen Wehen.«

»Wie viele hattest du schon?«, fragte Rick.

Beide starrten sie mit einer Intensität an, die sie ganz nervös machte. »Drei. Oder waren es vier?«

»Vier!«, riefen beide gleichzeitig.

»Vielleicht waren es auch nur drei.«

»In der letzten Stunde?« Rick rieb sich den Nacken.

Sie sah auf die Uhr. »In der letzten halben Stunde.«

Er fuhr sich mit der Hand durch die Haare und fluchte leise. »Ihr steigt in mein Auto.«

»Hervorragende Idee«, sagte Helen. »Mach das Blaulicht an.«

»Warum?«, fragte Megan. »Vielleicht ist es nur ein Fehlalarm.«

»Das können uns die Ärzte im Krankenhaus erzählen«, sagte Rick.

Helen holte eine Tasche aus ihrem Wagen. »Ich habe mir erlaubt, eine kleine Reisetasche mit dem Nötigsten für dich zu packen. Ich hatte Angst, dass du es bei deinem proppenvollen Terminkalender vergessen könntest.«

»Ich habe es nicht vergessen«, sagte Megan. »Es kam mir nur zu früh vor.«

»Man kann sich gar nicht früh genug vorbereiten«, bemerkte Helen.

»Ich habe morgen zwei Termine wegen der Küche und den Böden«, sagte Megan.

»Helen und Megan. Ihr steigt jetzt ins Auto.« Er nahm sein Funkgerät. »Martha, ich melde mich ab. Ich fahre Megan Buchanan ins Krankenhaus.«

»Ist es so weit mit dem Baby?«

»Das wissen wir nicht genau. Aber sie hat Wehen. Vier in der letzten halben Stunde.«

»Oh, dann geht es jetzt los«, sagte Martha. »Viel Glück! Sag Bescheid.«

»Alles klar.« Er öffnete die Autotür. »Steig ein.«

»Ich brauche meine Handtasche«, sagte Megan.

»Setz dich«, befahl Helen und legte die Reisetasche auf den Rücksitz. »Wo ist sie?«

»Auf dem Beifahrersitz im Truck.« Ihr Bauch zog sich zusammen. Fünf Wehen.

Sie setzte sich in den Polizeiwagen. Helen kam mit ihrer Handtasche und setzte sich in die Mitte der Rückbank, als Megan Mr Tucker aus dem Haus kommen sah.

Rick startete den Motor. »Waren das die ersten Wehen?«
Sie zögerte. »Es war eine unruhige Nacht.«
Seine Kiefermuskeln mahlten. »Was bedeutet das?«
»Unangenehm.«
Helen beugte sich zwischen sie. »Im Geburtsvorbereitungskurs haben wir erfahren, dass etwa zwölf Prozent der Babys zu früh geboren werden. Deins ist erst sechsunddreißig Wochen alt. Vielleicht sind die Lungen noch nicht richtig ausgereift.«
Megan rang die Hände. »Helen, ich will deine gruseligen Statistiken jetzt nicht hören.«
»Das sind nun mal die Fakten.«
Rick schaltete Blaulicht und Martinshorn ein.
»Das ist nicht nötig, Rick. Ernsthaft, es ist bestimmt ein Fehlalarm.« Eine neue Schmerzwelle zog ihren Bauch zusammen.
Rick gab Gas. »Wenn ich noch mehr Sirenen hätte, würde ich die auch einschalten. Du hast Wehen, und das Baby denkt nicht daran zu warten.«
Sie erinnerte sich daran, dass Mr Tucker gesehen hatte, wie sie im Polizeiwagen mit quietschenden Reifen fortgefahren worden war. Martha und er hätten binnen kürzester Zeit die ganze Stadt informiert. »Mach doch bitte keine so große Sache draus.«
»Du bekommst ein Baby«, sagte Rick. »Das ist eine riesengroße Sache!«
»Frauen bekommen seit Menschengedenken Kinder«, sagte Megan.
»Ich muss gestehen, dass ich heute zum ersten Mal eine Hochschwangere ins Krankenhaus bringe. Ich gehe lieber auf Nummer sicher, wenn es dir nichts ausmacht.«
»Es ist mein erstes und einziges Enkelkind«, meldete sich Helen von hinten.
Megan atmete tief ein und aus.

Rick fluchte. »Willst du nicht Lucy anrufen? Ich dachte, sie wollte bei der Geburt dabei sein.«

»Die kommt gerade in Richmond an. Sie macht einen Ausflug mit Natashas Klasse.«

»Von da braucht sie zwei Stunden nach Norfolk.«

»Wenn sie nicht mit dem Schulbus gefahren wäre. Sie kommt da jetzt nicht weg.«

»Wer steht als Nächstes auf der Liste?«

»Ich«, sagte Helen. »Wir haben den Geburtsvorbereitungskurs zusammen gemacht. Ich weiß ganz genau, was ich machen soll.«

»Das war eine einzige Stunde.«

»Eine ist besser als keine«, erwiderte Helen. »Und ich habe ein Kind zur Welt gebracht, Liebes. Ich alarmiere das Krankenhaus. Und Lucy.«

»Kannst du nicht warten, bis wir wissen, ob es wirklich losgeht oder nicht?«, bat Megan. »Ich will Lucy nicht umsonst verrückt machen.«

Rick fluchte leise vor sich hin. Sie rasten auf dem Highway am Sumpfland vorbei und auf den Bay Bridge-Tunnel zu. Auf der langen Brücke über die Bucht schwiegen sie. Megan wand sich und gab sich Mühe, ihre Schmerzen zu verbergen.

»Wie geht es dir?«, fragte er.

»Ganz gut«, log sie.

»Du bist blass wie ein Gespenst. Und du hast dir viermal den Bauch gehalten, seit wir losgefahren sind«, sagte Helen.

»So oft? Habe ich gar nicht gemerkt.«

Rick schlängelte sich mit Martinshorn und Blaulicht durch den dichten Stadtverkehr von Norfolk. Zwanzig Minuten später fuhren sie an der Notaufnahme vor.

»Du bleibst sitzen«, bestimmte er.

»Ich kann laufen.«

»Bleib sitzen«, sagte Helen.

»Sie hat recht, verdammt!«, rief Rick.

»Okay. Ich bleibe sitzen.«

Er eilte durch die Schiebetüren in die Notaufnahme. Die Sekunden vergingen, die Angst kam.

»Ich bin bei dir«, beteuerte Helen. »Mach dir keine Sorgen.«

Megan stiegen Tränen in die Augen. Rick und Helen würden ihr beistehen. Aber wenn Scotts Baby erst da war, was wäre dann?

Minuten später tauchte Rick mit einer Krankenschwester und einem Rollstuhl wieder auf. Er hob sie mehr oder weniger aus dem Auto in den Rollstuhl.

Im Gegensatz zu Rick und Helen machte die Krankenschwester keinen panischen Eindruck. Sie legte Megan die Hand auf die Schulter. »Es ist Ihr erstes Baby, stimmt's?«

»Woher wissen Sie das?«

Die Krankenschwester deutete mit dem Kopf auf Rick. »Das sehe ich dem Papa und der Oma an.«

»Oma«, wiederholte Helen. »So alt bin ich auch wieder nicht. Wir müssen uns etwas anderes ausdenken.«

Megan wollte der Krankenschwester gerade sagen, dass Rick nicht der Vater war, als ihr eine neue Wehe die Luft abschnürte. Während Rick parkte, ließ sie sich in die Notaufnahme schieben.

»Wir besorgen Ihnen ein Zimmer«, teilte ihr die Schwester mit.

Wenige Minuten später half Helen Megan beim Anziehen des Krankenhauskittels, und als sie sich ins Bett legte, klopfte Rick an.

»Ich habe den Papierkram schon erledigt. Alles ist bereit«, sagte er.

»Danke«, sagte sie.

Helen deckte sie zu. »So ist es besser.«

Die Krankenschwester bereitete alles für eine Infusion vor. »Wenn Sie beide hierbleiben wollen, müssen Sie sich die Hände waschen und das da überziehen. Ich sehe inzwischen nach, wie weit der Muttermund geöffnet ist.«

»Okay«, sagte Rick. Er wandte ihnen diskret den Rücken zu. Er zog die Uniformjacke aus und krempelte die Ärmel hoch. Helen zog den Kittel über ihre Kleidung und nahm sich die goldenen Armreifen ab.

Dann standen sie in ihren Kitteln an Megans Bett.

»Papa und Oma, Sie haben Mama gerade noch rechtzeitig eingeliefert. Ihr Muttermund ist schon neun Zentimeter geöffnet.«

Helen schnappte nach Luft.

Rick starrte die Schwester an.

»Das bedeutet, es geht zur Sache, Papa«, sagte die Schwester. »Sie wird jetzt in den Kreißsaal geschoben, während ich den Arzt benachrichtige. Wir haben kaum noch Zeit.«

»Okay. Danke«, sagte Rick.

»Wie kann ich schon so weit sein?«, fragte Megan. »Ich dachte, die Wehen dauern Stunden.«

Die Krankenschwester grinste und tätschelte ihr die Schulter. »Nicht in Ihrem Fall, Schätzchen.«

»Sind Sie sicher?«, fragte Megan.

»Aber ja. Im Nullkommanichts sind Sie Mama.«

Megan schloss die Augen. Sie wollte eine gute Mutter sein und alles richtig machen. Aber sie fühlte sich total unvorbereitet. Das fing ja gut an.

»Ich habe Lucy angerufen«, sagte Rick. »Und einen Kollegen von der Polizei. Er holt sie ab.«

»Danke«, sagte Megan. »Ich kann das wirklich nicht alleine …« Noch eine Wehe.

»Versuch, ein paar tiefe Atemzüge zu machen. Dann geht es dir vielleicht besser«, sagte Rick.

Megan pustete aus. »Wer sagt, dass Atmen bei Wehen hilft, hat nie welche gehabt.«

»Ich weiß, Liebes«, sagte Helen. »Ich hätte meinen Arzt fast geschlagen, als er gesagt hat, mir würde Atmen helfen. Scott war ein Vier-Kilo-Baby.«

Der Arzt kam herein und stellte sich als Dr. Monroe vor. Er setzte sich vor das Fußende und untersuchte Megan.

»Ms Buchanan, das sieht rekordverdächtig aus.«

Dr. Monroe sah Rick und Helen an. »Der werdende Vater und die werdende Großmutter, nehme ich an. Bitte stellen Sie sich hinter sie und halten sich bereit.«

»Was ist mit Schmerzmitteln?«, fragte Megan. »Bekomme ich keine Epiduralanästhesie? Oder irgendwas anderes?«

»Tut mir leid«, sagte der Arzt, »dafür ist es zu spät. Die Krankenschwester gibt Ihnen ein Beruhigungsmittel über den Zugang. Aber das Baby kommt schon.«

»Ich bin noch nicht so weit.« Panik ergriff sie.

Der Arzt lachte. »Sie können sich gleich bei Ihrer Tochter beschweren.«

Eine neue Wehe erstickte ihre Antwort. Und dann gab es keine Worte und keine Gedanken mehr, nur noch Kontraktionen. Die Wehen wurden immer stärker und kamen in immer kürzeren Abständen. Alles drehte sich jetzt um die nächste Wehe und auf die kurze Pause davor.

Dann gab ihr Dr. Monroe die Anweisung zu pressen. Rick und Helen hielten ihre Hände fest und ermutigten sie.

»Du machst das super, Meg«, flüsterte Rick. Nur Scott hatte sie je so genannt.

»Du bist so tapfer«, sagte Helen.

»Du schaffst das!« Jetzt klang Rick fast, als stünde er vor seiner Mannschaft. Jedenfalls nicht in einem Kreißsaal in einem Kittel mit der Aufschrift PAPA.

Schweiß lief ihr über das Gesicht. Das Ziehen in ihrem Unterleib war unerträglich. Sie dachte an Scott und an die schrecklichen Worte bei ihrer letzten Begegnung. *Oh Gott, es tut mir so leid, Scott. Wenn du doch dabei sein könntest!*

Sie presste. Alles andere wurde nebensächlich, auch ihre Schuldgefühle. Sie konzentrierte sich auf die allerletzte Phase.

Atmen. Atmen. Atmen.

Sie biss die Zähne zusammen und drückte Ricks Hand. Die Stimme des Arztes hatte eine große Dringlichkeit, als er sie anwies, ein letztes Mal zu pressen. Sie nahm all ihre Kraft zusammen. Und dann glitt das Baby aus ihr heraus.

Megan vergaß die Schmerzen, die Zukunft, die Projekte. Alles, was zählte, war dieses winzige verschrumpelte Wesen auf dem Arm des Arztes. Es war still.

Kapitel 25

DIANE
IM ALTER VON ACHTUNDZWANZIG JAHREN

Samstag, 6. September 1919
Normandie

Die Tochter von Diane und Gilbert wurde im Château geboren. Draußen wütete einer der schlimmsten Stürme, die die Gegend je heimgesucht hatte. Der Wind fegte über das Haus, riss Dachziegel herunter und schlug die Fensterläden gegen die alten Mauern. Die reifen Äpfel waren dem Sturm ausgeliefert. Diane und Gilbert konnten nichts dagegen tun.

Die Bomben hatten ihr Land verschont. Aber während des Krieges gab es kaum Erntehelfer. Vier Jahre lang verbrachte sie endlose Stunden alleine damit, Äpfel zu pflücken und einzubringen, in der Hoffnung, den Betrieb zu retten. Manchmal kamen ihr sehr alte oder sehr junge Männer aus dem Dorf zu Hilfe. Aber eine Menge der Äpfel fielen einfach auf den Boden und verfaulten.

Es hatte auch an dem Nachmittag geregnet, als Gilbert aus dem Krieg zu ihr zurückkam. Die Bäume hingen schwer von überreifen Äpfeln und drohten, an Unkraut zu ersticken. Der Krieg hatte die Obstgärten fast zerstört. Und Gilbert auch. Er war entsetzlich mager und wirkte zu Tode erschöpft. Sie brach in Tränen aus, als sie ihn die lange Allee auf sie zukommen sah. Sie rannte zu ihm und schlug die Arme um ihn. Und so standen sie da in einer nicht enden wollenden Umarmung. Der Regen durchnässte sie bis auf die Haut.

In jener Nacht liebten sie sich mit einer fast verzweifelten Leidenschaft. Sie hatten das unbedingte Bedürfnis, sich zu versichern, dass sie noch am Leben waren.

In jener Nacht empfing Diane ein Kind.

Die Frucht ihrer Liebe, die sie jetzt in den Armen hielt. Beim Anblick ihrer Tochter verschlug es Diane den Atem. Sie hatte ein rosafarbenes Gesicht und herzförmige Lippen, und ihre Haare waren pechschwarz. Ihre winzigen Finger ballten sich zu Fäustchen.

Diane war nass geschwitzt und vollkommen gerädert. Ihr ganzer Körper tat weh. Sie hatte sich nicht mehr so hilflos gefühlt, seit Pierre seine Hände um ihren Hals geschlossen hatte. Als er kurz davor gewesen war, sie zu erwürgen. Sie wäre in Panik geraten, wäre Gilbert nicht gewesen.

Aber ihr Mann hatte sie gerettet – sie und ihre Tochter. Er hatte während der langen, schmerzhaften Geburt alles für sie getan.

»Nimm deine Tochter auf den Arm.« Sie reichte ihm das Baby.

Gilbert wiegte ihr Kind in seinen bebenden Händen, die rot und vernarbt waren von der Explosion einer deutschen Granate. In den vier langen Kriegsjahren hatte sich Gilbert so an das Sterben und den Tod gewöhnt, dass ihn dieses neue Leben fast überwältigte. Er wagte es kaum, sich über die Geburt seiner Tochter zu freuen. Denn was man liebte, konnte man verlieren.

Von Madame Herbert hatte er sich einiges über Geburtshilfe abgeschaut. Daher wusste er, dass er das Kind auf Dianes Bauch legen musste, um das Ausstoßen der Nachgeburt zu beschleunigen.

Diane beobachtete Gilbert dabei, wie er einen Schnürsenkel aus dem Stiefel zog und die Nabelschnur damit umwickelte. Er machte einen Doppelknoten, zog sein Taschenmesser hervor und tauchte die Klinge in eine Schüssel mit frischem Regenwasser, reinigte sie, so gut es ging, und wischte sie an einem sauberen Tuch ab. Dann durchschnitt er die Nabelschnur.

Er zog das Hemd aus und wickelte sein Kind in den karierten Flanell. »Der Krieg hat uns fast ruiniert. Sie verdient so viel mehr.«

»Sie hat uns. Wir waren einander immer genug. Und wir werden auch ihr genug sein.«

Er legte das Mädchen zurück in die Arme seiner Frau. Sie konnte nur auf ihre Intuition hoffen. Das Baby lag wohlig in dem warmen, weichen Flanell.

»Ich bin gleich wieder da. Kannst du einen Moment allein bleiben?« Gilbert wickelte die Nachgeburt ein.

»Ja.«

Als er mit der Nachgeburt das Zimmer verließ, um sie zu vergraben, betrachtete Diane das Gesicht ihrer Tochter und zählte ihre Finger und Zehen. Sie hatte die Nase ihrer vor so langer Zeit verstorbenen Mutter und die Gesichtsform von Gilbert.

Draußen raschelte etwas in der Dunkelheit. Als Gilbert wiederkam, lauschte er angestrengt und nahm das Gewehr, das griffbereit neben dem Fenster stand. Herumirrende Soldaten waren hungrig und verzweifelt genug, um das Wenige, das es bei ihnen gab, zu stehlen. Sie waren auch bereit, dafür zu töten.

Diane schlug Gilberts Hemd enger um das Baby und drückte es an sich. »Du kannst dir sicher sein«, schwor sie flüsternd, »dass ich dich immer lieben und beschützen werde.« Ihre Tochter gähnte und schmiegte sich an ihren Busen. In den Ohren des Babys waren die Worte nichts als sanfte Töne.

Dann begann es zu weinen.

»Was ist mit ihr?«

»Vielleicht hat sie Durst«, sagte Gilbert.

Diane erinnerte sich daran, wie Madame Herbert nach einer Geburt die Brust einer Mutter zum Mund des Babys geführt hatte. Sie sah Gilbert an, der ebenso hilflos wirkte. Mit geröteten Wangen knöpfte sie sich ihr abgetragenes blaues Baumwollkleid auf, das über ihrem vollen Busen spannte. Sie mochte das Kleid nicht, aber sie hatte selbst mit ihrem dicken Bauch noch hineingepasst.

Sie führte ihre Brustwarze an den Mund des Babys, das sofort zu saugen begann, wie Babys das seit Anbeginn der Zeit tun. Diane hatte so ein durchdringendes, seltsames Gefühl nicht erwartet und erschrak. Die kleinen Fäuste kneteten ihre Brust. »Sie trinkt.«

»Sie hat einen ordentlichen Appetit wie ihr Vater«, sagte Gilbert.

Sie genossen diesen kostbaren Moment schweigend. Schließlich sah sie zu ihrem Mann auf. Sie hatte seine Sorgen gespürt. »Was meinst du, wie schlimm sieht es draußen aus?«

Der Sturm war in der letzten Nacht über ihr Land gefegt und musste ihre Apfelbäume schwer geschädigt haben. »Wir werden es überleben«, sagte er nach einer Weile. »Aber ich bin sicher, dass viele Bäume nicht mehr zu retten sind.«

»Warte bis zum Sonnenaufgang, dann sehen wir es uns an.« Sie nahm seine Hand. »Jetzt wird alles gut. Es steht in den Sternen.«

Er saß auf der Bettkante und streichelte ihren Oberschenkel. »Du sprichst mit der Gewissheit einer Zauberin. Und dieses eine Mal will ich dir gern glauben.«

»Ich bin eine Hexe«, sagte sie mit einem Lächeln.

»Deine Lavendelaugen haben mich vor langer Zeit verhext. Ich konnte gar nicht anders, ich musste dich zur Frau nehmen.«

Tränen standen in seinen Augen. Er saß vornübergebeugt und schien nicht die Kraft zu finden, sich aufzurichten. Er war ein stolzer Mann, und er liebte seinen Apfelhof. Sie wusste, dass er befürchtete, im Sturm das Wenige verloren zu haben, was der Krieg verschont hatte.

»Wir werden retten, was zu retten ist. Und dann pflanzen wir neue Bäume«, sagte Diane.

»Wie du das sagst, klingt es so leicht.«

»Wir lieben das Land, wie wir einander und unser Kind lieben. Und die Bäume werden gedeihen. Wir sind mit diesem Land verwachsen, das Land und wir sind zwei Hälften eines Ganzen.«

»Wie soll unsere Kleine denn heißen?«, fragte er etwas unvermittelt.

»Adele. Nach meiner Mutter.« Sie war schon vor Monaten auf den Namen gekommen, als das Baby in ihrem Bauch heranwuchs.

»Adele.«

Die Namensgeberin des Kindes war die Frau eines Kapitäns gewesen und vor ihrem dreißigsten Geburtstag gestorben. Diane hatte lange darüber nachgedacht, ob der Name ein schlechtes Omen sein könnte. Doch dann hatte sie ihre Zweifel beiseitegewischt. Sie konnte nicht glauben, dass Gott ihnen ein Kind nehmen würde, mit dem sie so gesegnet waren.

Kapitel 26

DIANE
IM ALTER VON ACHTUNDVIERZIG JAHREN

Samstag, 8. August 1939
Normandie

Adele blieb ihr einziges Kind, aber sie war so vollkommen, dass sich weder Diane noch Gilbert je ein weiteres wünschten. Sie wuchs auf dem Apfelhof auf. Als sie klein war, ritt sie auf den Schultern ihres Vaters zwischen den Bäumen. Später war die Planchette ihr liebstes Spielzeug. Sie glitzerte so herrlich im Sonnenlicht. Als sie zu einer schönen jungen Frau heranwuchs, trug sie die Tücher und Kleider, die Claire ihr schickte.

Gott hatte ihnen nur ein Kind geschenkt. Doch in ihren Augen war Adele sein Meisterstück.

Seit ihrer Geburt war die kleine Familie immer stärker geworden. Diane sagte oft, dass die Bäume so eng mit ihrem Leben verbunden waren, dass sie einander zum Überleben brauchten. Man wusste nicht, wo ein Leben endete und ein anderes begann.

Sie hatten die Stürme überstanden. Ihr Geschäft florierte. In den letzten Jahren hatte Gilbert seinen Ruf als Destillateur so ausgebaut, dass Château Bernard nicht nur in der Region bekannt war, sondern im ganzen Land.

»Was hältst du von den Äpfeln?«, fragte Gilbert.

Diane wandte sich ihm zu und lächelte ihm ins Gesicht, das jetzt von Falten durchzogen war. Sein dunkles Haar hatte graue Strähnen. Doch sein Blick war klar wie immer. »Sie sind noch sauer.«

Er pflückte einen Apfel vom Baum, biss ein Stück ab und spuckte es in hohem Bogen wieder aus. »Das macht mir Sorgen.«

»Vielleicht werden sie süßer, wenn die Sommerhitze kommt.«

»Vielleicht.«

Sie hakte sich bei ihm unter und sie schlenderten den Grasweg zwischen den Baumreihen entlang. »Du siehst grimmiger aus als sonst.«

Er streichelte ihren Arm. »Ach ja?«

»Was ist los?«

»Ich habe von Max gehört.«

»Er schreibt dir doch regelmäßig. Hat er schlechte Neuigkeiten?«

»Sein Schwiegersohn ist in Deutschland festgenommen worden. Seine Tochter Elise konnte fliehen. Sie ist jetzt in Le Havre.«

»Und Elises kleiner Sohn? Was ist mit ihm?«

»Er ist bei ihr. Es geht ihm gut«, sagte Gilbert. »Und Elise ist wieder schwanger. Hochschwanger. Die Geburt kann jederzeit einsetzen.«

Gilbert und Max hatten den Krieg an vorderster Front miterlebt. Beiden graute vor einem neuen Krieg. Nichts drängte sie zum Kämpfen, und sie machten sich auch keine Illusionen, dass der Krieg schnell enden würde.

»Max befürchtet, dass es nur eine Frage der Zeit ist, bis die Deutschen durch Frankreich und zum Atlantik marschieren.«

Gilbert hatte oft gesagt, dass Deutschland nach dem Krieg ausgehungert und an die Kette gelegt worden war wie ein tollwütiger Hund. Mit jedem Jahr steigerte sich die Wut des Landes. Früher oder später würde es die Ketten sprengen und sich an den Siegern des letzten Krieges rächen.

»Claire hat mir geschrieben«, sagte Diane. »Sie bittet uns wieder, sie in Amerika zu besuchen. Sie erinnerte mich daran, dass Amerika viele Diplomaten zurückgerufen hat. In ihrem letzten Brief hat sie geschrieben, dass Victoria und Edward Garrison Nordafrika verlassen und auf der *USS Mayhew* nach New York zurückkehren. Am 10. August legt sie in Le Havre an. Wir können Claire besuchen. Es wäre schön für Adele, wenn sie sieht, wo ich aufgewachsen bin. Elise und ihr Sohn können auch mitkommen. Und Max natürlich, wenn du glaubst, dass er jemals Frankreich verlässt.«

»Nie im Leben«, sagte Gilbert.

Sie betrachtete ihren starrsinnigen Ehemann. »Max und du, ihr seid aus demselben Holz geschnitzt. Ihr verlasst Frankreich nicht.«

Er musterte sie. »Das heißt nicht, dass du es nicht kannst.«

»Ich bin wie ihr. Ich gehe nie mehr weg von hier. Es hat zu lange gedauert, bis ich meine neue Heimat gefunden habe. Und es hat zu viel Arbeit gekostet, unseren Hof zu retten. Aber das gilt nicht für Adele. Sie muss weg von hier. Wir schicken sie zu Claire«, sagte Diane.

»Unsere Tochter ist genauso stur wie ihre Mutter«, sagte Gilbert.

Und wie ihr Großvater, dachte Diane. »Vor Jahren hat mich mein Vater weggeschickt. Es hat mir fast das Herz gebrochen. Und es gab Zeiten, da dachte ich, ich würde vor Einsamkeit sterben.«

Gilbert hielt an, nahm ihr Gesicht in seine Hände und küsste sie.

Sie erwiderte seinen Kuss. »Wenn mein Vater mich nicht weggeschickt hätte, hätte ich dich nicht gefunden. Ich hätte unser wunderbares Leben nie gelebt. Heute verstehe ich, dass er so gehandelt hat, um mich zu retten. Und jetzt muss ich für unsere Tochter das Gleiche tun.«

Gilbert umarmte sie. Eine Weile standen sie umschlungen zwischen den Apfelbäumen.

»Aber Adele fährt ohne uns nicht«, sagte Diane.

»Max hat für den Elften eine Weinverkostung geplant. Ich wollte eigentlich nicht hingehen, aber jetzt kommt es wie gerufen. Adele war seit einem guten Jahr nicht mehr in Le Havre, und sie hätte bestimmt nichts gegen eine kleine Reise einzuwenden. Wenn wir erst mal dort sind und die *Mayhew* im Hafen liegt, dann finden wir schon einen Weg, um Adele, Elise und ihr Kind an Bord zu bringen.«

»Unsere Tochter würde gehen, wenn Elise Hilfe braucht.«

Diane war seit ihrem Wiedersehen mit Claire im Jahr 1909 nicht mehr in Le Havre gewesen. Danach hatte sie monatelang Albträume von Pierre gehabt. Sie ging selten weiter als bis zum Dorf. Ihr gefiel es am besten auf dem Hof, wo sie weit von Pierre entfernt war. Der Gedanke, dass ihre süße Adele Le Havre besuchen sollte, ließ sie erschaudern.

Diane packte ein paar Dinge für Adele. Dann holte sie das Holzkästchen unter ihrer Matratze hervor, das sie vor all den Jahren aus Madame LeBlancs Wohnung mitgenommen hatte. Sie öffnete den Deckel der Planchette und betrachtete die glitzernden Juwelen. Sie hatte vor langer Zeit aufgehört, daran zu glauben, dass die Lebenden mit den Toten sprechen konnten, wie Madame LeBlanc behauptet hatte. Aber Diane hatte das wahre Geheimnis der Planchette herausgefunden. Sie würde

Adele die Planchette mitgeben. Damit sie für schwere Zeiten gewappnet war.

* * *

Adele freute sich sehr auf ihren Ausflug nach Le Havre. Sie sprach über nichts anderes mehr, während Dianes Beklommenheit wuchs. Gilbert verbrachte den nächsten Tag damit, seine besten Flaschen für die Verkostung bei Max auszusuchen. Er schien zu ahnen, dass es ihr letzter Familienausflug werden würde.

»Mama, können wir in Le Havre auch einkaufen gehen?«, fragte Adele. Das Mädchen war neunzehn und hatte volles schwarzes Haar, das ihr in sanften Wellen auf die Schultern fiel. Bei ihrem makellosen Teint und dem strahlenden Lächeln war es kein Wunder, dass ihr die jungen Männer im Dorf den Hof machten.

»Warum nicht?«, sagte Diane. »Ich war zwar seit vielen Jahren nicht mehr dort, aber es wird immer noch genügend Geschäfte für junge Damen geben.«

Sie rumpelten in ihrem alten Kleinlaster über die unbefestigten Straßen nach Le Havre. Diane waren die Straßen und die Menschen der Stadt so fremd wie bei ihrem ersten Besuch.

Adele sah aus dem Fenster, deutete aufgeregt auf einzelne Geschäfte und freute sich auf die Süßigkeiten der Zuckerbäcker.

Diane wurde immer stiller. Als sie sich Max' Laden näherten, kreisten ihre Gedanken um die Vergangenheit. Sie sah Madame LeBlancs bleiches Gesicht mit den entsetzlichen roten Flecken und ihren ausgestreckten, leblosen Körper vor sich. Ihr wurde eiskalt, und sie fragte sich zum tausendsten Mal, was aus Pierre geworden sein mochte. Pierre war eine Kakerlake, wie Gilbert einmal gesagt hatte, und Diane war sicher, dass er noch lebte.

Gilbert parkte in der Gasse hinter Max' Laden. Als sie eintraten, wurden sie vom Klingeln der Glöckchen und dem vertrauten Geruch von Wein, Käse und Eichenfässern empfangen.

Max tauchte hinter dem Tresen auf und warf die Hände in die Luft. Er lächelte erfreut, doch seine tiefen Falten verrieten seine Sorgen. »Ah, meine liebsten Freunde!«

Er umarmte einen nach dem anderen und küsste sie auf beide Wangen. »Die Winzer sind gespannt darauf, was du zur Verkostung mitgebracht hast. Es sind insgesamt zwölf und wahrscheinlich kommt auch jemand von der Presse. Ich glaube, viele würden den Calvados- und Cidre-Produzenten zu gern in die Schranken weisen.«

Gilbert schnaubte. »Das sollen sie nur versuchen.«

»Adele«, sagte Max, »meine Tochter ist hier. Ich möchte, dass ihr euch kennenlernt.«

Adele hatte sich staunend im Laden umgesehen. Jetzt lächelte sie. »Wie geht es ihr?«

»Nicht gut«, sagte er. »Sie liegt schon den ganzen Tag im Bett.«

»Ist sie krank?«

»Sie hat Bauchschmerzen und immer stärkeres Kopfweh.«

»Und wie geht es ihrem Sohn?«, fragte Diane.

»Er schläft jetzt, aber sehr unruhig.«

»Hilfst du mir, die Kisten auszuladen?«, bat Gilbert. »Dann können wir alten Männer uns in Ruhe unterhalten.«

Sie tauschten einen Blick. Max verstand, dass Gilbert etwas besprechen wollte, ohne dass Adele zuhörte. »Natürlich, alter Freund.«

Diane führte ihre Tochter über die enge Wendeltreppe in ein Zimmer im ersten Stock. Elise lag auf einem großen Bett. Neben ihr schlief ihr einjähriger Sohn tief und fest.

Diane setzte sich an die Bettkante und fühlte die schweißnasse Stirn der jungen Frau. »Sie hat Fieber.«

»Kommt das von der Schwangerschaft?«, flüsterte Adele.

»Ich weiß es nicht.«

»Wir sind auf dem Weg an einer Apotheke vorbeigekommen. Nicht weit von hier. Ich kann dort Medikamente besorgen.«

Diane mochte die Vorstellung nicht, dass Adele allein durch die Stadt streifte. Doch offensichtlich brauchte diese junge Frau tatsächlich fiebersenkende Medikamente. Sie drückte ihrer Tochter ein paar Münzen in die Hand. »Komm schnell wieder, und sprich nicht mit Fremden. Es ist hier nicht wie zu Hause.«

Adele küsste sie auf die Wange. »Ja, Mama.«

* * *

Pierre saß in einem Café und fixierte eine Frau am Nachbartisch über den Rand seiner Zeitung *Le Matin*. Als sie seinen Blick erwiderte, lächelte er. Sie wurde rot. Es erfüllte ihn mit Genugtuung, dass sein Lächeln auch mit dreiundfünfzig noch diese Wirkung hatte.

Die Frau sah ihn lange genug an, um ihm ihr Interesse zu bekunden. Er fand sie nicht besonders attraktiv. Ihre Hüften waren zu schmal und ihr Gesicht zu unscheinbar. Aber ein Mann hatte nun mal gewisse Bedürfnisse.

Er richtete seine Aufmerksamkeit wieder auf die Zeitung. Der Leitartikel handelte von den industriellen Erfolgen Deutschlands. Angeblich gab es dort den Wunsch, enger an die französischen Nachbarn mit ihrem blühenden kulturellen Leben heranzurücken.

Pierre war überzeugt, dass die Deutschen bald ihre Macht demonstrieren und in Frankreich einmarschieren würden. Aber nicht, um den Franzosen Lorbeerkränze für ihre glorreiche Kultur aufzusetzen. Von Madame LeBlanc hatte er gelernt, frühzeitig zu erkennen, wenn der Wind sich drehte und seine Fahne in den Wind zu hängen. Durch dieses Talent hatte er es weitergebracht, als er je gedacht hätte. Und es würde ihm auch beim Einmarsch der Deutschen nicht im Stich lassen.

Sein Blick fiel auf das Bild eines Weinhändlers, der eine regionale Weinverkostung ausrichtete. Für Wein interessierte er sich nicht, für den Besitzer des Ladens umso mehr. Sein Name war Max Schubert.

In all den Jahren hatte er nicht vergessen, in welchem Geschäft Diane an ihrem letzten Tag in der Stadt eingekauft hatte. Damals war er ihr gefolgt, und als er sie in dem Laden verschwinden sah, war er zurück zu Madame LeBlanc geeilt, um sie allein zu erwischen. Er sah auf seine Hände hinab. Wie sie gekribbelt hatten, als er ihr die Luft mit dem Seil abgeschnürt hatte! Er bedauerte zwar manchmal, dass er sie erdrosselt hatte, aber schließlich war es ihre eigene Schuld gewesen. Sie hatte ihn hintergehen wollen. Auch wenn sie es abgestritten hatte, wusste er, dass sie mehrere kostbare Schmuckstücke von der törichten Madame Howard gestohlen hatte.

Plötzlich hielt ihn nichts mehr in dem Café. Er faltete die Zeitung zusammen und warf einen flüchtigen Blick auf die Frau. Er hatte das Interesse an ihr verloren. Er wollte zu Schuberts Wein- und Delikatessenhandlung. Pierre warf ein paar Münzen auf den Tisch und machte sich auf den Weg.

Als er um die Ecke bog, sah er eine junge Frau aus dem Laden kommen. Sie hatte volle glänzende Haare und eine wunderbare Figur, sodass er stehen blieb und sie ansah. Sie überquerte die Straße. Plötzlich hupte ein Wagen, und sie drehte sich erschrocken um. Als Pierre ihr Gesicht sah, war er wie vom Donner gerührt.

In all den Jahren hatte er sich Diane immer wieder vorgestellt. Was würde er machen, wenn er sie wiedersah? Sie wäre natürlich verändert. Älter geworden. Doch sie sah aus, als wäre sie knapp zwanzig. Sie sah genauso aus, wie er sie sich immer wieder als voll erblühte Frau vorgestellt hatte.

Der Drang, sie zu besitzen und zu beherrschen, stieg wie ein Ungeheuer aus der Tiefe des Meeres in ihm auf. Vielleicht erinnerte sie sich nicht mehr an Einzelheiten jener Nacht, aber er musste verhindern, dass man ihn in aller Öffentlichkeit als Mörder anprangerte.

In Wahrheit erfüllte ihn die Vorstellung, Diane umzubringen, mit einer kindlichen Vorfreude. Wie einen kleinen Jungen mit einem neuen Spielzeug.

Kapitel 27

DIANE
IM ALTER VON ACHTUNDVIERZIG JAHREN

Montag, 10. August 1939
Le Havre

Der Apotheker hatte Adele Tabletten gegen Fieber mitgegeben. Diane zerkleinerte eine von ihnen zu einem feinen Pulver und löste sie in Wasser auf. Dann half sie der kranken Schwangeren, sich aufzusetzen und die Lösung zu trinken.

»Was fehlt ihr?«, fragte Adele.

»Sie hat Fieber, aber ich kann dir nicht sagen, warum. Vieles kann schiefgehen, wenn eine Frau schwanger ist.«

Adele nagte an ihrer Unterlippe. Eine Angewohnheit, die sie schon als kleines Mädchen hatte. »Was machen wir mit ihr?«

»Papa und Monsieur Schubert sind gleich wieder da. Dann helfen wir ihr mit ihrem Sohn auf ein Schiff.«

»Warum?«

»Ihr Mann wurde in Deutschland verhaftet. Max befürchtet, dass sie auch in Gefahr ist.«

»Warum?«

»Weil es nur eine Frage der Zeit ist, bis die Deutschen in Frankreich einmarschieren.«

»Aber die Männer im Dorf sagen, dass Frankreich die Grenzen verteidigen kann.«

Diane fühlte Elises Stirn. »Das glaube ich nicht. Und dein Papa auch nicht.«

»Was machen wir, wenn die Deutschen kommen?«, fragte Adele.

»Das sehen wir dann. Erst mal müssen wir Elise zum Hafen und auf das Schiff bringen.« Sie hörten die Tür klappen, gefolgt von Schritten auf der Treppe.

»Was ist mit dem ungeborenen Kind?«, fragte Adele.

»Wir haben doch schon Kinder im Dorf zur Welt gebracht.«

»Du hast das gemacht.« Adele runzelte die Stirn. »Heißt das, dass du auch an Bord gehst?«

Dianes Vater hatte ihr nie gesagt, dass sie ihn für immer verlassen würde, als er sie zu den LeBlancs brachte. Sie hatte ihn jahrelang dafür gehasst. Und jetzt würde sie ihre eigene Tochter ebenso hintergehen. Doch alles, was zählte, war, dass Adele an Bord dieses Schiffes ging und in die Sicherheit der Chesapeake Bay gebracht wurde.

Gilbert stand in der Tür. »Wir müssen los.«

Diane war dankbar, dass sie die Frage ihrer Tochter nicht beantworten musste. Sie erklärte Gilbert kurz, wie es um Elise stand. Er nickte grimmig und wies Adele an, die Windeln und Fläschchen des einjährigen Jungen zu packen und ihn auf den Arm zu nehmen. Diane und er halfen Elise auf und trugen sie die Treppe hinunter und zum wartenden Wagen.

Max saß am Steuer. Er wagte es nicht, seine Tochter anzusehen. »Wie geht es ihr?«

»Nicht gut.« Diane setzte sich auf die Rückbank und bettete Elises Kopf auf ihrem Schoß.

Elise stöhnte leise. »Mein Baby.«

»Alles wird gut.« Diane strich ihr über den Kopf. »Sei ganz ruhig. Wir bringen euch in Sicherheit.«

»Ein Mann hat den Laden observiert«, sagte Max leise.

»Kennst du ihn?«, fragte Gilbert.

»Nein«, antwortete Max. »Aber ein paar Freunde von mir behalten ihn im Auge.«

Adele saß vorne zwischen Max und Gilbert mit dem schlafenden Kleinkind auf dem Arm. Sie drehte sich zu Diane um und warf ihr einen vielsagenden Blick zu, als wüsste sie, dass sich ihr Leben gerade für immer veränderte.

* * *

Die Fahrt zum Hafen verlief in angespannter Stille, nur unterbrochen von Elises Stöhnen und den tiefen Atemzügen des kleinen Jungen.

Max und Gilbert stiegen am Kai der *Mayhew* aus dem Wagen. Der Vollmond tauchte das stille Wasser des Hafenbeckens in silbernes Licht.

»Wir sind gleich wieder da«, sagte Gilbert zu Diane.

Sie lächelte ihn an. Es war unvorstellbar, dass man einen Mann mehr lieben konnte, als sie Gilbert liebte. »Wir warten hier«, sagte sie lächelnd.

Die beiden Männer gingen den Kai hinunter und begrüßten einen Seemann, der kurz darauf verschwand, um wenig später mit einem zweiten Matrosen wieder aufzutauchen. Die vier Männer näherten sich dem Wagen.

»Wer sind diese Männer, Mama?«

»Sie kommen, um uns zu helfen«, sagte Diane.

»Aber wer sind sie?«

»Ich glaube, der große Mann ist Samuel, der Zweite Offizier. Er ist ein guter Freund deiner Tante Claire.«

»Aber wir fahren nicht mit Elise und dem Baby nach Amerika, oder?«

»Wir können sie jetzt nicht allein lassen, Adele. Die Geburt steht kurz bevor.«

»Aber es muss doch einen Arzt an Bord geben.«

Dianes Augen brannten. Sie war dankbar, dass Adele noch zu den Seemännern blickte und ihre Tränen nicht sah. »Ich muss dich um etwas bitten, Adele. Etwas, das uns allen sehr, sehr schwerfallen wird.«

»Worum?«

»Ich möchte, dass du mit Elise und ihrem Sohn an Bord gehst. Du musst dich um sie kümmern und dafür sorgen, dass sie sicher nach Amerika kommen.«

Adele rutschte auf dem Sitz herum. Sie sah ihre Mutter ungläubig an. »Alleine? Ohne Papa und dich?«

»Es ist ja nicht für immer, Adele. Du wirst bei deiner Tante Claire wohnen. Und wenn der Krieg vorbei ist, kommst du zurück.«

»Woher weißt du, dass es Krieg geben wird?«

»Ich weiß es einfach.«

Die Wagentür öffnete sich. Max und Gilbert hoben die fast bewusstlose Elise heraus. Max war nicht kräftig genug, seine Tochter zu tragen, aber Samuel, der Zweite Offizier mit den breiten Schultern und dem markanten Kinn, nahm Elise in seine Arme. Der kleinere, rothaarige Matrose öffnete die Beifahrertür und streckte die Hand nach Adele aus, die sie zögernd ergriff.

Diane nahm die kleine Reisetasche, die sie für Adele gepackt hatte. Sie gingen den Kai hinunter zum Schiff, wo Max seine Tochter und seinen kleinen Enkelsohn weinend auf die Stirn küsste. Samuel trug Elise an Bord. Adele hatte ihr eigensinniges Gesicht aufgesetzt und stand reglos neben ihren Eltern. »Ich will nicht fort von hier.«

»Aber du musst«, sagte Gilbert sanft.

»Ich will euch bei der Ernte helfen. Außerdem habe ich meinen Freundinnen versprochen, mit ihnen das Dorffest zu organisieren. Ich kann nicht weg von hier.«

Diane drückte ihre Tochter fest an sich. »Ich liebe dich über alles. Aber du musst weg aus Frankreich. Hier ist deine Tasche. Da ist auch ein Brief an Claire drin.«

»Ihr müsst mitkommen«, sagte Adele.

Diane schüttelte den Kopf. Sie strich Adele eine Strähne aus dem Gesicht. »Das geht leider nicht. Papa und ich müssen hierbleiben.«

»Aber warum?«

»Weil der Krieg bald ausbricht«, sagte Gilbert. »Wir können den Apfelhof nicht aufgeben.«

»Aber ich kann euch doch helfen, wie immer«, beharrte Adele.

»Wenn du Elise nicht beistehst, wird sie wahrscheinlich sterben. Und wir können hier nicht das tun, was wir tun müssen«, sagte Gilbert.

»Du bist zu alt zum Kämpfen, Papa«, wandte Adele ein.

»Ich kann die Deutschen auf andere Weise bekriegen«, sagte er.

Diane küsste ihre Tochter auf die Wange. Gilbert nahm sie in den Arm.

Der Seemann räusperte sich. »Wir müssen ablegen, sonst verpassen wir die Flut.«

Diane und Gilbert brachten ihre Tochter bis zur Gangway und sahen ihr nach. Eine gut gekleidete blonde Frau erschien an der Reling. Diane wusste sofort, wer sie war.

Victoria, um die sich ihre Schwester Claire so lange gekümmert und deren Geheimnisse sie bewahrt hatte. Sie hob die Hand zum Gruß. Diane grüßte bang zurück. Ihr wurde klar, dass sie ihre einzige Tochter in die Obhut einer Frau gab, die sie gar nicht kannte. »Passen Sie auf sie auf«, rief sie ihr zu.

»Das werde ich.« Victoria sagte etwas zu Adele und wollte sie unter Deck bringen.

Doch Adele rannte zur Reling. »Mama!«

Ein nie gekannter Schmerz durchfuhr Diane. Sie wandte sich ab und ging mit Gilbert zum Wagen. Tränen strömten ihr über das Gesicht. War es ihrem Vater auch so gegangen, als er sie zurückgelassen hatte?

Gilberts Kiefer mahlten. Er blickte stur geradeaus. Doch er nahm ihre Hand mit festem Griff. »Schau nicht zurück. Wir haben keine Wahl.«

»Es ist nicht für immer«, sagte Max. »Es ist bestimmt nicht für immer.«

Vom Wagen aus drehte sich Diane doch um. Ihre Tochter stand noch an Deck. Diane hatte keinen anderen Wunsch, als sie in die Arme zu nehmen und zu beschützen.

Samuel hatte Wache an der Gangway gestanden und war dabei, als Letzter an Bord zu gehen, als er von den Scheinwerfern eines Autos erfasst wurde. Das Fahrzeug kam mit quietschenden Bremsen zum Stehen. Der Motor lief weiter. Ein Mann sprang heraus.

Diane konnte sein Gesicht im Schatten der Scheinwerfer nicht erkennen. Doch als er auf das Schiff zulief, sah sie eine Pistole aufblitzen. Und seinen triumphierenden Gesichtsausdruck.

Das altvertraute Grauen erfasste sie. Es war Pierre, und er grinste genauso teuflisch wie damals, bevor er sie die Treppe hinuntergestoßen hatte.

Kapitel 28

MEGAN

Mittwoch, 11. April 2018
Norfolk, Virginia

Schweigend reinigte Dr. Monroe Mund und Nase des Babys. Dann drehte er es auf den Bauch und massierte es zwischen den Schulterblättern. Megan wartete auf den Schrei, auf irgendein Zeichen, dass das Baby lebte.

Stille senkte sich auf den Raum. Sie sah erst Rick und dann Helen an, forschte in ihren Mienen nach Zuversicht. Aber Ricks Gesicht war versteinert, als würde er sich auf das Schlimmste gefasst machen. Und in Helens Augen glänzten Tränen.

»Was ist mit meinem Baby?«, wimmerte Megan.

Helen drückte ihre Hand und stand so reglos da wie bei Scotts Beerdigung.

Der Arzt antwortete nicht. Er verstärkte den Druck der Massage. Die Stille war unerträglich.

Und dann hallte ein lauter Schrei von den gefliesten Wänden wider.

Dr. Monroe nickte Megan beruhigend zu und übergab der Krankenschwester das Kind.

»Kann ich sie sehen?«, fragte Megan.

»Die Schwester muss sie nur kurz untersuchen. Sie ist sehr klein.«

»Ist das schlimm?« Megan reckte den Hals. Die Schwester hatte sich mit ihrem Kind außer Sichtweite entfernt.

»Wir haben es lieber, wenn die Babys bis zum Ende ausgetragen werden, aber manchmal haben sie es eben eilig«, sagte der Arzt. »Dem Schreien nach zu urteilen, hat Ihr Mädchen eine kräftige, gesunde Lunge.«

Megan sah jetzt den Rücken der Schwester, die das schreiende Neugeborene maß, wog und untersuchte. Der Arzt wartete auf die Nachgeburt und säuberte Megan behutsam.

»Beim nächsten Baby kommen Sie bitte nicht auf den letzten Drücker, Megan«, mahnte der Arzt.

»Das war eigentlich auch nicht meine Absicht.«

Die Krankenschwester kam mit einem pinkfarbenen Bündel auf dem Arm zurück. Aufregung, Sorge und Angst tobten in Megan, als ihr das winzige Mädchen auf den Bauch gelegt wurde. Sie brachte kleine Laute hervor und schmiegte sich an Megans Busen. Ihre Haare waren dunkel, ihre Haut rosafarben. Sie hatte Scotts Nase.

Rick legte ihr die Hand auf die Schulter. »Das hast du super gemacht, Megan.«

Megan sah auf und lächelte ihm zu. Dann schaute sie Helen an, die sich mit dem Ärmel ihres Kittels die Tränen trocknete. Die Anspannung der letzten Zeit war von ihr abgefallen.

»Danke«, flüsterte Helen.

* * *

Helen ging hinaus, um zu telefonieren. Als sie zwanzig Minuten später zurückkam, war das Baby auf der Neugeborenen-Station, wo es eingehend untersucht wurde. Rick war mitgegangen, um Megan sofort alles berichten zu können.

Eine Krankenschwester überprüfte Megans Infusion.

Helen sah blass und müde aus. Sie küsste Megan auf die Wange. »Wo ist das Baby? Wo ist sie hin?«

»Es geht ihr gut«, sagte Megan. »Sie wird gerade von einem Neonatologen untersucht.«

»Kann ich sie sehen?«, fragte Helen. »Ich möchte sie im Arm halten. Mich vergewissern, dass es sie wirklich gibt.«

»Sie ist in der Säuglingsstation nebenan«, sagte Megan. »Du kannst sie durch die Glasscheibe sehen, glaube ich. Rick ist da, und der Arzt untersucht sie.«

»Ist sie wirklich gesund?«, fragte Helen. »Sie hat nicht gleich geatmet. Ich habe noch nie so viel Angst gehabt.«

»Sie hat eine kräftige Lunge.«

»Aber sie ist zu früh gekommen.« Ein leichter Tadel schwang in Helens Stimme. »Mir war völlig klar, dass du zu viel gearbeitet hast.«

Sofort war die Anspannung wieder da. Die Hoffnung und Zuversicht nach der Geburt war wie weggeblasen. Sie hatte sich tatsächlich wochenlang übernommen. Jetzt wusste sie, dass das egoistisch gewesen war.

Die Krankenschwester räusperte sich. »Ma'am, gehen Sie doch nach nebenan. Da können Sie sich das Baby ansehen.«

Helen sah die Schwester verärgert an. »Das werde ich auch tun.«

Megan schluckte den Kloß im Hals hinunter, als sie Helen nachsah. »Ihr Sohn war der Vater des Babys. Er ist im September gestorben.«

»Das tut mir leid. Aber ich bin Ihre Krankenschwester, und ich bin nur für Sie da. Wie geht es Ihnen?«

Das Adrenalin, der Schmerz und die intensiven Gefühle hatten Megan so überwältigt, dass sie gar nicht sagen konnte, wie es ihr ging. »Okay, glaube ich.«

»Manche Babys kommen einfach früher, Megan.« Es klopfte. Lucy stand in der Tür. Sie trug ihre blonden Haare in einem Pferdeschwanz und ein grünes T-Shirt mit der Aufschrift AUFSICHT.

»Lucy. Tolles T-Shirt. Kann ich auch so eins haben?«

Lucy warf ihren Rucksack auf einen Stuhl und umarmte Megan. »Wie geht es dir?«

Megan tat die Umarmung gut. »Bestens.«

Lucy strich Megans Pony zur Seite. »Und du hast einen neuen Rekord aufgestellt?«

»Tja, ich wusste gar nicht, dass das so schnell gehen kann.«

»Rick hat auf jeden Fall gute Kumpel bei der Polizei. Ein Kollege hat uns vorm Museum abgefangen und mich hergebracht. Die Kinder fanden das so aufregend, dass wir schnell noch Selfies mit ihm machen mussten. Und jetzt bin ich offiziell die coolste Mom der Schule.«

»Mom. Klingt das für dich nicht schräg?«

»Du hast keine Ahnung, wie verrückt mir das vorkommt. Aber Leben bedeutet Veränderung, und mir geht's super damit. Dir wird es auch so gehen.«

»Kommst du damit gut klar, dass du jetzt ein Kind hast?«, fragte Megan.

Lucy lächelte. »Ach Quatsch. Natürlich nicht. Arlene meint, dass etwas Hysterie dazugehört und dass du nie das Gefühl hast, es richtig zu machen.«

»Echt jetzt?«

»Echt jetzt.« Lucy holte ihr Handy heraus und rief bei Megans Mutter an. »Hallo Großmutter, hier ist Lucy Kincaid. Nein, alles in Ordnung, aber Ihre Tochter hat gerade ein kleines Mädchen zur Welt gebracht, und ich dachte mir, Sie wollten sich mal mit ihr unterhalten.«

Der freudige Aufschrei ihrer Mutter drang aus dem Hörer. Sie drückte Lucys Hand. »Danke.«

»Jederzeit, Süße.«

»Hallo, Mom.«

»Megan, wie geht es dir?« Ihre Mutter klang trotz ihrer Aufregung verschlafen, aber Megan hatte sich noch nie mehr über ihre Stimme gefreut.

* * *

Eine Krankenschwester stand neben dem Bett, als Megan das Baby zum dritten Mal stillte. Sie hatten mehrere Anläufe gebraucht, bis die Schwester Megans Brustwarze in den Mund des Babys manövriert hatte und das Baby anfing zu nuckeln. Auch der zweite und jetzt der dritte Versuch waren nicht gleich von Erfolg gekrönt.

Kaum hatte das Baby angedockt, rauschte Helen mit einer Babyschale für das Auto und einer Windeltasche voller Klamotten herein. »Ich war in drei Geschäften. Man kann doch erwarten, dass man alles, was ein Baby braucht, in einem Laden findet!«

Das Baby erschrak und biss Megan in die Brust. Sie schreckte auf, das Baby schrie. Megan wusste nicht, wie sie reagieren sollte, doch die Schwester brachte das Kind wieder in die richtige Stellung. Aber unter Helens wachsamem Blick konnte sich Megan nicht richtig entspannen. Das Baby sog stärker, als spürte es Megans Anspannung. Beide versuchten krampfhaft, dieses Mutter-Kind-Ding hinzukriegen.

Die Schwester legte ihre Hand auf Megans Schulter. »Sie machen das sehr gut. Ich bin draußen, wenn Sie mich brauchen.«

Helen legte ihre Einkäufe weg und kam näher. »Sie sieht so süß aus. Ganz genau wie Scott als Baby.«

Helens Stimme lenkte die Kleine ab, und sie schrie wieder. Megans Versuche, weiter zu stillen, scheiterten. Sie hatte so viele Bilder von glücklich stillenden Müttern gesehen, die ihr jetzt vor Augen standen. Das Kind jammerte, wahrscheinlich war das seine Art, sich darüber zu beschweren, dass seine Mama so unerfahren war.

»Du musst die Brustwarze schräg runterhalten«, erklärte Helen.

»Ich weiß. Ich mache alles genauso, wie die Schwester gesagt hat. Es klappt trotzdem nicht.«

»Dann gehe ich sie mal holen. Ich möchte nicht, dass das Baby Hunger leidet.«

»Es muss doch nicht Hunger leiden!« Megan wurde langsam panisch. Sie musste das mit dem Stillen hinkriegen, denn bald war sie auf sich gestellt.

»Sie braucht jetzt eine gute Ernährung. Schließlich hat sie bei ihrer Geburt nur zweitausendsiebenhundertfünfzig Gramm gewogen. Und dann nehmen Babys in der ersten Woche auch noch mal ab.«

»Ich schaffe das schon«, log Megan. Sie wollte Helen einfach beweisen, dass sie alles im Griff hatte.

»Ich hole die Schwester.«

Bevor Megan sie aufhalten konnte, war Helen verschwunden. »Komm schon, Kleine. Du musst mir helfen. Ich weiß, dass du auch kein Profi bist. Aber jetzt ist Teamwork gefragt.« Der Mund des Babys saugte sich fest, aber es nuckelte nicht.

Wenig später kam Helen mit der Schwester wieder, die Megan damit beruhigte, dass es eine Weile dauern würde, bis das Stillen problemlos klappte. Megan führte das Baby an ihre Brust und diesmal trank es.

»Na also, du musst nur auf die Expertin hören«, stichelte Helen.

Megan dankte der Schwester. Sie wollte diesen Moment mit ihrer Tochter genießen, aber Helen stand direkt neben ihr. »Was hast du denn eingekauft, Helen?«

»Ach, eine Babyschale, Windeln für den ersten Monat, Milchpulver, falls es nicht klappen sollte, eine Milchpumpe und …« Sie leierte ihre Liste herab, aber Megan hörte nicht mehr zu.

»Das ist sehr großzügig von dir. Das wäre doch nicht nötig gewesen.«

»Doch, natürlich.« Helen lächelte auf das Baby hinunter. »Übrigens habe ich auf der Säuglingsstation über ihrem Körbchen den Namen Buchanan gelesen. Ich war mir sicher, dass du dich am Ende doch für den Namen Jessup entscheiden würdest.«

Megan wollte sich jetzt nicht über Namen streiten. »Ich habe nicht weiter darüber nachgedacht.«

»Gut, dass du mich hast. Ich habe mit der Schwester gesprochen, sie ändert es in Jessup. Ich möchte, dass es klar ist, wer mein kleiner Engel ist. Und wir hatten uns ja darauf geeinigt, dass sie Scottie heißen soll?«

Megan strich über den schwarzen Haarschopf des Babys. »Ich bin von dem Namen nicht ganz überzeugt.«

»An welchen Namen denkst du denn?«

»Ich komme immer wieder auf Diane zurück.«

»Das Mädchen, das die Briefe geschrieben hat?«, fragte Helen.

»Ja.«

»Etwas seltsam, findest du nicht? Schließlich hast du sie nicht gekannt.«

»Es fühlt sich an, als hätte ich sie gekannt. Und schließlich hat uns ihre Schwester Claire hier alle zusammengeführt.«

»Diane Jessup«, sagte Helen, um den Klang auszuprobieren.

»Diane Jessup Buchanan«, beharrte Megan.

»Das Kind verdient den Namen seines Vaters.«

»Den bekommt es ja. Und den Namen der Mutter.«

Helen musterte sie lange. »Du bist offensichtlich übernächtigt.«

»Stimmt.«

Helen holte ein kleines Stofftier hervor und strich ihm über das weiche Fell. »Ich habe gestern Abend mit Großmutter Jessup gesprochen. Sie würde das Baby zu gern sehen.«

»Das freut mich«, sagte Megan. »Meine Tochter soll ihre Familie kennenlernen.«

»Vielleicht in ein paar Tagen, wenn du wieder im Winter Cottage bist?«

»Schön.«

»Und nur, damit du es weißt: Ich will mit Lucy sprechen«, sagte Helen. »Es wäre doch eine hervorragende Idee, wenn ich im Winter Cottage einziehe. Freie Zimmer gibt es da ja genügend.«

»Meinst du, Lucy wäre das recht?«

»Ich kann sehr überzeugend sein. Keine Angst, sie hat bestimmt nichts dagegen. Und dann bin ich Tag und Nacht für das Baby da.«

* * *

Zwei Tage später wurde Megan entlassen. Sie hätte am liebsten protestiert. Sie hatte doch überhaupt keine Ahnung, was sie mit dem Baby machen sollte! Doch die Schwestern versicherten ihr, dass es keinen Grund zur Sorge gäbe. Lucy fuhr sie nach Hause. Helen saß vorne auf dem Beifahrersitz, Megan hinten mit dem Säugling in der Babyschale. Megan hatte sich kleinkriegen lassen. Und Helen war tatsächlich für ein paar Wochen ins Winter Cottage eingezogen.

Bei ihrer Ankunft wurden sie von Hank und Natasha mit einem Strauß pinkfarbener Luftballons begrüßt. Lucy machte Faxen für das Baby. Hank starrte es an, als wüsste er nicht so recht, was er mit seiner winzigen Cousine anfangen sollte. Natasha unterhielt sie mit Statistiken aus ihrem Erste-Hilfe-Kurs und von ihren YouTube-Videos.

Als Mutter und Kind sich endlich in ihrem Zimmer eingerichtet hatten, war Megan völlig erschöpft. Ihre Nerven lagen brach. Sie legte sich aufs Bett und schloss die Augen. Scheinbar Sekunden später wurde sie von Babygeschrei geweckt.

Helen hatte sich im Nebenzimmer häuslich niedergelassen. Jetzt stand sie in der Tür. »Ist alles in Ordnung mit Diane?«

»Sie hat nur Hunger.« Megan nahm das Baby auf den Arm. »Und ihre Windel ist nass.«

»Ich kann sie wechseln.«

»Nein, ich sollte das machen, Helen.«

»Du bist erschöpft. Und ich habe in meinem Leben schon Tausende Windeln gewechselt.«

Megan legte das zappelnde Baby auf den Tisch mit der Wickelauflage. Helen mischte sich bei jedem Handgriff ein, wies sie darauf hin, dass die Windel falsch herum war und dass sie so nicht halten würde. Schließlich schob Helen Megan beiseite und hatte das Baby in Sekundenschnelle ordentlich gewickelt.

»Siehst du?«, sagte Helen und wiegte das Kind auf den Armen. »Das war doch ganz einfach, oder etwa nicht, Diane?«

So ging es auch an den folgenden Tagen. Megan verlor das Gefühl für die Tageszeiten und fragte sich, ob man vom Schlafentzug sterben konnte. Oder von der Übergriffigkeit einer zu hilfsbereiten Fast-Schwiegermutter.

Zum Glück erholte sich Megan körperlich schnell. Fünf Tage nach der Entbindung schien die Sonne, und sie hatte Lust, spazieren zu gehen.

Helen bestand darauf, dass es draußen zu kalt für das Baby wäre. Sie würde es zu Hause hüten.

»Es ist angenehm draußen«, sagte Megan. »Es sind einundzwanzig Grad. Und ich ziehe ihr den tollen Strampler an, den du ihr gekauft hast. Und überhaupt, wolltest du nicht heute zu Großmutter Jessup fahren?«

»Wirklich, Megan, ich finde, ihr solltet drinnen bleiben.«

Megan legte ihre Hand auf Helens. »Es ist alles in Ordnung. Dem Baby passiert nichts.«

Helen sah sehr besorgt aus. »Na gut. Ich komme so schnell wie möglich zurück.«

»Ich freue mich darauf, Großmutter Jessup kennenzulernen.«

Nach einer Unmenge guter Ratschläge fuhr Helen tatsächlich weg. Und Megan konnte endlich aufatmen. »Okay, Kleine, jetzt sind alle weg. Nur du und ich. Wir gehen mal zum Spring House rüber und schauen nach, wie weit sie gekommen sind. Wie findest du das?«

Das Baby schmiegte sich an sie. Sie nahm das als Zustimmung. Der klare blaue Himmel war mit ein paar flauschigen weißen Wolken getüpfelt. Beim Losgehen hielt Megan vorsichtshalber eine Hand unter das Baby, aber es schien sicher im Tragetuch zu schlafen. Mit jedem Schritt fühlte sich Megan besser und selbstbewusster.

Mr Tucker und seine Männer hatten die Dachsparren erneuert. Die neuen Schindeln waren geliefert worden. Der Klempner verlegte die Rohre für die Sanitäranlagen, und der Elektriker verkabelte das Haus nach den neuesten Sicherheitsstandards. Dass drei verschiedene Handwerksbetriebe gleichzeitig auf einer Baustelle arbeiteten, grenzte an der Ostküste schon an ein Wunder.

Mr Tucker kam Megan winkend entgegen. »Ich habe gehört, dass Sie sich in der Zwischenzeit um Ihr eigenes Projekt gekümmert haben.«

»So ist es. Das hier ist Diane.«

Er lächelte das Baby an. »Ich habe sechs Kinder. Es gibt nichts Schöneres.«

Megan wusste nicht, wann und wie ihr dieses kleine Wesen das Herz gestohlen hatte. Aber so war es nun mal und es gab kein Zurück mehr. »Da haben Sie recht. Wie läuft es mit dem Haus?«

»Alles wie geplant. Ich hätte gern grünes Licht von Ihnen, dass wir einen Landschaftsgärtner holen. Ein Kumpel von mir hat morgen hier in der Gegend zu tun und sieht sich nach Arbeit für einen halben Tag um. Er ist mit zwei Leuten unterwegs und kann die Kläranlage auspumpen und das Fundament der Außenküche freilegen.«

»Kann er mir einen Kostenvoranschlag schicken?«

»Habe ich schon eingeholt.« Er gab ihr eine Visitenkarte, auf die jemand dreihundert Dollar geschrieben hatte. »Er gräbt Ihnen das ganze umliegende Gelände um.«

»Die Apfelbäume dürfen nicht beschädigt werden. Das ist wirklich wichtig.«

»Das habe ich ihm schon gesagt.«

»Dann machen wir das so. Ich bin neugierig, was wir finden. Was ist mit dem Keller? Wie weit sind Sie gekommen?«

»Wir haben da einen leichten Wasserschaden und stapelweise Kisten, die entfernt werden müssen. Dahinter ist eine Tür mit einem Vorhängeschloss.«

»Eine verschlossene Tür?«

»Wahrscheinlich zu einem zweiten Lagerraum. Aber wenn wir den Kellerboden ausheben sollen, damit wir eine bessere Deckenhöhe bekommen, dann müssen wir auch die Tür aufmachen.«

»Klar. Wenn Sie den Raum freigeräumt haben, öffnen Sie die Tür.«

»Machen wir.« Mr Tucker führte sie durch das Haus. Sie war sehr zufrieden mit der Arbeit. Die Handwerker für die Einbauschränke und die Böden waren fest gebucht. Es ging mit voller Fahrt voraus. »Es wäre gut, wenn Sie mit in den Keller kommen würden, aber vielleicht tut dem Baby die Luft da unten nicht gut.«

»Alles klar. Dann lasse ich sie zu Hause, wenn Sie so weit sind.«

»Gut, dann können Sie sich den Krempel ganz in Ruhe ansehen, der da noch rumliegt.«

Sie lachte. »Was Sie Krempel nennen, ist für mich wahrscheinlich ein Schatz.«

Als sie zum Winter Cottage zurückkam, stand Ricks Truck vor dem Haus. In der vergangenen Woche hatte sie ihn kaum gesehen. Am Tag nach der Entbindung hatte er sie im Krankenhaus besucht und gebeten, ihn anzurufen, wenn sie etwas brauchte. Dann war er verschwunden.

Jetzt trug er statt seiner Uniform eine Jeans und ein blaues Hemd. Er sah sehr gut aus. Sie dachte an ihre Stilleinlagen und die Umstandshose und strich sich den Pony aus den Augen. Vielleicht würde er den starken Geruch nach Milch nicht bemerken.

»Lange nicht gesehen«, sagte sie.

»Ich habe ein Geschenk mitgebracht.«

»Da wird sich Diane aber freuen.«

»Das Geschenk ist nicht für das Baby. Es ist für dich. Lucy hat mir von Helens Kaufrausch erzählt. Ich nehme an, das Kind hat genug für das erste Jahr.«

Megan strahlte voller Vorfreude. »Die ersten beiden Jahre.«

»Das Geschenk ist nur für dich.«

Nervös nestelte sie an ihren Haaren. »Komm rein. Ich mache dir einen Kaffee.«

»Wo ist Lucy?«

»Sie trifft sich mit der Hochzeitsplanerin. Das zweite Zelt, das sie auf Lucys Veranlassung aufgestellt hat, hat ihr neulich die Veranstaltung gerettet.«

»Man sollte immer auf Arlenes Vorhersagen hören.«

»Scheint so.«

Er sah das Baby an. »Erstaunlich, wie so ein kleines Wesen einem so eine große Angst machen kann. Ich war noch Tage später völlig durch.«

Sie drehte sich so, dass er Diane besser im Tragetuch sehen konnte. »Sie wollte wohl einen dramatischen Auftritt hinlegen.«

»Sie wird viele Herzen brechen.«

Im Wohnzimmer legte sie das Baby in die alte Wiege, für die Helen eine weiche Auskleidung hatte anfertigen lassen. Das Kind kuschelte sich hinein und schlief weiter.

»Wie lange der Frieden hält, weiß man nicht. Aber ich habe sie gerade gestillt, also sollte ich eine gute Stunde frei haben.«

Sein Blick streifte ihre prallen Brüste. »Das Muttersein steht dir.«

»Ich fühle mich wie gerädert.« Sie setzte sich aufs Sofa, er auf den Sessel daneben.

Dann zog er eine lange schmale Schachtel aus einer Papiertüte. Kein Geschenkpapier, kein Schleifchen. Rick war nicht der Typ für Schnickschnack. »Du hast neulich von Ragland's Nautischen Antiquitäten in Norfolk gesprochen. Und da habe ich das hier für dich gefunden.«

Ihr Interesse war geweckt. »Klingt geheimnisvoll.«

»Na gut, ich gebe es zu: Duncan hat es mir empfohlen. Er scheint zu wissen, wonach du suchst. Es ist auch nichts Großes, aber du hast mal gesagt, dass du dir nichts aus Blumen machst.«

Dass er sich die Mühe gemacht hatte, sich bei Duncan zu erkundigen, bedeutete ihr unendlich viel. Sie öffnete den Deckel der Schachtel.

In Seidenpapier eingeschlagen war eine Nassplatten-Fotografie von Spring House. Im Hintergrund sah man Winter Cottage, das sich noch im Bau befand. Ein elegant gekleidetes Paar schien die Arbeiten zu begutachten.

»Duncan hat herausgefunden, dass dein Ururgroßvater mehrere Fotografen beauftragt hatte, um den Bau von Winter Cottage zu dokumentieren. Er sagt, das Foto, das du neulich gekauft hast, wäre etwa ein Jahr älter als dieses hier.«

Sie strich über die Kanten des Bildes und betrachtete das Paar im Hintergrund. »Das sind mein Ururgroßvater und seine zweite Frau, Elizabeth Lawrence. Wow. Vielen Dank, Rick.«

»Freut mich, dass es dir gefällt.« Er klang erleichtert und auch ein wenig stolz.

»Es gefällt mir sehr.« Als sie aufsah, blickte er sie auf eine Art an, dass ihr Körper zu vibrieren begann. Er musste sie nur ansehen, um sie ganz durcheinanderzubringen.

Sie dachte nicht mehr an ihr ungekämmtes Haar, ihr ungeschminktes Gesicht und die Tatsache, dass sie nach Milch und Baby roch. Sie wollte nichts, als ihn zu küssen. Doch die Spannung zwischen ihnen konnte sich jederzeit in Luft auflösen, wenn die Realität ihrer Lebenswege sie in unterschiedliche Richtungen zog.

Rick rührte sich nicht, weder in die eine noch in die andere Richtung. Es war klar, dass er ihr die Initiative überließ.

Sie hatte ein Neugeborenes, einen Job, der sie die nächsten Jahre auf Trab halten würde, und eine Fast-Schwiegermutter, die sich in ihr Leben gedrängt hatte. Sie war mit Sicherheit keine Traumfrau.

Trotzdem beugte sie sich jetzt ganz langsam zu ihm. Sie gab ihm die Chance, sich zurückzuziehen. Er blieb, wo er war. Fest und sicher wie der Leuchtturm an der Bucht.

Ihre Lippen waren nur noch Zentimeter von seinen entfernt, als die Tür zugeworfen wurde. Das Baby wachte auf und fing an zu weinen. Megan konnte sich gerade noch aufrichten, bevor Helen in der Tür erschien. Missbilligend sah sie zwischen ihnen hin und her.

Helen schüttelte den Kopf. »Was ist denn hier los?«

Megan fasste sich ein Herz. »Ich wollte Rick gerade küssen.«

Helen marschierte auf die Wiege zu und machte Anstalten, das Baby herauszunehmen.

Megan trat ihr in den Weg und nahm Diane auf den Arm. »Sie ist mein Kind. Ich kümmere mich um sie.«

»Ich glaube nicht, dass das Kind mit euch beiden im Zimmer sein sollte«, sagte Helen steif.

»Warum nicht?«

Helen richtete sich auf. »Du trittst das Andenken an meinen Sohn mit Füßen. Er ist noch kein Jahr tot, und du hast ihn schon vergessen. Er hätte dir so etwas nie angetan.«

Das war zu viel für Megan. Sie vergaß, dass sie Rücksicht auf Scotts Andenken nehmen wollte. »Natürlich hätte er mir das angetan.«

»Wie kannst du so etwas sagen?« Helens Stimme überschlug sich vor Wut. »Du hast meinen Sohn sowieso nicht verdient. Ich habe versucht, dich auf sein Niveau hochzuziehen, aber wie ich sehe, war es reine Zeitverschwendung.«

»Auf sein Niveau? Dein Sohn hat mich betrogen! Er hat mich hintergangen!« Sie strich dem Baby beruhigend über das Köpfchen und versuchte, ihre Tränen zurückzuhalten.

Helen schüttelte den Kopf. »Warum erzählst du solche Lügen?«

»Das sind keine Lügen«, zischte Megan. »Ich habe ihn mit meiner Brautjungfer Brandy im Bett erwischt. Zwei Wochen vor unserer Hochzeit.«

»Das ist gelogen!«, rief Helen. »Scott hätte so etwas nie getan. Rick, sag Megan, dass sie fantasiert.«

Megan wappnete sich. Rick würde ebenso ungläubig reagieren wie Helen. Aber auf seinem Gesicht lag keine Überraschung, keine Spur von Schock.

Rick sah Megan an. »Es tut mir leid, Helen. Megan hat recht. Scott hat sie betrogen.«

Megan wich zurück. Sie hatte einen Kloß im Hals. »Du hast es gewusst.«

»Ja.«

»Das ist nicht wahr!«, brüllte Helen.

Rick hielt Megans Blick stand. »Es tut mir leid. Ich hätte es dir sagen müssen. Scott und ich haben uns heftig darüber gestritten. Ich habe ihm gesagt, er soll seine Affäre beenden, sonst würde ich dir alles erzählen.«

»Aber dann hast du's nicht gemacht.«

»Ich hätte ihn dazu gebracht, dir alles zu sagen. Vor der Hochzeit.«

Tränen strömten über Megans Wangen. Helen sah beide entsetzt an.

»Du glaubst wohl, du kannst mir jetzt alles erzählen.« Megan drehte sich um und ging mit ihrem Baby im Arm zur Treppe. »Verschwindet aus diesem Haus. Alle beide. Ich will nichts mehr mit euch zu tun haben.«

Kapitel 29

MEGAN

Freitag, 4. Mai 2018
Cape Hudson, Virginia

Die Tage nach ihrem Streit mit Rick und Helen zogen verschwommen an Megan vorbei. Sie kümmerte sich um Diane und die Bauarbeiten am Spring House. Die bittere Ironie entging ihr nicht: Je vollkommener das Haus wurde, desto mehr geriet ihr Leben aus den Fugen. Helen war tatsächlich ausgezogen. Sie hatte mehrfach versucht, Megan anzurufen, aber Megan hatte ihre Anrufe nicht entgegengenommen. Helen war auch ein paar Mal unangekündigt erschienen. Megan hatte sich geweigert, sie hereinzulassen. Und das Baby durfte sie auch nicht sehen.

An einem warmen Frühlingstag bekam Megan einen Anruf von Mr Tucker. Sie hatten den Keller endlich so weit leer geräumt, dass sie an die verschlossene Tür herankamen. Wahrscheinlich war es nur ein Gemüsekeller, aber Lucy und sie waren neugierig und wollten dabei sein, wenn Mr Tucker die Tür öffnete.

Megan vertraute Natasha das schlafende Baby an.

Mr Tucker war vor dem Haus und wies gerade zwei Arbeiter an, Rigipsplatten in den ersten Stock zu tragen. Er begrüßte die beiden Frauen und berichtete, dass der Elektriker und der Installateur fast fertig waren. Alle kamen gut voran.

»Hervorragend.« Megan überschlug die Kosten. »Was ist mit dem Parkett?«

»Das Holz ist gestern angekommen und liegt momentan im Wohnzimmer. Es braucht ein paar Tage, um sich an die Temperatur und Feuchtigkeit zu akklimatisieren.«

»Wunderbar. Und die Einbauschränke?«, erkundigte sich Megan.

»Werden in zwei Wochen geliefert. Bis dahin haben wir genug Zeit für die Rigipswände und das Parkett.«

»Sehr gut.« Megan trat in das lichtdurchflutete, offene Haus. »Kaum zu glauben, dass es dasselbe ist.«

»Wenn Sie nichts unternommen hätten, wäre es in ein paar Jahren zu spät gewesen.«

»Es ist einfach fantastisch geworden«, sagte Lucy begeistert. »Aber ich bin gespannt, was im Keller ist.«

Tucker führte sie durch die Küche zu einer Kellertreppe. »Vorsicht mit dem Kopf. Wir haben den Boden noch nicht ausgehoben. Die Decke ist sehr niedrig.«

»Kann es sein, dass Sie auf Grundwasser stoßen, wenn Sie anfangen zu graben?«

»Ich habe einige Bodenproben entnommen. Sechzig Zentimeter kriegen wir hin. Das klingt zwar nicht viel, aber Sie hätten fast hundert Quadratmeter gewonnen.«

»Wer weiß, wofür du den Platz im Haus brauchst«, sagte Megan.

»Ich habe nur ein bisschen geschluckt, als ich den Voranschlag gesehen habe. Aber es wäre in Claires Sinn, hier alles vernünftig auf Vordermann zu bringen. Und das kostet nun mal.«

»So ist es«, sagte Megan.

Über eine Holztreppe gelangten sie in den großen Keller, der einen Lehmboden hatte und von Baulampen ausgeleuchtet wurde. Mr Tucker nahm den Bolzenschneider, der schon an der Wand lehnte.

»Spinnen und Ratten sind nicht so mein Ding«, sagte Lucy und lugte in die finsteren Ecken.

»Aber gegen Schlangen haben Sie hoffentlich nichts?«, fragte Mr Tucker.

Lucy blieb wie versteinert stehen. »Ernsthaft?«

»Kleiner Scherz«, sagte er grinsend.

»Scherze sind hier nur im Erdgeschoss gestattet. Nicht im Keller.«

Während sie weiter witzelten, betrachtete Megan die verschlossene Tür.

Mr Tucker öffnete das Vorhängeschloss mit seinem Bolzenschneider. »Ich muss zugeben, ich bin selbst neugierig.«

»Was ist da bloß drin?«, überlegte Lucy laut. »Die berühmte Leiche im Keller?«

Megan lachte. »Das kann man nie wissen.«

Lucy reichte Megan das schwere Vorhängeschloss. »Mein Leben ist jedenfalls alles andere als langweilig, seit ich in Cape Hudson gelandet bin.«

Megan untersuchte das Schloss. Es war bestimmt über siebzig Jahre alt. Es musste schon hier gewesen sein, als Samuel einzog.

Diesmal hatte Megan keine Eingebung, was es mit dem alten Gegenstand auf sich haben könnte. »Machen Sie bitte die Tür auf.«

Die rostigen Scharniere quietschten, aber die Tür ließ sich öffnen. Mr Tucker leuchtete den Raum aus.

Er war mit deckenhohen Regalen vollgestellt, in denen verstaubte Flaschen lagen. Megan nahm Mr Tucker die Baulampe ab und ging hinein. Sie griff nach einer dunkelgrünen Flasche und wischte die dicke Staubschicht vom Etikett. CHÂTEAU BERNARD. So hieß der Apfelhof, auf dem Diane so lange gelebt hatte.

»Das gibt es doch gar nicht!«, rief Megan.

»Was sind das für Flaschen?«, fragte Lucy.

»Laut Dianes Briefen hat Claire den Bernards Cidre und Calvados abgekauft. Wahrscheinlich schon ab 1910 und mindestens bis zum Ende der Prohibition in den frühen Dreißigerjahren.«

»Und hier hat Claire die Schmuggelware versteckt«, sagte Lucy bewundernd.

Megan zog weitere Flaschen heraus. »Claire hat Winter Cottage geerbt, aber kaum Geld zum Leben von den Buchanans bekommen. Das Geld wurde treuhänderisch verwaltet – für ihren Sohn und für das Anwesen. Für ihren Unterhalt musste sie selbst sorgen. Mit dem Alkoholschmuggel hatte sie eine Geldquelle aufgetan. Außerdem verschaffte sie ihrer Schwester Diane Bernard ein gutes Einkommen, als es ihnen – wie ganz Frankreich – finanziell schlecht ging.«

»Das ergibt Sinn«, sagte Lucy. »Die kleine monatliche Zuwendung von George Buchanan wurde 1919 eingestellt, nachdem seine Frau und er bei einem Autounfall gestorben waren.«

»Wie wir wissen, hatte sie über Samuel gute Verbindungen zur Handelsmarine. Und damit zu den regelmäßigen Transporten zwischen Europa und Amerika«, sagte Megan.

Mr Tucker kratzte sich am Kopf. »Und von hier war es gar kein Problem, Alkohol nach Norfolk oder sogar bis nach Baltimore zu transportieren.«

Megan nickte. »Es gibt keine polizeiliche Akte über Claire. Wenn sie illegal Alkohol verkauft hat, wurde sie jedenfalls nie erwischt.«

»Sie war ja auch eine kluge Frau«, bemerkte Lucy.

»1938, als ihr Sohn volljährig wurde, wurde er Alleinerbe der Buchanan Corporation. Claire hatte viel Mitspracherecht«, erklärte Megan. »Mein Vater hat mir erzählt, dass sie eine sehr gute Geschäftsfrau war. Als ihr Sohn Robert junior, also mein Großvater, die alleinige Kontrolle übernahm, ist er nicht sehr erfolgreich gewesen.«

Lucy machte Stichproben von den Jahrgängen. »Auf allen Fotos wirkt Claire sehr respektabel. Und sie ist immer unglaublich gut gekleidet. Passt irgendwie nicht zu einer Alkoholschmugglerin. Diese Frau erstaunt mich immer wieder.«

Megan hielt eine Flasche in der Hand, als könnte sie Diane durch den Gegenstand spüren. »Wir wissen immer noch nicht, was mit Diane passiert ist.«

»Vielleicht werden wir es nie erfahren«, sagte Lucy.

Damit konnte und wollte sich Megan nicht abfinden. Sie legte die Flasche vorsichtig ins Regal zurück.

* * *

Als Megan zum Winter Cottage zurückkam, stand Helens Wagen davor. Irritiert stellte sie sich vor, wie Helen Natasha von Dianes Wiege beiseitegeschoben haben musste.

Wütend stürmte sie in Richtung Salon, aus dem Helens Stimme zu ihr drang.

Im Flur kam ihr Helen mit erhobenen Händen beschwichtigend entgegen. »Ich weiß, dass du sauer auf mich bist, aber ich habe Großmutter Jessup mitgebracht. So eine Fahrt wird sie nicht mehr lange auf sich nehmen können. Bitte sprich mit ihr. Sie hat ja nichts mit unseren Differenzen zu tun.«

»Wo ist Diane?«

»Im Salon. Natasha passt wie ein Schießhund auf sie auf.«

Megan nahm die Schultern zurück. »Damit das ganz klar ist: Ich mache das nur ihr zuliebe. Zwischen uns ändert das nichts.«

»Das ist mir klar.«

»Okay.« Sie ging in den Salon, wo Großmutter Jessup in ihrem Rollstuhl neben der Wiege saß. Hinter der hohen Fensterfront leuchtete der strahlend blaue Himmel über der Chesapeake Bay. Ihr schneeweißes Haar schimmerte im Sonnenlicht. Ihr Rücken war vom Alter gekrümmt und ihr Gesicht von tiefen Falten durchzogen, aber sie lächelte die kleine Diane in der Wiege an.

Natasha stand von ihrem Stuhl neben der Wiege auf und kam ihr entgegen. »Sie sind gerade erst gekommen. Ich habe sie das Baby nicht halten lassen.«

»Gut gemacht. Vielen Dank«, sagte Megan.

Natasha grinste. »Ich bin ziemlich gut im Babysitten.«

»Du bist spitze. Magst du kurz rausgehen, während ich mit ihr spreche?«

»Klar. Aber sag Bescheid, wenn du mich brauchst.«

»Mach ich.« Sie klopfte dem Mädchen auf die Schulter.

»Großmutter Jessup«, sagte Megan. »Was für eine schöne Überraschung!«

»Ich hoffe, wir kommen nicht ungelegen.« Ihre Stimme war erstaunlich klar. »Aber ich wollte meine Ururenkelin sehen.«

Megan nahm das Baby aus der Wiege und legte es in die Arme der alten Frau. Es gluckste zufrieden.

»Es ist schon unendlich lange her, dass ich mein eigenes Kind im Arm gehalten habe. Aber eine Mutter vergisst dieses Gefühl nie.«

»Ich hoffe, ich werde es auch nie vergessen.«

»Würdest du dich einen Moment zu mir setzen, Megan?«

»Sicher.«

Die alte Frau flüsterte: »Helen meint es immer gut. Sie kann furchtbar rechthaberisch sein. Aber sie hat sich immer hingebungsvoll um ihren Mann und ihren Sohn gekümmert. Dafür habe ich großen Respekt.«

Die Einschätzung brachte es auf den Punkt und besänftigte Megan ein wenig. So wütend sie auf Helen auch sein mochte, die alte Frau hatte ja recht.

Großmutter Jessup strich Diane über das dunkelhaarige Köpfchen. »Helen hat mir von den Briefen erzählt. Von Samuels Logbuch und dem Kästchen mit der Planchette.«

»Was wissen Sie darüber?«

»Eine Menge. Sieh mal.«

Megan nahm ihr das Kind ab, sodass die alte Frau ein dünnes Büchlein aus brüchigem Papier hervorziehen konnte. Darauf stand RÉPUBLIQUE FRANÇAISE PASSEPORT.

Nachdem Megan Diane in die Wiege gebettet hatte, sah sie sich den Pass an. Er war auf Adele Madeleine Bernard ausgestellt. 1919 in der Normandie geboren. »Meine Eltern waren Gilbert und Diane Bernard.«

Wie viele Briefe Diane über ihre heißgeliebte Tochter geschrieben hatte! »Unglaublich! Sie haben auch einen leicht französischen Akzent. Sie sind Adele.«

»Ich werde schon so lange Großmutter genannt. Es ist schön, mal wieder meinen Namen zu hören.«

Megan suchte in dem Gesicht der alten Frau nach Ähnlichkeiten mit Claire oder Diane. Sie fand eine ähnliche Intensität in ihrem Blick, wie sie sie auch bei Adeles Mutter und Tante auf dem Le-Havre-Foto gesehen hatte. »Claire hat Samuel Jessup im August 1939 gebeten, jemanden in Le Havre an Bord zu nehmen. Waren Sie das?«

»Ja. Und genau das hat er getan. Er hat mich hierhergebracht.«

Megan erinnerte sich an ihre Ahnenforschung. »Als ich den Familienstammbaum der Jessups recherchiert habe, fand ich die

Heiratsurkunde von Aaron Jessup und Ihnen von 1944. Aber ich habe Ihre Geburtsurkunde nie ausfindig gemacht.«

»Damals war eine Geburtsurkunde nicht notwendig. Selbst zum Heiraten nicht. Hier auf der Halbinsel wurden viele Leute zu Hause geboren. Und oft gab es nur einen Eintrag in der Familienbibel.«

»Ihr Englisch ist fast akzentfrei.«

»Meine Mama hat es mir beigebracht. Und wir haben es zu Hause oft gesprochen. Sie wollte immer, dass ich mich mit Claire verständigen könnte, sollte es einmal notwendig werden. Und als es notwendig wurde, bin ich an die Ostküste gezogen und nie mehr nach Hause zurückgekehrt.« Sie strich sich mit manikürten Fingern über die Falten ihrer Hand. »Helen hat mir gesagt, du hättest die Planchette gefunden.«

»Ja. Sie war in Samuels Schreibtisch versteckt.«

»Ich würde sie gern sehen.«

Megan warf einen Blick auf das schlafende Baby. Sollte sie Diane mitnehmen und riskieren, dass sie aufwachte?

Die alte Frau lächelte. »Ich kann die paar Minuten auf sie aufpassen.«

»Ich bin gleich wieder da.«

Megan lief zu ihrem Zimmer und holte nicht nur die Planchette, sondern auch die beiden Dreidel und die Ausweispapiere von Elise Mandel. Sie wollte Adele so vieles fragen.

Als sie gehetzt in den Salon zurückkehrte, schlief Diane immer noch friedlich, und Adele betrachtete sie lächelnd. Megan setzte sich neben sie.

Die alte Frau nahm die Planchette entgegen und fingerte an ihr herum, als suchte sie nach etwas. »Als ich sechs oder sieben war, sollte ich für meine Mutter einen Schal aus ihrer Truhe holen. Da fand ich dieses Ding. Es war ganz unten versteckt. Ich war sofort davon fasziniert, aber ich hatte auch ein bisschen

Angst. Im Dorf wurde gemunkelt, dass Mama eine Hexe wäre, und ich wusste nicht, wofür dieses Ding gut war. Also habe ich sie gefragt.«

»Hat sie Madame LeBlanc erwähnt?«

»Ja. Sie hat mir die ganze Geschichte erzählt, wie ihre Geschwister und sie nach dem Tod ihrer Mutter von ihrem Vater weggegeben wurden und wie Madame LeBlanc meine Mama als Kind aufgenommen hat.«

»Madame LeBlanc hat Ihre Mutter nicht immer gut behandelt.«

»Das stimmt.« Sie fuhr über die Steine im Holz der Planchette. »Na ja, um mir zu beweisen, dass dieses Ding nichts Okkultes hatte, zeigte mir Mama ein Geheimnis. Sie hat es zufällig herausgefunden. Möchtest du es sehen?«

Megan lächelte. »Auf jeden Fall.«

Adeles Augen blitzten spitzbübisch. Sie drückte auf eine Vertiefung im Holz. Die Planchette sprang auf. »Dies ist der Grund, warum Pierre Madame LeBlanc und Mama immer weiter verfolgt hat.«

Der kleine samtbezogene Hohlraum war bis zum Rand mit Diamanten gefüllt. In den kostbaren Edelsteinen brach sich das Licht.

»Madame LeBlanc war nicht nur eine Betrügerin. Sie war auch eine Diebin. Mama bemerkte auf der Fahrt über den Atlantik, dass die Frau ihre Klientinnen bestahl. Die Diamanten hat sie aber erst gefunden, als sie diesen geheimen Öffnungsmechanismus entdeckte.«

Megan befühlte die glänzenden Edelsteine. »Die sind sicher ein Vermögen wert.«

»Sie waren schon 1903 ein Vermögen wert. Unvorstellbar, welchen Wert sie heute haben mögen.«

»Warum haben Sie sie nicht verkauft?«

Adele schüttelte den Kopf. »Meine Mutter hat wegen dieser Steine unendlich viel Angst erlitten. Ich wollte nichts mit ihnen zu tun haben. Ich vermache sie Lucy, es ist schon in meinem Testament vermerkt. Die Steine sollen jetzt etwas Gutes bewirken und Lucys und Natashas Zukunft sichern.«

»Das wird sie unglaublich erleichtern.« Megan fuhr mit den Fingern über die kühlen Steine. »Und wissen Sie, was aus Pierre geworden ist?«, fragte sie dann.

Adeles Gesichtsausdruck verdüsterte sich. »Samuel hat ihn getötet.«

»Was?«

»Ich habe mich damals weit über die Reling gebeugt, um meinen davongehenden Eltern nachzusehen. Plötzlich sprang ein Mann aus einem Wagen. Er hatte eine Pistole gezückt. Mein Vater stellte sich schützend vor meine Mutter. Ich habe nur Geschrei gehört, aber ich konnte nicht verstehen, worum es ging.«

Megan konnte sich vorstellen, was für eine entsetzliche Angst Diane in dem Moment gehabt haben musste.

»Ich habe Samuel gerufen. Er erkannte die Gefahr auf den ersten Blick und war sofort in der Dunkelheit verschwunden. Im nächsten Augenblick tauchte er hinter Pierre auf, der seine Pistole auf meine Eltern gerichtet hatte. Samuel hat keine Sekunde gezögert und Pierre die Kehle durchgeschnitten. Er war sofort tot. Dann hat Samuel die Leiche mit einem Matrosen an Bord geschleppt. Später haben sie sie ins Meer geworfen.«

Es erfüllte Megan trotz der Grausamkeit mit einer Art Genugtuung, dass Pierre nicht ungestraft davongekommen war. »Und Ihre Eltern? Sie sind Pierre also entkommen, aber ich habe in den Archiven keine Spur von Diane und Gilbert Bernard entdeckt.«

»Ich habe auch erst 1942 herausgefunden, was mit ihnen passiert ist. Samuel hat die Résistance in Frankreich während des Krieges mit Nachschub versorgt. Er ist große Risiken eingegangen, aber so gefährlich es auch war, er hat weitergemacht. 1942 wurde sein Schiff vor der französischen Küste von einem deutschen U-Boot versenkt. Er war verletzt, schaffte es aber irgendwie an Land und wurde von Kämpfern der Résistance gerettet. Und die haben ihm von Mama und Papa erzählt.« Adele sah furchtbar traurig aus. Selbst nach fünfundsiebzig Jahren tat es ihr weh, darüber zu sprechen.

Megan legte ihr die Hand auf den Arm. »Ich weiß aus den Briefen Ihrer Mutter, dass Ihre Eltern sich sehr geliebt haben.«

»Oh ja, das stimmt. Als ich klein war und sie mich ins Bett gebracht hatten, habe ich sie oft noch lachen hören. Manchmal habe ich mich rausgeschlichen und gesehen, wie sie in der Küche getanzt haben.« Sie seufzte. »Als Max Ende 1940 nach Dachau verschleppt wurde, schlossen sich meine Eltern der Résistance an. 1942 wurden sie beim Schmuggeln erwischt. Sie hatten Waffen in Cidre-Fässern versteckt. Sie sind auf der Stelle erschossen worden.«

Megan hätte heulen können. »Das tut mir so leid.«

In Adeles lavendelblauen Augen schimmerten Tränen. »Wenigstens war es schnell vorbei. Und sie sind zusammen gestorben. Das hat mich immer getröstet.« Sie sah sich das Foto in Elise Mandels Reisepass an. »Ich hatte vergessen, wie sie aussah.«

»Was ist aus ihr geworden?«

»Ich habe viele Geheimnisse bewahrt. Sie haben mich mein ganzes Leben lang belastet. Jetzt wird es niemandem mehr schaden, wenn ich sie offenbare.«

Kapitel 30

ADELE

Dienstag, 11. August 1939
Auf dem Atlantik vor Le Havre

Die Lichter der Küste waren schon am Horizont verschwunden. Elise schrie im Rhythmus der Wehen, die in ihrem zierlichen Körper auf- und abebbten. Adele wiegte ihren kleinen Sohn, aber er ließ sich nicht trösten.

Adeles Herz klopfte bis zum Hals. Was sollte sie tun? Sie hatte ihrer Mutter zwar mehrmals bei Geburten zur Seite gestanden, aber sie hatte noch nie ein Baby entbunden. Sie streichelte das weinende Kleinkind beruhigend und fand nach kurzer Suche ein Spielzeug in Elises Tasche. Es war ein silberner Dreidel, den sie vor dem Jungen drehte, bis er danach griff.

Elise stöhnte vor Schmerz. Sie hatte das Bewusstsein nicht wiedererlangt. Mit einer Hand hielt Adele den Jungen, mit der anderen fühlte sie die Stirn der jungen Frau. Sie hatte hohes Fieber. Die Pillen des Apothekers wirkten nicht.

Es klopfte an der Tür. Samuel trat ein, bevor sie antworten konnte. An seinem dicken Zopfpullover klebte Pierres Blut. »Auf dem Schiff gibt es keinen Arzt.«

Sie schaukelte das Kind auf dem Arm. Der Kleine lutschte jetzt friedlich an dem Dreidel. »Ich weiß nicht, was ich machen soll.«

»Ich habe mit Mrs Garrison gesprochen. Sie ist die einzige andere Frau an Bord«, sagte Samuel. »Sie hat sich bereit erklärt zu helfen.«

Mrs Garrison betrat das Zimmer mit einer Schüssel mit heißem Wasser und sauberen Handtüchern. Sie berührte Samuel leicht an der Schulter. Ihr blondes Haar war zu einem weichen Knoten zurückgebunden. Mit ihren hohen Wangenknochen und den strahlenden blauen Augen erinnerte sie Adele an den Filmstar Jean Harlow. Sie hatte die Ärmel ihres schlichten schwarzen Kleides hochgekrempelt.

Mrs Garrison sah Elise einen Moment an. Sie schien weit weg mit ihren Gedanken. Dann räusperte sie sich und sagte: »Adele, ich bin Victoria Garrison. Zusammen schaffen wir das.«

»Danke.«

Das Baby spielte sabbernd mit seinem Dreidel.

Mrs Garrison lächelte es an und strich ihm zärtlich die blonden Locken aus dem Gesicht. »Samuel passt auf den Kleinen auf. Wir beide kümmern uns um die Mutter.«

Adele musterte Mrs Garrisons makellose Haut und ihre perfekt manikürten Fingernägel. »Haben Sie schon mal ein Baby zur Welt gebracht?«

Mrs Garrison wusch sich die Hände in der Schüssel. »Ich bin dabei gewesen.«

»Brauchen Sie sonst noch etwas, Mrs Garrison?«, fragte Samuel.

»Nein, Mr Jessup. Sie können gehen. Das hier ist Frauensache.«

Samuel nahm den Jungen auf den Arm. Der Kleine griff fasziniert nach der Strickmütze des Seemanns. Als Elise sich krümmte und die Finger in die Laken krallte, sah Samuel zu, dass er verschwand.

Mrs Garrison zog Elise aus und deckte sie zu. Sie türmte Kissen auf und bettete Elises Kopf hoch.

»Haben Sie Kinder?«, fragte Adele.

»Nein, mein Mann und ich wurden nicht mit Kindern gesegnet.« Ein schwaches Lächeln huschte über ihr Gesicht. »Wasch dir die Hände. Ich glaube, es geht jeden Moment los.«

Zwei Stunden später wurde ein kleiner Junge unter Strömen von Blut und gellenden Schreien geboren. Das Baby war quicklebendig und schrie aus vollem Halse. Doch Elise reagierte nicht auf ihr Neugeborenes. Ihre Augäpfel waren nach hinten in den Kopf gerollt. Mrs Garrison wickelte das Baby in ein großes Handtuch und drückte es einen Moment an sich.

Plötzlich schrie Elise erneut. Sie war nicht mehr bei Bewusstsein, doch ihr Körper krampfte, und sie presste, als versuchte sie, noch ein Kind herauszudrücken. »Es muss die Nachgeburt sein«, sagte Mrs Garrison.

»Sie hat so furchtbare Schmerzen«, flüsterte Adele. »Ich habe meiner Mutter bei Geburten geholfen. Aber so etwas habe ich noch nie erlebt.«

Mrs Garrison legte ihre Fingerspitzen an Elises Hals. »Ihr Puls rast.«

»Sie war schon krank, als wir ankamen.«

Mrs Garrison winkelte Elises Beine an. Ein Köpfchen schaute hervor. »Noch ein Kind!« Mrs Garrison zog an den Schultern des Babys. Es war klein und blau. Und es bewegte sich nicht.

Blut ergoss sich über die Laken. Elises Gesicht war grau. Mrs Garrison hielt das Baby an den Beinen und rieb es kräftig zwischen den Schulterblättern. Das Kind blieb stumm, sodass Adele schon das Schlimmste befürchtete.

Mrs Garrison legte das Baby auf die Seite und säuberte seinen Mund mit den Fingern. Dann blies sie mehrere kurze Atemzüge in Mund und Nase des Kindes. »Komm schon, Kleiner.«

»Woher wissen Sie, was Sie machen müssen?«, fragte Adele.

»Ich habe es einmal gesehen.« Sie rieb ihre Knöchel fest auf dem Brustbein des Babys hin und her.

Endlich zuckte das Kind zusammen und fing an zu schreien. Lächelnd wickelte Mrs Garrison den Jungen in ein Handtuch. »Elise, Sie haben zwei Söhne. Sehen Sie.«

Aber Elise atmete nicht mehr. Adele fühlte keinen Puls mehr. Mrs Garrison legte das Baby zur Seite und schüttelte die junge Frau. Sie lehnte ihren Kopf in den Nacken und blies Luft in ihre Lunge, wie sie es mit dem Neugeborenen gemacht hatte. Doch Elise reagierte nicht.

Sie war tot.

Kapitel 31

MEGAN

Freitag, 4. Mai 2018
Cape Hudson, Virginia

»Victorias erster Sohn wurde 1938 geboren. Ihre Zwillinge kamen 1939 zur Welt. Sie behielt alle drei Kinder von Elise und gab sie für ihre eigenen aus«, folgerte Megan.

»Die Entscheidung hat sie in der Nacht getroffen, in der Elises Leichnam dem Meer übergeben wurde«, sagte Adele. »Alle nahmen an der Zeremonie teil, und alle beteten für das Seelenheil der verstorbenen jungen Mutter. Ich bin in die Kabine zurückgegangen, um mich um die Babys zu kümmern. Mr und Mrs Garrison kamen herein und erklärten mir, dass sie die Kinder großziehen wollten. Unter der Bedingung, dass die Welt sie für ihre hielt.«

»Kein Wunder, dass Victorias Kinder nie Anspruch auf das Erbe der Buchanans erhoben haben. Dann ist dieses Rätsel jetzt gelöst«, sagte Megan.

»Claire erwartete uns am Pier in Norfolk. Mrs Garrison und sie haben lange miteinander gesprochen. Ich nehme an, sie haben damals im Hafen eine Vereinbarung getroffen.«

»Samuel wusste alles.«

»Ja, natürlich.«

»Mrs Garrison wollte nichts mit den Dreideln und den Ausweispapieren zu tun haben. Also nahm Samuel sie an sich. Er sagte, er wollte sie für die drei Jungen aufheben, falls sie irgendwann mehr über ihre Herkunft erfahren wollten. Eines Tages werde das Geheimnis doch irgendwie ans Licht kommen.«

»Zu dem Zeitpunkt wusste er auch schon, dass Victoria seine biologische Mutter war. Er dachte, vielleicht wollten die Jungen eines Tages auch mehr über ihre Abstammung wissen«, sagte Megan still.

* * *

Am späten Nachmittag brachte Helen Adele nach Norfolk zurück. Megan stillte Diane und legte sie in die Wiege. Wenig später kamen Hank und Lucy nach Hause.

Diane schlief zufrieden, und so gingen die drei in die Küche. »Lucy meint, du hättest etwas über meine Vorfahren herausgefunden«, sagte Hank.

»Ja. Adele – Großmutter Jessup – hat es mir erzählt.« Megan legte die Dreidel und den Reisepass auf den Tisch und berichtete, was sie von Elise Mandels Geschichte wusste. »Adeles Beschreibung nach zu urteilen, ist sie verblutet. Ein Gynäkologe könnte vielleicht sagen, was genau passiert ist.«

Hank starrte ungläubig auf Elises Passfoto. »Sie sieht aus wie meine Schwester Rebecca.«

»Es ist Jahre her, seit ich sie das letzte Mal gesehen habe«, sagte Megan.

»Mein Großvater ist der älteste Sohn von Victoria und Edward. Dad und ich wollen ihn nächste Woche besuchen. Könnte ich das mitnehmen und ihm zeigen?«

»Es gehört dir«, sagte Megan. »Vielleicht wollen dein Vater und Großvater ja auch herausfinden, ob ihr noch Familie in Deutschland oder Frankreich habt.«

Hank betrachtete Elises Gesicht nachdenklich. »Danke, Megan. Das bedeutet mir sehr viel.«

»Ich bin froh, dass wir es gefunden haben.«

Hank nahm Lucy in den Arm und küsste sie.

»Ich habe noch eine Überraschung.« Megan öffnete den geheimen Verschluss der Planchette und beobachtete, wie Lucy und Hank die Augen aufrissen.

»Diamanten?«, fragte Lucy.

»Sie wurden vor über einem Jahrhundert von einer Betrügerin auf einem Dampfer gestohlen«, erklärte Megan. »Adele hat mir den Geheimverschluss gezeigt.«

Lucy sah Hank an. Sie schüttelte ungläubig den Kopf. »Hat sie je welche verkauft?«

»Sie hat sie nie angerührt.«

»Kann man sie zurückverfolgen?«, fragte Hank. »Können wir sie ihren rechtmäßigen Besitzern zurückgeben?«

»Lose Edelsteine wie die hier kann man eigentlich nicht zurückverfolgen. Ich nehme an, deshalb hat Madame LeBlanc sie gestohlen.« Megan lächelte. »Und Adele vermacht sie dir. Mit diesen Diamanten kannst du Natasha auf jede Schule der Welt schicken.«

»Ich weiß gar nicht, was ich sagen soll.« Lucy lachte.

»Ich lasse euch jetzt mal alleine.« Megan sah nach dem schlafenden Baby und trat dann hinaus auf die Veranda. Die Sonne hing tief am Himmel. Bald würde sie hinter dem Horizont verschwinden. Sie hörte Schritte hinter sich.

»Ich habe Großmutter Jessup nach Hause gebracht. Sie war ziemlich erschöpft«, sagte Helen.

»Ich bin froh, dass ich sie kennenlernen durfte«, sagte Megan.

»Es tut mir alles sehr leid, Megan. Ich habe dir Unverzeihliches an den Kopf geworfen.«

»Kann man wohl sagen.«

»Seit Scott gestorben ist, bin ich so wütend. Und du musstest es ausbaden. Es tut mir wirklich leid.« Sie fuhr sich mit zitternder Hand durch die Haare. »Ich weiß, dass mein Sohn nicht perfekt war. Aber ich habe ihn geliebt.«

Megan fand Helen sehr anstrengend, aber sie glaubte ihr. Seit sie Diane hatte, verstand sie besser, wie bedingungslos die Liebe einer Mutter sein konnte. »Könntest du mir einen Gefallen tun und kurz auf das Baby aufpassen? Ich muss noch mal los.«

Helen trat einen Schritt zurück. In ihren Augen schimmerten Tränen. »Gern.«

»Ich bin nicht lange weg.«

»Lass dir Zeit. Ich bin hier.«

Megan schnappte sich ihre Handtasche. Eine Minute später bog sie von der Zufahrt von Winter Cottage auf die Hauptstraße, dann nach Norden auf der Route 13. Sie nahm die Abfahrt zu Ricks Haus. Sie hatte Glück. Sein Truck parkte auf der Auffahrt.

Sie stellte ihren Wagen daneben, wischte sich die feuchten Hände an ihrer Jeans ab und klopfte. Keine Antwort. Vielleicht war er doch nicht zu Hause? Dann hörte sie ein Hämmern hinter dem Haus.

Sie lief auf dem sandigen Muschelschalenweg ums Haus herum. Die Lieferung war angekommen. Rick war dabei, die alten Terrassenbohlen zu lockern. Er trug eine alte Jeans, ein verwaschenes blaues T-Shirt und feste Arbeitsschuhe. Er schien ihre Anwesenheit zu spüren. Als er sich zu ihr umdrehte, war seine Miene undurchdringlich, doch sein Körper war zum Äußersten angespannt.

»Megan, ich hätte dir das mit Brandy sagen sollen«, begann er.

»Warum hast du's nicht gemacht?«

»Ich wusste nicht, wie. Aber ich schwöre, dass ich verhindert hätte, dass du unwissend vor den Traualtar trittst. Ich wollte nur sicher sein, dass ich eure Hochzeit nicht aus den falschen Gründen torpediere.«

Sie trat näher. »Mir von Brandy zu erzählen, wäre kein schlechter Grund gewesen.«

»Ich wollte nicht, dass du Scott heiratest«, sagte er mit rauer Stimme.

»Warum nicht?«

»Ich wollte dich für mich selbst.« Er warf seinen Hammer weg und fuhr sich durch die Haare. »Ich kann dir nicht sagen, wie oft ich gewünscht habe, dass du Scott verlässt und zu mir kommst. Aber ich wusste, dass Scott dich geliebt hat. Und er hat mir vertraut.«

Sie trat zu ihm und nahm seine Hand. »Ich habe es satt, über Scotts komplizierte Art von Liebe nachzudenken.«

Rick drückte ihre Hand. »Ich verspreche dir, meine Art, dich zu lieben, ist ganz unkompliziert. Wenn du irgendwo bist, habe ich nur Augen für dich. Alle anderen zählen nicht.«

»Nur dass Diane und ich jetzt im Doppelpack kommen.«

»Und das ist wunderbar. Ich kann es mir auch gar nicht mehr anders vorstellen. Ich liebe Diane wie meine eigene Tochter.«

Megan trat auf die Zehenspitzen und küsste ihn. Er umfasste ihre Hüften. »Na, dann mal sehen, wie es mit uns weitergeht, Sheriff Markham. Vielleicht hast du bald genug von mir.«

Er zog sie an sich und küsste sie wieder. »Nie und nimmer, meine Lady.«

8. August 1939

Meine liebste Schwester,

ich vertraue Dir meine über alles geliebte Tochter Adele an. Gilbert will nicht weg aus Frankreich, und ich kann weder ihn noch unser Land verlassen. Ich bin todsicher, dass der Krieg über uns hereinbrechen wird.

Wenn Du Adele siehst, erinnere sie daran, dass ihre Mutter und ihr Vater sie mehr als ihr eigenes Leben lieben. Sag ihr, dass ich ihr wünsche, dass sie Liebe findet, wunderschöne Kinder bekommt und ein gutes Leben hat. Wenn sie auch nur halb so glücklich wird, wie ich es mit Gilbert bin, dann ist sie wirklich gesegnet.

In Liebe,
Diane